ハヤカワ・ミステリ文庫

〈HM521-1〉

恋のスケッチはヴェネツィアで

リース・ボウエン
矢島真理訳

早川書房

9103

THE VENICE SKETCHBOOK
by
Rhys Bowen

Translated by
Mari Yajima
First published 2024 in Japan by
HAYAKAWA PUBLISHING, INC.
This edition is made possible under a license
arrangement originating with
AMAZON PUBLISHING, www.apub.com
in collaboration with
THE ENGLISH AGENCY (JAPAN) LTD.

この本を、大切な友人であり、たぐいまれな合唱団指揮者でもあるアン・ワイスに捧げます。彼女の合唱団で歌うことは、わたしの人生のなかでもっとも有意義な経験のひとつになりました。天使のような歌声を持ち、ヴェネツィアを愛するアンが、本書を通じてふたたびヴェネツィアを訪れているような喜びを味わってくれることを祈っています。

恋のスケッチはヴェネツィアで

登場人物

ジュリエット・
　　アレクサンドラ・ブラウニング……画家志望の女性
ホルテンシア・マーチモント…………ジュリエットの伯母
レオナルド（レオ）・ダ・ロッシ……ジュリエットを助けた男性
ミス・フロビシャー……………………ジュリエットの同僚
ビアンカ………………………………レオナルドの婚約者
マルティネッリ………………………ジュリエットの大家
レジナルド・シンクレア……………ヴェネツィアのイギリス領事
コルセッティ…………………………ヴェネツィアの美術学校の教授
ガブリエラ・フィオリート…………ヴェネツィアの伯爵夫人。芸術家のパトロン
ダ・ロッシ……………………………レオナルドの父親
ヴィットリオ・スカルパ……………画廊のオーナー
フランチェスカ………………………ジュリエットの家政婦
ハニ・ゴットフリート………………ユダヤ人の少女
ガストン（フランス人）
イメルダ・ゴンザレス（スペイン人）
フランツ・ハルシュタット（オーストリア人）
ヘンリー・ダブニー（アメリカ人）
　　……美術学校の留学生仲間
キャロライン・グラント……………女性誌の編集助手
ジョシュ・グラント…………………キャロラインの夫。ファッションデザイナー
テディ（エドワード）………………キャロラインとジョシュの息子
デジレ…………………………………歌手
ルカ……………………………………ヴェネツィアで出会った男性

プロローグ　一九四〇年　ヴェネツィア

「今日は別れの挨拶をしにきたんだが、実は別件の用事もありましてね。どうだろう、祖国のために仕事を引き受けてもらえないだろうか」

驚いているわたしにかまわず、彼は続けた。「これから話すことは、すべて最高機密の情報だ。だから話す前に、書類にサインをしてもらわないといけない」そう言うとポケットから一枚の紙を取り出し、テーブルの上に広げた。「サインしてくれますかな?」

「内容をお聞きする前に、ですか?」

「残念ながら。今のような戦時中ではいたしかたのないことだ」

わたしは少しためらい、しばらく彼を見つめてからテーブルまで歩いていった。「サインするだけなら問題ないでしょう。あとからお断わりしてもかまわないんでしょ?」

「ああ、もちろん。安心してもらってかまいませんよ」ミスター・シンクレアは、ことさら明るい声で言った。

「そうですか。それなら」書類に目を通すと、信頼を裏切った場合には投獄または死刑に処せられる場合がある、と書かれていた。安心とはほど遠い。それでも、わたしは署名した。彼は書類を受けとると、上着のポケットのなかにしまった。

「ここからの眺めは素晴らしいですな、ミス・ブラウニング」

「ええ。気に入っています」

「このアパートメントはあなたのものだとか」

「わたしのこと、いろいろご存知のようですね」

「ええ、まあ。今回の件を依頼するにあたっては、あなたの身辺調査をする必要があったのでね」

「で、その依頼というのは？」

キッチンのコンロにかけていたケトルのお湯が沸き、かん高い笛の音を鳴らしはじめた。わたしはコンロまで走っていき、お湯をティーポットに注いだ。ポットはキッチンに置いたまま、居間に戻った。

「ここは、港の船の動きが一望できる絶好の場所だ。イタリアの軍艦が配備されているのはあなたも知っていますね。近いうちにイタリアはこの港を、ドイツ海軍がギリシャやキプロスやマルタを攻撃するための基地として利用させることになる。そこで、毎日の船の動向を報告してもらいたい。軍艦が港から出るのを報告してくれれば、われわれの空軍が動きを封じることができる」

「でも、どうやって、誰に報告を？　どなたかここに残るんですか？」

「ああ、そうだった」彼は少し顔を赤らめた。「担当者をここに寄こして、無線通信機を誰にもわからないような場所に設置させます。あなたの家政婦の前では、けっして使わないように。彼女には絶対に見られないように注意してください。わかっていただけましたかな？」

「ええ、もちろん。まあ、彼女はそれほど賢いとは思えませんけど。たとえ見てしまったとしても、なんなのかは理解できないでしょう」

「だとしても、です」――彼は警告するように人差し指を立てた――「軍艦に動きがあれば、すぐに通信してほしい」

「誰に通信すればいいんですか？　どんな内容を？」

「まあ、ちょっと落ち着いて。今から説明しますから」

わたしはキッチンに行ってティーポットの紅茶をふたつのカップに注ぎ、お盆にのせてわたしたちが座っているテーブルまで運んだ。ミスター・シンクレアはひとくち飲むと、満足そうにため息をついた。

「ああ、ちゃんと紅茶の味がする紅茶だ。帰国したらこれが味わえると思うとうれしくてね」

わたしもひとくち飲み、黙って待った。

彼はカップを下に置いた。「モールス信号をご存知かな？」

「いいえ。すみません」

「モールス信号の冊子を送ります。できるだけ早く勉強してください。無線通信機のほかに電信暗号帳《コードブック》も届くので、誰にも見つからないような場所に隠しておくように。あなたには、暗号を使って報告してもらいます。たとえば、二隻の護衛艦を見たとしたら、『今日はお祖母《ばあ》さんの具合が悪くて』とか、そんなふうに」

「もしドイツに暗号を解読されたら？」

「暗号は頻繁に変更されるからその心配はいりません。ただ、新しいコードブックがいつ、どのように送られてくるかはわからない。ローマに住む叔母さんから、料理のレシピが書かれた小包が届くかもしれない」そう言って彼は肩をすくめた。「われわれの諜報部は非常に優秀でね。臨機応変に対応できる。あなたにとっての利点は、誰とも直接コンタクトをとらなくてもいいという点だ。そうすれば、万が一問い詰められたとしても、裏切りを心配する必要がありませんからね」

「それなら心強いわ」あえて素っ気なくわたしが答えると、彼のくちびるにかすかな笑みが浮かんだ。

彼は紅茶をもうひとくち飲むとカップを下に置き、「あ、それからもうひとつだけ」と言った。「今後のやりとりのために、あなたには暗号名《コードネーム》が必要だ。なにか希望は？」

わたしは運河の向こうを眺めた。貨物船がゆっくりと動いていた。こんな依頼を簡単に引き受けてしまうなんて、頭がおかしくなったのかしら？

「わたしの名前はジュリエットです。だから、コードネームはロミオがいいわ」

「ロミオか。いいですね。気に入った」彼は笑った。

第一章

ジュリエット　一九二八年五月二十日　ヴェネツィア

長時間にわたって列車に揺られたすえ、ようやくわたしとホルテンシア伯母さまはヴェネツィアに到着した。煙だらけで蒸し暑く、とんでもなく不快な長旅だった。無駄遣いの嫌いな伯母は、何度も停車と出発を繰り返し揺れる列車ではとても寝られるはずもないからと、寝台車はまったく意味をなさないと言い張った。だからわたしたちは普通の座席に座ったまま、フランス沿岸のブローニュからフランスを縦断し、スイスを通ってイタリアにはいった。日中はかなり暑かった。でも、蒸気機関車から吐き出される煙や灰がはいりこんでくるため、窓は開けられなかった。夜間はというと、わたしの席の向かい側の男の人のいびきがうるさく、さらに彼の奥さんの体臭とニンニクのにおいのせいで、ほとんど眠れなかった。でも、文句を言う資格がわたしにないのはわかっている。だって、十八歳の誕生日の記念にイタリアに連れてきてもらえるなんて、こんなに幸せなことはないのだから。同級生の女の子たちから、どんなにうらやましがられたことか！

そんな不快な列車の旅も、もうすべて過ぎたこと。今、わたしはヴェネツィアにいる。サンタルチア駅を出て、わたしたちは階段のいちばん上に立った。

「エコ・イル・カナル・グランデ！」まるでステージ上に立つ女優のように両腕を広げ、ホルテンシア伯母さまが言った。わたしのためにわざわざ大げさな身ぶりで言ってくれたようだ。わたしの知っているイタリア語といえば、「お願いします」とか「ありがとうございます」とか「こんにちは」くらいに限られていたが、目の前にあるのが大運河《カナル・グランデ》だということはわかった。ただ、そんなに巨大には見えなかった。たしかに幅は広かったが、向こう岸にはなんの変哲もない普通の建物が並んでいた。それに、少し汚らしかった。鼻先に漂ってきたにおいも、それほど良くはなかった。少し魚が腐ったような水っぽい感じのにおいだった。でも、そんなふうに周囲の光景を味わっている暇はなかった。荷物を運ぼうとするポーターたちに、あっという間に囲まれてしまったからだ。聞き慣れないことばを話す男の人たちが、わたしたちのことで争っているのを見るのは少し怖かった。みんながわたしたちの荷物を奪い合い、自分のゴンドラに乗せようとしていた。わたしたちが同意しているかどうかなんて関係なく。ただ、わたしたちにほかの選択肢がないことは、伯母も認めざるをえなかった。あまりにも荷物が多かったため、ふたりだけの力ではヴァポレットと呼ばれる水上バスに乗るのは無理だったからだ。もちろん、わたしはゴンドラに乗れてわくわくした。まあ、ゴンドラの船頭さん――ゴンドリエーレ――がラブソングを歌ってくれる若くハンサムなイタリア人男性ではなく、太鼓腹をしたしかめっ面の人だったのは残念だったけど。

カーブを曲がると、大運河は文字どおり巨大な運河へと変わった。両岸には、大理石で覆われた見事な宮殿や、ムーア様式のアーチ型窓のある鮮やかなピンクの色合いの宮殿が並んでいた。水に浮かんでいるように見えるその様子はとても現実とは思えず、まるで夢のなかにいるようだった。わたしはすぐにでもスケッチブックを取り出したかった。でも、出さなかったのは幸運だった。運河を行き交う船が多く、わたしたちのゴンドラが激しく揺れたからだ。ゴンドリエーレはなにかぶつぶつ言った。おそらくイタリア語で悪態をついたのだろう。

櫂《オール》が一本しかない船のわりにゴンドラはかなり早く進んでいたが、運河は恐ろしいほど長かった。

「エコ・イル・ポンテ・ディ・リアルト！」少し先のほうに見えてきた橋を指差して、伯母が大声をあげた。運河にかかっているそのリアルト橋は、魔法で吊り上げられているかのように大きなアーチ状になった橋だった。橋自体が建物になっているのか、だんだん近づくにつれ、並んでいる窓に午後の太陽が反射してきらきらと光った。伯母はこれからイタリア語しか話さないつもりなのだろうか。そうなると、会話は一方的になってしまう。でも、その心配はすぐに消えた。伯母は〈ベデカー〉の旅行ガイドを取り出すと、次々に通りすぎていく建物を説明しはじめた。「右に見えるのがバルジッツァ宮。ほら、十三世紀の外観をしているでしょ。それから、あっちの大きな建物がモチェニゴ宮。むかし、イギリスのバイロン卿も滞在したことがあるのよ……」

こんな感じの観光案内が、乗客で満員の水上バスが桟橋から出航するまで続いた。わたしたちの乗ったゴンドラがまた激しく揺れ、伯母は旅行ガイドをあやうく濁った運河に落としそうになった。

少し気持ち悪くなりかけていたところで、もうひとつ橋が見えてきた。今度は歩行者専用の少し華奢《きゃしゃ》な感じの鉄製の橋で、かなり高い位置で運河の上にかかっていた。てっきり伯母がまた「エコ・ポンテ・なんちゃら」と言うのかと思っていたら、「ああ、あれがアカデミア橋。もうすぐ目的地よ。助かったわ、少し船酔《シーシック》いになりかけていたから」

「海《シー》じゃなくて運河でも、船酔《シーシック》いになるのね」とわたしが言うと、伯母は微笑んだ。

「あの向こう岸にあるのがアカデミア。橋の横にある白い大理石の建物がそう。イタリアで美術を勉強したいと思う人が行くところが、アカデミア・ディ・ベッレ・アルティ――

美術学校。同じ建物内にあるアカデミア美術館には、ヴェネツィアのもっともすぐれた絵画が所蔵されているの。必ず見にいかないとね」

伯母が話しているあいだにゴンドラは大運河をそれて小さな運河にはいり、使い古された階段に横づけされた。まるで魔法でもかけられたかのように男の人たちが何人も走り出てきて、わたしたちと荷物をゴンドラから引き上げた。ゴンドリエーレに運賃を払いにいった伯母は、言われた金額に恐れおののいたかのような大げさな身ぶりをした。

ぎこちないイタリア語で、これは正規の料金なのか、それともぼったくられているのか、とホテルのポーターに訊いた。

「わたしたちは、なんの抵抗もできないイギリス人の女性ふたりです」英語に切りかえて伯母は言った。「あなたは同じことを、自分の母親にもできますか？　お祖母さんにもできますか？」そして同じことをイタリア語で繰り返した。

ゴンドリエーレはばつの悪そうな顔になり、ホテルのポーターたちはにやりとした。それで彼は肩をすくめた。

「わかった、わかりましたよ。二百リラでいいですよ。ただし、今回だけですからね。長旅をしてきたようだし、そこのお嬢さんも疲れているようだから」

ホルテンシア伯母さまは勝ち誇ったような顔をして、宮殿とはほど遠い、緑色のよろい戸のある黄色い建物のロビーにはいっていった。白髪の男性が、両手を広げて伯母を出迎えた。

「これは、これは、シニョリーナ・マーチモント。またおいでくださり、心から歓迎します」

オーナーからこんな歓迎を受けるのだから、このホテルが伯母さまのお気に入りなのは当然ね、と納得した。実は、大運河沿いに建っている宮殿のようなホテルに泊まれないことに、わたしはがっかりしていた。でも、ホルテンシア伯母さまからしつこいくらい繰り返し言われた。「ヴェネツィアで泊まるなら、〈ペンシオーネ・レジーナ〉以外にありえない。あそこにはお庭があるの。観光で疲れて火照《ほて》った体を休めるには、庭の木陰に座って生レモンを搾ったシトロン・プレッセを飲むにかぎるわ」

わたしたちは大理石の階段をのぼり、二面に窓のある広くて豪華な角部屋に案内された。天井画が描かれた天井や家具は、まるで博物館から持ちこまれたようなものばかりだった。ただ、ぱりっとした真っ白なシーツが敷かれた二台のベッドだけは、普通のものだった。正面の窓辺には机と椅子が置かれ、そこからは庭が一望できた。その先に、ほんの少しだけ大運河が見える。窓辺まで行って窓を開けると、ジャスミンの香りが出迎えてくれた。

「そう、これ、これ」バスルームを見にいっていた伯母が言った。「大満足だわ」

窓辺に立っていると、鐘の音が響きはじめた。幾筋にも流れている運河を渡り、鐘の音がこだまして聞こえてきた。近くの運河をゴンドラが通っていった。ゴンドリエーレは若くてハンサムだった。わたしは、心が躍るのを感じていた。ここはヴェネツィア。初めてのヨーロッパ。思いっきり楽しもう。

一九二八年五月二十一日

鐘の音で目が覚めた。この街にはすさまじいほどたくさん教会があるらしい。きっと、朝寝坊なんて誰もさせてもらえない！　わたしは窓まで行ってよろい戸を開けた――夜のあいだは蚊がはいるからと、伯母は開けるのを許してくれなかった。空はきれいな淡い青色で、街じゅうに鐘の音が響きわたっていた。小さなマルタ十字のようなツバメたちはものすごいスピードで空を飛びまわり、カモメたちは金切り声で鳴き、下の庭では鳩たちがちょこちょこと歩きまわっていた。

「鐘と鳥の街」と、すっかり満ち足りた気分になってわたしは言った。その瞬間、エンジンで走る船が通りすぎ、ポンポンポンポンという音が狭い壁と壁のあいだにこだました。鐘と鳥と船の街、とわたしは訂正した。

庭のパラソルの下で、焼きたてのパンとチーズと果物、そして紅茶ではなくてコーヒーの朝食をとってから、わたしたちは街の探索に出かけた。頼りになる〈ベデカー〉の旅行ガイドと地図を持って。幸いなことに、伯母は何度もヴェネツィアを訪れたことがあったのでどこに行けばいいのかはだいたいわかっていた。わたしひとりだけだったら、あっという間に迷子になっていただろう。なにしろ、ヴェネツィアは細い路地や運河や橋でできた完璧な迷路だ。最初に気づいたのは、道路と呼べるような道——わたしの生まれ故郷で呼んでいるような道——はどこにもなく、運河の上にかかる橋とつながっている石畳の歩道しかないということだった。まるで運河そのものが道路の役割を果たしているようだ。すべてのもの——荷物も人も、そしてゴミまでも——が運河を通って運ばれていた。特に、屋根のない荷船にゴミが投下されているのを見たときには驚いた。

それに、家が直接水につかっている。てっきり、高潮になっても沈まないように安全な土台の上に建てられているのだと思っていた。ところが実際には、家そのものが運河のなかに立っていて、いちばん下の階の窓や低いところのレンガはひたひたと水につかっている。だから海藻の色に染まっている。なかには、ドアの半分が水没している家もあった。どうして潮に流されることなく、家はばらばらにならずに立っているのだろう。伯母にもわからないそうだ。

とにかく、まっすぐ歩いて目的地にたどり着くことはできそうにない。そのまま歩いていくと運河にぶちあたり、渡る橋もなくて行く手をはばまれてしまうことがたびたびあった。右に行きたければ、まずは左に行かなければならない。そんな感じだ。でもホルテンシア伯母さまは迷うこともなく、サン・マルコ広場まで連れていってくれた。広場を目にしたとき、たぶん十八年生きてきたなかで初めてわたしは息をのんだ。これほど素晴らしい光景は今まで見たこともなかった。柱廊《コロネード》で囲まれた広大な広場の奥にあるとても大きな寺院は、ドーム状の屋根や彫刻に覆われ、東洋の幻想から抜け出てきた宮殿のようだった。広場の右側にはとてつもなく高くまっすぐな鐘楼がそびえ立ち、凝った装飾を施された曲線的な寺院との対比が際立っていた。屋外にはカフェもあって、コロネードの下では小さなオーケストラが音楽を奏でていた。呆気にとられているわたしに、伯母が言った。「見なければならないものが多すぎて、ペストリーにうつつを抜かしている暇はないわよ」

広大な広場を急ぎ足で横切ってサン・マルコ寺院まで行くと、内部を細部までくまなく案内してくれるガイドを伯母は雇った。わたしたちは地下聖堂までおりていった。お墓がいっぱいあってとても気味悪かった。そのあと、ドゥカーレ宮殿のツアーに加わった。見事な部屋がいっぱいあり、壁には有名な絵画が掛かっていた。

「もし画家になりたいんだったら、これを注意深く観察するのがいちばんよ」壁一面に広がるティントレットの絵を指差して伯母は言った。すごい、とわたしは思った。たとえすぐれた技術があったとしても、どのくらい時間をかければこんな絵を描きあげることができるのだろう。ここに展示されている絵画はあまりにも巨大で、あまりにも素晴らしくて、自分が描くなんて想像すらできなかった。それ以上に、わたしは〈ため息橋〉に心を惹かれた——牢獄に連れられていく囚人が橋を渡るとき、もう二度と見ることのない外の世界を最後に眺めるからそう呼ばれるようになったらしい。なんて悲しくてロマンチックなの！　またここに来て、絶対にスケッチしなくちゃ！

ホテルに戻って昼食をとったら少し休みましょう、と伯母に言われたときは少しほっとした。ヴェネツィアでは、お昼の時間にはどこも閉まってしまうらしい——お店も博物館も。街全体が扉を閉じ、眠りにつく。でも、もちろんわたしは眠れなかった。ベッドに寝ころんで閉じたよろい戸の向こうから聞こえてくる音を聞いていた——ゴンドラのオールが水を叩く音、モーターボートのエンジンの音、鳩がのどを鳴らす音、そしてツバメのかん高い鳴き声。笑ってしまうくらい満ち足りた気持ちだった。生まれて初めて、なにもかもに納得できたような感覚になった。もう、ミス・マスターズの〈アカデミー・フォア・ヤング・レディース〉は卒業したのだ。広い世界が、わたしの目の前に広がっている。

その晩の夕食のメニューはフリット・ミストで、英語で〝魚のミックスフライ〟と書かれていた。でも実際にお皿に盛られてきたのは、得体の知れない触手のぶつ切りや、ひげだらけの海老や、さまざまな種類の貝だった。

「あら、まあ」とホルテンシア伯母さまは言った。「潟《ラグーナ》の底を漁って捕ってきたのかしら。とてもじゃないけど、食べられそうなものには見えないわね」

わたしは結構おいしいと思った。噛みごたえのある触手を食べるのは少し勇気が必要だったけど。夕食の締めくくりは果物とチーズとコーヒーだった。ホテルの外からは、街がどんどん活気づいていくのが聞こえてきた。ゴンドリエーレが歌いながら窓の外を通りすぎていった。遠くのほうからジャズバンドの演奏が聞こえた。運河の向こう岸の細い道に、笑い声がこだましていた。

「外に出て探検してきましょうよ」とわたしは言った。

ホルテンシア伯母さまは、まるでわたしが素っ裸になってサン・マルコ広場で踊ってもいいかと訊いてでもいるかのような顔をした。

「レディというものは、夕食のあとに殿方のエスコートもなしに出歩くもんじゃありません」

はい、その話はそれでおしまい。わたしたちはサロンに行き、伯母はふたりのイギリス人女性とおしゃべりをしていた。わたしはひとこと挨拶してから部屋に戻り、絵の道具を点検した。父からプレゼントされた新品のすてきなスケッチブック。小さな箱にはいった水彩絵の具、ペン、携帯用のインク壺、そして木炭と鉛筆。新進気鋭の画家にとって必要なものはすべて揃っている。わたしは満足してため息をついた。さっそく明日からスケッチを始めよう。九月になれば、ロンドンのスレード美術学校の学生になるのだから。

ペンをインクにひたし、〝ジュリエット・ブラウニング。一九二八年五月より〟と書いた。

第二章

ジュリエット　一九二八年五月　ヴェネツィア

どうやら、魚のミックスフライについてのホルテンシア伯母さまの疑念は当たっていたらしい。朝になってから、夜中に嘔吐したこと、そしてとても起きられる状態ではないことを告げられた。ゆで卵と紅茶を持ってきてもらいたいことと、今日は一日ベッドで過ごすつもりだと伝えてほしいと頼まれた。オーナー夫人にそのまま伝えると、彼女はとても心配してくれて、胃腸のためには紅茶よりカモミールティーのほうがいいと勧めてくれた。ということで、わたしひとりだけお庭で朝食をとった。空いている椅子の上に、鳩たちがうれしそうに乗ってきた。朝食のあと、わたしは部屋に戻って伯母さまに言った。

「ひとりで外に行ってもいいでしょ？　スケッチがしたいの」

伯母は顔をしかめた。「賛成できないわね。ひとりっきりでヴェネツィアを歩きまわるのを許したら、あなたのお父さんはなんて言うかしら。迷子になったらどうするの？　もしも危険な場所に迷いこんだらどうする?」

「サン・マルコ広場への行き方はもうわかってる。寄り道しないで広場に行って、ただそこに座ってスケッチするだけよ。それに、昼間だから明るいし、ほかにもいっぱい観光客の人たちがいるし」

伯母はじっくりと考えこんでから口を開いた。「まあ、しょうがないわね。わたしと一緒に、一日じゅうこの部屋に閉じこめておくわけにもいかないしね。でも、帽子をかぶるのを忘れちゃだめよ。あと、ずっと太陽の下にいたらだめなんですからね」

うれしさではち切れそうになっているのを隠しながら、わたしはスケッチの道具をバッグに詰めこんだ。帽子はかぶったけど、手袋はしなかった――手袋なんかしたらどうやって絵が描けるというの? そういうわけで、わたしはひとりきりでホテルを出た。手始めに、まずはサント・ステファノ教会の前の広場に腰をおろし、噴水をスケッチした。そして、噴水のまわりを裸足で駆けまわっている子供たちも描いた。そのあとはあちこち移動しながら立ち止まり、目の前に現われたものをスケッチした。ゼラニウムの花がこぼれそうに咲き誇っているバルコニーや、ただの柱や、ライオンの頭の形をしたドアノッカーまでも。どこもかしこも、あまりにもすてきなものであふれていた。気をつけないと、ヴェネツィアにいるあいだにスケッチブックの全ページが埋まってしまい、フィレンツェやローマの分がなくなってしまう。ようやくサン・マルコ広場に着くと、今度はありえないようなドーム屋根や彫刻でいっぱいのサン・マルコ寺院のスケッチを始めた。まるで『千夜一夜物語』から飛び出してきたような建物だ。でも、挫折感でいっぱいになって描くのを諦めた。もっと遠近法について学ばないといけないのは明らかだった。次は鐘楼に挑戦した。あまりにも高くて、スケッチブックからてっぺんがはみ出てしまった。またしても失敗。でも、有名な時計塔のスケッチは少しうまくできた。それに、屋外のカフェに座って朝のコーヒーを飲んでいる人たちも、なかなかうまく描けた。もしかしたら、肖像画を描く画家になるのがわたしの運命なのかも！

〈ため息橋〉をスケッチするのにいい場所がないか探しているうちに、運河の向こう岸からの眺めがいちばんいいことに気がついた。広場から河岸に出る道をたどり、細い運河とそこにかかっているレース模様のような大理石の橋を、立ったままスケッチしはじめた。すると、何人かの観光客がわたしの肩越しにスケッチを覗きこんだ。どうしよう。公衆の目に晒《さら》すには、今の絵の技術では未熟すぎるのに。だから、わたしは慌ててスケッチブックを閉じた。ちょうどそのとき、鐘楼の鐘が鳴りはじめた。正午を告げる鐘だ。うわっ、大変！　昼食に間に合うように早く帰らないと、伯母さまが心配する。もう一度広場に戻り、来た道をたどってホテルまで帰ろうとした。でも、今朝サン・マルコ広場にはいってきた場所とはちがうところから出てしまったのか、自分がどこにいるのかわからなくなった。今朝は、道の横にこんな細い運河は流れていなかったはず。それでも、きっとこっちだと思う方向に進んだ。石造りの小さな橋を渡ろうとしていたとき、なにかの音に気づいた。最初は赤ちゃんが泣いているのかと思った。橋の下を流れる運河のほうから聞こえてくる。下を見ると、段ボール箱が流れていくのが見えた。声は、その箱のなかから聞こえていた。赤ちゃんの泣き声ではなく、子猫の鳴き声のようだった。誰かが子猫のはいった段ボール箱を運河に捨てて、溺れさせようとしているのだ！

わたしは周囲を見まわした。誰もいない。このまま放っておいたら、段ボール箱がびしょ濡れになって崩壊し、子猫たちが溺れてしまう。運河の縁《へり》に通路があるところまで戻り、柱につかまってできるだけ手を伸ばした。でも、箱は遠すぎて手が届かない。そうしているうちに、箱はゆっくりと流れていった。このままだと、高い建物のあいだにはさまれた、通路のないところまで流されてしまう。もうこうなったら、ほかにどうすることもできなかった。わたしはバッグを下に置き、帽子を脱ぎ、鼻をつまんで運河に飛びこんだ。水は驚くほど冷たかった。思わず息をして水を口いっぱい飲んでしまったが、勇気を振りしぼってなんとか箱をつかむことができた。イギリスでは、保養地のトーキーの海で波に揺られる以外、ほとんど泳いだ経験がなかった。そのことに気づいたときには、すでに遅すぎた。スカートが水を含んで重くなり、脚に絡みついていた。段ボール箱が沈まないように持ち上げて、運河の縁に近づくように足を蹴った。どうにか箱を通路に置くことができ、今度は自分が這い上がろうとした。でも、水面から通路までは三十センチくらいあり、どこにも足がかけられそうな段がなかった。どう考えても運河からは上がれそうにない。

びしょ濡れの服と靴は、わたしを水のなかに引っぱりこもうとしていた。もうへとへとに疲れていた。イタリア語で「助けて」ってどう言うんだっけ？　そもそも最初から知っていたんだっけ？　じゃあ、ラテン語ではなんて言えばいい？　ああ、ディア先生のラテン語の授業をもっと真剣に受けていればよかった！　運河の縁につかまろうとしたが、どこにもつかまれそうなところはなかった。頭の上のほうで、子猫たちは鳴き声をあげ、箱が揺れて今にも外に飛び出しそうだった。そのとき突然、別の音が聞こえた。近づいてくるモーターボートのエンジン音だった。ボートはわたしのすぐそばまで来た。このままわたしに乗り上げるか、わたしに気づかずに行ってしまうか、と心配になった。わたしは片方の手を上げて振った。

「助けて！」

男の人の顔がボートの端から覗いた。「おお神よ《ディオ・ミーオ》！」と彼は叫んだ。「ちょっと待って《ウン・モメント》」エンジンを切ると、力強い腕を伸ばしてこともなげにわたしをボートに引っぱり上げた。しばらくわたしを見つめてから、彼は言った。「イギリス人だね。そう？《シー》」

　わたしはうなずいた。「どうしてわかったの？」

「運河で泳ごうとするほどの馬鹿は、イギリス人の女の子くらいしかいないから」と流暢《りゅうちょう》な英語で言った。「それとも、落っこちたの？」

「べつに泳いでたわけでも、落っこちたわけでもないわ。子猫《キトゥン》を助けようとして飛びこんだだけ」

「キトゥン？」明らかに、そのことばは知らないようだった。

「猫の赤ちゃん」

　彼は心底驚いたようだった。「猫の赤ちゃんを救うために、運河に飛びこんだの？」

「そう。誰かが子猫たちを溺れ死にさせようとしたみたい。段ボール箱に入れられてたの。ほら、あそこ。なんとか通路に上げることができたの」

「で、その子猫たちはどうするつもり？　一緒にイギリスに連れて帰るの？」

　そんなに先のことまでは考えてもいなかった。「ううん、それは無理。ホルテンシア伯母さまが許してくれない。それに、ここからフィレンツェとローマにも行く予定なの。子猫たちは、どこかの家で引きとってもらえると思って」

「ああ、シニョリーナ」首を振りながら彼は言った。「ヴェネツィアは猫の街なんだ。人間より猫のほうが多い。猫はネズミを退治してくれるから助かるけど、子をいっぱい産む。多すぎるんだ」

「そうなんだ」

わたしのしょげかえった顔を彼はまじまじと見た。わたしも負けずに彼のことを観察した。パニックがいったんおさまった今、このボートが光沢のあるチーク材でできているということや、操縦している人が若くてとてもハンサムだということに気がついた。カールした黒い髪は少し乱れ、すっきりした顎の端整な顔立ち。白いシャツは首元が少し開いていた。まさしく、わたしが思うゴンドリエーレの理想形だ。笑うと、顔全体がぱあっと明るくなる。実際に彼の目は輝いていた。

「心配しないで」と彼は言った。「子猫たちの住処《すみか》はちゃんと探してあげられると思うよ。うちの使用人の誰かに引きとってもらうか、もしかしたらうちのヴェネト州の別荘に連れていけるかもしれない」

「ほんとに？　そうしてくれるととってもうれしい」

彼はエンジンをかけるとモーターボートを運河の縁まで近づけた。そして子猫たちのはいった段ボール箱をボートに乗せ、わたしの帽子やバッグも渡してくれた。

「ずいぶん重いバッグだね。ショッピングでもしてたの？」

「ううん。絵の道具。スケッチをしてたの。画家になるのが夢。九月から美術学校に行くことになってるの」

彼はうなずきながら言った。「おめでとう」

「この子たち大丈夫だといいけど」ボートの上で段ボール箱が揺れていた。「もしかしたらもう濡れてしまって、風邪をひいちゃうかも」

わたしはバッグを下に置くと、そっと段ボール箱を開けた。四つの白黒の顔がいっせいにわたしを見上げた。「ニャア？」四匹は同時に鳴き声をあげた。

「ねえ、見て！ほんとにかわいいと思わない？」彼にも見えるように、箱のふたを押さえながらわたしは言った。「それに濡れてないみたい。無事でよかった」泣きだしそうになって、わたしは慌てて手を口に当てた。知らない人の前で泣くなんてありえない。子猫たちが逃げ出さないように、段ボール箱のふたを閉めた。

彼は首を横に振りながら言った。「まったく、きみたちイギリス人ときたら！イタリアでは、動物は役に立つか、食べられるかのどっちかだよ」

「ペットとして犬は飼わないの？」

「お婆さんたちのなかには飼ってる人もいるかもしれないけど、ここでは犬といえば、狩り用とか番犬として飼うのが普通なんだ」

そのときになってやっと、自分がものすごい格好をしていることに気がついた。ワンピースはびしょ濡れで体にまとわりつき、髪の毛も頬に貼りついている。ボートの床には、わたしのまわりに水たまりができていた。

「ごめんなさい。ボートを濡らしてしまって」

彼はにっこり笑った。「心配しないで。ボートは濡れるのが当たり前だよ」そして、わたしを見ながら首を振った。「その濡れた服、すぐに脱がないと。ひどい病気に感染する前に、運河の水を洗い流さないとだめだ」と彼は言った。「運河の水は汚いんだ、シニョリーナ。すぐそばにぼくの家がある。一緒にうちに来てくれれば、メイドが服を洗ってアイロンをかけることができるよ。そうすれば、誰にもきみの小さな冒険のことは知られないですむ」

「それはだめ」彼の誘いはとても魅力的だった。「ホルテンシア伯母さまは、知らない男性の家に行くなんて絶対に許してくれないわ」

「知らない男といっても、信頼できる男だ。保証する」と彼は言い、またにっこり笑った。

「申し訳ないけど、ホテルに戻らないといけないの。昼食の時間までに戻るって伯母さまに約束したから」

「でもその格好を見たら、伯母さんはなんて言うかな。それとも、猫を救うために運河に飛びこんだんなら、イギリスではすべて許される？」

「それはどうかな。わたしにもわからない。もしかしたら、もう二度とひとりきりで外出させてもらえないかも」

なにかひらめいたかのように彼の目が輝いた。「そうだ。屋根のてっぺんをスケッチしようとしてたら、少し前にのめりすぎたと言えばいいんじゃない？　それなら伯母さんも納得してくれるかもしれないよ」

「そうね！　いいアイディアだわ」わたしは同意してうなずいた。「ありがとう」

「じゃあ、きみをホテルまで連れていかないとね。どこに泊まってるの？」

「〈ペンシオーネ・レジーナ〉。伯母さまは、ヴェネツィアでは必ずそこに泊まるの。お庭があるから」

「ああ、知ってる。食事はひどいけど、庭がある。実にイギリス人らしいね」

彼はエンジンをふかし、ボートはスピードを出しながら先に進んだ。

「このボート、すてき《ラブリー》ね」そう言っている瞬間にも、自分の表現の稚拙《ちせつ》さに気づいてがっかりした。もう子供ではなく、もうすぐ大学生になるのだからもっと洗練された会話の仕方を勉強しておくべきだった。

彼は振り向いて笑顔を見せた。「これは父のボートなんだ。ときどきこうやって使わせてくれる。ぼくも同感だ。とてもすてきだ《ラブリー》」

「どうしてそんなに流暢な英語が話せるの？」とわたしは尋ねた。

運河が狭くなり、彼はまっすぐ前を向いたまま高い建物の壁のあいだを抜けていった。

「父は、ぼくを世界で通用する人間にしたかったんだ。まずはフランス人の家庭教師をつけて、そのあとイギリスの寄宿学校に行かせた。フランス語は外交のため、英語は商売のため。ぼくの家族は海運業を営んでるんだ」

「どこの寄宿学校に行ったの？」

「アンプルフォース大学。知ってる？きみの国の北部にある、寒くて陰鬱な場所さ。すぐれたカトリックの神父たちがいるところ。あそこにいるあいだはずっと辟易《へきえき》してたよ。凍えそうに寒い天候に、冷たいシャワー。あとは朝食前のクロスカントリーのランニング。なにより食事が最悪だった。おかゆと煮た豆しか出てこなかった」

「わたしは、ベイクドビーンズをのせたトーストは好きよ」

「まあ、そうだろうな。イギリス人は味覚音痴だから。ヴェネツィアにいるあいだに、おいしい食事に連れていってあげよう。そうすればちがいがわかるから」

「伯母さまが、若い男性と食事に行くのを許してくれるはずがないわ。ものすごく昔気質《かたぎ》なの」

「ぼくが直接会いにいって、自己紹介しても？　うちは、中世から続く古い家柄なんだ。先祖にはヴェネツィア総督が何人もいたし、なかには教皇になった人もいる。それでも許してくれないかな」

「むしろ逆効果ね。伯母さまは厳格なイギリス国教会の信者なの。だから教皇は敵なのよ」

「なら、教皇のことは秘密にしておこう」彼はわたしをちらっと見て、いたずらっぽい笑みを浮かべた。「そういえば、きみの名前も知らないのにこうやって話しているのは、どうなんだろう。ホルテンシア伯母さんは許してくれないんじゃない？」

「わたしの名前はジュリエット。ジュリエット・アレクサンドラ・ブラウニング」そう呼ぶのが伯母だけだという事実は省いた——伯母はどうしてもシェイクスピアっぽいクリスチャン・ネームをつけたがった。それから、ほとんどの知り合いからは、なんのおもしろみもないレティと呼ばれていることも言わないでおいた。

　彼は目を見開いた。「驚いたな。だって、ぼくの名前はロミオなんだ」

「ほんとに？」ほとんど声が出せなかった。

　彼はわたしを見つめてから、急に笑いだした。「いや、嘘だよ。からかっただけ。ぼくの本当の名前はレオナルド。レオナルド・ダ・ロッシ。でも、レオって呼んで」

わたしたちの乗るモーターボートは、ひんやりとして薄暗い支流の運河から、太陽をいっぱいに浴びた広々とした大運河に出た。

「ほら、あそこ」――左手に見える建物を指差してレオが言った――「あれがぼくの家。うちで、きみの濡れた服を洗えばいちばん簡単だったんだけどね」

わたしは、ムーア様式のアーチ型窓と贅沢な装飾が施されている壮大な宮殿を見上げた。嘘でしょ？声には出さなかったが、そう思った。レオの言っていることは本当なんだろうかと疑いはじめていた。でも、彼はとてもハンサムで、とびきりの笑顔を見せる。その彼が、わたしをホテルまで送っていってくれる。子猫たちを、わたしには黙って沈めてしまうかどうかは別として。

モーターボートは、ゆっくりと進むゴンドラや大きな荷船を迂回しながら大運河をさかのぼっていった。やがて、わたしが泊まっているホテルへと続く細い運河の入り口に着いた。

「きみが降りる前に、ぜひスケッチを見せてほしいな」と彼は言った。「見てもいい？ちょっと濡らしてしまうかもしれないけど」

「まだそんなに描いてないの」彼がスケッチブックをバッグから取り出すのを見ながらわたしは言った。人に絵を見られるのは恥ずかしかったけど、彼はすでにページをめくっていた。

「なかなかいいじゃない」うなずきながら彼は言った。「きみには才能があるよ。特に、広場にいる人たちの描き方がうまい。ユーモアがある」

ただのお世辞なのではないかと疑った。だって、遠近法が上手に使えていなかったから。

彼は続けた。「ビエンナーレにはもう行った？　もしも美術の勉強をするつもりなら、絶対に行かないとだめだよ」

「ビエンナーレ？　なに、それ？」

彼は眉をひそめた。「ビエンナーレのこと、聞いたことないの？　市立公園《ジャルディーニ》で開かれる現代美術の国際的な展覧会だよ。世界じゅうのいろんな国のパビリオンが立っていて、それぞれの国を代表する芸術家の作品が展示されているんだ。きみも絶対に気に入るよ」

「伯母さまに訊いてみる」

「喜んできみを案内するよ」

わたしは下くちびるを噛んだ。「あなた、どうしてそんなに自由な時間があるの？」

彼は肩をすくめて言った。「パドヴァの大学を卒業したばかりなんだ。秋になったらうちの事業の勉強を始めるけど、それまでは時間を自由に使える。だからいいだろ？　ぼくにビエンナーレを案内させてよ」

「行ってもいいか、伯母さまに訊いてみるわ。でも、あなたが案内するのを許してくれないんじゃないかって心配なの。わたしのことを守るのを絶対的な義務だと思いこんでるみたいだから」

それを聞いて彼は笑みを浮かべた。「そんなに手強《てごわ》い伯母さんの前に出たら、心に邪念なんか抱けそうにないね」

わたしも思わず笑ってしまった。「本当に手強いんだから」

ボートの横に、ホテルの庭に上がる階段が現われた。わたしは彼の袖に触れて言った。

「もうちょっと先のほうまで行ってくれる？　こんな格好であなたのボートから降りるところを誰にも見られたくないの」

「わかった」彼はスロットルを上げ、数メートル先にある別の階段までゆっくりとボートを進ませた。「いつまた会える？　それとも、もうぼくとは会いたくない？」

「そんなことない！」少し感情がこもりすぎたかもしれない。「でも、ヴェネツィアにはあと二日しかいられないの。そのあとフィレンツェに向かうから。ビエンナーレのことは伯母さまに訊いてみる。許してくれそうな気がする。それか、もし明日もまだ伯母さまの体調が悪かったら、またひとりで外出できるかもしれないし」

「それはよかった」と彼は言った。「なるべく明日まで治らないように祈っておくよ。きみには、ぼくの街をもっともっと案内したいから」彼はそう言うと、階段の横の柱を力強くつかんだ。そしてボートから降りるのを手伝ってくれて、バッグを渡してくれた。

わたしは子猫のはいった段ボール箱を見おろした。「わたしが見えなくなった瞬間、この子たちを溺れさせるなんてことしないって約束してくれる？　神に誓って。嘘だったら死んでもいいって」

「え、なに？　ぼくに死んでほしいの？」

「ちがうわ。ただの決まり文句。誰かと約束するとき、『神に誓って。嘘だったら死んでもいい』って言うの」

「へえ、そうなんだ。わかった、約束するよ。でも死にたくないな。長生きして、幸せな人生を送りたい」

わたしは運河の縁の通路に立ち、彼を見おろした。本当にまた会えるだろうか。

「明日の朝、十時にここに来るね」と彼は言った。「きみと、きみの伯母さんをビエンナーレに案内するために」

わたしはとびきりの笑顔を見せて言った。「わかった」

「チャオ、ジュリエッタ」

「チャオ、レオ」

彼はエンジンをふかし、ボートはスピードを上げて遠ざかっていった。

第三章

ジュリエット　一九二八年五月　ヴェネツィア

ホテルの玄関をはいったとき、幸いにもオーナー夫人に出くわした。わたしを見るなり、彼女はぎょっとしたような顔で両手を振り上げた。「あらまあ、シニョリーナ。いったいどうなさったの？」

「運河に落ちちゃったんです」わたしは正直に打ち明けた。

「ああ神よ《ディオ・ミーオ》！　急いで《プレスト》。すぐに服を脱いで体を洗わないと」彼女はわたしをバスルームまで連れていくと、バスタブにお湯を入れはじめ、濡れた服を脱ぐのを手伝ってくれた。心配そうに、そのあいだじゅう雌鶏《めんどり》がひよこを呼ぶときのようなコッコッという声を出していた。お互い拙《つたな》いことばのやりとりのすえ、服と下着の洗濯をしておくと言っていることは理解できた。オーナー夫人は濡れた服をどこかに持ち去ったあと、大判のタオルとバスローブを持ってきた。わたしは温かいお湯で満たされたバスタブにゆったりとつかりながら、レオのことを思って笑顔になった。これまでずっと、恋をすることに憧れてきた。女の子ばかりの学校には、どこにも男の子の姿はなかった。学校の庭師でさえ八十歳以上だった。でも今、その憧れだった恋に落ちたのだ！　とてもすてきな男性から、また会いたいと言われている。わたしは、最高の幸福感に包まれて吐息をもらした。

こっそり部屋にもぐりこもうとすると、ホルテンシア伯母さまはベッドに座って本を読んでいた。そしてわたしをひと目見て驚いた。「お風呂にはいったの？　お湯の音が全然聞こえなかった」

「オーナーの奥さんが下のバスルームを使わせてくれたの」とわたしは弁解した。「実は、ちょっと失敗して運河に落ちちゃったから」

「ジュリエット！　少し目を離しただけで、溺れかけただなんて！　いったいなにを考えてるの？」

「溺れそうになんかなってないわ」わたしは言い、大きく息を吸いながら、必死になって次の文章を頭のなかで組み立てた。「すごくおもしろい形をした屋根があって、それをスケッチしようと思ったの。でも少し身を乗り出しすぎて、バランスを崩しちゃったの。でも、すごく親切な男の人がボートでやってきて、助け上げてくれたの。おまけにここまで送ってくれたのよ」

「見ず知らずの男性のボートに乗ったの？」

「だって、運河から引き上げてもらわないといけなかったから。どこにも上にのぼる階段がなかったんだもん。とにかく、びしょ濡れのものすごい格好のまま、ここまで歩いて帰るよりはましでしょ？」

伯母はため息をついた。「まあ、それじゃあしかたないわね。無事だったようだし。でも、せっかくの新品のスケッチブックは水の底に沈んでしまったのね？」

「大丈夫。落っこちる前に運河の岸に放り上げたから」頭を急回転させながらわたしは言った。「伯母さまの言うとおり、ほら、このとおり無事だったのよ。それに、助けてくれた若い男の人は、イギリスの寄宿学校に通っていたんだって」

「あら、そう。どこの？」

「アンプルフォース大学」

伯母は鼻を鳴らした。「カトリックね」

「うん、そう。だって、ヴェネツィアの人なんだからカトリックなのは普通なんじゃない？　でも、由緒ある家柄らしいわ。宮殿に住んでるの。で、その人がビエンナーレのことを教えてくれたの。聞いたことある？　世界じゅうの国がパビリオンを建てて、美術を展示する展覧会なんですって」

「現代美術ね」伯母は見下すような目をして言った。

「ミロとかピカソとか、そういうくだらないゴミばかり。あなたの行く美術学校では、そんなものを教えないといいんだけど。その人たちは芸術だと呼んでるようだけど、キャンバスに絵の具を投げつけることくらい誰だってできますよ。おとなしいチンパンジーのほうが、よっぽどましな絵を描くわ」

「でも、見にいっていいでしょ？　わたしを助けてくれた人が、伯母さまとわたしを案内してくれるって言うの」

「もちろんだめよ。その類いの絵なんかわたしは見たくないし、見ず知らずの男性にエスコートしてもらうなんて論外だわ。あなたのお父さんから、監督注意義務を放棄したと言われかねない」

「でも、ちゃんとした家柄の人なのよ」とわたしはもう一度言った。「住んでいるお屋敷を教えてくれたの。家というより宮殿で、とても綺麗なの。運河をはさんで、ちょうどグリッティ宮の向かい側にあって、色のついた大理石造りなの」

伯母はまたため息をついた。「かわいそうだけど、その若者にすっかり騙されたようね。あなたの言っているのはロッシ宮のことでしょ？」

「そうよ。彼の名前は、なんとかロッシだって言ってた」

「ふうん」伯母は、また見下したように笑った。「ほんとかしらね」わたしの腕をぽんぽんと叩いて続けた。「ジュリエット、あなたはまだ若くて経験が浅い。その青年は、おそらく雇い主のボートでお使いにいく途中で、外国人の女の子をからかっただけなんでしょう。でも、気にすることはないわよ。おそらく二度と会うことはないでしょうから」

「でも、明日の朝十時に迎えにきてくれる約束になってるの。行けないって伝えるだけでも会っちゃだめ？　なにも言わずに待たせるのはあまりにも申し訳ないから」

「もしも本当に現われたらね」伯母はあざ笑うように言った。「きっと明日は雇い主のボートが使えなくて、待ちぼうけを食らうのはあなたのほうだわ」

「試すだけでもだめ？」

「やめておいたほうがいいわね。とにかく、明日はムラーノ島に行く予定なの。わたしの具合が良くなれば、だけど」

もはやわたしに勝ち目がないのは明白だった。でも、なにも知らないレオを待たせるのはいやだった。それになにより、連絡もせずに約束を破るような失礼な人間だと思われたくなかった。だからわたしはこうすることにした――スケッチブックのページを一枚破りとり、〝レオへ。ごめんなさい。伯母さまが頑固で、どうしてもあなたに会わせてくれないの。あなたは命の恩人です。絶対にあなたのことは忘れません。ジュリエットより〟と書いた。

翌日は朝早く起きてこっそりと部屋を抜け出し、手紙（ホテル備えつけのレターセットから抜き出してきた封筒に入れて）を、ホテルの前にゴンドラをつないでおくための木の柱にピンで留めておいた。どうやら伯母の体調は回復したようだった。一緒に朝食をとり、ムラーノ島まで連れていってくれる船を見つけた。島に着くまで、はたしてレオはホテルまで来て手紙を読んでくれるだろうか、とずっと考えていた。後悔で胸が痛んだ。ムラーノ島でのガラス吹き体験はとてもおもしろかったが、ものすごく暑かった。ガラス工房の炉は煌々《こうこう》と燃えあがっていて、伯母もわたしも外に出てきたときには顔が真っ赤になっていた。

「一日の観光としてはこれで充分ね」とホルテンシア伯母さまは言い、待たせてあったモーターボートにわたしを押しこんだ。本当は島のお店を見てまわり、美しいガラスビーズでできたネックレスでも買いたかった。でも、こういうところの店では法外な値段で売りつけるから、リアルト橋の近くの店で値切ったほうがいいと伯母は言い張った。

帰る途中、サン・ミケーレ島という別の島が見えてきた。

「エコ・サン・ミケーレ！」島が近づいてくると、ホルテンシア伯母さまは大声で言った。

「あの島にも行くの？」とわたしは訊いた。

「まさか。あそこは墓地なのよ」

だんだん近づいてくると、島全体が白い大理石でできたお墓でいっぱいなのがわかった。家のようなお墓もあれば、天使が上にのっているお墓もあった。こういうところに埋められるのもいいかもしれない、とわたしは思った。

観光から戻ってようやくホテルに着くと、新鮮なレモンを搾ったレモネードが運ばれてきた。「これであなたにも、わたしがいつもこのホテルを選ぶ理由がわかったでしょ？」と伯母は言った。「こうして木陰に座ってひと息つけるなんて、とても文化的じゃない？」

伯母は少し休むと言って部屋に戻ったので、わたしはレオ宛の手紙を貼りつけておいた運河の柱まで行った。手紙はなくなっていた。きっと、無断ですっぽかしたのではないことはわかってくれただろう。ほっとするのと同時に、彼にはもう会えないのだと思うと心が打ちのめされた。もう二度と、笑ったときにぱあっと明るくなるあの顔と輝く目を見ることはできない。耐えられないほどつらかった。

伯母が昼寝から起きてすっかり元気を取り戻したあと、わたしたちはアカデミア橋を渡って——五十二段の階段をのぼり、五十段の階段をおりて——アカデミアを訪れた。

「ここは、あなたが九月から通う美術学校と同じように美術を教えている学校。それだけじゃなく、この上なく素晴らしい絵画も所蔵しているの」と伯母は言った。どんな学生がいるのか見たかったが、伯母が美術館の入り口までどんどん先に行ってしまうので、周囲を見まわしている暇もなかった。ドゥカーレ宮殿に行ったときと同じように、絵画の巨大さと豪華さにわたしは圧倒された。何枚もの聖母の絵、苦しむ聖人たちや戴冠される教皇たちの絵であふれていた。わたしは心のなかで密かに確信していた――ビエンナーレで展示されている現代絵画のほうがずっとよかったはず！　ホルテンシア伯母さまの強靱さには、尊敬の念を抱かないわけにはいかなかった。一枚一枚絵についてコメントしながら、ずんずん進んでいった。

やがて、わたしたちはリアルト橋の横にある市場までたどり着いた。伯母が大運河沿いのカフェでコーヒーを飲んでいるあいだ、わたしはスケッチするのを許された。果物や野菜を販売する屋台が並ぶ市場や、長いスカートを着た農家の女の人たちや黒い口ひげを生やした威勢のいい男の人たちをスケッチするのは楽しかった。でも、魚市場についてはあまり魅力を感じなかった。においが強烈すぎて、あまり長い時間居つづけられなかった。伯母のところに戻ると、ジェラートを注文してくれた。今まで聞いたことのないフレーバー――ピスタチオとストラッチャテッラ――のおいしいイタリアン・アイスクリームに、繊細なウェハースが添えてあった。

ホルテンシア伯母さまは、手強いヴィクトリア朝時代の貴婦人のひとりだった。ホテルに戻る途中も、疲れた様子など微塵《みじん》も見せなかった。そのときわたしはすでにくたくたに疲れていたので、水上バスに乗ることを提案した。ところがにべもなく却下された。水上バスは混んでいるし、見ず知らずのイタリア人男性と体を密着させるのはいやだというのが理由だった。「あの人たちは、女性のお尻をつねるのよ」と、恐怖に満ちた顔で伯母はささやいた。わたしは笑いを隠すのに必死だった。

やっとの思いでわたしたちはホテルに帰り、夕食のために着がえた。胃腸にやさしいものをという伯母のリクエストで、夕食はマッシュルームのリゾットだった。リゾットは言うまでもなく、そのあとに出されたクリーミーなケーキも絶品だった。おまけに、ピノ・グリージョという地元の白ワインを一杯だけ飲むことを許してもらえた。夕食のあと、わたしたちはほかの宿泊客たちと談笑した——おしゃべりをしていたのはもっぱら伯母で、わたしは外出して街の景色や音を体験できたらどんなに素晴らしいだろうと夢見ていた。そして、夜十時ごろにベッドにはいった。

伯母はすぐに眠ってしまった。でもわたしは、遠くのほうから聞こえてくる音楽を聴きながら、いつまでもベッドの上で横になっていた。もう少しで眠りにつこうとしていたところで、窓のよろい戸がカタカタ鳴っている音が聞こえた。わたしはすぐに起き上がった。風？　でも、風が吹きこんでくる気配はない。そのとき、もう一度音が聞こえた。わたしはよろい戸を開け、周囲を見まわした。

「ジュリエッタ。下だよ、下」小さな声がした。

わたしたちの部屋の窓の下に、ボートに乗った彼がいた。

「ほら、こっち」彼は両手をわたしのほうに伸ばしながら小声で言った。「おりるのを手伝ってあげるから」

「でも、寝間着を着てるの」とわたしは言った。心臓の鼓動の音が、大きすぎるくらい響きわたっていた。

「見ればわかる」彼はにやにやしながら言った。「早く着がえて」

いったいわたしはなにをしているんだろう。自分でも信じられなかったが、急いで着がえはじめた。いびきをかいている伯母をちらちら見ながら、どうにかボタンをはめた。そして、人が寝ているように見せるためにベッドのなかに枕を詰めこんでから、窓から下におりようとした。でも、かなりの高さがあるように思えて躊躇《ちゅうちょ》していると、急に彼の手が伸びてきた。両手でわたしのウエストを抱え、ボートの上に乗せてくれた。

「さあ」と彼は言った。「行こう」

「あ、あれ」見上げると、よろい戸が半分開いたままだった。

彼は不安定な体勢でボートの縁に立って腕を上に伸ばし、よろい戸を閉めた。そしてボートを岸から離すと細い運河に沿って静かにボートを動かし、距離が充分に離れたと確信してからエンジンをかけた。わたしたちは夜のなかへと進んでいった。

大運河に出ると、わたしたちは互いの顔を見合わせた。彼に笑いかけたが、これまでは言うことをよく聞く優等生だったわたしはこんなに悪いことをしたことがなく、少しひきつった笑みになった。それを見て、彼も笑った。

「どこに行くの？」

「楽しみにしてて」まだ笑いながら彼は言った。

一瞬、誘拐されたのかもしれないと思った。これはほんと。学校の女の子たちのあいだでも、人身売買の噂を聞いたことがあった。それに、ホルテンシア伯母さまが言うとおり、わたしはとんでもなく世間知らずだから。でも、彼は人身売買をする人には見えなかった。

「ねえ、わたしの子猫たちがどうなったか教えて」とわたしは言った。「ちゃんと生きてる？」

「ああ、とても元気にしてるよ。うちの別荘でネズミが発生して困ってたみたいなんだ。だから、コックが別荘に連れていくことになった。子猫たちがネズミ捕りの名人になるまで、別荘の管理人が育ててくれるそうだ」

わたしは安堵のため息をつき、彼のことを信じようと思った。これまで、男の子とも大人の男の人とも、まして見ず知らずの外国人男性と知り合いになったことはなかった。だから彼を信じたかった。彼はわたしと伯母をエスコートして、芸術祭を案内すると言ってくれたのだから。それだけでも信用に値するという証明になっているんじゃない？

わたしたちのボートは、大運河がラグーナへと開《ひら》けている場所に出た。右側のほうに、白いドーム状の屋根の大きな教会がそびえているのが見えた。河岸の遊歩道に沿ってボートが進むと、水面に光が反射してきらきらと輝いた。夜のこの時間はまだ歩行者で賑わい、音楽と笑い声がわたしたちのほうまで漂ってきた。人々が飲んで騒ぐパーティーに連れていってくれるのではないかと期待したが、その瞬間、そんな華やかな場所に行くような服を着ていないことに気がついた。わたしの心配をよそに、ボートはそのまま進んでいき、サン・マルコ広場への入り口も通りすぎた。やがて左手にはなんの建物も歩行者もいない場所に出た。あるのは暗闇だけだった。ふたたび、わたしは不安な気持ちに襲われた。

「どこに行くの？」とわたしは訊いた。少し声が震えていた。

「本当は、きみをビエンナーレに連れていきたかったけど、残念なことに夜はやってないんだ。だけど、ビエンナーレが開かれている場所なら見せてあげられる。ここはジャルディーニ、市立公園だ。ぼくがいちばん好きな場所だよ」そう話しながら、彼は桟橋にボートを横づけした。そして軽々と桟橋に飛び乗ると、ロープでボートをしっかりとくくりつけ、わたしに手を差し出した。わたしは栈橋に降り立ち、彼はボートのなかからバスケットを取り出した。

「それは？」とわたしは尋ねた。

「きみがヴェネツィアにいるあいだに、まともな食事をとってほしかったんだ」と彼は言った。「伯母さんはレストランに行くのを許してくれないだろ？　だったらピクニックしかないじゃないか。ほら、来て。ぼくの特別な場所を教えてあげる」

「ピクニック？　ひょっとして気づいてないかもしれないけど、もう真っ暗よ」

「暗くなってからピクニックをしちゃいけないなんて法律があるの？　あるとは思えないけどな」彼はわたしの手をつかんだ。とても幸せな気分だった。この人と一緒なら、なんの心配もないと思った。見事な古木や花が満開の低木のあいだをぬって、わたしたちは小道を進んでいった。ところどころに背の高い屋外灯がともされ、行く方向を照らしてくれていた。まれに、ほかのカップルや犬を散歩させている老婦人とすれ違うこともあった。ヴェネツィアでは、こんなに夜遅い時間にも人々の暮らしがある。

「あそこの木のあいだ、見える？」と言って彼は指差した。「あれがドイツのパビリオン」神殿のような柱が並ぶ白い建物が見えた。「で、あっちにあるのがイギリスのパビリオン。会場内にはいろんな国のパビリオンがあるんだ。なかを見てまわれないのが本当に残念だよ。公園に展示されている作品でがまんするしかない」そう言うと、彼はギリシャ神の彫像の横に立った。長年、雨と潮風に晒された古い像だった。ツタの絡まる台座の左右に、低木が茂っていた。

「ぼくのいちばんのお気に入りの彫像」まるで生きている人にするように、像の手や腕をなでながら彼は言った。

「本物のギリシャ彫刻？」

「ナポレオンがこの公園を造ったとき、ここに置いたそうだ。だから、ギリシャから運ばれたものなのか、それとも公園のために一八〇〇年に造られたものなのかは知らない。ここには、似たような彫像があちこちにあるから」

「なんか悲しそう」ひげを生やした彫像の顔を見ながらわたしは言った。

「きみだって、潮風に晒《さら》されて削られていったら悲しそうに見えてくるよ」彼はそう言いながら、指が切り株のように短くなってしまった像の手を触った。「でも、ほかに好きなものがあるんだ。聞きたい？うしろにあるこの大きな木だよ。たしか、プラタナスって呼ばれていると思う。まだ小さかったころ、この像と木のあいだの狭い場所に要塞を造ったんだ。そこに隠れて、ひとりっきりで無人島にいるふりをしてた。そして、そばを通る人たちのことをこっそり見てた」

「わたしも裏庭に隠れ家を造ってたのよ。ウサギとかリスのふりをしてた」

最後に、彼は彫像をやさしく叩いて言った。「今度ここにきてスケッチするといいよ。きっと彼も喜ぶよ。きみのスケッチブックのなかの一員になれたら」

「ホルテンシア伯母さまが許してくれないかも。彼、服を着てないから」

「でも、公園のことは気に入ってくれるんじゃない？　イギリス人は誰でも庭園が好きでしょ？」

「あまり時間がないの。あとたった一日しか」

「でも、きみはまたここに戻ってくるよね？　いつか有名な画家になったら」

わたしは笑うしかなかった。「ここに展示されている芸術作品を見たら、自分にはそんな才能がないことを思い知らされちゃうわ」

「でも、ここにあるのは過去の芸術だ。きみだって、ピカソやダリやミロの作品を見たことがあるだろ？　彼らはそれまでのルールをすべて破った。彼らは、自分たちが見たとおりに世界を描いている。自分たちの心のなかにあるものを描いている。それが、きみのすべきことだ」

「わたしも、そうできればいいと思ってる。絵を描いたりスケッチをしたりするのが大好きなの。だから父も、美術学校の学費を出してくれることになったの」

「きみのお父さんはなんの仕事をしてるの？」

わたしは、思わず顔をしかめた。「父は大戦で負傷したの。実際には、毒ガスの被害にあって、肺に重傷を負ったんだけど。帰国してから、しばらくは街での仕事に復帰しようとがんばっていたけど、最近はほとんど仕事をしてないの。いくらかの遺産を引き継いだから、今はそれで生活をしてる。そのお金を投資して、うまくいってるみたい。わたしはずっと寄宿学校に通っていて、もうすぐ妹が同じ学校に通うことになってるの」

「男の兄弟は？」

「妹がひとりだけ。わたしよりもずっと年下。わたしが生まれてから戦争になって、そのあとで生まれたから」わたしは少し黙ってから訊いた。「あなたに兄弟は？」

「残念ながら、男はぼくだけだ。姉がふたりいる。ひとりは修道院にはいった。もうひとりは結婚して、定期的に赤ん坊を産んでるよ。典型的なイタリア人の妻だ」

「兄弟がほしかった？」

「もちろん。できれば兄が。そうすれば兄が家業を継いで、ぼくは自分の人生を好きなように生きられた」

「どんなことがしたかったの？」

「世界じゅうを旅したかった。美しいものを収集して、ギャラリーでも開いて。それか、戯曲を書いてみたかった。ぼくの頭のなかには、実際の世界では使いものにならないような非現実的なアイディアがいっぱいあるんだ。ぼくの父親は有力者で、うちは海運会社を経営してる。マルコ・ポーロの時代から続く老舗《しにせ》だ。それに、父はムッソリーニの親しい友人なんだ……だから特別に優遇されてる」

「あなた、本当にお金持ちなのね」

「残念ながら」

「それって、素晴らしいことなんじゃないの？　父がまだ元気だったころは、わたしの家族ももっといい暮らしができていたのを覚えているわ。ヨーロッパに旅行したり、母はドレスをパリで注文したり。でも、今は地元の服屋さん——ミセス・ラッシュ——に頼んでる。わたしの服を見れば、どんなものかわかると思うけど」

「とても似合っていてきれいだ」

わたしは顔を赤らめ、このお世辞にどう反応すればいいのかわからずに戸惑った。そして、次の質問をしようかどうか迷った。「レオ、あなたはそんなにお金持ちで、そんなにハンサムなのに、なんでわたしみたいな女の子なんかと時間を無駄にしているの？」

屋外灯の明かりに照らされて、彼が笑みを浮かべているのが見えた。

「きみにはなにか特別なものがある。ぼくの知っている女の子たちとはちがうんだ。彼女たちは人生に飽き飽きしていて、ただ自分たちのためにお金が使われるのを望んでる。でもきみは――きみはいろんなことを経験したがってる。人生が与えてくれるものを味わいたがってる」

「そうね、そのとおり。こうして今ここにいるからには、旅がしたい。世界が見たい。自由で、自立した女になりたい」そう言いながら、今言ったことが自分の本当の望みなのだとあらためて認識した。これまで、美術学校を卒業したあとの将来については、ほとんど考えたことがなかった。でも、こうやってヴェネツィアを経験した今、わたしには見なければならない美しい世界があることを知った。堅苦しいイギリスの片田舎に閉じこもっている人生なんて絶対にいやだと思った。

「結婚はしないの？」と彼は訊いた。

「もしかしたら、いつかは」頬が紅潮したのが自分にはわかったが、暗くてほっとした。

「でも、自分が何者で、なにが欲しいかがわかるまではしない」

わたしたちは暗さと静けさのなかで、影のような建物や高い木々のあいだをぬう砂利道を歩いていたが、ふたりしてふと立ち止まった。

「きみの目指す美術は、ひょっとしてこんな感じ？」とレオが言った。わたしは、目の前に立っている彫刻に視線を向けた。それは金属製の巨大な彫刻で、馬かなにかがうしろ脚で立っているような像だった。妙な感じに歪んでいて、どこか人を不安にさせた。

「ドイツの現代美術の作家だ」と彼は言った。「とても将来性を感じさせる」

「こういう怖いものを作りたいとは思わない。わたしは、美しいものが好きなの」

「そうだよね。きみはいくつ？　十八歳？」

わたしはうなずいた。

「十八歳のときは、誰だって美しいものが好きさ。誰だって将来に大きな夢を持ってる」

少し間をおいて彼は言った。「ああ、ここだ。やっと着いた。ここがピクニックの場所だよ」

わたしたちが着いたのは、芝生の生えた小さめな広場で、三方を深い茂みに囲まれ、もう一方はラグーナに面していた。遠くのほうで光がきらきらと輝いていた。

「向こうに見えるのがリド島だ。ビーチもあるし、庭付きの綺麗なヴィラもある。ぜひ泳ぎにいくべきだ」

「水着は持ってこなかったわ。ヴェネツィアには、教会とか美術館とかしかないのかと思ってた。それに」とわたしは付け加えた。「あと一日しか残ってないし」

彼はうなずいた。「だったら、いつかまた戻ってきて。自立した女性になったときに」

「ええ、そうするわ」

彼は芝生の上にラグを広げて敷いた。「どうぞ座って」

言われるまま、わたしは座った。彼はわたしの横にしゃがみこみ、バスケットを開けていろいろな容器を取り出し、満足げに開けていった。

「これはチーズ」と彼は言った。「ベルパエーゼ、ペコリーノ、ゴルゴンゾーラ、それにトマトと一緒に食べるモッツァレッラ」チーズを木製ボードに並べながら、彼はひとつずつ指を差して言った。「それと、こっちがサラミにプロシュットにオリーブ。あとはパンとワイン。それと、うちの果樹園でとれた桃。ね、これだけあれば飢え死にはしないでしょ？」

レオは赤ワインをふたつのグラスに注ぐと、ひとつをわたしに渡した。ひとくち飲むと、とても豊潤で温かく、少しフルーティだった。とっくに夕食はすませてあったし、もう真夜中だ。それなのに、まるで何日もなにも食べていないかのように、わたしは次から次へと食べ物を口に運んでいた。「んー」しか言えなかった。

レオはただ笑みを浮かべながらうなずくだけだった。あたかも見事な手品を披露できた奇術師のように、食べるわたしを満足そうに見つめていた。

アドリア海から涼しい風が吹きはじめていたが、ワインのおかげでわたしの体はぽかぽかだった。桃をひとくち頬ばると、果汁があふれて顎まで垂れた。

「やだ」恥ずかしくなって慌てて手で拭いた。「こんなにみずみずしい桃は食べたことがない」

レオは笑った。「新鮮だからね。今日、木からもいだばかりなんだ」彼は手を伸ばし、指先でわたしの顎を拭いた。本当に軽く触れただけなのに、わたしは少し落ち着かない気持ちになった。でもそれと同時に、胸が高鳴った。残念に思いながら食事を終えたが、レオがわたしのグラスにまたワインを注いだので、飲んだ。

わたしは仰向けに寝ころんで星を見上げた。こんなに満ち足りた気持ちになったのは初めてだった。

「ねえ、訊いてもいい？」とレオは言った。彼の顔が、わたしの顔のすぐ上に現われた。

「今まで、キスされたことはある？」

「ううん。家族以外には」彼はわたしにキスをするつもりだ。完璧な夜を締めくくるには、完璧な終わり方。わたしの心臓の鼓動が早くなった。

「じゃあ、きみはラッキーだ。ぼくがファーストキスの相手だなんて」と彼は言った。

「ぼくはキスがうまいらしいよ。人から聞いた話だけど」

わたしがなにも言えないうちに、彼のくちびるがわたしのくちびるに重なった。でもそれは、小説のなかで読んだような、くちびるとくちびるが軽く触れるようなファーストキスではなかった。彼の口の温かさが伝わってきて、彼の体の重さがのしかかってきた。そして、自分のなかに存在していたことすら知らなかったような、すさまじいまでの欲望の昂《たか》まりをわたしは感じた。このまま続けてほしかった。やめないでほしかった。でも、レオはいきなり体を起こして座った。

「だめだ。紳士らしく、ここでやめておかないといけない」と彼は言った。「ホテルまで送っていくよ」

レオはピクニックの後片付けを始めた。わたしはなんだか混乱しながら、座ったままその様子を眺めていた。なにか気にさわることでもしてしまったのだろうか。がっかりさせてしまった？　わたしとのキスは良くなかった？　でも、理由は聞きたくなかった。

彼はわたしが立ち上がるのを手伝ってくれた。それからは無言のまま、来るときに歩いた木々のあいだの小道ではなく、ラグーナの岸沿いの道を歩いた。ボートまでたどり着くと、彼はわたしが乗りこむのを手伝ってくれた。エンジンがかかるとボートはスピードを上げ、来たときよりもかなり高速で進んでいった。ボートのうしろには長い引き波ができて渦巻き、顔に風が当たった。

あっという間に大運河に着いた。夜遅く航行しているゴンドラと流れを合わせるために、レオはスピードをゆるめた。

「正直に打ち明けないといけないことがある」ホテルの入り口が近づいてくると彼は言った。「最初は、旅行で訪れた若い女の子に親切にしようと思っただけだった。初めての冒険を味わわせてあげたいと思っただけなんだ。でも、きみにキスしたとき——そこで止めないといけないと思った。そうしないと、自分を抑えられなくなるとわかったから。きみが欲しかった。きみも、ぼくが欲しかったんだよね？　そうでしょ？」

わたしは、頬が熱く燃えるのを感じていた。この暗さでそれを見られないですむと思うとほっとした。ホルテンシア伯母さまは、こんな会話をわたしが男の人とするわけがないと思うだろう。でも、なぜかレオとは素直に話すことができる。そしてわたしは自覚した。恥ずかしさと不思議さが入り乱れていたけど、あのとき、わたしもやめてほしくないと思っていたことを。

「自分のなかにあんな感情があるなんて想像もしてなかった」とわたしは言った。「キスされたら、きっとすてきなんだろうって思ってた」

「すてきじゃなかった？」

「すてき以上のものだった。なんていうか……圧倒された気持ちになった。この世界のほかのことなんて、もうどうでもいいと思えるくらいに」

「きみはいつの日か、人とはちがう魅力的な女性になると思う。たいていの女の子は——

男に触れられると怖くなる。神父さまに懺悔《ざんげ》しなくてはいけないと思う。その点、きみはイギリス国教会に感謝しないといけないね。懺悔する必要がないんだから」

ホテルの側壁がすぐそこまで近づいていた。急に現実がわたしに襲いかかった——たぶん、この人とはもう一生会うことができない。

「もしかしたら、明日の晩もボートが使えるかもしれない」と彼は言った。「ふさわしいドレスを着てくれたら、ダンスに連れていってあげるよ」

「わたし、そういうドレスは持ってないから。あなたが行こうとしているような場所にふさわしいドレスは」

「どっちにしろ、ぼくは明日もここに来るから。もう一度きみに会いたい。だから、今はまださよならじゃないよね？」

「そうわたしも願ってる」

彼はボートのエンジンを切り、壁に沿ってボートを進ませた。やがて、わたしの部屋の窓の下に来た。彼は立ち上がり、窓のよろい戸を開けた。わたしは、ボートの縁に上がるのを手伝ってもらい、少し無様な格好でなんとか窓によじのぼって部屋に戻ることができた。

ホルテンシア伯母さまは、口を開けたままのみっともない顔でいびきをかきながら、ぐっすりと眠っていた。わたしは外に顔を出し、親指を立てて彼を見おろした。彼はにっこり笑い、手を振りながらボートで去っていった。彼が大運河の先に見えなくなるまで、わたしはずっと見送った。そのあと服を着がえてベッドにもぐりこみ、天井を見上げながら幸せの吐息をもらした。

第四章

ジュリエット　一九二八年五月　ヴェネツィア

朝になって目を覚ましたとき、もしかしてあれはすべて夢だったのだろうかと思った。帰国してから友だちに話したとしても、絶対に信じてくれないだろう。レオがどんなにハンサムか、写真を撮っておけばよかったと後悔した。もし今夜また会うことができたら、イギリスの住所を教えて写真を送ってもらおう。わたしったら、なんて大胆で向こう見ずになってしまったのだろう！

伯母がバスルームから出てきた。

「今日はどこに行くの？」とわたしは訊いた。

「コッレール博物館に行こうかと思ってるのよ。あとは、セント・ジョージ教会。それに、今日がヴェネツィア最後の日だから、リアルト橋にあるお土産屋さんを覗いてみましょうか。ほら、あなたもヴェネツィアン・グラスを買いたがっていたでしょ？」

わたしは納得してうなずいた。シャワーを浴びてから着がえをすませ、髪の毛をブラシで梳《と》かしているときに心臓が止まるかと思うほどびっくりした。頭のうしろのほうに、芝生がところどころついているのに気づいたからだ。伯母に見つからなくて命拾いした。わたしは急いで髪を梳かし、朝食をとるために一階に行った。お皿にロールパンやハムやチーズを取ってパラソルの下のテーブルに向かっていると、ホテルのオーナー夫人が現われて、伯母の名前を呼びながら手招きした。わたしはテーブルにつき、さっそく食べはじめた。まさかなにか問題が起きたなんて夢にも思わずに。数分後、鬼の形相をした伯母がやってきた。

「今すぐわたしについてきなさい」

わたしは立ち上がり、伯母のあとについて誰もいないサロンにはいった。伯母はわたしのほうを向いて言った。

「あなたはなんて悪い子なの！　わたしに恥をかかせて！　いいえ、わたしだけじゃなく、一族みんなの顔に泥を塗ったのよ！」

わたしはぽかんと口を開けたままだったが、伯母は続けた。「昨日、あなたは見られていたの。若い男性が操縦するボートから、窓をのぼって部屋にはいったそうじゃない。その人は、運河に落ちたときに助けてくれた人なんでしょ？　いったいなにを考えているの？　頭がおかしくなってしまったの？」

「そんなに心配するようなことじゃないの」そう言いながらも、厳密には、そうではないことは充分に認識できた。「レオはちゃんとした家柄の人なの。ビエンナーレの会場になってる公園とかパビリオンを案内してくれたの、それだけよ」

「あなたは、わたしの言いつけに従わなかった。信頼を裏切った。心配するようなことじゃないですって？　ジュリエット、あなたは知らないの？　イタリアでは、女性は結婚するまで、お目付役なしにひとりで外を出歩いてはいけないのよ。その若者は、あなたが人からどう思われようが、まったく気にしていなかった。きっと声をかければ簡単についてくるような女の子だと思ったんでしょうね。だって、相手が良家のイタリア人の女の子だったら、絶対にそんなまねはしないはずだから。恐ろしいことにならずにすんで、本当に幸運だった。あなたはこれまで、悪い男性のやり口からずっと保護されてきた。でも、どんなリスクを伴っていたかは理解しているはずよ。見ず知らずの若い男性とふたりだけで、真夜中に出かけるなんて」伯母は人差し指をわたしに向けて振りながら続けた。「もしわたしの自由にできるなら、今日にでもまっすぐイギリスに連れ帰るわ。それが、あなたがしたことの報い。でも、ただでさえ体の調子が万全じゃないあなたのお父さんに、これ以上心配をさせたくない。だから、このまま旅行は続けます。ただし、今すぐヴェネツィアは出ます」

「今すぐ?」わたしは思わず口走った。「お願い、待って。伯母さまはわかってないの。全然そんなことじゃなかったのよ。彼は本当に良い人なの。ねえ、彼に会ってみて。そしたら、伯母さまにもわかるから」

「今すぐよ、ジュリエット」石のように固い表情だった。「上に行ったらすぐに荷物をまとめなさい」

涙があふれてくるのがわかった。「せめて手紙を書かせて」

伯母は、射すくめるような目で言った。「レディは、人前で感情を露わにしてはいけません。あなたは家族だけではなく、祖国まで辱《はずかし》めたのよ」ひと息ついてからまた続けた。「一日早くフィレンツェに行きましょう。これからは、あなたを両親の家の玄関に送りとどけるまで、一秒たりとも目を離しませんからね。わかりましたか、ジュリエット?」

「はい、ホルテンシア伯母さま」わたしはぼそぼそと言った。ほかにはなにも言い返せなかった。今になって、なんて馬鹿なことをしたのだろうと思い知った。もしもあのときレオがそのままのしかかってきたら、わたしには彼を止めることはできなかった。もしかしたらそれが狙いだったのかもしれない。誘えば簡単についてくる子。世間知らずのイギリス人の女の子。でも、レオは自分から途中でやめた。彼は敬意を持ってわたしに接してくれた。わたしのことを大切にしてくれた。

わたしと伯母は無言のうちに朝食をすませ、部屋に戻って荷造りをした。なんとかしてレオに手紙を残せないか、必死に考えようとした。どうしてまた会えないのか、そのわけを知らせたかった。でも、伯母はそのチャンスをくれなかった。わたしはあっという間に待たせてあったゴンドラに乗せられ、そのまま鉄道の駅まで連れていかれた。ゴンドラに揺られて次から次へと通りすぎていく宮殿を眺めながら、心が壊れていくのを感じた。もう二度と、こんなに美しい光景は見られない。そして、そのときわたしは自分に約束した。一所懸命に勉強して、好きなところに旅ができるような有名な画家になる。いつの日か、と自分に約束した。いつの日か、必ずここに戻ってくる、と。

その晩、アルノ川が見わたせるフィレンツェのホテルの部屋で、わたしは窓辺に座ってレオの絵を描いた。記憶のなかから彼の姿が消えてしまう前に。少し乱れた髪やいたずらっぽい笑みや輝く瞳を、なんとかとらえることができると、そこにレオがいた。スケッチブックのページのなかの彼は、わたしに笑いかけていた。

第五章

キャロライン　二〇〇一年三月　イギリス

キャロライン・グラントにとって、二〇〇一年はあまり良い年ではなかった。それでも、その一年は楽観と期待感であふれて始まった。あるファッション誌を見ていたジョシュが、ニューヨークで開催される新進デザイナーのコンペの宣伝が載っているのを見つけたのだ。

「これに応募すべきだよね。そう思わない?」期待に目を輝かせながら彼がわたしを見上げた。「おれにとっては、ものすごいビッグチャンスだ。おれたちがずっと望んでいたことだろ?」

「ニューヨーク?」夢物語を語るジョシュに、合理的なキャロラインが水を差した。「でも、ずいぶんお金がかかるんじゃない? しばらくは滞在しないといけないんでしょ?」

「たしかにそうだけど、その価値はあるよ、カーラ。考えてもみろよ。もし優勝したら、おれたちの夢がかなうんだ。それに、たとえ優勝できなかったとしても、注目してもらえる。おれのデザインをブランド化したい、なんてオファーだってくるかもしれないんだぜ」

ジョシュは両手で彼女の肩をぎゅっと握った。「もう、今のままじゃやってられないんだよ。誰かの下で働いて、白いTシャツのデザインをするなんて、もう勘弁してほしいんだ。おれは、内側から死んでいってるんだ。すっかり干からびちまってる。おまえにもわかるだろ?」

声には出さなかったが、キャロラインにも言い分はあった。「じゃあ、わたしはどうだっていうの? 今のわたしの仕事は、美術学校にいるときに描いた夢だったと思う? わたしだって、あなたと同じくらい才能があったのよ。でも、アパレルメーカーでデザイナーの仕事に就けたのはあなただけ。わたしは……妊娠したから」

彼女がジョシュと初めて会ったのは、セント・マーチンズ・カレッジのファッションデザイン科の初日だった。黒い髪を長く伸ばして目をぎらぎらと輝かせ、マントをはおった彼は実に大胆不敵だった。高校のダンスで出会ったまじめな男の子たちとは、まるでちがった。教室でいきなり彼が隣に座り、なにか不真面目なことを耳打ちしてコーヒーでも飲みにいかないかと誘ってきたとき、キャロラインは一瞬で心を奪われてしまった。それ以来、ふたりはずっと一緒にいる。彼がとんでもない才能に恵まれていることに、彼女はすぐに気づいた。でも、その才能は制御不能であり、少し度を超えていた。キャロラインにも才能があることは、教師たちも認めるところだった。特に服のシルエットや色についての才能が光り、彼女の前には明るい未来が広がっていた。でも卒業を間近に控えていたころ、妊娠が発覚した。

　ジョシュは彼女に愛を告白し、これからはチームとしてやっていこうと言った。ふたりはすぐに結婚した。彼は大手のアパレルメーカーに就職し、一般大衆向け衣類のデザイナーになった。テディが生まれてからキャロラインはしばらく育児に専念していたが、家計が苦しくなりはじめたため職に就いた。女性誌の編集助手は彼女の能力には見合わない仕事だったが、生活費の足しにはなった。

「今のおれたちを見てみろよ」とジョシュはたたみかけた。「ロンドンで借家に住むのがやっとだ。自分たちの家を買ったり、テディを良い学校に通わせたりするための貯金すらできない。きみには、相続する遺産もない。おれだってそうだ。だから、全部おれにかかってるんだ、カーラ。どうしてもやらなきゃならない。たとえ銀行から金を借りなくちゃいけないとしても」

　本心では、彼の言っていることが正しいのはわかっていた。このままではただ生存しているだけというのが正直なところで、ジョシュはこの家庭生活に不満を募らせていた。結局、彼は行ってしまった。そして、ニューヨークからかかってきた電話の彼は、有頂天そのものだった。コンペの審査員は彼のデザインを絶賛し、最終選考に残ることが決まった。でも……彼は優勝をのがし、二位に終わった。帰国したら、落胆している彼を慰めるつもりだった。ところが、翌日かかってきた電話で、事態はまるっきり別の方向に進みだした。

「なにが起きたか、絶対に想像できないよ、カーラ。奇跡が起きたんだ。何百万年に一度の奇跡だ――」

「いいから、早く言ってよ」と彼女は興奮しているジョシュをさえぎった。

「デジレっていう歌手、知ってるだろ？」

「奇抜なファッションセンスと、それ以上に奇抜な髪型のポップスターでしょ？」

「そう、その歌手。彼女は人を惹きつける魅力的な人で、気前もいいんだ」と彼はまくしたてた。「とにかく、その彼女がファッションショーを見てたそうで、これから始まるツアーの衣装デザインを、このおれに依頼してきたんだよ。信じられるか？　デザインの相談をするために、しばらくニューヨークにいてほしいって言われたんだ」キャロラインがなにも言わないでいると、彼は続けた。「ねえ、聞いてる？　なにか言ってくれよ。うれしくないのか？」

「もちろんうれしいわ」とキャロラインは言ったが、本心ではなかった。息子のことはどうなの？　ジョシュは、ひとこともテディのことは言わなかった。それに、わたしのことはどうなの？　「ただ……あなたがいないと寂しいの」

「馬鹿だなぁ。おれだって寂しいよ。でも、これはただの始まりで、これからもっといいことが起きる。おれにはわかるんだ」

キャロラインも、心を躍らせて幸せな気分にひたりたかった。でも、心配がひたひたと押し寄せてきた。もし、ジョシュがみんなでニューヨークに引っ越そうと言いだしたら？　そうしたら、自分はどう思うだろう。それに、テディの学校のことは？　息子はまだ六歳で、もうすぐちゃんとした教育を受けさせないといけない。

ジョシュは毎日欠かさずに電話をかけてきた――デジレのペントハウスは、とにかく素晴らしい。世界最高峰のチームと仕事ができている。おれがデザインしているものを、おまえにも見せたい。おれのことを誇りに思ってくれるにちがいない、と。

やがて、かかってくる電話の回数は減っていった。

「まだツアーの衣装の仕事は終わらないの？」たった一度、キャロラインのほうから電話したときに訊いた。「そろそろ帰ってきてもいいころじゃない？」

「そのことなんだけど」彼は咳をした。落ち着かないときの彼の癖だ。「実は、ツアーにも同行してほしいってデジレに言われてるんだ。衣装になにか不具合が起きたときとか、調整が必要になったときのために。あとたった一ヵ月のことだよ。でも、その価値は充分にある」

キャロラインにはわかっていた。タブロイド紙に載った写真を見る前から、とんでもないことが起きていることが。「デジレ・ダンカン、新しい恋人――ファッションデザイナーのジョシュ・グラント――とマイアミのナイトクラブを満喫」そしてついに、その電話はかかってきた。

「ごめん、カーラ。おれは、そっちには戻らない。やっと気づいたんだ。最初から、結婚は望んでいなかったのに、それにがんじがらめになってたことに。もちろんおれはおまえのことを大切に思ってた。でも、おまえといても……彼女と一緒にいるときのような幸せを感じることはできなかった。ここ何年かで、生きてることをこんなに実感したことはなかった。今は生き生きとして希望に満ちあふれて、自分の好きなことができてるんだ。心配しないで。おれはちゃんと自分がすべきことをする。テディがなに不自由なく暮らせて、良い学校に行けるように責任を果たす。いい父親でいる。おれは息子を愛してる」

その後、アメリカの弁護士から手紙が届いた。離婚するにあたっての条件だった。テディの共同親権。慰謝料と養育費。弁護士の見解では、ジョシュの出してきた条件は公正かつ妥当なものだとのことだった。ジョシュは、テディの学業に影響を及ぼさないようにと、アメリカで過ごすのは学校の休暇中だけでいいと譲歩した。つまり、夏休みとクリスマスとイースターのあいだだけ。

キャロラインは怒りでおかしくなりそうだった。日常の大変なことや苦労はすべて彼女に任せ、テディがクリスマスプレゼントを開けたり、ビーチに行ったり、イースターエッグを探すといったおいしいところだけをジョシュはひとり占めするつもりだ。ただ、学校生活が大事だということも充分に理解できた。少なくともこれで、ちゃんとした私立学校で良い教育を受けさせることはできる。その学費をジョシュが負担するのを約束させなければならない。

キャロラインは息子のために気持ちを強く持ち、なるべくなにも感じないように毎日を機械的に過ごした。そして週末には、彼女にとって心の拠り所とも呼べる、祖母と大伯母が住んでいる家にテディを連れていった。十歳のときに両親が離婚して以来、そこはキャロラインが本当に〝わが家〟と呼べる唯一の場所だった。考古学者だった母はいつも海外の辺鄙《へんぴ》なところばかりに行っていた。まるで蝶々のようにキャロラインの日常に出たり入ったりし、帰ってくるたびに遠い異国のお土産を持ってきては、すぐにまたどこかに行ってしまった。父のほうは何度も再婚を繰り返し、そのたびに新しい奥さんは父が待ち望んでいた息子たちを次々に産んだ。だから、キャロラインは寄宿学校が休みになると祖母とレティ大伯母さんと一緒に過ごした――レティ大伯母さんの本当の名前はジュリエットだったが、家族のみんなから本名で呼ばれることはなかった。子供のころ、キャロラインは祖母とレティ大伯母さんの家で安らぎと愛情、そして受け入れられているという安堵を感じることができた。それは、大人になった今も変わらなかった。

「あなたが結婚したときから、あの人のことは気に入らなかったのよね」非難めいたきつい口調でレティ大伯母さんは言った。「なんていうか、ずるさがにじみ出てた。浮ついてた。美術学校のときの課題で、あなたのデザインを盗用して提出したときのことは覚えてる？　あのときは、盗用したのはあなたのほうじゃないかって教師から言われたんでしょ？」

キャロラインはうなずいた。そのときの記憶はまだ心のなかの傷として残っていたが、新たな疑問も生みだしていた。ひょっとしてニューヨークでのデザイン・コンペでも、ジョシュは彼女のデザインを盗用したのではないだろうか。彼には、いったい何回裏切られたのだろう。

レティ大伯母さんは、穏やかな表情で窓辺の椅子に静かに座っていた。大伯母はいつもそこに座っていた。顔に日の光を浴び、お気に入りのラジオを目の前に置いて。何年か前から、視力は完全に失われていた。医師たちの診断は緑内障だったが、大伯母は一切の治療や手術を拒み、自分の生活から徐々に光が失われていくのを選んだ。かつては銀行で有能な秘書として働いていたのをキャロラインは知っている。でも失われていく視力のせいで退職してからは、夫を亡くしてひとりで住んでいる妹と一緒に暮らすようになった。それが、キャロラインの知っている大伯母の姿だった。窓辺の椅子に座り、日光の温かさを感じたり降りしきる雨音を聞いたり。そして、むかしと同じように、ラジオから流れてくるニュースや演劇や音楽を聴く。

「で、これからどうするつもり?」とレティ大伯母さんは尋ねた。「離婚について争うの?」

「そんなことしても、なんの意味もない」とキャロラインは弱々しく言った。「なにをしようが、彼はもう戻ってこない。彼は今、ずっと夢見ていたものを手に入れたの——名声もお金も。それになにより、家庭の義務を果たす必要もない」

レティ大伯母さんは細く白い手を伸ばしてキャロラインの膝を見つけると言った。「大丈夫、あなたは絶対に乗り越えられる。わたしが保証する。人っていうのは、どんなことでもほとんどのことは乗り越えられる力を持っているものなの。それも、ただ乗り越えるだけじゃない、晴れやかな気持ちで踏み出せるの。新しい扉が開くわ。もっと素晴らしい、安全な扉が開く。明るい未来が待ってるのよ」

キャロラインは年老いた手を握った。「ありがとう。大伯母さんとお祖母ちゃんがいてくれて、わたしって本当に幸せ者ね。ふたりはわたしの心の支えよ」

レティ大伯母さんは、なぜか悲しそうな笑みを浮かべた。

「ロンドンの家を引き払って、ここで一緒に暮らしたらどう？」その晩、夕食のときに祖母が言った。「テディが通える良い学校も近くにあるし」

「でも、わたしの仕事は？」

「通勤するのも無理じゃないわよ」

「でも、時間はかかるし、お金だって」キャロラインは言った。

「仕事は楽しいの？」

「ううん、特には」認めざるをえなかった。「ほとんど事務作業だし、毎日同じような仕事ばかり。ときどきはファッション関係のページを任せてもらったり、モデルさんが着る服を選ばせてもらったりもするけど、たいていは退屈な仕事ばかり」

「じゃあ、このチャンスをあなたにとっての新しい出発に利用すればいいんじゃない？」と祖母は言った。「あのろくでなし亭主に、ひとりでもちゃんと成功できることを見せつけてやりなさいよ」

「お祖母ちゃん、ありがとう。ちょっと考えてみる。まずは、テディにとってなにがいちばんいいかを決めないとね」

キャロラインは、今までと同じように日常を過ごした。テディの夏休みが始まろうとしていたころ、ジョシュから電話がかかってきた。デジレが、数カ月間ビバリーヒルズに家を借りたのだそうだ。プール付きの豪邸で、テディも喜ぶはずだし、デジレの娘オータム――テディより一歳下――の子守《ナニー》もいるから安心していい、とのことだった。テディの夏休みが始まったらすぐにロンドンに迎えにいく、とジョシュは言った。

デジレの元夫はどうなったのかと訊くことは、キャロラインにはできなかった。新聞の報道を読むかぎり、伝統的な夫婦や家族の関係など、ポップスターの世界ではどうでもいいことなのだろう。父親に会えることや、飛行機に乗ってプール付きの家に行くことに、テディは大喜びした。ジョシュがロンドンに来た。ふたりは礼儀正しく時候の挨拶を交わし、そしてテディは行ってしまった。息子がうれしさに飛び跳ねながらタクシーに乗り、満面の笑みを浮かべながら車の窓から手を振るのを、キャロラインはただ見ていることしかできなかった。裏切られたこと、腹を立てていることを、なるべく意識しないようにした。

テディは毎日のように電話をかけてきた。とても上手に泳げるようになり、プールの端から飛びこんで、底にある輪っかを拾ってこられるようになったそうだ。父親とデジレにディズニーランドに連れていってもらい、マッターホルンのアトラクションに乗ってすごいスピードだったこと、オータムはお化け屋敷を怖がったけど自分は平気だったことなど、うれしそうに話した。息子がとびきりの冒険を楽しんでいるのは、キャロラインも認めないわけにはいかなかった。でも、ロンドンに戻ってきたときに、こっちでのもとの生活にがっかりするのではないかと心配になった。

夏のあいだ、祖母からの提案について検討しはじめていた。祖母の家のあるサリー州に、どんな学校があるのかも調べた。これからの自分の人生について決断するまで、ロンドンへの通勤もそれほど無理ではないこともわかった。それになにより、それほど気に入ってもいない今の家の家賃を払う必要もなくなる。養育費を受けとったらどのようにやりくりしていけるか、じっくり考えてみることにした。最終的な決断は、それから下せばいい。九月になってジョシュがテディを連れて戻ってきたら、そのときには心も決まっているだろう。

夏のあいだにテディがどんなに成長したか考えながら、学校の制服を買うのを楽しみにしていた。すでに小さなアメリカ人になっているのだろうか。彼女は指折りテディの帰国を待っていた。ところが九月一日にジョシュが電話をかけてきて、ニューヨークには戻ってきたものの、テディがひどい中耳炎にかかってしまったと告げられた。医者に診てもらったところ、一週間から二週間は飛行機に乗せられないと言われたそうだ。学校が始まってからの数日を休ませなければいけないのは、本当に申し訳ないとジョシュは謝った。でも、まだ六歳だから、そんなに大事《おおごと》ではないだろうと彼は言った。

ジョシュの話が本当のことなのか、キャロラインは一瞬疑った。意図的に時間稼ぎをしているだけなのだろうか。もしかして、二度と息子を彼女のもとに帰すつもりがないのだろうか。そんな心配を無理やり頭から追い出した。落ち着いて待つしかない。彼女は自分に言い聞かせた。

そして、九月十一日。ニューヨークのツインタワーが倒壊した。

第六章

キャロライン　二〇〇一年九月　イギリス

最初にキャロラインが気づいたのは、会議室から聞こえてくるヒステリックで奇妙な泣き声だった。昼食を買ってオフィスに戻ってきた彼女が音をたどっていくと、すでにかなりの人だかりができており、部屋の奥の棚に据えられているテレビ画面を見つめていた。ひとりの若い秘書は両手を口に当てながら泣きじゃくり、年上の編集者が彼女に腕をまわしていた。ほかの人たちは不思議なほど静かだった。キャロラインもテレビ画面に見いったが、すぐには自分が目の当たりにしていることを理解できなかった。彼女は同僚のほうを向いて訊いた。

「なんなの、これ？」

「ニューヨークのワールド・トレード・センター。なんか、飛行機がビルに突っこんだの。大型の旅客機。上層階が火事になって燃えてる」

「なんてひどい。悲しすぎる。犠牲になった人たちがかわいそう」

そのとき突然、前のほうにいた若い女性が指を差しながら悲鳴をあげた。「見て！　また別の飛行機！」

人々は恐怖におののきながら、二機目の旅客機がふたつ目のビルにまっすぐ突っこんで炎があがるのを見ていた。

「これは事故なんかじゃない」と誰かが言った。

「きっとテロ攻撃だ」

「ニュースによれば、オサマ・ビン・ラディンの馬鹿野郎の仕業らしい」うしろのほうから男性の声が聞こえた。

「ああ、神よ。いったいまだ何機あるの？」

キャロラインは声が出せなかった。息をするのもむずかしかった。あの子はニューヨークにいる。デジレのペントハウスが、ニューヨークのどのあたりにあるのかさえ調べていなかった。でも、ツインタワーがあるような金融街でないことだけはまちがいないはずだ。安全で、遠く離れたどこかだろう……。

彼女はドアロに集まっている人々をかき分けて自分の机まで行き、バッグのなかを漁って電話帳を取り出した。手が震えていて、電話番号を押すこともむずかしかった。

「申し訳ありません。ただ今、回線が混みあっています」無機質な音声が聞こえてきた。「しばらくしてからおかけなおしください」

その日の午後、キャロラインはずっと電話の横に座っていた。そして、幾度となく繰り返される「回線が混みあっています」という音声メッセージが聞こえてくるたび、こみあげてくる涙と闘っていた。

「あなたの息子さん、ニューヨークにいるのよね？」同僚がそう言って彼女の肩を抱いた。「心配するのは当然よ。わたしがあなたの立場だったら、同じように心配すると思う。でも、大丈夫。絶対に無事よ」

いいからどこかに行って、わたしをひとりにして、と言いたかった。でも、彼女がただ慰めようとしてくれているのはわかっていた。帰宅してからも、十五分ごとに電話をかけつづけた。午前三時になって、ようやく電話が通じた。

「もしもし？」眠そうな女性の声がした。「なにか用？」

「キャロライン・グラントです」キャロラインは息急《せ》ききって言った。「ジョシュはいますか？　テディは？　みんな、無事なの？」

「ええ、みんな無事よ。九十丁目より北だから、何キロも離れてるわ。あのあとすぐにジョシュはあなたに電話しようとしたけど、全然つながらなかったの。本当に信じられないわよね。タワービルが崩れ落ちるなんて、現実とは思えなかった」

「本当にひどいことだわ」キャロラインも同意した。「ジョシュと話したいんだけど、電話に出してくれる？」

「彼はまだ寝てるの。ちょっと待ってて。起こしてくるから」

電話の向こうから彼女の声が聞こえた。「あなたの奥さんから電話がかかってきてるわ。ロンドンからよ。ねえ、起きたほうがいいんじゃない？」

かなり経ってから、ようやくジョシュの声がした。「やあ、カーラ。おれたちは無事だ。おれも、何度も電話したんだ。こっちは大丈夫だ。子供たちも、あれを見たときにはかなり動揺してたけど、もう大丈夫だ」

「テディと話せる？」

「テディは寝てるよ。今はこのまま眠らせてあげてくれ、カーラ。なるべく刺激しないようにしてるんだ。だからテレビも見せてない。いつもどおりの生活をさせてあげたい。また電話する。いいね？」

一方的にジョシュは電話を切った。キャロラインは怒りと闘いながら電話をにらみつけていた。受話器を置くと、安堵のため息をついた。みんな無事だ。息子も大丈夫だった。彼女は涙をのみこんだ。テレビのニュース番組では、絶え間なく最新の情報を伝えていた。

ペンタゴンも攻撃された。ペンシルベニアの野原に旅客機が墜落した。すべてのフライトがキャンセルされた。交通機関は全部止まった。首謀者はサウジアラビア人……オサマ・ビン・ラディンだった。

イギリスでは、大騒ぎが静まるとツインタワーへの関心も薄れていった。テロリストによる爆破に慣れてしまい、第二次世界大戦も経験した国にとって、今回のことは長期間にわたる悲劇のほんのひとつであり、すぐに新たな悲劇にとってかわられるものでしかなかった。数日後には、職場で誰も話題にしなくなった。でも、キャロラインはどうしても頭から消し去ることができなかった。テディは、ビルに飛行機が突っこむような街にいるのだ。どうして、また同じようなことが起きないと言いきれる？　彼女は毎日のように電話をしたが、電話が通じることはあまりなかった。

どうやらジョシュは、彼女にテディと話をさせたくないらしい。「きみが動揺しているのがテディに伝わってしまうよ、カーラ。テディは元気にやってる。今回の事件のことは、息子なりのやり方で乗り越えさせてあげようよ」

こうなったら、フライトが正常に復活するのを辛抱強く待つしかない。もちろん、すべての便が満席だろう。ニューヨークに閉じこめられている大勢の人が、すぐにでも脱出したがっているのだから。しばらくして、ようやくジョシュと話ができた。「いつになったらこっちに連れてこられる？　学校をずいぶん休んじゃってるから」

「電話しようと思ってたんだけど」とジョシュは言った。少し煮え切らない言い方だった。

「テディは悪夢にうなされてるんだ。それで、デジレの精神科医に診てもらった。医者が言うには、飛行機に対して強い恐怖心を持ってるそうだ。だから、しばらく飛行機には乗せないほうがいいって言うんだ。それで、こっちの学校に通わせようと思ってるんだよ」

「だめ！」キャロライン自身、自分の声の強さに驚いた。「それはだめ。もしも悪夢にうなされて怖がっているんだったら、母親と一緒にいないといけない。あんな悲劇を目にしたあとに、知らない人ばかりのところにいたら、精神的に不安定になるのは当たり前よ。テディを早く連れて帰ってきて、ジョシュ。もしそれが無理なら、わたしがそっちに迎えにいくから」

「おれの言ったことを聞いてなかったのか、キャロライン？」彼の声は、驚くほど落ち着いていた。「医者から言われたんだ。当分のあいだ飛行機には乗せちゃいけないって。そんなことをしたら、深刻な心理的ダメージを受けるおそれがあるそうだ。それに、テディのそばにいるのは他人なんかじゃない。おれたちはテディの新しい家族なんだよ。オータムのことも、テディはもう妹だと思ってる。同じ部屋で過ごしてる。本当に仲良くしてるよ。それに、テディにはおれがいる。おれは実の父親だよ。だから息子のために最良のことをしたい。それはつまり、今はここで生活させるということだ」

キャロラインは、生きた心地がしなかった。ジョシュはそうやって時間稼ぎをするつもりだ。たぶん最初からテディを帰らせるつもりなどなかったのだ。もしも息子を取り戻したいなら、彼女は戦うしかない。弁護士を雇わなければならない。

毎日仕事に行って、食べて寝る。キャロラインはそんな生活を機械的に繰り返した。職場の同僚から家庭問題専門の弁護士に相談することを勧められ、会いにいった。でも、今は子供を飛行機に乗せないという判断は妥当であり、夫が単独親権を要求してきた段階で法的な対応をすべきだろう、と言われた。今のところそういう脅迫めいたことを言われていないのであれば、成り行きを見守るしかない、というのが弁護士の見解だった。相談費用に百ポンドかかっただけで、キャロラインの怒りはかえって増大した。夜、ひとりベッドに寝ながら天井の雨漏りの染みを見上げていると、今すぐにでもニューヨークに飛んでテディを連れ戻すことばかり頭に浮かんできた。でもそんなことをすれば、彼女は悪い母親、無責任な母親だと判断されてしまう。ジョシュが単独親権を勝ちとる完璧な根拠を与えてしまう。

九月から十月に変わったころ、祖母から電話がかかってきた。「悲しい知らせがあるの。レティが脳卒中で倒れたの」

「大丈夫なの？　入院したの？」

「ううん、家にいるわ。お医者さまに来ていただいたの」

「入院させないとだめよ。脳卒中も初期の段階なら……」キャロラインは苛立《いらだ》ちながら言った。

「レティは特別な処置を拒否したのよ、キャロライン。もしかしたら、こうなることを予期してたのかもしれない。実は、何日か前に言われたの。『万が一わたしになにかあったら、病院には入れないで。チューブにつながれるのはいや。もう充分長く生きたから。ただ生かされるのはいやなの』って」

「じゃあ、重症なのね？」とキャロラインは訊いた。

「お医者さまの話では、もうそんなに長くはないでしょうって。でも、本人はつらそうじゃないの。倒れたときも、意識ははっきりしてた。あなたを呼んでほしいって言われたわ。何回も」

「わかった。今すぐ行く」

キャロラインは受話器を置いた。そのとき初めて、自分が泣いていることに気づいた。最近起きた出来事――ジョシュが自分を捨てたことや、テディが行ってしまったこと、ツインタワーが倒壊したこと――に、彼女は怒りを感じこそすれ、泣いたことはなかった。

最後の頼みの綱を失いそうになっている今、初めて膝から崩れ落ちた。ベッドに座り、ひとしきり泣いた。レティ大伯母さんが九十歳を超えているのは知っていた。だから、自分のベッドで苦しまずに死んでいくことをありがたく思わないといけないのはわかっていた。でも、キャロラインが幼かったころ、いつも留守にしている母親についての不満や、学校のいじめっ子や依怙贔屓《えこひいき》する先生に対する不満を聞いてくれたのはレティ大伯母さんだった。そして、穏やかで理路整然とした助言や、安心させてくれるようなことばをくれた。

「その子たちが意地悪なことをするのは、自分の無力さを知ってるからなのよ、キャロライン。だから、かわいそうな子たち、って思わないとだめ。それに、その不公平な先生――何歳なの？　そう、わたしと同じように独身のまま歳《とし》をとってしまったのね。あなたたちのように明るくて賢い若い子たちが、希望をいっぱい胸に抱いて生きているのがうらやましくて、苛々してるだけなのよ、きっと」

「ねえ、大伯母さん、どうしていつもそんなにやさしいの？」そう尋ねたことをキャロラインは今でも覚えている。「そんなに親切で、寛大で」

「むかしからそうだったわけじゃないわ」と大伯母は答えた。「いろいろな経験を通して、人は人生を受け入れて、心の論理的な部分と感情的な部分を一致させるすべを学ぶの。たいていの人は、なんらかの苦しみを抱えているものよ」

「ああ、レティ大伯母さん」キャロラインは小声で言った。「大伯母さんなしで、わたしはこれからどうしたらいいの?」

ロンドンから祖母の家に向かう列車のなかで、祖母も同じように悲しんでいることに気づいた。年老いた姉妹は、長年一緒に暮らしてきた。もしもキャロラインが引っ越していかなければ、祖母はひとりっきりになってしまう。とりあえず、会社には数日間の休暇を申請した。今後については、そのあとで決めることにした。

ゴダルミングの町で電車からバスに乗り換えたとき、キャサリンの気持ちを反映したような天気だった。祖母の家のあるウィットリー村までは歩いていった。空は鉛のような灰色で、今にも雨が降りだしそうだった。冷たい風が落ち葉を舞い上げ、最初の雨粒が落ちてきた。祖母たちは、村はずれにある快適で気どらない平屋の家に住んでいた。庭には果物が実る木々が植えられ、十二世紀に建てられた灰色の石造りの教会が見わたせた。祖母は庭に情熱を傾けていた。すでに八十歳を超えている今でも、花壇にひざまずいて草むしりをしたり、しおれた花を摘みとったりする姿をしばしば見かけた。でもさすがに最近では、草刈りや剪定《せんてい》、土掘りのために週一回ほど庭師に来てもらっているが、まるで鷹のような鋭い目で彼らを監視していた。

表門の扉を開けてなかにはいると、庭は殺風景でわびしく見えた。玄関へと続く小道の両側にあるバラの花壇は、冬に向けて枝の先端が刈りとられていた。玄関をノックする前に、キャロラインは深く息を吸いこんだ。祖母の前では泣きたくなかった。ドアを開けた祖母は、それまで泣いていたように見えた。

「ああ、キャロライン」押し殺した声で祖母は言った。「すぐに来てくれて本当によかった」

「大伯母さんは？」キャロラインもささやくような小声で言った。

「まだ無事よ。あなたが来るまで、がんばってるんだと思う。さっきもまたあなたを呼んでたわ」

暖かい玄関ホールでコートを脱ぐと、キャロラインは祖母と無言のままハグをした。そのときふと気がついた。夫と息子以外にハグしたことがあるのは、祖母ただひとりかもしれない、と。母親に抱きしめられた記憶はなかった。母はスキンシップをしない人だった。それに、レティ大伯母さんもハグをする人ではなかった。やさしくていつも気にかけてくれたが、むかしの礼節を重んじる時代の名残のように一定の距離を保っていた。

キャロラインは大伯母の部屋まで行き、ちらっと祖母を見てからそっとドアを開けた。レティ大伯母さんは真っ白なシーツに包まれて、目を閉じて寝ていた。その寝顔は、とても安らかだった。一瞬、すでに息を引きとったのではないかと思ったが、わずかにシーツが上下していた。キャロラインはすぐそばまで行き、頬にキスをした。ひんやり冷たかった。

「レティ大伯母さん」と小声で呼んだ。「キャロラインよ。急いで駆けつけたの」

大伯母は、視力の失われた目を開けた。「キャロ……ライン？」ことばを発するのもむずかしそうだった。心配そうな顔になった。「伝えないといけないことがある」苦労しながらことばを口にした。くちびるの片方の端が垂れさがっていた。「あなたに。今すぐ持ってきて」

「なにを持ってくるの？」キャロラインは大伯母のベッドに座って顔を近づけ、冷たい手を握った。

レティ大伯母さんは、しわだらけの顔を歪めた。そして、つぶやいた。「スケッチ。まだあそこにある」

「あそこって、どこ？」キャロラインは部屋のなかを見わたした。正しく聞きとれたのか疑問に思いながら、どこにスケッチがあるのかと探した。

レティ大伯母さんは、驚くほど力強くキャロラインの手を握った。「上のほう。あなたに見せないと」

「上のほうって？」

大伯母の盲目の視線が方向を示してくれるかと期待したが、怒ったようにただ首を振るだけだった。

「あれよ！」ことばを必死に思い出そうとしているかのように手を振った。「ほら、あれ」そして苦労しながらことばを吐き出した。「箱」

「箱を探してほしいの？」大伯母が興奮していることを感じながら、キャロラインは訊いた。

レティ大伯母さんは大きく息をして、言った。「行って」

キャロラインは混乱していた。部屋から出ていってほしいのだろうか。ひとりになりたいのだろうか。ベッドから立ち上がろうとしたが、手を握る大伯母の力はゆるまる気配がなかった。

年老いた顔を見おろすと、目は閉じていた。でも、その顔は心配そうに歪んでいた。

「ねえ大伯母さん、わたしになにかしてほしいの？　スケッチと関係あることなの？」

ほとんど動かない口でレティ大伯母さんは言った。「――アンジェロ」

〝ミケランジェロ〟と聞こえたような気がした。でも、この家にミケランジェロの絵の複製があったという記憶はない。それに、大伯母がむかしの巨匠たちに関心があるとも思えなかった。

レティ大伯母さんはふたたび目を見開いた。とても切羽詰まったような目だった。「あそこ……まだある」驚くほどの勢いで言った。「探して……」

「なにを探すの？」とキャロラインは訊いた。

玄関ホールの振り子時計の音のせいで、ほとんど声が聞こえなかった。「ヴェネツィア」

レティ大伯母さんは大きくため息をついた。ことばの続きを聞こうと、キャロラインは待った。何分も経過した。やがて祖母がやってきて彼女のうしろに立った。「息を引きとったんだわ、キャロライン」

レティ大伯母さんの冷たい手は、キャロラインの手を握ったままだった。骨張った指を開いて手を離し、立ち上がって大伯母を見おろした。今はとても安らかな顔をしていた。キャロラインは振り向いて祖母を見つめた。「紅茶でも飲みましょうか。ここにいても、わたしたちにできることはなにもないから」と祖母が言った。

導かれるまま、キャロラインは大伯母の寝室の出口に向かった。

「ショックなんて受けちゃいけないんでしょうね」と祖母は言った。感情が昂ぶって声が震えていた。「だって、とてもいい人生だったんだから。そう思わない？　でも、これからレティのいない家でどうやって暮らしていけばいいのか、想像もできない」

ドアロで、キャロラインは振り返ってもう一度大伯母に目を向けた。そういえば、レティ大伯母さんの部屋にはいったことはこれまで一度もなかった。こんなに長いあいだこの家で過ごしてきたのに。大伯母はいつも朝早くから起きて身支度をすませ、居間のいつもの場所に座っていた。今さらのようにキャロラインは思った――大伯母さんは極端にプライベートな部分を大切にする人だった。他人には、礼儀正しい姿しか見せたくなかったのだろう、と。

部屋を見わたすと、とても綺麗に整頓されていた。服はすべてしまわれていて、スリッパもベッドの横にそろえて置かれていた。個人的なものは一切なく、一枚の写真もなかった。唯一壁に掛かっていたのは、ルネサンス様式で描かれた小さな智天使《ケルビム》の絵だけだった。実務的で、感傷とは無縁な大伯母には似つかわしくない絵のように思えた。ミケランジェロの絵？　いいや、ちがう。彼の画風ではないし、技術的にも稚拙だ。もしかしたら、若いころに手に入れたものなのかもしれない――それとも逆に、視力が衰えて鮮やかな色を好まなくなってから手に入れたものなのか。

「写真がひとつもないのね」祖母のあとについて広くて暖かいキッチンにはいりながらキャロラインは言った。「若いころのレティ大伯母さんがどんな人だったのか、全然わからない」

「レティはとても美人だったのよ」ケトルをコンロの上に置きながら祖母は言った。

「特に赤褐色の豊かな髪は、それはそれはきれいで、うらやましく思ったものよ。わたしの髪は、どちらかというとベージュっぽい赤色だから。それに、あの真っ青な目の色。母の古いアルバムのなかに写真が何枚か残ってるはずだけど、もちろん白黒写真。あとで探してみましょう。とにかく、お医者さまを呼ぶ前に、まずは座って紅茶を飲みましょう。わたしたちふたりには、それが必要よ」

第七章

キャロライン　二〇〇一年十月　イギリス

お湯が沸いてケトルの笛が鳴りだした。「レティ大伯母さんがいなくなると、この家もがらんとして寂しくなるわね」祖母がケトルを持ち上げたとき、キャロラインは言った。

「本当に寂しくなる」と祖母は答えた。「またこうして一緒に暮らすようになる前にも、しばらく一緒に住んでいたことがあるの。あなたのお母さんがまだ赤ちゃんのころの話よ。レティには、押しつけがましいところがまるでなかった。あなたのお祖父《じい》さんがまだ生きていたころは、なるべくわたしたちの邪魔をしないように気をつかってた。まるでこの家がわたしたち夫婦のもので、自分は無理やり押しかけてきたよそ者みたいに。でも、戦争が終わったばかりの困難なあの時期に、実家にいられるのはレティにとってもありがたいことだったんだと思う。それに、わたしとしても姉が一緒にいてくれるのはありがたかった。特に、幼い子を残してジムが突然亡くなったときは」

祖母がティーポットにお湯を注いでいるあいだに、キャロラインは食器棚からマグカップをふたつ取り出した。

「わたしは世界大戦のときにはインドにいて、イギリスに帰ってくるのは本当に大変だったのよ」と祖母は言った。「インドでは、なんでも使用人がやってくれたの。でもあなたのお祖父さんは、日本軍の捕虜収容所に囚われてしまった。わたしは祖国から遠く離れた国で、身動きがとれなかった。夫に再会できるのかさえわからなかった。かわいそうに、あの人は息子が死んだことを二年間も知らずにいたの」

「お祖母ちゃんに息子がいたなんて、初めて聞いた」

「あの子のことはほとんど話したことがないから。わたしの人生のなかで、とても悲しい出来事だった。戦争が始まったとき、わたしたちはインドにいて、あなたのお祖父さんはイギリス軍に徴兵された。そのすぐあと、幼かった息子は腸チフスになったの」

「ああ、お祖母ちゃん。かわいそうに。つらかったでしょう」わたしはすぐにテディのことを思って心が痛んだ。テディにもしものことがあったら、どうやって耐えればいいの？

「でも、わたしは生き残った」悲しげな笑みを浮かべて祖母は言った。「人間っていうのは、どんなにつらいことでも乗り越えられるものなの。人って、意外と立ち直れるものなのよ」

「わたしもそうありたいと思ってる」とキャロラインは言い、ふたつのマグカップを窓辺のテーブルまで運んだ。広い庭全体が、降りしきる雨に濡れていた。ふたりはテーブルをはさんで向き合って座った。「レティ大伯母さんがいなくなっても、お金は大丈夫なの？」

祖母は、紅茶をかき混ぜながら視線を落とした。「たしかに、レティの年金のおかげで助かってた」

「それなら、わたしがここに引っ越してくるわ。テディはイギリス国教会の小学校に通わせるのがいいと思うの。もちろん、お祖母ちゃんさえよければ、の話だけど」

「わたしさえよければ、ですって？　なにを言ってるの、キャロライン？　あなたとテディがここに住んでくれるなんて、これほどうれしいことはないわ。それに、テディのことは心配しなくても大丈夫。もうすぐ戻ってこられるから」

「ええ。本当にそうなればいいと思ってる」キャロラインは少し乱暴に紅茶をかき混ぜた。ひとくち飲んだが、熱すぎてすぐにテーブルに置いた。「お祖母ちゃん、レティ大伯母さんはわたしになにか言おうとしてたの。なんて言ってたのか聞こえた？　意味はわかった？」

「ほとんど聞こえなかったわ」と祖母は答えた。「たしかに話しているのは聞こえたけど、なんのことを言ってるのかはわからなかった。脳卒中のせいで口の半分しか動かなかったから、そのせいね。それに、ことばも思うように出てこないようだった。朝の紅茶を持っていってあげたときも、同じ感じだった。『脳卒中だと思う。でも病院は絶対にいやよ。キャロライン。キャロラインに伝えたいことが……』と言っていたの。お医者さまが帰ったあとも、同じことを繰り返し言っていた」

「そうなのね」とキャロラインは言った。「なにをしてほしいのか、わかればよかったんだけど。スケッチがどうの、って言ってたような気がする。でも、よく理解できなかった。もしかしたら、意識がはっきりしてなかったのかも」

「そうだわ。忘れる前に」と祖母は言った。「レティはすべてをあなたに遺したの。あなたを相続人にした遺言を書いたの」

「ほんとに？」あまりの驚きに、キャロラインは顔が熱くなった。「でも、それは受けとれない。お祖母ちゃんが受け継ぐべきよ。長いこと大伯母さんのお世話をしてきたのはお祖母ちゃんなんだから」

祖母は笑った。「正直な話、遺産といってもそんなにないと思うの。年金以外、ずっと収入はなかったわけだし。それに、母がわたしたちに残してくれたのも、この家以外なにもなかった。あなたのひいお祖父さんが、一九二九年のウォール街大暴落のときにお金をすべて失ってしまったのは、あなたも知ってるでしょ。株に全財産をつぎこんで、なにもかも失ったの」

「大変だったのね。うちの家系は、あまり幸運には恵まれてなさそうね」とキャロラインは言った。

「たぶん父は、わたしたちのために最良なことをしようとしたんだと思う。第一次世界大戦で負傷したのは知ってるでしょ？　結局、完全に回復することはなかった。だから、株でお金儲けすることに、すべてを懸けたんだと思うわ」

「レティ大伯母さんがわたしになにを遺したのか、お祖母ちゃんは具体的なことを知ってる？　もしもお金なら、お祖母ちゃんに渡すつもりよ」

「実は、なにを遺したのか知ってるの。レティはわたしを遺言執行者にしたから。千ポンドくらいの普通預金以外には、大したものはないわ。ちょっとした服や、母から受け継いだジュエリーがいくつかあるだけ。あまり価値のあるものじゃないわ。でも、クローゼットのなかに、あなたの名前が書かれた箱があるの。その箱を必ずあなたに渡すように、って何度も念を押されたわ」

キャロラインは視線を上げた。「箱？　そのことを言おうとしてたのね。〝箱〟とか〝上のほう〟とか言ってた」

祖母はうなずいた。「その話はこの前聞いたわ。特別な治療をしないでほしいと話していたとき――きっともう長くないのを悟っていたのね。『必ずキャロラインに渡して』と言っていた。でも、なかになにがはいっているのかは知らない。レティはなにも言ってなかった」

「今は取りにはいりたくない。なんか、失礼な気がして」とキャロラインは言った。自分の名前が書いてある箱。レティ大伯母さんが自分の妹にも内緒にしていたジュエリーとか、こっそりしまっておいたお金とか……

「レティは気にしないわ」と祖母は笑顔で言った。「それに、もうあそこにはいない。あそこに寝ているのは、もう必要がなくなった体だけ。きっとレティは笑いながらわたしたちを見おろしてるわ。それに、箱をあなたに渡すことにこだわっていたのはレティ本人だし」

キャロラインは躊躇した。でもしばらくして立ち上がると、レティ大伯母さんの部屋のドアまで行き、つま先立ちでそっとなかにはいった。ベッドに目をやると、大伯母さんが今にも目を開けてこちらを向きそうな気がした。クローゼットを開けると、防虫剤のにおいに混じって、かすかに香水の香りがした。〈ジュ・ルビアン《私は戻ってくる》〉。レティ大伯母さんのいちばんのお気に入りだった香水だ。上のほうの棚には帽子の箱が置かれていたが、なかには流行遅れの帽子がいくつかはいっているだけだった。そのとき、隅のほうに古い段ボール箱が置かれていることに気づいた。そっと持ち上げてみると、箱の上ぶたにラベルが貼ってあった。〝キャロライン・グラントに。わたしの死後、必ず渡してください〟。

箱を抱えて部屋を出るとき、ベッドのほうから安堵の吐息がたしかに聞こえたような気がした。箱をテーブルの上に置き、また祖母の向かい側に座った。

「大伯母さんにとってそんなに大切なものって、いったいなんだろう」とキャロラインは言った。「今開けてもいいと思う？」

「もちろんよ。わたしもあなたも、それを死ぬほど知りたがってるんだから」と言って祖母は笑った。

キャロラインは箱のふたを開けた。革表紙の本が二冊と、ジュエリーケースがはいっていた。まずは、どきどきしながらジュエリーケースを開けてみた。「えっ」と言いそうになったのをこらえた。がっかりした表情を見せるのはあまりにも失礼だと思ったからだった。ジュエリーケースのなかにあったのは、小さなダイヤモンドが一列に並んだ古風な指輪と、ガラスビーズのひも、そして三つの鍵だった。三つの鍵のうちのふたつは、アンティークのような古いものだった——翼のあるライオンを冠した真鍮《しんちゅう》の鍵と、まるで地下牢の扉を開け閉めするような大きくて少し恐ろしい鉄の鍵。そしてもうひとつは、なにかのキャビネットか箱用の小さな銀色の鍵だった。

「まあ、いったいなんなのかしら」驚いた様子で祖母は言った、「鍵？　レティはどこでこんな鍵を？」

「お祖母ちゃんにもわからないの？」

「ええ。こんなに古い鍵を、レティはどうしたかったのかしらね。ものを収集するタイプには見えなかった。ずっとミニマリストだと思ってた。それに、現実主義者で、感情には左右されないタイプ」

「この指輪とビーズは？」キャロラインは訊いた。「大伯母さんは、こういうのが好きだったの？」

「いいえ。身につけているところを一度も見たことがない。母からもらったブローチは気に入ってよくつけていたけど。でも、それ以外のジュエリーはつけてなかったわ」

キャロラインはすでに鍵をジュエリーボックスに戻し、二冊の本を手にしていた。一冊目を開くと、表紙の裏に〝ジュリエット・ブラウニング。一九二八年五月より〟と書かれていた。

「これは、スケッチブックだわ」と彼女は言った。「スケッチ。そうか、レティ大伯母さんが言っていたのはこれのことだったのね。わたしにこのスケッチブックを渡したかったんだわ。でも、大伯母さんが絵を描いていたなんて知らなかった」

「むかし、とても熱心に絵を描いていた時期があったの」と祖母は言った。「美術学校にも行ったのよ。なかなか将来性があると思われてたみたい」

キャロラインは驚いて顔を上げた。「美術学校？　一度もそんな話はしてくれなかった」

祖母は首を振った。「そうね、自分の人生については話したがらなかった。父が破産して亡くなったとき、レティは美術学校をやめなければならなくてね。そのあとすぐ、地元の女子校で美術の先生の職に就くことができたの。誰かが母とわたしのために働かないといけなかったから。わたしはレティより六歳下で、まだ学校に通っていたの」

キャロラインはスケッチブックのページをめくった。「大伯母さん、結構上手だったのね。ねえ、見て。このスケッチはヴェネツィアじゃない？　ゴンドラの絵もあるし、サン・マルコ広場の絵もある。ヴェネツィア――亡くなる前に言おうとしてたのはこのことだったのね。ヴェネツィアについてのなにか。大伯母さんが旅行していたなんて知らなかった」

「ホルテンシア伯母さんが、レティの十八歳のお祝いとしてイタリアに連れていってあげたの」と祖母は言った。「それがうらやましくってね。だって、わたしが十八歳になったころには、うちにはそんなお金がなかったから。ホルテンシア伯母さんは、わたしの父にお金の管理を任せていたから、伯母さんも全財産を失ってしまったの」祖母は視線を上げ、キャロラインと目を合わせた。「わたしはね、レティのような上流階級向けの寄宿学校には行けなかったの。わたしが行ったのは女子修道会の寄宿学校。それに、ヨーロッパ旅行もなし。初めて海外に行ったのは、あなたのお祖父さんと結婚したすぐあとに行ったインドだったわ」

「それは何年のこと？」とキャロラインは訊いた。

「一九三七年。わたしは二十一歳で、まったくの世間知らずだった。インドなんて、本当にショックだったわ。暑いし埃《ほこり》だらけだし、ハエとか物乞いの人がいっぱいで。できることなら、すぐにでもイギリスに逃げ帰りたかった」恥ずかしそうにくすっと笑って続けた。「でも、なんとかがんばって残ったの。ジムはとても寛大で良い人だった。あなたに会わせたかったわ」

　キャロラインはうなずきながら笑みを返した。そしてふたたびスケッチブックに視線を戻した。「ねえ、これ見て。ハンサムなヴェネツィア人のスケッチがある――船頭《ゴンドリエーレ》かしら。あ、そのあとフィレンツェに行ったのね。ほら、これヴェッキオ橋でしょ？」彼女は一冊目のスケッチブックを閉じ、二冊目を開いた。「これもヴェネツィアだわ。でも、一九三八年って書いてある。もう一度行ったのね」

「ええ、たしかそうだった気がする」と祖母は言った。「母がインドに送ってきた手紙に、レティは女学校の生徒たちの引率者として夏休みに海外に行ったと書いてあったわ」

キャロラインはページを次々にめくっていった。二冊目のスケッチブックにもヴェネツィアの絵が描かれていたが、一冊目よりもスケッチの技術は向上していた。遠近法の使い方も上手で、市場にいる人々の顔も生き生きとしていた。庭園の木々や噴水の絵、複数のゴンドラの絵、ランタンのともる屋外レストランの絵……

「ヴェネツィアが本当に気に入っていたのね」とキャロラインは言った。「しょっちゅう行ってたの？」

「戦争が終わってからは一度も行ってないわ」と祖母は言った。「もしかしたら、ヨーロッパはもう充分だと思ったのかも。ヨーロッパに閉じこめられていたから」

「閉じこめられてた？」

「一九三九年に、奨学金をもらってヨーロッパで勉強することになったの。でも、よく考えれば、あの時代にヨーロッパに行くなんて馬鹿だったと思うわ。でも、どうしてもそのチャンスを無駄にしたくなかったのね、きっと。だけど戦争が始まってしまった。だからイギリスには帰ってこられなかったのよ。なんとかスイスまで逃れて、戦争が終わるまでそこにいた。難民の子供たちのための仕事をしていたそうよ」

「そうなんだ」キャロラインは眉をひそめた。「それにしても、帰国したあとどうして教師の仕事に戻らなかったのか不思議ね。子供と接する仕事がそんなに好きだったのなら」

「どうしてなのかはわからないわ」と祖母は言った。「ひょっとしたら、戦争中に悲しい出来事を見てきたからなのかもね。ドイツが降伏したあともしばらく残って、難民のための仕事をしていたようだから。レティがイギリスに戻ったのは、わたしがインドから帰国する直前だったの」

「なんでそういう話をわたしにはしてくれなかったのかしら」とキャロラインは言った。

「それは、あなたから訊かれなかったからよ。若い人は、年寄りの人生には関心がないから。それに、レティにとってもわたしにとっても、とてもつらい思い出が多いからかもしれないわね。レティは、強制収容所を生き延びた人たちと一緒に働いていた時期もあったみたいよ。誰にとっても心をかき乱される経験だったでしょうね」

キャロラインはスケッチブックを閉じた。「レティ大伯母さんは、すべてをわたしに遺したってお祖母ちゃんは言っていたけど、どうしてこの箱のことだけ気にしていたの？どうしてもそれが理解できないの。大伯母さんにとって、この箱がそんなに大切だったのはどうしてなの？」

「わたしにもさっぱりわからないわ」祖母は首を振りながら言った。「その箱をあなたに渡してほしいということ以外、なにも言わなかった」

「スケッチブックと古い鍵。意味がわからない。鍵はなにかのシンボルなのかしら。わたしに、もう一度美術の勉強をしてほしかったのかしら」

「だったらそう言ってたはずよ」と祖母は言った。「あなたも知っているとおり、レティは率直な人だったでしょ。だから、あなたが美術の勉強を続けるべきだと思ったならはっきりと言っていたと思う」

キャロラインは笑みを浮かべながらうなずいた。「大伯母さんは、わたしになにかを探させたかったのね。それがこの箱？　でも、『行って』と言ってた。あのときは、部屋から出ていってほしいのかと思ったけど、わたしの手を握ったまま放そうとしなかったの。そのとき『ヴェネツィア』って言ったような気がした」

「どういう意味なのかしらね」ふたりとも箱を見つめていたが、同時に顔を上げると目が合った。祖母は躊躇しながら口を開いた。「考えられるのは……」

「なに？」

「馬鹿げているように聞こえるかもしれないけど、ひょっとしたら、ヴェネツィアに行ってほしかったのかもしれないわね」

キャロラインは祖母の穏やかな顔を見つめた。「レティ大伯母さん、そのことについてなにか言ってた？　理由とか」

祖母は肩をすくめた。「もしかしたら、離婚とかテディの心配から少しでも解放されれば、あなたのためになると思ったのかもしれないわ」

「でも、どうしてヴェネツィアなのかしらね。ただ海外旅行に行く、っていうんじゃだめなのかな」

「そこはわたしにもわからないわ。わたしが知っているのは、この箱についてなぜかこだわっていた、ってことだけ。あなたに必ず渡すように約束させられたくらい」

「それなら、なんでわたしに手紙を書かなかったのかなあ。大好きだったヴェネツィアに行ってほしいと。それか、遺灰を撒《ま》きにいってほしかったのかも」

祖母は首を振りながら言った。「レティがなにを望んでいたのか、わたしにもわからないわ」

「ヴェネツィアには一度だけ行ったことがあるの。新婚旅行で。七月だったから観光客でごった返していて、とっても暑くてにおいもひどかった。ジョシュはひとつも気に入らなかったみたい。だからヴェネツィアには一泊しただけで、すぐにクロアチアに移動したの」

「だけどあなたは嫌いじゃなかったのね？」と祖母は訊いた。

「うん。本当はもっと見てまわりたかった」そう言いながらキャロラインは三つの鍵を手のひらにのせた。「それにこの三つの鍵――どんな意味が隠されているんだろう。ヴェネツィアへの鍵？　でも、いずれにしろヨーロッパには行けない。仕事もあるし、テディのこともあるし。それにお祖母ちゃんのことも心配」

「そういえば、今年は一度も休暇をとっていないと話していなかった？」

「そうね」キャロラインも思い出しながら言った。「夏休みのあいだ、テディがこっちにいなかったから。ひとりじゃどこにも行く気になれなかったの」

「じゃあ」と言って祖母は笑顔になった。

「じゃあ、ってなに？」

「旅行する時間があるじゃない。しばらくのあいだ、テディを飛行機に乗せちゃいけないって言われたんでしょ？　それに、あんなことがあったあとだから、旅行する気分になれない人も多いんじゃない？　だからホテルも値段を下げてるはずよ。それなら、レティ大伯母さんの最期の願いを叶えて、ヴェネツィアに行って少し楽しんできたら？」

キャロラインは窓の外を眺めた。窓ガラスに雨粒が打ちつけていた。「ヴェネツィアを楽しめる季節じゃないんじゃない？　冬には洪水になるって聞いたような気がするけど」

「まだ冬じゃないわ。今は秋――霧と果物が熟す季節。地中海はまだ暖かくて晴れの日が多いはずよ」祖母はキャロラインの手をとって自分の両手で包んだ。「それになにより、あなたには休息が必要。ジョシュがアメリカに行ってこの残念な出来事が始まってから、ずっと神経が張りつめて悩んでばかりに見える」

「そりゃあ、夫に捨てられて息子まで奪われそうになってたら、お祖母ちゃんだってそうなるんじゃない？」キャロラインは言ってしまってから、感情的になったことを後悔した。

「もちろんわたしも、同じようになってたわ。でも肝心なのは、今この時点でできることはなにもない、ってことなの。ただ成り行きを見守るしかないの。だからこそ、レティの最期の望みを叶えてあげたらいいんじゃないかと思うのよ。この箱を持ってヴェネツィアに行ってきなさい。そして、レティの愛した場所に、遺灰を撒いてきて」

「お祖母ちゃんも一緒に行かない？」キャロラインは言いながら、今度は自分のほうから手を伸ばして祖母の手を包んだ。

祖母は笑いながら首を振った。「いいえ、キャロライン。もう旅行できるような歳じゃないわ。それに、もしレティがわたしに行ってほしかったなら、はっきりそう言っていたはずよ。レティはあなたに行ってほしかったの。わたしじゃなくてね」

第八章

ジュリエット　一九三八年七月　ヴェネツィア

この十年間のことを思うと、まさかまたヴェネツィアを訪れる機会に恵まれるとは想像もしていなかった。でもわたしは今、こうして愛するヴェネツィアに戻ってこられた。奇跡としか思えない。わたしが教師をしているアンドリー寄宿学校の女子生徒十二人と、もうひとりの引率者であるミス・フロビシャーとともに、数時間前に到着したばかりだ。列車の旅は、暑くて混雑していた。そしてヴェネツィアに着いて駅舎から出るやいなや、わたしたちのバッグをつかんでゴンドラに引きずっていこうとするありとあらゆる男たちから逃げなければならなかった。十年前、ホルテンシア伯母さまとふたりでヴェネツィアに到着したときとまったく同じだった。

「ああ、ミス・ブラウニング。なんて恐ろしいの？」ミス・フロビシャーはわたしの腕にしがみつき、泣きそうになりながら言った。「あまりにも怖すぎます！　なんでこの子たちをこんなところではなく、パリに連れていかなかったのかしら。こんなふうに群がってくる下品な暴徒たちに比べれば、フランス人のほうがもっとずっと文化的だわ。修道院にたどり着く前に熱射病で死なずにすんだとしても、きっと寝ているあいだに皆殺しにされてしまう」

わたしは必死に彼女をなだめた。滞在を予定している修道院が、ヴェネツィアではめずらしく近くに運河のない場所にあることがわかってほっとした。ただそのかわり、まずは何段もの階段がある石造りのスカルツィ橋を渡って大運河の向こう側にあるサンタ・クローチェ地区まで行き、さらに小さくて急勾配の橋を渡って別の運河を越えないといけなかった。そのあとは、くねくねと曲がる細い道をたどっていくことになったが、どの道も角を曲がるたびに名前が変わった。うだるように蒸し暑く、スーツケースを持ちながら歩いていると心が折れそうになった。特にミス・フロビシャーは、自分ひとりでは持ち上げるのも大変そうな大きな革製のスーツケースを持ってきていた。かわいそうだとは思ったが、持ってあげましょうかとはとても言えなかった。

「もうすぐ着きそうですか、先生？」ひとりの生徒が泣きそうな声で言った。「もう、腕がちぎれそうです」

「いつになったらお水を飲めますか、先生？」別の生徒が言った。「みんな、のどが渇いて死にそうです」

たしかにその点では、わたしたちは不運に見舞われていた。ヴェネツィアまでの列車には食堂車がなかったのだ。前の晩にフランス北部のカレーから乗車し、朝食については持参したサンドイッチがまだ残っていたのでなんとかしのげた。ところが、朝食のときに温かい飲み物がないとわかり、それはみんなにとって大変な衝撃だった。せめてミラノで列車を乗りかえたときに、駅でなにか飲めることを期待していたが、列車が遅れたせいで次の列車にはぎりぎりで駆けこむことになった。そんなわけで、わたしの口のなかも紙やすりのようにざらざらだった。生徒たちもどんなにつらい思いをしているか、容易に想像できた。

「ここは最悪な場所だわ」ミス・フロビシャーはあえぎながら言った。彼女の顔は、ビーツのように真っ赤だった。大柄の彼女は、そもそも暑さに弱い。「ミス・ブラウニング、いったい全体、なんでヴェネツィアなんかを旅行先に提案したんですか?」

「これは文化を学ぶための旅行なんですよ、ミス・フロビシャー」なるべく落ち着いた明るい声でわたしは言った。「ヴェネツィアには、素晴らしい絵画や彫刻が集まっていて、建物自体も芸術的な作品なんです。生徒たちにとってはスケッチの題材がたくさんあるし、歴史も学べます」わたしはスーツケースをもう一方の手に持ちかえ、自分もすでにへとへとになっているのを気取《けど》られないように気をつけた。「わたしも十八歳のときにここに来て、この街に魅了されたんです」

「今のところ、まだ歴史的なものも特筆すべきものも見かけてない気がしますけど」ミス・フロビシャーはぴしゃりと言った。「汚らしくて不潔な駅に、手荒なまねをするひどいにおいの邪悪な男性たち。それに、駅にいた軍人や黒いシャツを着た人たちを見ました？ムッソリーニの手下たちだわ。新聞で読んだけど、ヒトラーと同じくらいの悪党よ」そう言うと、石畳の上にスーツケースを落とし、スカートで手を拭いてからまた持ち上げた。「少なくとも、ちゃんとしたホテルには泊まりたかったわ。異教のローマカトリック教会の修道院なんかじゃなく」

「わたしが選んだんじゃないわ、ミス・フロビシャー」わたしの忍耐もそろそろ限界に近づいていた。「学校の理事会が決めたことよ。あなたも知ってのとおり、今回の旅行については、学校側にも少し不安があったようです。クローニン牧師は、娘たちを夜は修道院で安全に閉じこめておけば、親たちは安心するだろうと考えたのです」

「先生、わたしたちには〝パンと水のみ〟が提供されるのでしょうか」ふだんから文句の多い生徒――シーラ・バーバー――が声をあげた。「修道院について調べてみました。尼僧たちは、自分たち自身を鞭で打つように指導されたり、一日に二十回もお祈りさせられたり、朝は四時に起床させられたりするそうですね」

「大丈夫。わたしたちが滞在するところはちがうから安心して、シーラ」とわたしは答えた。「これからお世話になるところは、親切にもてなしてくれる修道会です。巡礼者や、わたしたちのような海外からの訪問客を受け入れる場所です。大変歓迎されるはずです」

わたしたちは、その修道院に向かって歩を進めた。正直に言うと、わたしもほかのみんなと同じように幻滅と不安を感じはじめていた。今回の旅行の発端は、保護者の団体が学校に対して、世界的な政治状況がこれ以上悪化する前に娘たちにヨーロッパ大陸の偉大な芸術に触れさせたいという要望を出してきたことだった。保護者のうちのひとりが特にヴェネツィアを候補地として挙げてきたとき、願ってもないチャンスだとわたしは内心喜んだ。美術教師として、わたしが旅行の引率者に選ばれるのはほぼまちがいなかった。それに、教師のなかで五十歳以下はわたしひとりだけだった。あとの教師たちは、結婚適齢期が先の大戦と重なり、ほとんどの若者が戦死したために伴侶を見つける機会を失った。世界情勢が不安定なこの時期に、ヨーロッパに行きたいと言う教師はほとんどいなかった。最終的に、歴史を教えているミス・フロビシャーが説得されて同行することに決まった。わたしたち一行は、最初の数日間をヴェネツィアで過ごしたのち、フィレンツェに移動することになっていた。

痩せこけた猫が、音もなく脇道から出てきた。

「ニャア？」期待をこめたような鳴き声をあげた。

「見て、かわいそうな猫ちゃん」女子生徒のひとりが言った。「あんなに痩せちゃって。連れていってもいいですか？　きっとミルクが飲みたいのよ」

わたしは振り返って少女を見た。そこには、十八歳当時のわたし自身の希望に満ちた目があった。「マーガレット、残念だけど、この街には野良猫がいっぱいいるの。ここの人たちは、わたしたちのように動物をペットとして大切にしようとは思っていないの」

「なんか、とてもくさいです、ここ」シーラが文句を言った。「運河から水が流れてきてるんですか？　なにか悪い病気に感染したりしませんか？」

「瓶入りのお水しか飲まないように注意が必要よ。あと、皮付きの野菜や果物にも気をつけましょう。それ以外のものはたいてい安全だから安心して」自分の落ち着きが誇らしかった。わたしは立ち止まり、今にも崩れそうな赤く塗られた建物に書かれた道路名を読んだ。「今はここね。修道院はすぐそこよ。みんな、あと少しがんばりましょう」

ここに戻ってきたのはまちがいだったのだろうか、と自分に問いかけた。わたしは、バラ色のガラス越しに過去を見ていたの？　こんなにくさくて汚かったのに、あの当時は気づかなかっただけ？

角を曲がると、そこは袋小路になっていた。あまりにも道幅が狭く、生徒たちは一列になって歩かなければならなかった。側溝の悪臭が鼻をついた。

「ここのはずなんだけど」わたしは手紙を確認した。「マーテル・ドミノ修道院？……」

ふたりの幼い少年たちが、サッカーボールを手に戸口から出てきた。「すみません《スクージ》。マーテル・ドミノはどこですか？」わたしはイタリア語で尋ねた。

少年たちは、学校の制服を着た少女たちをまるで別の惑星から来た生物のようにじろじろ見てから、無言のまま路地の突き当たりを指差した。「イル・プリモ・ア・デストラ」と少年のひとりが言った。

「グラッツィエ」わたしはミス・フロビシャーのほうを振り返った。「突き当たりを右に曲がったところにあるそうです」

曲がった先はさらに狭い路地だった。建物を一軒ずつたしかめていった。奥のほうにある灰色の石壁に、〈マーテル・ドミノ〉と書かれた小さな飾り板があるのを見つけた。板の上には十字架があった。そして、その石壁の中央には大きな木製の扉があった。

「あそこね」少し疑いながらわたしは言った。「大々的に宣伝しようとしていないことだけはたしかね」

「会話はあなたに任せるわ、ミス・ブラウニング」とミス・フロビシャーは言った。「イタリア語を知っているようだから。わたしはラテン語しか知らないの。今ではなんの役にも立たないけど」

「自分のために独学でイタリア語の勉強をしているだけなんです、ミス・フロビシャー。だから、どれくらい通用するかはわかりません」

「少なくとも、今の少年たちには通じたわ」

わたしは思わず笑った。「身ぶり手ぶりを交えてだったので、なんとかなりましたね」

扉の横に、古めかしいベルの取っ手があった。取っ手を引くと、遠くのほうからジャラジャラという音が聞こえてきた。

「なんか、恐ろしいとこね」ひとりの生徒が小声で言った。「なんで窓がひとつもないの？」

「修道院のなかでどんなことがおこなわれているのか、わたし聞いたことがある」シーラの声がまた聞こえてきた。「わたしたちを改宗させようとするそうよ。で、素直に従わないと、恐ろしい目にあわせるんだって。レンガの壁の内側に閉じこめて、井戸に投げこむらしいわ」

「馬鹿なことを言うもんじゃありませんよ、シーラ」今回はミス・フロビシャーが咎《とが》める役を買ってでてくれた。ただ彼女自身、なんとか落ち着いた説得力のある話し方をしようと懸命なのがわかった。「ほかのみんなを必要以上に怖がらせているだけだわ。なかはちゃんとしているにちがいないから安心しなさい」

その瞬間、扉の格子窓が開き、白い質素な頭巾《ずきん》をかぶった修道女の顔が現われた。少女たちがいっせいに息をのんだのがわかった。

「主は皆さんとともに《ドミナス・ヴォビスカム》」と修道女は言った。

「わたしたちはイギリスの学校から来た者です」必要となりそうなイタリア語の言いまわしはあらかじめ練習してきていたので、スムーズに言えた。

「ああ、聞いてます《ヴァ・ベーネ》」と言って修道女はうなずいた。「どうぞなかへ」

扉は音をたてながらゆっくりと開き、わたしたちは小さな中庭に足を踏み入れた。四方に高い壁がそびえ、日光をさえぎっていた。

「ここで待っていてください」修道女は拙《つたな》い英語で言い、長いスカートの裾で地面をこすりながら戸口のなかに消えた。一分か二分もしないうちに、別の修道女が現われた。今度の修道女は若く、笑顔を見せていた。

「ようこそ、皆さん」と彼女は言った。「シスター・イマキュラータです。わたしがお世話をします。部屋に案内しますので、ついてきてください」

「実は、とてものどが渇いているのです」とわたしは言った。「列車には食堂車がなかったので」

　修道女は不思議そうな顔をした。

「列車に飲み物がなかったんです。とてものどが渇いています。シアーノ・アセターティ」

「ああ」修道女はうなずいた。「朝食の時間は過ぎました。残念ながら、すべて片付けてしまいました。お部屋にお水を持っていきます。それでいいですか？」

「瓶入りのお水ですか？」ミス・フロビシャーが修道女とわたしのあいだに割りこんで言った。「瓶入りの水しか飲まないようにしたいのです。生徒たちの健康を守るために」

「瓶入りの水は料金がかかります」と修道女は言った。

「それでもかまいません。料金はお支払いしますので、何本か持ってきてもらえますか？あと、昼食は何時ですか？　生徒たちはお腹も空かしているので」

「昼食は一時からです」と修道女は言った。そして、少し表情を和らげて続けた。「パンと果物を持っていきます。それでいいですか《ヴァ・ベーネ》？」

「ええ《シ》、お願いします《ヴァ・ベーネ》」わたしも笑みを返した。

　わたしたちは急勾配の狭い石階段の上に案内された。生徒たちは二段ベッドがふたつずつある二室、わたしとミス・フロビシャーはツインベッドの一室をふたりで使うことになった。バスルームは廊下の突き当たりにあり、簡素だが清潔だった。わたしたちの部屋はとても殺風景で、石造りの壁には白い漆喰《しっくい》が塗られ、幅の狭い鉄フレームのベッドが二台置かれていた。ベッドには白いシーツが敷かれていたが、ベッドカバーはなかった。ベッドの上の壁に、大きな十字架が取りつけられていた。窓に鉄格子がはめられていることに気づくと、わたしは一気に十年前に引き戻された。窓から見おろしているわたしに、モーターボートに乗ったレオが笑顔で両手を伸ばし、早くおりておいでよと促している姿がはっきりと目に浮かんだ。彼は今もヴェネツィアにいるのだろうか。もちろんいるのだろう。彼の家族は、中世の時代からここにいるのだから。たぶん今では結婚しているだろう。結婚して家庭を持ち、幸せに暮らしているのだろう。わたし自身が夢見ていたように。

ただ、この部屋の下に運河はなかった。細い道があるだけ。正面の家の窓台にはゼラニウムの花が咲きほこり、家々の向こうには教会の高い屋根が見える。でも、大運河はまったく見えない。どのみち、鉄格子のはまったこの窓から下におりることはできない。

「まあ、宿泊する場所として悪くはないわね」とミス・フロビシャーは言った。「少なくとも清潔だし、それに安全だわ。誰もこの窓からは侵入できない」

「だけど、窓から下におりることもできない──火事になった場合でも」とわたしは指摘した。

「たしかに、そのとおり——」ドアをノックする音で彼女は話を中断した。生徒たちとほとんど同じくらいの年齢の少女が、大きな瓶にはいった水とグラスをふたつ、オレンジと甘いパンのお皿をのせたお盆を持ってはいってきた。彼女は修道女の見習いのような、簡素な修道服を着ていた。

「よくよく考えてみると、ここは充分に満足できる施設かもしれないわね。そう思わない、ミス・ブラウニング？」と言いながら、ミス・フロビシャーはふたつのグラスに水を注いだ。

わたしは窓から離れた。来るべきじゃなかった、と思った。そのとき、それほど遠くないところで鐘が鳴りはじめ、静けさのなかで鐘の音が鳴り響いた。近くの屋根にとまっていた鳩たちが、驚いていっせいに飛び立った。その瞬間、わたしはまた過去に引き戻されていた。

「鐘と鳥の街」わたしは自分自身につぶやいた。

第九章

ジュリエット　一九三八年七月　ヴェネツィア

修道院は、わたしが当初思っていたよりかなり居心地の良いところだった。昼食が提供されたのは白い漆喰壁の涼しい食堂で、細長い部屋のなかに飾り気のない木製テーブルとベンチが並んでいた。すりおろしたパルメザンチーズののったボリューム満点のトマトソース・スパゲティのほか、さきほど部屋に持ってきてくれたのと同じパンと果物が出された。よほどおいしかったのか、生徒たちは夢中になって食べていた。わたし自身もかなり満足した。食堂にいたのはわたしたちだけで、ほかに宿泊客はいないようだった。修道女たちは別の食堂があるのか、あるいは時間をずらして食べるのかもしれない。食事のあと、肘掛け椅子やソファが置かれた談話室に案内された。そこからは、噴水のある小さな庭が見わたせた。ホルテンシア伯母さまも気に入ったかもしれない、とわたしは思った。ヴェネツィアにあるもうひとつの庭。

生徒たちとミス・フロビシャーが昼寝をするために自分たちの部屋に戻ったあと、わたしは手提げかばんを持って庭に行き、木陰に座った。そして、新しいスケッチブックを取り出した。十年前に父からもらったスケッチブックほど高級なものではなかった。今の時代、高級なものなどほとんどない。多くの人々にとって生活は苦しい。そんな世の中では、わたしは恵まれているほうだ——少なくとも、仕事のない貧しい人たちのようにパンとスープのために行列に並ばずにすんでいる。

わたしはスケッチブックを開き、とりあえず今日の日付を書いた。そして、空白のページを見つめた。スケッチをする時間なんてあるだろうか。そもそも、スケッチしたいという気になるのだろうか。描き方も忘れてしまったかもしれない。この数年間、わたしが絵を描いたのは生徒に指導するときだけ——遠近法、色相環《カラーホイール》、人の顔や樹木の描き方。正直な話、不本意にも美術学校をやめざるをえなくなったとき、絵を描きたいという情熱を失ってしまった。そうでなくても、絵の具とかキャンバスに浪費するような余裕などなかった。わたしはスケッチブックを閉じて手提げかばんのなかにしまい、かわりにヴェネツィアの地図を取り出した。一九二八年の夏にヴェネツィアから帰国したときから、ホルテンシア伯母さまの地図をずっとしまっておいたのだ。美術学校が休みになったときには必ず戻ってきて絵を描くつもりだったから。あれから、この地図を何度も広げたり折りたたんだりした。だから、夢のなかでも迷子にならずに歩きまわれるような気がしていた。でも、街のこのあたりに来たのは初めてだった。鉄道の駅や波止場に近いこの地域は、観光客がよく来るようなところではない。わたしは、リアルト橋までのいちばん良さそうな道順を指でなぞった。そこからなら、生徒たちをサン・マルコ広場まで迷わずに連れていってあげられる。近くから水上バスも出ていたが、お金の使い方には注意するようにと言われていた——なるべく無駄遣いをせず、緊急事態に備えて充分な金額を確保しておく。少なくとも一回は水上バスで大運河を体験させてあげなければならない——これは必須条件だ。それに、ムラーノ島にも連れていってあげたい——わたしも、今度こそネックレスを買わなければ。

昼寝から目覚めたミス・フロビシャーは、四時に紅茶が出ないことを知り、落胆していた。「わたしは、紅茶なしには生きていけないのよ、ミス・ブラウニング」と彼女は言った。「どこかに紅茶の飲めるお店はないのかしら」

「わたしが知っているかぎり、サン・マルコ広場にある〈フロリアン〉というお店しかないと思いますよ。とても凝った造りの豪華なお店で、おそらくは相当お値段も高いと思います。ヴェネツィアでは、一般の人は紅茶を飲まないんです。飲むのはコーヒーだけ」

「午後にコーヒー？　なんとまあ」首を振りながらミス・フロビシャーは言った。

伯母と泊まったホテルでは午後に紅茶が振る舞われたことを思い出した。でも、あそこはイギリス人観光客相手のホテルで、この修道院はそうではない。

「生徒たちは、アイスクリームのほうが喜ぶんじゃないでしょうか」とわたしは提案した。

「ここのアイスクリームは絶品ですから」

「それもいいかもしれないわね」とミス・フロビシャーも賛成した。

生徒たちは眠そうな目をこすりながらひとりずつ出てきた。なにもしたくなさそうだった。

「ヴェネツィアにいられる時間は少ないから、今日のうちになにかしておかないといけないわ」とわたしは言った。「アイスクリームを食べにいくのはどう？　リアルト橋の近くに、最高のアイスクリーム屋さんがあるの」

そのひとことで、少女たちは一気に活気づいた。わたしは生徒たちの先頭に立ち、地図を片手にくねくねと曲がる裏道をたどっていった。するといつの間にか道が広くなり、見覚えのある市場に出た。リアルト橋の狭い階段をのぼり、左右に広大な大運河が見えてくると、少女たちが感嘆の声をあげるのが聞こえた。

「すごい！　ほら、あの下のほう。ゴンドラが見える！　それに、建物がすごくきれい。まるで映画のなかに出てくる景色みたいです、先生。それか、おとぎ話の世界にいるみたい」

まるで生徒たちを喜ばせるためにわたし自身がこの景色をつくったかのように、思わず笑顔になっていた。

「明日行く予定のサン・マルコ広場はもっと素晴らしいから、楽しみにしていて。それに、ドゥカーレ宮殿。でもその前に、みんな、スケッチブックは持ってきたでしょ？　アイスクリームを買ってから、座れる場所を見つけて少しスケッチしましょう。橋の絵でもいいし、市場の屋台でもいいし、おもしろい形をした屋根とかドアノッカーでもいいわよ。とにかくここヴェネツィアには、描きたいと思うものは無尽蔵にあるんだから」

少女たちはそれぞれちがう味のジェラートを選んだ。わたしのお勧めは、さわやかなレモンとヘーゼルナッツで、それを選んだ子も何人かいた。わたしたちは古い教会の階段に座り、アイスクリームが溶けないうちに夢中で舐め、最後はみんな満足げなため息をついた。たっぷり一時間はスケッチをしたあと、修道院への帰路についた。今度は大運河の反対岸にある、駅まで続く大通りを歩いた。途中には興味をそそられるさまざまな店が並んでいた——金やジュエリー、革製品やカーニバル用のマスク。絵画の鑑賞より、こういう店でのショッピングのほうに生徒たちが関心を寄せているのは明らかだった。むかしのわたしと同じね、と思った。

夕食は、トマトとモッツァレラチーズのサラダと、小さな貝がはいったパスタ、そしてお盆にのったチーズにボウルにはいった果物で締めくくられた。テーブルから離れようとしたとき、世話係の修道女がお休みを言いにやってきた。

「ここでは、〝沈黙の時間〟は夜の九時から始まります。ですから、その時間以降は音を出さないようにしてください。それから、これも覚えておいてほしいのですが」と彼女は言った。「修道院の扉の鍵は十時に閉めます。その時間を過ぎると、朝までは誰も出入りできません」

「今の話は聞きましたか？」生徒に向けて指を振りながらミス・フロビシャーは言った。「こっそり抜け出すなんて考えないことね。さもないと、外の階段で寝ることになりますよ。ブラウニング先生とわたしは、あなたたちに責任を持っているのですから、規則は必ず守るように」

「外に出て、ダンスやジャズバンドを見にいくこともできないんですか？」ひとりの生徒が訊いた。

わたしは首を振った。「残念ながら、わたしはダンスクラブとかジャズバンドが演奏している場所には行ったことがないのよ、メアリー。むかしここに来たときには、とっても厳しい伯母と一緒で、夕食のあとエスコートなしに出かけるのを禁じられていたの」

そう言いながら、あのときの記憶が津波のように押し寄せてきて、わたしはめまいを起こしそうになった。あの晩、たしかにわたしは夜の街に出た。音楽に包まれ、髪が風になびいていた。レオの鮮明なイメージが脳裏に蘇《よみがえ》った。ボートを操縦しながら振り返ってわたしに笑いかけていたレオ、暗い公園のなかを手をつないで歩きながら案内してくれたレオ、そして、わたしにキスをしたレオ。まるで美しい夢のように感じられた。彼は名乗ったとおりの人だったのだろうか。本当にあの宮殿に住んでいたのだろうか。それとも、無邪気な観光客をただからかっていたハンサムな詐欺師だったのだろうか。あの晩のあと、一度でもわたしのことを思い出しただろうか。その真実を知ることは一生ないということに、今あらためて気づいた。イギリスの住所を教えていなかったのだから、たとえ連絡をとりたいと思っていたとしても、彼にはそのすべがなかった。レオが住んでいると言っていた宮殿に会いにいくわけにもいかない——十二人の女子生徒とミス・フロビシャーを引き連れては。それに、あれからもう十年も経っている。わたしはもはや、あのころの希望に満ちた感情豊かな少女ではない。彼もきっと今は結婚して、子供もいるだろう。はるかむかしにキスをしたことのある無邪気な少女には、もう会う気もないだろう。

わたしは生徒たちをそれぞれの部屋に連れていき、そのあと自分たちの部屋に行った。室内の空気は息苦しいほど暑く重かった。わたしは窓辺に立ち、夜の風が吹いてくるのを期待した。窓の外からは、夜に向けて目覚めていく街の音が聞こえてきた——遠くから流れてくる笑い声や音楽、誰かが歌うオペラ。路地の突き当たりにある細い道を、カップルが腕を組みながら歩いていた。まるでタイミングを見計らったかのようにふたりは立ち止まり、女性が顔を上げ、男性がキスをした。

わたしには縁のないことね、と思った。後悔で胸が痛んだ。


朝の六時、近くの教会から鳴り響く鐘の音でわたしたちは目を覚ました——窓のよろい戸が振動するほどの大きな音だった。その鐘の音が聞こえなくなると、今度は修道院のなかでもっと小さなベルの音がこだましているのが聞こえた。

「いったいあの騒音はなんだったの、ミス・ブラウニング?」眠そうな目をしてミス・フロビシャーが訊いた。「火事じゃないわよね?」

「たぶん、シスターたちをお祈りに呼ぶためのベルだと思いますよ。朝の六時だから」

「ああ、驚いた。わたしたちも参加しないといけないなんてことないわよね?」

「ええ、もちろん」と言ってわたしは笑った。「でも、こんなに早く起こされるのは困りますね」

わたしは部屋着のガウンをはおり、生徒たちの様子を見にいった。なかにはあの鐘のなかでも起きずに寝ている子もいたが、たいていの少女たちはベッドの上に座り、わたしを見るなり文句を言ってきた。

「あんまりです、ブラウニング先生。あんなにしょっちゅう鐘が鳴っていたら、ぐっすり眠れるわけがありません」

「残念だけど、鐘についてはどうすることもできないわ、ダフネ」ぷんぷん怒っている少女の顔を見て思わず笑ってしまった。「ヴェネツィアでは、これも生活の一部だから。この人たちはとても信心深いの。なかには、毎朝ミサに行く人もいるのよ。それに、この修道院のシスターたちは、日に何度もお祈りをするわ」

「ああ、わたしはイギリス国教会で本当によかった！ そう思わない？」ダフネは同室の子を肘でつつきながら言った。

朝食には焼きたてのパン、ジャム、固ゆで卵、そして牛乳たっぷりのコーヒーが提供された。少女たちはコーヒーに興味津々だった。

「今までコーヒーは飲んだことがありませんでした、先生」ひとりの生徒が言った。「コーヒーは大人の飲み物だってママは言ってました。でも、とってもおいしいですね」

「ええ、ほんとね。それに、ここのパンも」

朝食をすませ、駅のそばにある水上バス乗り場へと向かった。そこからわたしたちは、大運河をめぐる一番路線の水上バスに乗りこんだ。生徒たちは心から感銘を受けたようだった。身を乗り出して写真を撮ったり、ゴンドリエーレたちに手を振ったり、自分の家にするならどの宮殿がいいか相談し合ったり。しばらくすると、ロッシ宮が見えてきた。わたしは必死になって窓のなかに顔が見えないかと探したが、どの窓も暑さをさえぎるためによろい戸が閉じられていた。

サン・マルコと書かれた船着き場で水上バスを降り、いくつものゴンドラが係留されている運河沿いの道を歩いていくと、やがてサン・マルコ広場の入り口に到着した。広場を目の当たりにした生徒たちは、十年前のわたしとまったく同じように感嘆した——高くそびえる鐘楼、サン・マルコ寺院のドーム状の屋根、屋外のカフェ。まだ朝の十時ということもあって、カフェのテーブルはほとんどが空席だった。生徒たちは座りこんでスケッチをし、そのあとサン・マルコ寺院とドゥカーレ宮殿を見学した。そして最後に、十年前のわたしと同じように、運河にかかった小さな橋に行った。そこからは〈ため息橋〉が見えた。生徒たちは皆、ロマンチックな〈ため息橋〉に魅了されたようだった。

昼食をとるため、わたしたちは修道院に戻った。ボリューム満点の野菜シチューを食べたあと、休憩をとり、またジェラートとスケッチを目的に出かけた。三日めは、生徒たちをアカデミア美術館に連れていった。入り口で入場券を買っていると、美術館に隣接する美術学校の校舎に、学生たちがはいっていくのが見えた。それぞれがポートフォリオ——絵画などの作品を入れるための薄型ケース——を抱え、外の世界で起きていることなど自分たちには無縁だとでもいうように笑い合っていた。わたしも、あのなかのひとりになっていたはずなのに、と思った。でもすぐに、少なくとも一年は美術学校で学ぶことができたんだから、と思いなおした。なにもなかったよりはまし。仕事もなく、希望もすべて失ってしまった貧しい人たちに比べれば、わたしは恵まれている。

「まだまだ絵が続くんですか、先生？」いにしえの巨匠たちの作品が並ぶ部屋をめぐっていると、シーラが不平を言ってきた。「この古い美術は退屈です。全部が聖人とかそういうのばっかり」

「そのとおりです、先生。いつになったらお買い物できますか？」別の生徒も声をあげた。

「今回の旅行は、文化を学ぶためのものなのよ。覚えてる？」とわたしは指摘した。「でも、明日はムラーノ島に行きます。そこでは、ガラスでできたいろんなものが買えます。とても美しいのよ」

この提案は生徒たちにも好評で、実際、四日めはムラーノ島を訪れた。ホルテンシア伯母さまと来たときに心惹かれたビーズと同じものを見つけ、今度こそわたしはネックレスを購入した。帰りの水上バスを待っていると、ビエンナーレを宣伝するポスターが貼られていることに気がついた。そう、今年は偶数の年。世界的な現代美術の展覧会が公園で開催されている。

「もう少し現代的な美術を見たい？　そのほうがあなたたちも楽しめるかもしれないわね」水上バスを降り、修道院に向かっているときにわたしは言った。「世界じゅうの現代美術が展示されている有名な展覧会が、今このヴェネツィアで開かれているの。とてもきれいな公園が会場なのよ。明日はそこに行ってみましょうか」

「その現代美術というのがこの子たちにふさわしいものなのか、ちょっと心配だわ」とミス・フロビシャーは言った。「現代美術と呼ばれているものを、いくつか目にしたことがあるけど……」

「実際に今どんな美術作品がつくられているのかを見るのは、意味のあることだと思いますよ。過去にばかり目を向けるのではなくて」とわたしは言った。「はたして現代美術が過去の芸術作品と同じくらい美しいかどうかは、本人たちに判断させてはどうでしょう」

そういうわけで、五日めの朝は水上バスに乗って市立公園《ジャルディーニ》に向かった。涼しく心地良い朝だった。公園のなかの並木道を歩きながら、レオのお気に入りの彫像と木がどこにあるのか、夜のピクニックをして彼にキスされた芝生の庭がどこにあるのか、知らず知らず探していた。公園内は人で混雑していた。そのなかにはイタリアのファシスト党の武装行動隊、ムッソリーニの〝黒シャツ隊〟の姿もあり、現地の警察官が行き交う人々を監視していた。彼らの存在が、会場の静けさを台無しにしていた。いったいなにを監視する必要があるのだろう。ここにいる大半の人々は、とてもリラックスしていて公園での一日を楽しんでいるようにしか見えなかった。

わたしたちはメイン・パビリオンにはいった。そこに展示されていた絵画や彫刻に、ミス・フロビシャーは予想どおりにショックを受けていた。

「はたしてこれを芸術と呼べるのかしら。駄作にしか思えない。まるでキャンバスに血しぶきを浴びせただけのように見えるわ」

「もしかしたら、それがこの作品を描いた画家の目的だったのかもしれませんよ」とわたしは言った。「この絵の題材は、スペイン内戦ですから」

彼女はドイツのパビリオンのほうがお気に召したようだった。展示されている作品はどれもナチのプロパガンダに沿うもので、畑で楽しそうに働く金髪の農民の絵や、堂々とした記念像ばかりだった。ユダヤ人の芸術家だけでなく、ナチスの考えに従えない芸術家たちは皆ドイツを去ったのだろう、とわたしは思った。

ミス・フロビシャーは、ドイツ・パビリオンの芸術家のなかにオーストリア人もいることに興味を抱いたようだった。「まあ、そうよね」と彼女は言った。「オーストリアはドイッに併合されたんだもの、たしか、そうだったわよね？　安心したわ、仲良くしているようで」

わたしは口をつぐみ、自分の考えは言わないでおいた。ドイツ・パビリオンを出ようとしていたとき、ドイツ軍将校の一団がはいってきた。大声で話しながら横柄な態度で人々を押しのけている彼らを見ていると、怒りをのみこむのが大変だった。

彼らがすぐそばまで来たとき、わたしはきっぱりと生徒たちに言った。「さあ、早く出ましょう。ここはもう充分でしょ？　プロパガンダばかりで、芸術とは呼べないものばかりだわ」

生徒たちを連れてわたしはパビリオンを出た。ほんの些細な勝利感だったが、気分は良かった。

公園内をめぐってほかの国のパビリオンを見てまわった。ちょうどアメリカのパビリオンを出たところで、いかにも地位の高そうな要人の一行がこちらに向かって歩いてきた。上等なスーツに身を固めたその男性たちは、権力がもたらす自信に満ちた雰囲気を漂わせていた。おそらく海外からの代表団が案内されているのだろう。そして、わたしはレオを見た。彼は一行の真ん中にいて、熱心に耳を傾けているほかの人たちになにか話していた。それがレオだということは、わたしにはすぐにわかった。以前より少しだけ体がたくましくなり、明らかに上等なビジネススーツを着ていたが、十年前とほとんど変わっていなかった。ただ、当時は乱れ気味だった黒髪のカールが、今はきっちりとなでつけられていた。

わたしは凍りついたようにその場に立ちつくした。声をかけたかったが、とてもそんなことはできなかった。わたしを忘れてしまっていたら？　わたしが存在しないみたいに通りすぎてしまったら？　でもこのままなにもせず、彼が消えてしまうのはどうしてもいやだった。わたしはとりあえず一歩前に進み出た。その瞬間、彼が視線をこちらに向けた。彼の目に、はっと気づいたような驚きの色が浮かんだ。

「ジュリエッタ？　本当にきみなの？」と彼は言った。

わたしはほとんど声を出すことができなかった。「ええ、本当よ」

「信じられないよ。ここに戻ってきたんだね。ずいぶん時間がかかったけど」

「そうね」

彼は同行者たちのほうを向いた。「少しお待ちください《ウン・モメンティーノ・ペル・ファボーレ》」そう言うと、彼はわたしの前まで来た。「今は話している時間がない」と小声で言った。「彼らに展覧会場を案内している。大事な投資家たちなんだ。でも、あとで会ってくれる？　今夜、一緒に夕食に出かけられる？　また伯母さんと一緒？」

わたしは思わず笑った。「いいえ、伯母さまはいないわ」

彼の目がうれしそうに輝いた。「それはよかった。ディナーのお許しをもらわなくていい、ということだよね？　どのホテルに泊まってるの？　八時に迎えにいくよ」

わたしは周囲を見まわした。複数の視線が自分に集まっているのがわかった。「同僚に訊いてみないと」

「仕事で来てるの？」

「ええ、教師をしてる。ここには、生徒の引率で来ているの。宿泊しているのは修道院よ」

わたしはミス・フロビシャーのところまで行った。「今夜、あそこの紳士と夕食に出かけてもかまいませんか？　古い友人なんです。以前、伯母とここに来たときに知り合って、もう何年も会っていなかったので」

「ええ、かまいませんよ。ご家族の古い友人ということであれば」少し疑わしそうにミス・フロビシャーは言った。ご家族の、ということばを強調していた。「でも、修道院の決まりは守ってくださいね」

「ええ、もちろん」そう言ってから、わたしはレオのところに戻った。「ぜひ、夕食をご一緒したいわ。でも、もう少し早い時間にできない？　修道院は夜十時に扉に鍵をかけてしまうの。それに、窓には鉄格子がはまっているし」

「お神《ディオ・ミーオ》よ！」彼は首を振った。「なんでそんなところに泊まっているの？」

「学校は、女子生徒たちがきちんと監督されて安全であることを第一に考えているから」

「どの修道院？」

「サンタ・クローチェ地区にあるマーテル・ドミノ修道院よ」

彼はまた首を振った。「同情するよ。〈ペンシオーネ・レジーナ〉のほうがよっぽどましだ。でも、大丈夫。迎えにいってもいい？」

「どこかで待ち合わせしてもいいわ」ミス・フロビシャーや生徒たちにふたりでいるところを見られたくなかった。「迎えにこなくても大丈夫よ。通りをはずれた場所にあるから」

「どの通り？」少し混乱しているような表情で彼は訊いた。

「ただ、不便なところにあると言いたかっただけなの。水上《ヴァポ》バス《レット》がすぐ近くから出ているから心配はいらないわ」

「わかった。たしかに、七時半までにサンタ・クローチェ地区に行くにはかなり急がないといけないかもしれない。それなら、〈ホテル・ダニエリ〉のレストランにしよう。もちろんきみも知っているよね？　サン・マルコ広場のすぐ右にある河岸沿いのホテルだ。水上《ヴァポ》バス《レット》で簡単に行ける。サン・ザッカリアの船着き場、わかる？」

わたしはうなずいた。「ええ。わかるから大丈夫」

「じゃあ、ホテルのロビーで。七時半でいい？」

「ええ、いいわ。ありがとう」自分の声が上ずっているのがわかった。

彼は手を差し出して握手し、わたしの手をきつく握った。

「では、今夜また」そう言うと、待っていた要人たちのもとに戻っていった。

「顔が真っ赤ですよ、先生」とシーラが指摘した。

「今日はやけに暑いからそのせいかしら。さあ、みんな。冷たいものでも飲みにいきましょう」

第十章

ジュリエット　一九三八年七月　ヴェネツィア

ディナーのために着がえているとき、高級レストランにふさわしい服がないことに気がついた。今回の旅行には、ロングドレスを持ってきていなかった。そもそも、わたしが持っている唯一のロングドレスは、若い男性とめぐり会うのを目的とした舞踏会やパーティーに着ていくためのドレスだった。まだ若かったころの、わたしの住む世界ががらりと変わってしまう前の話だ。幸いにも、母がむかし着ていたロイヤルブルーのティードレスと、縁飾りのあるシルクのショールは持ってきていた。ティードレスの丈はふくらはぎの真ん中くらいまであり、胸元も開いている。これでなんとかなるだろう。ショールは金色がちりばめられたクリーム色のシルクだし、ムラーノ島で買ったガラスビーズのネックレスの色も青と金——完璧だ。

「その男性は、ご家族の友人なんですよね、ミス・ブラウニング？」上等なほうのストッキングをはいているときにミス・フロビシャーが訊いてきた。

「伯母と一緒にヴェネツィアに来ていたときに知り合ったんです」彼女のほうを見上げることもなくわたしは言った。質問に対する正確な答えにもなっていなかった。「彼は名高い家柄の人なんですよ。実際、水上バス《ヴァポレット》から見えた宮殿のひとつが彼の家です」

「あらまあ。素晴らしい人と知り合いになったのね」

わたしは顔が赤くならないように注意して、彼女のことばを聞き流した。「今夜は生徒たちをお任せすることになって、本当に大丈夫ですか？」

ミス・フロビシャーは笑顔を見せた。「この厳格な建物のなかにいれば、かなり安全だと言えますからね。大丈夫、心配はいらないわ。それより、楽しんでいらっしゃい。今の時代、楽しい時間を過ごすチャンスなんてめったにないんですから。あなたのような若い女性は、夜の外の世界を楽しむ資格があるわ」

「ありがとうございます」感謝の笑みを浮かべながらわたしは言った。彼女にもこんなやさしい面があることを初めて知った。

「それに、わからないじゃない？」ミス・フロビシャーは意味ありげにうなずきながら言った。「なにか、いいことが起きるかもしれないし」

七時にスカルッィ橋を渡り、鉄道の駅のそばにある水上バス乗り場から、混雑している一番路線になんとか乗りこむことができた。「シニョリーナ」オーバーオールを着た作業員風の男性が脇にどき、わたしを隅に立たせてくれた。おかげで風も避けられ、ほかの乗客に押しつぶされずにすんだ。わたしはお礼を言うかわりに笑みを返した。ラグーナに沈みゆく太陽が、海面をピンク色に輝かせていた。上空では、カモメが円を描きながら飛んでいた。遠くの教会から鐘の音が響いてきた。わたしは大きく息を吸い、すべてを自分のなかに取りこもうとした――できることなら今この瞬間のすべてをガラス瓶に閉じこめたかった。自宅に帰ってから、雨の日に応接間で取り出して眺めるために。

サン・ザッカリアの船着き場で水上バスを降りた。慣れないハイヒールに苦戦しながら、丸石で舗装された道を注意して歩き、〈ホテル・ダニエリ〉に向かった。ピンク色の大理石で覆われたホテルを前にして、わたしはすっかり怖じ気づいてしまった。洗練された制服姿のドアマンに案内され、ホテルにはいっていく優雅な着こなしのカップルたち。ここは、わたしなんかがいてはいけない世界だ。でも、なかでレオが待っているのだから、と自分を鼓舞した。まるで夢のようで、信じられなかった。

「こうなる運命だったの」と自分自身につぶやいた。この広いヴェネツィアのなかで、わたしと同じ瞬間に彼もビエンナーレの会場にいたのだから。これは、運命以外のなにものでもない。わたしは深呼吸をし、ドアに向かった。

「シニョリーナ」ドアマンが一歩前に出てわたしをさえぎった。「こちらにご滞在ですか？」

「いいえ。レストランでディナーの約束をしているんです」とわたしは言った。「シニョール・ダ・ロッシと」

「ああ。ようこそいらっしゃいませ」彼の視線は、わたしのドレスがホテルの格式に見合っていないことをほのめかしていた。でも、レオと会う約束のある者を追い返すわけにはいかないのだろう。ロビーにはいったわたしは、ホテルの内装をひと目見て、思わず息をのみそうになるのを必死にこらえた。もともとは宮殿だったそうだが、今でも豪華さはそのままだった。ロビーの片側には何本もの大理石の装飾柱が並んで天井を支え、その反対側には赤い絨毯《じゅうたん》を敷きつめた階段が壁に沿って数階分の高さのある吹き抜けへと続いていた。これほど豪華絢爛《けんらん》な場所に足を踏み入れたのは初めてだった。自分がこの場にはふさわしくない野暮な田舎者に思え、足がすくんだ。

そのとき、レオの姿を見つけた。彼はバーカウンターのそばに立ち、知らない男性と談笑していたが、わたしを見るなりこちらに歩いてきた。

「修道院から無事に逃げ出してこられたようだね」彼は、忘れられるはずもない、あのいたずらっぽい笑みを浮かべた。

「ええ、なんとか。同僚が生徒たちの面倒を見てくれているの」

「その修道院は原始的なところ？」

「いいえ、そんなことはないわ。凝ったお料理は出ないけど、おいしいのよ」

彼はわたしの腕を取った。「ここの料理は、修道院よりはるかにおいしいよ。ぼくが保証する。じゃあ、行こうか。上の階だ」

わたしたちはエレベーターのほうに向かった。

「屋上《テラッツォ》」と彼はエレベーター係に言い、わたしたちは無言のまま上階へと昇っていった。彼がすぐ近くにいるという感覚を無視するのは無理だった。わたしの思いを感じとったのか、レオは小さな笑みを浮かべた。エレベーターの扉が開くと、そこはもうレストランだった――鏡の壁に囲まれた広い空間にはビロード張りの椅子が置かれ、グラスと銀食器がきらめいていた。レオが給仕長《メートル・ドテール》になにか小声で言うと、わたしたちはレストランのなかを通ってその先にあるテラスへと案内された。今度は、息をのむのを抑えられなかった。目の前に、ことばでは言い表わせないほどの素晴らしい景色が広がっていた――ラグーナも河岸もサン・ジョルジョ島も、沈む夕陽のなかで輝いていた。

「ああ、なんてきれいなの」そう言うのが精一杯だった。

まるでわたしのために自分がこの景色をつくりだしたかのように、レオは誇らしそうに笑った。「たぶんきみも気に入ると思ったんだ。ぼくのいちばんのお気に入りの街の景色だから」と彼は言った。「外のテーブルでもかまわない？」

「ええ、もちろん。最高だわ」わたしは景色から目をそらすことができなかった。景色がいちばんよく見える先頭のテーブルの椅子をウェイターが引いてくれて、わたしは腰をおろした。そして、わたしの前に開いたメニューが差し出された。わたしは上目遣いでレオを見た。「あなたが決めてくれる？　イタリア料理でわたしが知っているのは、スパゲティだけだから」

彼はうなずいた。早口のイタリア語で注文を受けると、ウェイターはお辞儀をしてさがった。

「まずは〈カンパリ〉から始めよう。それに、オリーブとパン」と彼は言った。「味覚を慣らすためにね。せっかくヴェネツィアに来たなら、シーフードを食べるべきだと思うんだけど、それでかまわない？」

「ええ。伯母が食あたりを起こしたフリット・ミストじゃなければ」とわたしは答えた。

彼はクスクス笑った。「ここのフリット・ミストは、伯母さんを苦しめたものより数段おいしいはずだよ。でも、今夜はフリット・ミストは食べない。コースの初めには、タコのマリネと赤エビのピューレとホタテ貝を頼んだ。それからフォアグラも。ここのは絶品なんだ」

〈カンパリ〉が運ばれてきた。わたしは、苦味に驚いたことを必死に隠そうとした。それを見ながらレオは笑っていた。

「きみはちっとも変わっていないね」と彼は言った。

「そんなことないわ」とわたしは答えた。

「まあ、たしかに、きみの目は以前よりも少しだけ賢くなって、少しだけ悲しくなったかもしれない」

「人生は、いつも自分の思うとおりの方向に進むとはかぎらないから」

「でも、美術学校に行くと言っていたよね？　とても楽しみにしていたでしょ？　行かなかったの？　なんで有名な画家にはならずに、学校で教師をしているの？」

「美術学校には、最初の一年間だけ通ったわ」とわたしは言った。「とても楽しかった。すべてが期待どおりだった。でも、父が自分と伯母さまの財産を全部投資して、二九年のウォール街大暴落ですべてを失ってしまったの。以前あなたにも話したと思うけど、父は戦場で毒ガスの被害にあって以来ずっと健康を害していたから、破産したことで大きな打撃を受けてしまった。それで肺炎を患い、すぐに亡くなってしまったの。だからわたしも美術学校を退学して、母と妹の生活費を稼ぐために仕事を見つけないといけなかった。家のすぐ近くの女学校で美術を教える仕事に就けたのは、本当に幸運だったわ。母が女学校の校長先生と教会を通した知り合いだったおかげよ。だからそれ以来教員を続けているの。お給料はそんなによくないけど、頭が水に沈まないくらいはなんとかやっていけているわ」

「水にって？　どういう意味？」彼は不思議そうな顔をした。

わたしは思わず笑った。「英語の慣用句のひとつよ。生き延びる、という意味。ただ、ぎりぎり、っていうだけ。とにかく、暇な時間を見つけてイタリア語の勉強だけはしてるのよ。今ではイタリア語を少し話せるようになりました《オーラ・ポッソ・パラーリ・ウン・ポ・ディ・イタリアーノ》」

彼は目を輝かせてわたしを見た。「すばらしいよ《モルト・ベーネ》！　わざわざぼくの国のことばを勉強してくれたということは、戻ってきたいと思っていてくれたということなんだね」と彼はイタリア語で言った。

「ええ、いつかはまた来たいと思っていたわ」彼の話すイタリア語が理解でき、それにちゃんと返答できることがうれしかった。

料理が運ばれてきて、テーブルの上に並べられた。ウェイターがその料理を、わたしの皿の上に取りわけてくれた。どれも驚くほどおいしかった——タコの足には少し怖じ気づいたが、まるでバターのように柔らかく、スモーキーでスパイシーな味わいがあった。エビは塩味が効いていて新鮮で、海の泡を食べているかのようだった。ホタテ貝は口に入れた瞬間はカリッとして、そのあとすぐにとろけてしまった。レオが小さな四角いメルバトーストにフォアグラのパテを塗り、わたしの口元に差し出した。その仕草があまりにも親密すぎて、わたしは震えてしまった。

「フォアグラは嫌い？」

「いいえ、大好きよ」とわたしは言った。

「一度も手紙を書いてくれなかったね」英語に切りかえて彼は言った。「がっかりしたよ」

「書こうかと思ったこともあった。でも、できなかった」とわたしは言った。「あなたが返事を書きたいと思ってくれるか、わたしにはどうしても信じられなかったから」伯母から、彼の素性に対する疑問を植えつけられたことについては触れなかった。わたし自身、彼が本当のことを言っているのかは確信できていなかった。「それに、住所を教えてくれなかったでしょ？」

「〝ロッシ宮〟と宛先に書いてくれていれば、ぼくのところに届いたはずだよ」わざととりすましたような笑みを浮かべて彼は言った。「もう一度会えると思っていたんだ。そしたらいろんな計画が立てられたし」

「あのときは、手紙を書くことさえできなかったの。部屋をこっそり抜け出してあなたと会った翌朝、伯母がそのことを知って、すぐにフィレンツェに出発したの。伯母さまは本当に怒ってた。イタリアでは、きちんとした女性は付添人なしに外出はしないのだから、あなたはよからぬことを企んでいるんだ、って」

それを聞いて彼は笑いだした。「ぼくはルールを破ったことがない人間だよ」と彼は言った。「それに、紳士的だったでしょ?」

「ええ、まあ。でも、わたしにキスした」

「ほんのちょっとしたキスが許されるくらい、きみは魅力的だったよ」彼は、からかうような視線を向けてきた。

あれが、〝ほんのちょっとしたキス〟ではなかったことは言わずにおいた。

〈ドン・ペリニヨン〉のシャンパンのボトルが開けられ、グラスに注がれた。

レオがわたしに向けてグラスを掲げた。「乾杯」と彼は言った。「ラ・セレニッシマ(ヴェネツィア共和国の古称。「もっとも高貴な共和国」という意味)に、ようこそお帰りなさい。ここでの日々が、喜びにあふれた素晴らしいものでありますように」

わたしもグラスを彼に向けて掲げた。シャンパングラスが涼しげな音をたてた。レオの笑顔。まるで、美しい夢のようだった。目を覚ましてしまわないように、頬は絶対につねらないと決めた。

シーフードリゾットが運ばれてきた。こくがあってクリーミーで、エビやムール貝や魚、マッシュルームやピーマンがちりばめられていた。食べているあいだ、会話はほとんど交わさなかったが、わたしの頭のなかではさまざまな考えが渦巻いていた。彼は、わたしにまた会えたことを喜んでくれている。着ている高級なスーツや、ホテルスタッフの彼に対する態度から察するかぎり、彼が相当な成功者だということはまちがいないだろう。もう何年間も味わったことがなかったような、幸福の小さな泡がわたしの心のなかに生まれていた。

コースのメインとして、カサゴをそのままの姿で調理した料理がテーブルに運ばれてきた。ウェイターが巧みな手さばきで骨を取りのぞき、それぞれの皿に取りわけてくれた。

「ちょっと見た目が怖い」とわたしは言った。「まさか、わたしに毒を盛ろうとしているわけじゃないわよね？」

彼は笑った。「ようやくビエンナーレを見にきたんだね。で、きみの感想は？」

「とてもおもしろかったわ――それぞれの国が、どう自国をアピールしたがっているのかがよくわかって。特に、ドイツのパビリオンが印象的だった。農民たちがみんな幸せそうで」

「半分餓死状態で、総統からはバターではなく銃を持てと命令されている農民たちだね」と彼は言った。「最近、ドイツに行かないといけないことが多いんだ。もちろん、仕事の面ではいいことなんだけど、早くここに帰ってきたくてしかたなくなる。スイスとの国境を越えると、いつもほっとひと息つく」

「ドイツは本当に戦争を始めようとしているの？」

「ああ。彼らの都合のいいときにね」と彼は言った。「戦車や銃を大量に生産している。それはたしかだ。ヒトラーは、世界征服を目論んでいるんじゃないかとぼくは思ってる。明らかに頭がいかれているのに、誰もそれに気づいていない」周囲を見まわしてから続けた。「ここイタリアでも、ぼくらは同じ道を進もうとしているんじゃないかと恐れている。ぼくの父は仕事の関係でムッソリーニとときどき会っているんだけど、彼は地中海を支配する新しいローマ帝国を築きあげる夢を見ているそうだ。話している内容はヒトラーそっくりだ。増大する人口を支えるための領土が必要だとか、コルシカもニースもマルタもイタリアに統合すべきだとか。それになにより、すでにアビシニア（エチオピアの旧国名。一九三五年、イタリアはアビシニアを侵略した）で戦争を始めてしまった」

「駅に着いたとき、大勢の兵隊さんを見たわ」とわたしは言った。

「ああ、必死に兵士を集めてる——母国のために戦え、と言ってね。仕事のない貧しい少年たちが、我先にと応募している。でも心配しなくても大丈夫だよ——戦争ができるほどの武器はまだ持っていないから。まだしばらくは息ができる」

「こんな悲しい話はやめましょ。ここにはあとひと晩しかいられないの。そのあとはすぐにフィレンツェに移動することになっているの」

「ああ、それは残念だ」と彼は言った。「明日、ぼくは忙しくて時間がとれない。今日きみも会ったあのビジネスマンたちとの仕事が明日もまだ残っていて、夜は、ぼくの許嫁《いいなずけ》のお父さんの誕生会に出ないといけない」

「え？」思いがけず声が出てしまった。

　彼は顔をしかめた。「まちがったことばを使ってしまった？　最近、英語がどんどん下手になってきているから。あまり練習する場がないんだ。ぼくが言いたかったのは、結婚することになっている女性、っていう意味だったんだけど」

「いいえ、正しいことばよ」動揺しているのが表情に出ないようにわたしは気をつけながら言った。「そう。結婚するのね」

　彼はいやそうな顔をした。「三週間後に、彼女の家の教会、サン・サルヴァドールで。ヴェネツィアの人の半分が出るような盛大な結婚式になる」

「おめでとう」わたしは、なんとかことばを絞り出した。

彼は悲しそうな笑みを浮かべた。「祝福を受けるより、同情されるほうが今のぼくには合っているかな。できるかぎり先延ばしにしていたんだ。ヴェネツィアでは、男は三十歳になるまで結婚しない。でもぼくはもう三十二歳だからね。周囲からの圧力がすさまじかった」

「あなたは、その人と結婚したくないの？」

彼は肩をすくめた。「その件に関しては、ぼくには選択の余地がない。彼女が生まれた瞬間から、この結婚は決まっていたんだ。彼女はぼくより七歳下だ。ぼくの父は海運業を営んでいて、彼女の父親は船を造っている。彼女には、家業を継ぐ兄弟がいない。だから、これは最高の組み合わせというわけ。ビジネスの面でね」

「でも、その人のことを愛していないの？」

彼はわたしと目を合わせた。「彼女はあまり愛せるような人じゃないんだ。裕福な家のひとり娘として育てられた。だから欲しいものはすべて手に入れてきた。甘やかされすぎたんだよ。だから今でも、思いどおりにいかないとすぐに癇癪《かんしゃく》を起こす」彼は深くため息をついた。「残念ながら、ぼくにとって幸せな結婚とは言えないな」

「それならどうして結婚するの？　お金がそんなに大切なの？」

「お金はそうでもないけど、ぼくの家の名誉と社会的な立場が大切なんだよ。あとはもちろん、力のある一族と手を組むことで得られるビジネスチャンスも。ヴェネツィアじゅうが、ぼくたちが結婚することを知っている。だからもしぼくが婚約を破棄したら、それはぼくの一族にとって不名誉を意味するし、財政的にも苦境に立たされることになる。父にそんな仕打ちはできない」彼はグラスを手に取り、ひとくちで飲み干してから、グラスをテーブルに叩きつけるように置いた。「だからぼくは、義務を果たす忠実な息子でいるしかない。そして、いつの日か彼女が成長して、ぼくを愛するようになるのを期待して待つしかないんだ」

彼はわたしを見つめていた。その目のなかに、わたしに対する切望があるのを感じた。

「だから、あんなにもきみに惹かれたのかもしれない。ぼくの前に現われたきみは、甘やかされたわがままな少女ではなく、若さにあふれ、すべてのことに興味を持って胸を躍らせていた。それに比べてビアンカは、純金の大きなブレスレットをあげたとしても、見向きもせずに引き出しのなかにしまってしまう。彼女が唯一愛情を注いでいるのは飼い犬だよ。小さなペキニーズを飼っていて、いつもキスを浴びせてる」

わたしは笑みを浮かべた。「ヴェネツィアでは、誰もペットなんて飼わないんじゃなかった？」

「彼女は例外だ。そういえば、きみのあの子猫たちは元気にしているよ。すっかり大きくなって、今ではひ孫もいるんだ。安心したでしょ？」

「きっとあなたの婚約者も、子供が生まれたら変わるわ」とわたしは言った。落ち着いた声色を保てている自分が誇らしかった。

「どうなるか見守るしかないかな。それより、ごめん。せっかくのディナーを台無しにしてしまったね。彼女の話はしなければよかった」

「いいえ、話してくれてうれしかったわ。そうでなければ、変な期待を持ったままここを去ることになっていたから。あ、べつに、あなたが、その……」今まで装っていた冷静さも失い、ことばに詰まった。頬が燃えるように熱くなっていた。

「ここではない別の世界では、ぼくたちはお似合いのカップルになっていたかもしれないね」と彼は言った。「それにしても――どうしてきみは結婚していないの？　こんなに美しい女性が」

「美しくなんてないわ」と私は言った。

「いいや、きみは目を奪われるくらい美しい。その赤い髪と澄んだ青い目、それにイギリス人らしいきれいな肌。男が放っておくわけがない」

わたしはため息をもらした。「今のわたしには、男性と知り合うチャンスなんてないもの。学校で女の子たちに美術を教えたあとは、母のためにすぐに家に帰らないといけない。母は繊細な人なの。だからわたしが面倒を見るしかない。母にはわたししかいないし、父が亡くなったことを今もまだ悲しんでる。妹のウィニーは結婚して、夫と一緒に去年インドに行ってしまったし」

「つまりきみは、義務を果たす忠実な娘として家に残った、ということなんだね」同情するように彼はうなずいた。

「義務を果たす忠実な娘と、義務を果たす忠実な息子」とわたしは言った。

「そう、そのとおり。お似合いのカップルだ」彼はテーブルの上で手を伸ばし、わたしの手を握った。わたしは握られた手を振りほどかずにいるので精一杯だった。「また会えたこと、そしてこうやって夕食を一緒にとれたことを、本当にうれしく思ってる。一生忘れない」

「わたしもよ」わたしは明るい笑みを浮かべた。自分の演技力に驚いていた。

「来年も戻ってくる？」

「たぶん、それはないと思う」とわたしは答えた。「それに、たとえまた戻ってこられたとしても、あなたには会えない。そのときには、あなたはもう結婚しているから」

「結婚している男は、古くからの友人とディナーに出かけることもできないのか？」

「ええ、奥さまと一緒でなければ」

彼は吐息をもらした。「ビアンカがきみに会いたがるとは思えない。彼女は根っから嫉妬深いんだ。でも、ひと晩じゅう紳士でいることを誓うよ」

彼は期待をこめた目を向けてきたが、わたしは首を振った。「もしも、わたしが既婚男性とはしゃぎまわっていたという噂が学校に届いてしまったら、一巻の終わりだわ。校長は、悪い意味でとても厳格なクリスチャンなの。それに、まちがいなく生徒が校長に話すわ。いろいろ話を盛って。実は、今夜のことも気をつけないといけない――あなたはうちの家族の古い友人だと言ってあるから」

ウェイターがテーブルまでやってきた。「デザートをお持ちしてもよろしいでしょうか?」

「あの、そろそろこれで失礼したほうが……」わたしが断わろうとするのをレオがさえぎった。

彼はウェイターのほうを向くと言った。「桃を添えたパンナコッタとコーヒー、それにリモンチェッロ（レモンのリキュール）を」彼はまたわたしのほうを向いた。「未来の話をするのはよそう。今この瞬間を楽しもうよ。この美しい夜に、こうやってふたりでいるんだから」

わたしはラグーナのかなたに目を向けた。話しこんでいるうちに、夜の帳《とばり》がおり、海面がきらきらと輝いていた。月がビエンナーレの会場の公園の上に昇っていた。もう二度とこの景色は見られない、とわたしは思った。これから一生、このような夜が訪れることは二度とない。

デザートとコーヒーが運ばれてくると、わたしは機械的に食べた。たしかに味はとてもおいしかったが、まるで砂を噛んでいるようだった。腕時計に目をやり、「もう行かないと」とわたしは言った。「夜の時間帯に、水上バス《ヴァポレット》がどのくらいの頻度で運行しているかわからないから。門限を過ぎて閉め出されたら大変だわ」

「ぼくのボートがうち専用のドックに係留してある」と彼は言った。「きみを送りとどけるのに何分もかからないよ」

「でも、そんなお手間はとらせたくないわ。修道院はどの運河からも離れているし」

「ジュリエッタ、夜のこんな時間に、きみをひとりで公共の船に乗せるわけにはいかないよ。それに、ぼくがどれほど今この瞬間を大切に思っているのかわからない？　きみだってそうでしょ？　さあ、おいで」彼は手を差し出し、わたしが椅子から立ち上がるのを支えてくれた。わたしたちは無言のままエレベーターで下まで降り、ホテルの豪華なロビーを出た。彼のボートは、ホテルの横にある細い運河に係留してあった。彼がつないであった縄を解き、ボートは真っ黒なラグーナへすべるように出ていった。賑わう河岸《リヴァ》に沿い、水面に光が反射してきらめいているさまざまな宮殿の前をボートは通っていった。今にもふと消えてしまいそうな夢のなかにいるようだった。わたしは船を操縦しているレオを見つめていた――彼の横顔、力強い顎の線、風にたなびく髪。

スカルツィ橋と駅が近づいてくると、彼はその手前で曲がって支流の細い運河にはいった。「ここからきみが泊まっている修道院に行けるはずだ。どこかボートを係留できる場所がないかな」

「あなたは来ないほうがいいわ」とわたしは言った。「誰かに見られてしまうかもしれないから」

「女性を家まで無事に送りとどけないなんて、男としては許されないことだよ」運河の脇に海藻で覆われた階段があるのを見つけてボートを着けると、手すりに縄をつなぎ、ボートから軽々と飛び降りた。彼はわたしの手を取り、降りるのを手伝ってくれた。そして細い路地の暗闇にふたりではいっていった。路地の奥のほうに、街灯がひとつともっているだけだった。レオはまだわたしの手をしっかりと握っていた。

「キスしてもいい？」と彼は訊いた。「正式な別れの挨拶がしたい」

「正式な別れの挨拶なら、握手じゃない？」わたしは思わず笑ってしまった。でも、その笑い声は少し震えていた。

「それなら、正式じゃない別れの挨拶がしたい」と言って彼も笑った。

返事を聞くより先にレオはわたしの顎を指先でつまみ、体を引き寄せた。そのキスはとてもやさしかった――くちびるが軽く触れただけだった。彼は体を離すと、少し怒ったようにわたしを見つめた。そして、いきなりわたしの両肩を握り、体を引き寄せてまたキスをした。今度は激しく、欲望のままに。わたしも抵抗しなかった。薄いドレスの生地を通して、彼の心臓の鼓動が感じられた。

しばらくして、ようやくわたしたちは体を離した。

「もう行かないと。遅れたら大変だから」ことばを発するのも困難だった。これ以上このままでいると、泣きだしてしまいそうで怖かった。絶対にそんなことはできない。

彼もうなずいた。「そうだね、もう行ったほうがいい。ぼくも行くよ。さようなら、ジュリエッタ。きみの人生が素晴らしいものになるよう祈ってる」

「あなたの人生も、レオ」

彼はうなずくと、二本の指をわたしのくちびるに当てた。そして、足早に去っていった。

「時間どおりに戻ってこられたようね、ミス・ブラウニング」わたしが部屋にはいるなりミス・フロビシャーが言った。

「ええ」

「すてきな夜を過ごせたのかしら？」

「ええ、おかげさまで。彼のご家族の近況も聞くことができたし、お食事もおいしかったわ」わたしは窓辺まで行き、道の先の暗闇を見つめた。

第十一章

キャロライン　二〇〇一年十月　イギリス

「わたし、頭の検査を受けたほうがいいかも」ベッドの上に広げた服を見つめながら、キャロラインはつぶやいた。会社に休暇をもらい、レティ大伯母さんの葬儀に間に合うように祖母の家に引っ越した。そして、大伯母の遺品の整理を手伝っていた。正直な話、ほとんどいらないものばかりだった。服はどれもおそろしく古めかしくて、祖母には大きすぎた。いくつかヴィクトリア朝時代のジュエリー――小さなダイヤモンドが埋めこまれた金のブローチや、かなり重量のある純金のブレスレット――はあったが、どれもキャロラインの好みには合わなかった。「もしお祖母ちゃんが欲しくないなら、売ったほうがいいかも」

祖母は笑った。「今さら、金のブローチをして着飾っていくような場所なんてないわ。テディの教育資金として、お金に換えましょう」

「教育費用はジョシュに払わせるから大丈夫」キャロラインはきっぱりと言った。「せめてそのくらいはさせないと」ひと呼吸おいて、彼女は前言を撤回した。「ううん。彼からの援助なんて欲しくない。あの人のことはきれいさっぱり忘れたい。わたしが欲しいのは息子だけ。それだけ……」涙を見せないように、ことばの途中で祖母から顔をそむけた。

「大丈夫。絶対にテディは取り戻せるから」とやさしい声で祖母は言った。

「でも、どうやって？　デジレっていう大金持ちにどうやったら対抗できる？」

「ああいうタイプの人は、他人の子供にはすぐ関心をなくすものよ」と祖母は冷静に言った。

キャロラインは祖母と目が合い、少し笑顔になった。

「さあ、テディの部屋の準備をしましょう」キャロラインの袖を引っぱりながら祖母は言った。「きっと気持ちが落ち着くわよ」

前向きな気持ちで忙しくしていると、気が楽になった。テディも、前の家よりも広い部屋を気に入るだろう。窓からは、鳥の餌台がすぐそばで見られるし、サッカーボールを蹴って遊べる広い庭も見わたせる。そして、祖母の熱心な勧めもあって、キャロラインはヴェネツィア行きの航空券を買った。十月のヴェネツィアには、どんな荷物を持っていけばいいの？　もしずっと雨だったら？　美術館をすべて見おえてしまったら、あとはなにをすればいいの？　レティ大伯母さんが美術の勉強をしていたなんて知らなかった。大伯母さんも、わたしと同じように画家になるのを夢見ていたの？　でも、わたしはなにになりたかったんだろう。キャロラインは自分自身に問いかけた。学校では美術が得意だったけど、そのうちファッションデザインに興味が向いていった。ただそれは、厳しい寄宿学校に対する反発心からだった。それに、アーティストとして生活費を稼ぐひとつの手段でもあったから。だけど、ファッション業界のはしっこで何年か働いているうちに、女性たちに服を買いつづけさせるずるい手口でしかないことを知った。今は、ファストファッションが世界を席巻している。〈トップショップ〉も〈H&M〉も〈プライマーク〉も、流行りものは一カ月でもう消えていく。

ジョシュは、目立って人に衝撃を与えるようなオートクチュールが好きだった。でもそんな彼が、一般大衆向けのファッション業界のなかに閉じこめられて白いTシャツのデザインをさせられていた。だから、心のなかで彼は死にかけていた。たしかに少しは同情できるところもあるが、だからといって、彼の仕打ちを赦《ゆる》すことはできない。

「覚悟しておきなさいよ、ジョシュ・グラント」と彼女は口のなかでつぶやいた。「わたしがただ黙って、まるで操り人形みたいにあなたの好きなようにさせはしないってことを。たったひとりでヨーロッパに行ったなんて知ったら、あなた、どう思うかしらね」

自分にそう言い聞かせたことで、少しは満足すると思っていたが、そうはならなかった。ジョシュがビバリーヒルズの豪邸でデジレと一緒に過ごそうがどうしようが、もうなんとも思っていないことに気がついた。キャロラインが望んでいるのは息子だけだった。テディが無事に自分のもとに帰ってくることだけだった。

彼女はジョシュに電話をかけ、しばらく海外に行くことを伝えた。

「え？　〝海外に行く〟ってどういう意味だよ」彼の声に警戒の色がにじんでいた。

「言ったとおりよ。しばらくわたしはイギリスから離れるから、そっちになにか用があったとしても連絡できないことを知らせたかっただけ。落ち着いたら、お祖母ちゃんに電話番号を知らせておくから」

「〝落ち着く〟って？　海外に引っ越すのか？」ジョシュはすっかり混乱しているようだった。

「いいえ。ちょっと使命《ミッション》を果たしにいくの」

「布教《ミッション》だって？　モルモン教徒にでもなったのか？」

「ふざけないで、ジョシュ。少し休暇をとっただけよ」

「どうして？　ひょっとしてクビになったのか？」

「ちがうわ。今年は夏休みをとらなかったからよ、あなたが一番よくわかってるでしょ？

テディがいないなら休みをとっても意味がない。だから今とることにしたの。行き先はヴェネツィアよ」

「ヴェネツィアなんて嫌いだったはずじゃないか」

「いいえ、ヴェネツィアが嫌いだったのはあなたよ。わたしには、好きか嫌いか決めるチャンスさえなかった。今回行くのは、レティ大伯母さんの遺灰をヴェネツィアのラグーナに撒くためよ」

「え？　レティ大伯母さんが亡くなった？　そんなこと聞いてない」

「だって、あなたの大伯母さんじゃないでしょ？　わたしの家族のことなんて気にもかけてないと思ってたわ。いつもなんだかんだ言い訳して、会いにいかなかったじゃない」

「もちろん気にかけていたさ。ただ、お婆さんたちと話せるような話題がなかっただけだよ」

「とにかく、レティ大伯母さんが亡くなったの」声に怒りが混じっていた。「すごくショックで、寂しくてたまらない。だから、大伯母さんが大好きだった場所に散骨してあげたいの」

「大伯母さんはヴェネツィアが好きだったのか？　海外に行ってたなんて知らなかった」

「わたしだって、初めて知ったくらいよ」

「どのくらい行ってるつもりなんだ？」

「まだわからない」キャロラインは自分が誇らしかった。実務的でつっけんどんな話し方に、彼は明らかに動揺していた。家のなかにじっと閉じこもって、自分のことを恋しがっているものだと思いたかったのだろう。いかにもジョシュらしい。

「旅に出る前にテディと話したい」

「今シャワーを浴びてると思う」

「じゃあ、すぐ出るように言って。わたしは息子と話がしたいの」

息をのむ音が聞こえたが、すぐにかわいい声が聞こえてきた。「ママ！　ねえ、聞いて！　クラスの男の子のなかで、字が読めるのはぼくだけなんだよ！　それに足し算もできるし。ほかのみんなは、赤ちゃんみたいな絵しか描けないのに。もしもこのままこの学校にいるなら、二年生にしてくれるって先生が言ってた」

「すごいわね、ダーリン。あなたがとっても頭が良いことは、ママは前から知ってたわよ。どう、元気にしてる？」

「うん、元気だよ。オータムより速く走れるんだ。それに、もうすぐサッカーも始めるんだよ」

「あなたが早くこっちに帰ってきて、ママとお祖母ちゃんと一緒に住むのを楽しみにしてるわ」とキャロラインは言った。「こっちではラグビーもできるわよ」

「アメリカのフットボールはちょっとちがうんだよ」とテディは言った。「ヘルメットをつけるんだ。クールでかっこいいよ。ぼくにはまだ早すぎる？」

「ええ、まだまだ早すぎるわ。でも、そのうちラグビーもできるようになるわよ。ほとんど同じようなものでしょ？」

「うん、たぶん。あ、もう切らなくちゃ。今タオルを巻いてるだけだから、ちょっと寒くなってきちゃった。じゃあ、またね、ママ」そう言ってテディは電話を切った。トラウマを抱え、飛行機に乗るのを怖がっているような状態にあるとは、とてもではないが思えなかった。ごく普通の少年のように聞こえたが、すでにアメリカのアクセントが少し感じられた。息子に戻ってきてほしくて、どうしようもなかった。

荷造りをしながら、心配で押しつぶされないようにがんばった。何枚かの服を適当に選んでたたみ、機内持ちこみのできるバッグに詰めこんだ。そんなに長くはいないつもりだった。バッグのなかに、あの三つの鍵とスケッチブックも入れた。レティ大伯母さんが、鍵とスケッチブックについてなにかを望んでいたのはまちがいない。でも、それがなんなのか見当もつかなかった。キャロラインは、大伯母が遺してくれた指輪をはめていた。左手の薬指にぴったりのサイズだった。ジョシュからもらった指輪と取りかえると、気分が晴れた。最後にバッグに入れたのは、レティ大伯母さんの遺灰の一部がはいった小さなガラス瓶だった。

　十月八日、ロンドン・ガトウィック空港からヴェネツィア・マルコポーロ空港へ向けて飛びたった。飛行機が離陸したときはひどい天気だった——霧雨が降り、雲が渦巻いていた。だから高度が一万メートルに達してきらめく太陽の光のなかに出たときには、心まで晴れたようにうれしかった。でも、フランス上空を飛んでいるあいだ雲はずっと地上を覆っており、アルプスを越えるときには機体がかなり揺れた。しばらくして下を見ると、緑の丘が広がり、細長い湖が光っているのが見えた。そして、飛行機は下降を始めた。「シートベルトをご着用ください」機内アナウンスが聞こえた。飛行機が翼を傾けると、ヴェネツィアのラグーナが見えてきた。でも、ロマンチックとはとても言えない光景だった。下にあったのは燃料貯蔵施設かなにかで、巨大な貯蔵タンクや送電塔が見えた。

　飛行機が着陸し、ほどなくして彼女は空港のエントランスホールに立っていた。どうやってヴェネツィア本島まで行こうかと悩みながら。もちろん水上タクシーを使うこともできるが、百ユーロ以上をここで使う気はなかった。ほとんどただに近い料金で乗れるバスもある。船もあるが、海岸沿いの船着き場を順次まわっていくので一時間以上かかる。こんなに近くまで来た今、なるべく時間は無駄にしたくなかったのでバスを利用することにした。バスは、すっかり枯れてしまったトウモロコシ畑や田舎風の家々、そして新しく開発中のアパートメントなどを通りすぎていった。やがて道を曲がると、両側にラグーナが広がっている土手道を進んだ。

遠くのほうに、ほかの建物の屋根よりはるかに高くそびえているサン・マルコ広場の鐘楼が見えた。ただ、今バスが通っている場所は、けっして美しい風景とは言えなかった——巨大な屋内駐車場、鉄道の線路、倉庫、大型クレーン、波止場に停泊している大型船。ただそれだけ。やがてキャロラインの乗ったバスは、ほかにも多くのバスが駐車している小さな広場に停車した。暖かな日差しのなかに出て、次にどうすればいいのだろうと彼女は思った。宿泊するホテルを探す、当たり前のことだ。以前ジョシュと来たときに泊まったのはひどいホテルで、バスルームは廊下の端にあったし、ベッドは動くたびに軋《きし》んだ。新婚旅行の夜なのに、悲惨な思いをした。そのときのホテルよりはましなところに泊まりたかったが、ヴェネツィアのホテルはどこも高い。広場を見わたすと、案内所があった。

「〈ペンシオーネ・レジーナ〉というホテルはありますか？」とキャロラインは尋ねた。

飛行機のなかで、大伯母のスケッチブックをじっくりと見たのだが、一九二八年にそのホテルの様子を描いたスケッチがあり、泊まる場所としてはなかなか良いところだと思っていた。

カウンターのなかにいる男性はリストを確認し、首を振った。「その名前のホテルはありませんね、シニョーラ」

「わたしの伯母が滞在したことがあるの。むかしのことだけど」

「どのくらいむかしですか？」

「一九二八年よ」

それを聞いて彼は笑った。「それじゃあ、オーナーはとっくに亡くなってるでしょうね」

「とてもきれいなお庭があったみたいなの」

「それなら、〈ペンシオーネ・アカデミア〉はどうでしょう。そこにもきれいな庭があって、今でもまだ営業してますから」

一泊の代金は、彼女が想定していた金額よりも高かった。でも、せいぜい一週間しかいないんだし、と自分に言い聞かせた。それに、レティ大伯母さんからもらった遺産が千ポンドある。案内所の男性がホテルに電話して予約をとってくれた。彼から一週間有効な公共交通乗車券を勧められたので観光客向けのキオスクでそれを買い、近くの船着き場から水上バスに乗った。船着き場を離れて大運河に向かっていくあいだ、前回ヴェネツィアを訪れたときのことを思い出そうとした。ジョシュとキャロラインは、サン・マルコ寺院のすぐ裏手にある、きれいとはとても言えない小さなホテルに泊まったのだった。客室には小さな扇風機が一台しかなく、とんでもなく蒸し暑かった。だからセックスをするたびに汗だくになった。そんな記憶を急いで頭から閉め出し、彼女はボートからの眺めに集中した。大運河をこんなふうにゆっくりめぐるのは初めてだった。ありふれた風景が、みるみるうちに美しく豪華なものに変化していった。時刻はちょうど夕暮れどきで、バラ色の夕陽が白い大理石を繊細なピンク色に輝かせていた。前方にリアルト橋が見えてきた。まるで水の上に浮いているようだった。前回ヴェネツィアに来たときは、観光客でごった返していたが、今は季節的なことやニューヨークでの出来事のためか、大運河も空いている気がした。実際、最初のゴンドラを目にするまで結構時間がかかった。ゴンドラに乗った中国人観光客の男女が写真を撮っていた。水上バスが通りすぎるとゴンドラは激しく揺れ、女性のほうはあやうくカメラを落としそうになった。ゴンドリエーレの歌が途切れ途切れに聞こえてきたが、少し調子はずれだった。キャロラインは、自分が微笑んでいることに気がついた。わたしは今ヴェネツィアにいる。この美しい街を思いっきり楽しもう。最近の不幸な出来事のことなどすっかり忘れて。そのとき、ふとある思いが心に浮かんだ――テディがここにいたら、きっと大喜びしただろう。おもちゃのゴンドラをお土産に買っていってあげよう。お祖母ちゃんの家の金魚の池に浮かべて遊べるように。しかし、彼女の顔から笑みが消えた。「もしテディがイギリスに戻ってきたら」というささやき声が頭のなかでこだましていた。

ホテルは思っていた以上に素晴らしいところだった。もともとは宮殿だったためか天井には見事な絵が描かれており、大広間には騎士の鎧《よろい》が飾ってあった。彼女が案内された客室の窓のよろい戸を開けると、大運河が見わたせた。そしてなにより気に入ったのは、窓の下に広がっている噴水のある庭だった。何体もの彫像が飾られていて、あまり寒くないときには朝食がとれる大きなパラソル付きのテーブルがいくつか置かれていた。キャロラインは荷ほどきをしてからベッドに横になり、窓の外から聞こえてくる街の音に耳を澄ました——運河の両岸の高い壁にこだまするディーゼルエンジンのポンポンという音、庭にいる鳩たちがクックーとのどを鳴らす音、カモメたちのかん高い鳴き声、イタリア語で叫び合う声。もしかしたらレティ大伯母さんは、わたしがここを訪れることを望んでいただけなのかもしれない。ここなら心が癒やされるだろうと思って。

キャロラインは携帯電話を取り出し、ジョシュの番号を入力した——万が一テディになにかがあって、ジョシュが連絡をとりたがっているといけないと心配したからだった。でも、彼女の携帯電話からはアメリカに電話をかけられなかった。もどかしく感じながら、祖母に電話した。「今のところ順調よ」と彼女は言い、ホテルの細かな情報を伝えた。「申し訳ないのだけれど、ジョシュに電話してわたしが無事に到着したことを伝えてくれる？　彼のほうから連絡したい場合は、ホテルに電話すればつなげてもらえるから。それからテディには、ママが愛してるって言っておいてね。ママが早く会いたがってる、って……」涙を必死にこらえていたため、声が小さくなっていった。

夜の帳がおりるとキャロラインはフロントに行き、どこかお勧めのレストランがないかと係の女性に尋ねた。

「シーフードはお好きですか？」と女性は訊いた。

キャロラインはうなずいた。

「それなら、外に出てから運河に沿ってドルソドゥロ地区の向こう側まで行ってください。ザッテレ河岸という場所まで行くと、河岸通りにおいしいシーフードレストランがいっぱいあります。サン・マルコ広場やリアルト橋の近くのお店では食べないように。観光客向けのお店ばかりだから」

キャロラインはフロント係にお礼を言い、ホテルを出た。細い運河沿いを歩いていくと、広い運河に出た。水面がきらきらと輝いていた。夏には屋外のテーブル席も賑わうのだろうが、今の季節の夜は寒く、彼女は最初に見つけたレストランにはいった。店内にはほかにふた組のカップルがいるだけで、店の人からは温かい歓迎を受けた。トマトとモッツァレラチーズのアンティパスト、アサリのスパゲッティを注文した。ヴェネト州特産のスパークリングワイン、プロセッコとよく合った。レストランを出ると、運河の向こう岸からはね返ってくる自分の足音を聞きながら、ホテルに戻った。

ホテルでコーヒーを注文すると、コーヒーを運んできた女性オーナーが隣に腰をおろした。「ヴェネツィアにはおひとりで？　お仕事ですか？」と彼女は訊いた。

「いいえ、個人的な用事があって」とキャロラインは答えた。「実は、わたしの大伯母が他界して。それで、大伯母が大好きだった場所に遺灰を持ってきたんです」

「まあ」と言って女性オーナーは微笑んだ。「家族思いなんですね。とても大切なことだわ」

「ヴェネツィア出身ですか？」とキャロラインは尋ねた。

「ええ、もちろん。ここの生まれです」

「〈ペンシオーネ・レジーナ〉を知っていますか？」

女性オーナーは眉間にしわを寄せた。「聞き覚えがあるような気もするけど、そういう名前のペンシオーネは知りません。今はもうないと思いますよ」

そのときキャロラインは思いついて部屋に戻り、小箱を持って戻ってきた。「これは大伯母がわたしに遺したものなんです。これがなんなのか、心当たりはありませんか？」

キャロラインは箱を傾けて三つの鍵を手のひらに取り出した。女性オーナーはひとつずつ鍵を持ち、手のひらの上でひっくり返しながら見ていた。「この大きな鍵は、この街のどんなドアも開けられそうね。どの家も似たような鍵を使っているから」次に、彼女は翼のあるライオンがついた真鍮の鍵を手に取った。「これはこの街のシンボルね。〝ヴェネツィアの有翼の獅子〟。特別な記念の鍵かしら。なにかのお祭りとか？　この鍵と同じものは見たことがないけど、〝ヴェネツィアの有翼の獅子〟なら、この街のあらゆる場所にあるわ。もしかしたら、中国製の土産物かも」そう言って彼女は笑った。

キャロラインは鍵を返してもらった。絶望的だ。なんの手がかりも得られなかった。部屋に戻ってから、手のひらの上で鍵を何度もひっくり返した。レティ大伯母さんは、いったいなにを望んでいたのだろう。街じゅうのどの家にも合いそうな鍵で、開けられるドアを探してほしかったの？　そもそも、この鍵はヴェネツィアのものなの？　泊まったことのあるペンシオーネ以外の、どこのドアを開けたかったの？　第一、大伯母さんにとってヴェネツィアはなんでそんなに特別な場所だったの？

「レティ大伯母さん、そんなにわたしを困らせないで」キャロラインは声に出して言った。「もし、この街でなにかしてほしかったなら、どうしてメモでも手紙でも書いて残さなかったの？　もしこの三つの鍵が大伯母さんにとって大切なものじゃなかったら、どうしてわざわざ特別な小箱に入れておいたりしたの？」

　まるで理解できなかった。でも、ひとつだけわかったことがある。少なくとも、テディに関する心配事から、しばらくのあいだ心が解放されていた。それこそが大伯母の目的だったのかもしれない。

第十二章

キャロライン　二〇〇一年十月九日　ヴェネツィア

翌日の朝、空は真っ青に晴れわたっていた。キャロラインは日の出と同時に鳴りはじめた鐘の音で目を覚ました。よろい戸を開けて窓辺に立ち、大運河を行き来する船や下の庭をもったいぶって歩いている鳩たちを眺めた。庭師が、熊手を使って砂利の上にきれいな円を描いていた。ホテルの横にある細い運河の向かい側の建物では、誰かが窓台にベッドカバーを掛けて風を通していた。キャロラインは満足げにため息をついた。ここ何週間ものあいだ鬱積していた緊張が、どんどん解けていくのを感じた。彼女はシャワーを浴び、朝食をとりに下におりた。

「朝食は庭で召しあがりますか、シニョーラ？」とウェイターが訊いた。「それとも、寒すぎますか？」

キャロラインは外で食べることにした。新鮮な果物、チーズ、固ゆで卵、ハムやソーセージ、ヨーグルト、そして焼きたてのブリオッシュの、ブッフェ・スタイルの朝食を堪能した。朝食のあと、二冊のスケッチブックと鍵のはいった小箱をトートバッグに入れ、観光案内所でもらったヴェネツィアの地図を持ってホテルを出た。はっきりとした行き先は決めていなかった。少なくとも、見るべき観光スポットのほとんどは大運河の向こう岸にあることはわかっていたので、アカデミア橋を渡った。橋の階段をのぼりきり、そして今度はおりきると、息はかなりあがっていた。橋の向こう側にある広場に着いたとき、彼女は歓喜の吐息をもらした。レティ大伯母さんが一九二八年に描いた最初の何枚かのスケッチと、まったく同じ景色が広がっていた。このまま行けばサン・マルコ広場があると信じ、彼女は歩いていった。地図を見るかぎり、サン・マルコ広場へまっすぐ行ける道はなかった。歩きながら、玄関のドアを観察した。そして諦めた。ほとんどすべての家に立派なドアノッカーがあり、その鍵穴は彼女が持っている大型の鍵が合いそうなものばかりだったからだ。ドアを通りすぎるたび、いちいち鍵が合うか試していくわけにはいかない。それに、どうしてレティ大伯母さんはこの街の家の鍵が必要だったのだろう。

古本屋があるのを見つけ、なかにはいった。本箱を漁ったすえ、一九三〇年代のガイドブックを掘りだした。そのなかに、たしかに〈ペンシオーネ・レジーナ〉が掲載されていた。彼女はその本を買い、イタリア語に苦心しながらも身ぶり手ぶりを交え、店員から今はもう存在しないホテルの住所をなんとか聞き出すことができた。彼の指示どおりに大運河まで戻ると、かつて〈ペンシオーネ・レジーナ〉だったところが今では個人宅になっていることがわかった。その門には、大きな南京錠がかかっていて、洗練されたモダンな線と大きな窓で構成された家に改築されていた。キャロラインが持っているどの鍵も、その真新しい白い玄関ドアには合いそうになかった。近くにある新聞売り場の店員がその家を指差し、「ロシア人」と不満げに鼻を鳴らして言った。「金持ちのロシア人。いつも留守にしてる」

キャロラインは落胆してその場を離れ、またサン・マルコ広場の方向へと引き返した。道すがら、大伯母のスケッチにあった風景に次々と出くわした――ゴンドラが柱にくくりつけられている支流の運河、おもしろい形をした屋根、もう使われなくなった井戸のポンプ。大伯母がまだ若かったころに歩いた同じ道を今自分が歩いていると思うと、心のなかが温かくなった。むかしとほとんど変わっていない。そんなとき、不思議な思いが頭をよぎった。わたしもスケッチブックを買って、絵を描きはじめたらどうだろう。それがレティ大伯母さんの願い？　画家になるという夢を実現できなかったから、かわりにわたしに画家になってほしいの？　ファッションのデザインには共感できなかったの？　今となっては知るよしもない。

やがて河岸に出た。ラグーナの先に、高い教会の塔のある島が見えた。サン・マルコ広場まで歩いていくあいだにいくつもの庭園を通りすぎた。そのたびに、その美しさに息をのんだ。この時期は観光客も少なく、土産物を売る店をじっくりと見ることができた。彼女が持っている古い鍵と同じようなものが売っていないか探したが、見つけることはできなかった。土産物のほとんどは中国製の安っぽいプラスチックのものだった――スノードーム、野球帽、ボールペン、おもちゃのナイフ。前回サン・マルコ広場を訪れたときは、観光客でごった返していた。でも今は人もまばらで、キャロラインは屋外のカフェでコーヒーを飲むことにした。カフェの椅子に座ってサン・マルコ寺院のありえない形をしたドーム型の屋根を眺めながら、十八歳当時のレティ大伯母さんのスケッチと、その十年後のスケッチを見比べた。その成長ぶりを目の当たりにして、思わず微笑んだ。本当に才能があったのね、とキャロラインは思った。どうして画家の道を追求しなかったのだろう。戦争がその情熱を奪ってしまったのだろうか。今の自分と似ているかもしれない、と思った。ストレスと悲しいことばかりの日々のなかでは、生き延びるということ以外のすべてが奪われてしまう。コーヒーを飲みおえて勘定を払いにいくと、あまりの金額に愕然とした。ウェイターは肩をすくめた。そう、このお金で経験を買っているのだ。コーヒーではなく。

サン・マルコ寺院の内部の見学については、また別の日にしようと思った。宗教的なものを鑑賞する気分ではなかった。祖母は宗教に熱心だが、レティ大伯母さんはちがった。このところ自分の身に起きている出来事や9・11の惨事を思うと、どうしても神に祈る気持ちにはなれなかった。そこで、サン・マルコ寺院の裏の、〈ため息橋〉がよく見える場所に行った。運河を見おろす小さな橋の上にしばらく立ったあと、リアルト橋に向かうことにした。レティ大伯母さんはリアルト橋近辺のスケッチを何枚も描いていた。何度かちがう方向に曲がってしまったが、なんとか橋にたどり着くことができた。その途中にいくつもの小さくて魅力的な店があり、何軒かなかにはいってみた——ペンだけを売る店、大理石のような色とりどりの模様がついたマーブル紙だけを売る店、あるいはマスクしか売っていない店。こういうお店は商売として成り立っているのだろうか、とキャロラインは不思議だった。ヴェネツィアでは、そんなに大勢の人がマーブル紙を買うの？　操り人形とかも？　ここはなんて不思議な街なのだろう。もっともっと知りたい、と彼女は思った。

そう考えただけでも、ここに長く留まらないといけないことは明らかだった。もしもあの鍵がヴェネツィアから持ち帰ったものだとしたら、それらがなんの鍵なのかを探しだすことは不可能に近い。レティ大伯母さんの遺灰をどこに撒けばいいか、その一点に集中したほうがいいのかもしれない。運河に散骨してはいけないという法律はあるのだろうか。でもしかしたら水上タクシーに乗って、ラグーナに散骨したほうがいいのかもしれない。でも、今はまだそのときじゃない。空腹だと気づき、ハムとチーズのパニーノを食べてから冒険を再開することにした。レティ大伯母さんはリアルト橋近くの市場をスケッチしていた。特にお気に入りの場所があったのだろうか。それはスケッチを見るだけでは判断できなかった。一冊目のスケッチブックに書かれていた若い男性のことを考えた。でも、彼を探しても意味はない。きっともう生きてもいないだろう。おそらく、大伯母さんをあちこち連れていったくれたゴンドリエーレだろう。なかにはかなりハンサムな人もいるから！

やがて彼女は諦めてホテルに戻り、少し休んでから夕食をとるために出かけた。いつもより多めにワインを飲んだため、ホテルに戻ったときは少しほろ酔い気分だった。よろい戸を開けて窓辺にたたずみ、夜の景色を眺めた。遠くのほうから、笑い声や歌声、そしてゴンドラのオールがあげる水しぶきの音が聞こえてきた。街全体が活気にあふれ、生き生きとしていた。でも、そのなかに自分は含まれていない。

「ねえ、レティ大伯母さん、わたしになにがしてほしかったの？」暗闇に向かって彼女は問いかけた。「どうしてわたしをここに連れてきたの？」なぜ生きているうちに、簡単なメモでもなんでもいいから残してくれなかったのだろう。大伯母はいつでも冷静で、いつでも合理的だった。〝愛するキャロラインへ。わたしが愛したヴェネツィアに、遺灰を撒いてね〟。そう書き残してくれたら、どんなにか簡単だっただろう。ところが実際には、街じゅうの家の鍵穴に合いそうな鍵だけ渡され、不可能とも思える試練を与えられた。「それから、ガラスビーズ。それに、二冊のスケッチブック」

「それと、この指輪」そう言いながらキャロラインは薬指にはめた指輪を見た。

夜風が冷たくなり、キャロラインはよろい戸を閉めた。明日になれば、いくつかの謎が解けるかもしれない。

翌朝は前日の輝くような天気とはうって変わり、暗い雲が立ちこめ、今にも雨が降りそうな曇天だった。窓ガラスに雨粒が吹きつけるなか、彼女は室内で朝食をとった。外出しても、ただびしょ濡れになって惨めな思いをするだけだ。もしも雨があがったら、スケッチでもしてみようかと思った。そのためにはスケッチブックとペンが必要だ。画材店を探さないといけない。午前中の早いうちに雨はあがり、彼女はまたサン・マルコ広場の方角に出かけた。冷たい風をよけるために上着の衿を立て、水たまりを気にせず歩いた。特別な品々を売る店はあるのに、なぜか画材を売る店は見つからなかった。昼食の時間が近づいてくると、空腹のせいもあって苛ついた気分になった。なぜこんなところで時間を無駄にしているのだろう。レティ大伯母さんと同じくらい絵の才能があったのを証明するため？　そんなことを証明すれば、ここにいる意味になる？

サン・マルコ広場に着くと、コッレール博物館のなかにある売店を覗いた。「どこか、画材を売っているところはありますか？」カウンターのなかにいる女性に尋ねると、広場の反対側にある道まで行くように案内された。「有名な時計の下を通ったら、右に曲がってください」とその女性は言った。

雨がまた降りだしていたので、キャロラインは柱廊《コロネード》を通り、時計塔まで行った。観光客が集まっていた。ちょうどそのとき、鐘楼の鐘が鳴り響いた。正午を知らせる鐘ね、と彼女は思った。立ち止まり、からくり時計が動くのを見上げた。少し心が晴れた彼女は時計塔のアーチを抜け、広場の裏にあるラルガ・サン・マルコ通りに出た。銀行の前を通過したとき、もっと現金を持っていたほうがいいことに気がついた——コーヒー一杯があんなに高額で、しかも現金しか扱わないレストランがあるのだから。ＡＴＭの前に立ち、上を見た。ちゃんとした銀行よね？　注意深くするに越したことはない。そのとき、彼女は凍りついた。風に揺れている〈サン・マルコ銀行〉と書かれた看板には、彼女の鍵のライオンとそっくりのロゴマークが描かれていたからだ。

自分でも馬鹿げていると思いながらも銀行のなかにはいり、英語が話せる人がいるか訊いた。

「すみません《スクーズィ》」彼女はガラスのパーティションの向こうのデスクに座っている男性に言った。「この鍵のことなんですけど、こちらの銀行と関係あるでしょうか」

彼は鍵を受けとると、少し観察してからうなずいた。「ええ、もちろん。当行の貸金庫の鍵ですね。かなり古いものですが」

「そうですか。ありがとうございます」と彼女は言った。ほかに言いようがなかった。うしろを向いて帰ろうとすると、男性に呼びとめられた。「貸金庫を確認しなくてよろしいのですか？」と彼は言った。

キャロラインは驚いて彼を見つめた。「この鍵はまだ使えるのですか？　何十年も前のものなのに？」

「もしもオーナーさまが貸金庫の年額をお支払いになっていれば、まだ有効です」と彼は言った。「あなたがオーナーですか？」

「わたしの大伯母のものだったのですが、遺言でわたしが相続したんです」

銀行員はうなずいた。「そうですか。身分証明書を見せていただけますか？　調べてみましょう。どうぞこちらへ」

すべて問題ないことがわかると、彼の案内でセキュリティ・ゲートを通りドアを抜け、まるで地下牢に続いているような階段をおりていった。地下はひんやりとして薄暗かった。彼が別のドアを鍵で開けると、そこは金庫室で、長い壁に沿って貸金庫が並んでいた。銀行員は彼女の鍵の番号を確認し、うなずいた。「はい。この番号のはまだあります」彼はかがみこみ、無数に思えるような小さな真鍮の扉からひとつを選び、鍵穴にキャロラインの鍵を挿しこんだ。すると、扉が開いた。彼が貸金庫のなかから細長い箱を取り出すのを見ながら、心臓の鼓動が速まるのをキャロラインは感じていた。

「なかを確認しますか？」と彼は訊いた。「ここには個室もありますので」

銀行員は細長い箱を持ったまま彼女を個室に案内し、テーブルの上に箱を置いた。そしてドアを閉めて退室した。指が言うことを聞かず、なかなか箱の留め金がはずせなかった。びくともせず、もう二度と開けられないのではないかと一瞬思ったとき、突然開いた。それと同時に、キャロラインの口から落胆の吐息がもれた。なかにはいっていたのはお金やジュエリーではなく、一枚の紙だった。なにか公的な書類のようなもので、さまざまな色の印章《スタンプ》が押してあった。彼女が箱のふたを閉じて部屋を出ると、先ほどの銀行員が待っていた。

「ありがとうございました」とキャロラインは言った。「なかにはいっていたのはこの紙一枚だけでした。これがなんなのか、わかりますか？」

彼は書類を上から下まで確認し、顔を上げた。「不動産の権利書のようですね。〝賃貸契約〟と言えばいいでしょうか」

「ヴェネツィアの不動産の？」

彼はうなずいた。

「大伯母はヴェネツィアに不動産を所有していた、ってこと？」思わず声が出てしまった。

「その大伯母さまのお名前は？」

「ジュリエット・ブラウニングです」

「たしかに、この書類に書かれている名前ですね、はい」

その賃貸契約はもうとっくに期限切れになっているのではないだろうか。「賃貸契約の期間は？」

彼は書類をもう一度確認した。「九十九年間です。この書類が書かれた日付は、一九三九年ですね」

「え？」つい声が出てしまった。急いで計算してみたが、あと四十年は残っている。「これがどこにあるかわかりますか？」

銀行員は再度書類に目を通した。「住所は、ドルソドゥロ一四八二番」彼は顔を上げ、きょとんとしているキャロラインの顔を見て付けくわえた。「ヴェネツィアの住所には通り名がはいらないんですよ。地区《セスティエーレ》のなかの番号が住所になっています。外国のかたが探しだすのは無理だと思いますよ。よろしければ、私が探しましょうか？」銀行員のあとについて金庫室を出て、彼の机まで行った。彼は巨大な台帳を机に置き、調べはじめた。

「ああ、ここだ。ザッテレ・アル・サローニ。ドルソドゥロ地区の南側です。ザッテレは知っていますか？　河岸沿いの場所です」

「ええ」と彼女は言った。「二日前くらいの晩に行きました」

「それならすぐ見つけられるでしょう。ザッテレ・アル・サローニです。書類によれば、五階部分のアパートメントの賃貸契約があるようです」

そこまで言われても、彼女はまだ躊躇していた。「この契約はまだ生きていると思いますか？　まだ有効だと？」

彼は肩をすくめた。「ヴェネツィアの印章が押されています。正式に登録された公正証書です。大伯母さまがどなたかに売却されていなければ……」

キャロラインは呆然としたまま、明るい日差しのなかに出た。レティ大伯母さんはヴェネツィアに不動産を所有していた。ここに住んでいたのだ。それならなぜ、そのことを祖母は知らなかったのだろう。なぜレティ大伯母さんもそれを秘密にしておいたのだろう。それに、なぜここに戻ってこなかったのだろう。きっと賃貸契約を結んだあと、戦争が始まったから誰かに売ってしまったのかもしれない。だめ、だめ。気持ちを落ち着けないと。まだ期待を膨らませちゃだめ。

近くのトラットリアから、そそられるにおいが漂ってきた――ガーリックと、たぶん魚のフライ。昼食の時間。なにか食べないと。でも、あまりにも興奮していたし、好奇心をそそられていた。大伯母が所有している不動産がどんなところなのか、一刻も早く確認したかった。ヴェネツィアのアパートメントの所有者になれるかもしれない、という思いが頭のなかで渦巻いていた——長い休みのときは滞在し、いないときには人に貸せばいい。考えるだけでわくわくした。

彼女は立ち止まって地図を確認した。ザッテレ河岸はドルソドゥロ地区の南側にある——ここからだとかなり遠い。空はどんどん暗さを増していて、遠くの丘の上に大きな灰色の雲のかたまりが垂れこめていた。水上バスの航路を地図上で調べると、ひとつの路線が島を大まわりしてちょうどザッテレ河岸まで行くことがわかった。歩くより時間はかかるかもしれないが、今はそのほうが魅力的に思えた。サン・マルコ広場の鐘楼を通りすぎて水上バス乗り場まで行き、切符を買って何番路線に乗ればいいのか教えてもらった。水上バスが到着し、幸運なことに船内席に座ることができた。結局、大運河のほぼ全長を乗ることになった。殺風景な屋内駐車場や波止場のある地域を通りすぎ、大まわりしてようやくドルソドゥロ地区の南側に出た。大運河から海に出るとかなり荒れていて、波しぶきが外に立っている乗客に容赦なく打ちつけていた。キャロラインは、船内にいられてほっとした。ようやく水上バスはザッテレ河岸の船着き場に到着した。下船して河岸通りを歩きだすと、最初の雨粒が落ちはじめた。ホテルの部屋に傘を置いてきてしまったことを後悔したが、レインコートを着ていたので助かった。

歩いているのはザッテレ・アイ・ジェズアーティという名の通りだった。イエズス会の大きな教会の前を通りすぎ、しばらく歩いてから支流の運河にかかる橋を渡った――〈不治の病の橋〉という名の橋だった。その先、通り沿いに建っているのは施設かなにかのような殺風景な建物で、キャロラインは少し不安になってきた。それでもそのまま歩きつづけていると、感じの良い高い建物が立ち並んでいることに気がついた――なかには少しばかりの整備とペンキの塗りかえが必要な建物もあったけれど。そんな魅力的な建物のおかげなのか、なんだか足運びが軽やかになった気がした。うしろから吹いてくる風にあと押しされたのかもしれない。ザッテレ・アロ・スピリト・サント――〈聖霊のいかだ〉――という区域にはいり、もうひとつ運河にかかる橋を渡ると、島の先端が近づいてきた。そこが、目的地のザッテレ・アル・サローニだった。キャロラインは、なんの秩序もなく建物にふられている番号をひとつずつ見てまわり、窓に色あせた青色のよろい戸のある背の高い建物の前に立った。クリーム色の化粧漆喰がところどころはがれ、なかのレンガ壁が見えていたが、階段をのぼった先には立派な両開きの玄関ドアがあった。彼女はもう一度住所をたしかめた。ここでまちがいない。

「すごい」と彼女はひとりごとを言った。バッグのなかに手を入れ、大きな鍵を取り出した。鍵穴に鍵を挿そうとドアに触れた瞬間、あっけなく開いた。彼女は陰気で薄暗い玄関ホールにはいった。奥のドアも開いていて、どこからともなく新しいペンキのにおいが漂ってきた。建物の裏側から、かなづちの音が聞こえてきた。どうやらこの建物はリノベーションの真っ最中のようだ。大理石の広い階段が、螺旋を描くように上階へと続いていた。何段かのぼったところで、うしろから誰かが大声で言うのが聞こえた。

「シニョーラ？　コーサ・ヴォーレ？　ドーヴェ・スタイ・アンダーンド？」

振り向くと、戸口に男性が立っていた。コートの衿を立て、髪は雨に濡れていた。

「ごめんなさい」と彼女は言った。「イタリア語は話せないんです」

彼は注意を促すように指を立てながら近づいてきた。「なにをしているのかと訊いたんです。ここは個人宅なので。観光客が来るようなところじゃない。見るものはありません。すぐ出ていってください」

「それなら大丈夫」と彼女は言った。「観光客じゃないの。相続した不動産を見にきたんです」

「それはなにかのまちがいです」いつの間にか、彼はすぐそばまで来ていた。近くに立ってみると、彼の背がとても高く、肩幅が広いことに気がついた。そのうえ、彼女のことをにらみつけているにもかかわらず、かなりハンサムだった。「この建物はダ・ロッシ・コーポレーションが所有しているものです。見てわかるとおり、改築中なんです。もう何年も空き家だったので。さあ、玄関まで送ります」

「ここはドルソドゥロ一四八二番、ですよね？」

「はい。そうですけど」

キャロラインはバッグのなかを漁り、書類を取り出した。「それなら、ここの五階を賃貸契約しているみたいなんです」

「まさか」彼は書類を手に取ると、眉間にしわを寄せながらじっくりと見ていた。「そんなはずはない。ここはむかしからダ・ロッシ家の建物だ。他人に貸すはずがない。まして外国人に」薄暗い部屋のなかで、少しでも光が当たるように彼は紙を持ち上げた。「この書類を作ったのが誰なのかはわかりませんけど、まちがってますね。この建物に五階はないんです。設計図があります。ほら、アルターナ付きの四階建て、って書いてあるでしょ？」

「アルターナ？」

「屋上にある小屋みたいなテラスのことです。日よけがついて、座れるような」

「自分の目でたしかめてもいいですか？」と彼女は言った。

「そこまで言うなら、いいでしょう。ただ、足腰は丈夫ですか?」すたすたと先を歩いていく彼女を見て、彼はおもしろがっているようだった。二階からの階段はそれほど立派なものではなかった。三階からの階段はさらにシンプルな木製で、まっすぐ上に伸びていた。四階の踊り場についたキャロラインは、息があがっているのを彼に気取られないように注意した。そこには四つのドアがあったが、いずれも閉まっていた。

彼も階段をのぼってきて、キャロラインの隣に立った。「ほら、上に行く階段はないでしょ?」勝ち誇ったように言った。彼はひとつのドアを開け、埃よけのシーツで覆われた部屋のなかを見せた。次の部屋も同じで、その次もまったく同じだった。最後にドアを開けたのは、掃除用具の収納庫か準備室のような部屋だった。壊れた古い家具の破片や厚板、それにはしごが詰めこまれていた。

「申し訳ないけど、あなたは誰かにからかわれただけだと思いますよ」

「ヴェネツィアという街は、公式な印章をいたずらで押すんですか?」と彼女は言った。

彼女は無理やり三つの部屋にはいらせてもらったが、上に行く階段はどこにもなかった。最後に、掃除道具入れのような部屋にもはいった。なかは暗く、クモの巣も張っていた。それでも、部屋の隅々まで確認した。落胆と苛立ちをかみ殺しながら。

「あなたの言うとおりみたいね」諦めたように彼女は言った。「でも、わからないのは…

……」部屋を見まわしているうちに、奥の壁に立てかけてあるテーブルの天板のうしろに、ドアの上枠のようなものが見えることに気がついた。「ちょっと待って」と彼女は言った。

すでに下の階に向かおうとしていた彼が振り返った。

「この収納庫の奥にドアがあるみたいなの」そう言いながら、彼女は三本脚の椅子をどけ、天板も動かそうとした。「これをどけるのを手伝ってもらえますか？」

「気をつけてください！」彼は大声で言った。「かなり重いかもしれないし、怪我をしたら大変……」

でもキャロラインはすでに天板を横に引きずって、ドアノブが見えるまで動かしていた。

「ね、見て」今度は彼女のほうが勝ち誇ったように指を差した。

彼は大急ぎで駆け寄って天板を支え、ドアが完全に見える位置までテーブルを移動した。

「ほら、ドアがあるわ」満面の笑みを浮かべて彼女は言った。

「そうですね。きっとその奥も倉庫だと思うけど」と言ってから、彼は少し考えていた。

「いや、ちょっと待てよ。きっと屋上に上がる階段があるんだ。設計図に書いてあったアルターナに」力任せにドアを開けようとしたが、開かなかった。「だめですね」満足げに彼女を見上げた。「残念ながら、このドアは開かないようです」

キャロラインはポケットから大きな鍵を取り出した。「もしかしたら、この鍵で開くかもしれない」

「その鍵は？」と彼は強い調子で言った。「どこで手に入れたんですか？」

「わたしの大伯母が遺したものなの」彼女の心臓は高鳴っていた。鍵穴に鍵を挿し、まわした。若干の抵抗のあと、カチッという音がした。ドアは不気味な軋み音をたてながらゆっくりと開いた。目の前に狭くて急な階段が現われ、真っ暗闇に向かって伸びていた。

「やっぱり屋上に上がる階段だ」と男性は言った。「のぼらないほうがいいですよ。こういう古い建物の屋上テラスは危険だから」

でも彼女は階段をのぼりはじめていた。「シニョーラ、やめたほうがいいです。ぼくには責任がとれませんから……」そう呼びとめながら彼も階段をのぼり、キャロラインの腕をつかんだ。彼女はその手を振りはらった。階段の上に、もうひとつドアがあった。真っ暗なか、苦労しながら鍵穴を見つけた。先ほどと同じ鍵を挿すと、今度も鍵はまわり、ドアが開いた。キャロラインの目の前に現われたのは屋上ではなく、とても美しい部屋だった。窓からは、ヴェネツィアの街とサン・マルコの入り江が一望できた。家具にはシーツが掛けられ、窓台には埃が積もっていた。

彼女のあとから部屋にはいってきた彼がつぶやいた。「なんてことだ《マドンナ》！」

第十三章

ジュリエット　一九三九年七月二日　ヴェネツィア

わたしは、ヴェネツィアに戻ってきた！　幸せで胸がいっぱいになり、思うように字を書くことさえできない。ずっと夢みていたことが現実になったという思いがある一方で、ここに来たのはまちがいだったのではないだろうかという、ほんのわずかな疑問がぬぐえずにいる。もちろん、ここに来られたのはうれしい。一年間このヴェネツィアで絵を描き、美術の勉強をし、人生経験を積むことができる。これ以上の幸せはない。ただ、彼が同じ街にいて、ほかの誰かと結婚しているなんて――この事実と向き合うすべを学ばなければいけない。

わたしは自分に言い聞かせる。ヴェネツィアは大きな街だ、彼と偶然に出くわす可能性はかぎりなく低い、と。彼の家族と同じ生活圏内には行かないし、彼の奥さんと同じブティックで買い物もしない。万が一レオと鉢合わせしたとしても、友人としての距離を保って礼儀正しく接する。わたしはもう大人の女性であり、すぐ感情的になる世間知らずな少女ではない。感情を押し殺すすべも学んできた。だから大丈夫、ちゃんと対処できる！それによく考えてみると、レオとちゃんと会ったのはたったの二回だけ。彼のことはなにも知らない。妻に暴力をふるう夫かもしれないし、アルコール依存症かもしれない。麻薬常習者かもしれないし、女遊びばかりしている人かもしれない。ふたりのあいだにあった感情が〝愛〟だと思いこむとは、わたしはなんて馬鹿でうぶなのだろう。あの二度の出来事は、ただの良い思い出。ただそれだけ。

自分が今ここにいるなんて、まだ信じられない。これを書いているあいだも、鐘の音が運河の向こうからこだまして聞こえてくる。向かいの建物の屋根の上で、鳩がのどを鳴らしている。窓の下の狭い道からは、人の話し声が聞こえてくる。まるで、一度もこの街を離れたことがないかのような気になっている自分がいる。

五月、校長のミス・ハクスタブルに呼び出されたときには、なにかまずいことでもしてしまったのだろうかと心配になった――生徒たちに鑑賞させた裸体画は、いくら巨匠が描いた傑作だったとしても、少しきわどすぎたのかもしれない。そんな心配を胸に校長室にはいり、うながされるまま椅子に座った。ところが、校長の顔はやさしく穏やかだった。匿名の支援者から学校に対し、寛大な援助の申し出があったのだと言う。その人の孫娘がここの生徒だったらしい。ネヴィル・チェンバレン（英国首相。在任期間一九三七～一九四〇年。ヒトラーやムッソリーニに有和的な政策を進めた）の熱心な崇拝者で、なによりも平和を愛している人なのだそうだ。その話と、わたしがここに呼ばれたことにどんな関係があるのか、さっぱりわからなかった。すると校長が言った。「うちの学校の教師ひとりに、一年間海外で勉強するための奨学金を提供したいと申し出てくださったのです。世界についての見識と他国の文化についての理解を深め、帰国後は世界平和のために影響力を発揮してもらいたい、ということです」

わたしはうなずき、恐る恐る言った。「その候補がわたし、ということですか？」なぜわたしが選ばれたのか理解できなかった。教職員のなかで、わたしがいちばん若手なのに。

校長は続けた。もちろん、最初はもっと年長の教師たちに話を持ちかけた。フランス語教師のミス・ヘイリーや、ラテン語教師のミス・ライルやミス・フロビシャー、数学と科学を教えているミス・ハートマンにも。ところが、全員から断わられてしまった。高齢の母親を残していけないとか、世界情勢が不安定なこの時期に行くのは危険だとか。ミス・フロビシャーにいたっては、いともあっさりと断わった——昨年の夏休みに生徒たちを引率して海外に行ったときに充分見てきたので、もう二度と行きたくない、と。ミス・ヘイリーは、自分は新しいことを学ぶには歳をとりすぎている、という理由で断わった。

そういう経緯でわたしに順番がまわってきたのだ。選ばれたわけではなく、自然の成り行きだった。ただひとり、断わらなかったのだから。

「昨年の夏は、ヴェネツィアを満喫したそうですね」と校長は言った。「ミス・フロビシャーの話では、すっかりヴェネツィアに魅了されてしまったとか。あそこには優秀な美術学校があると聞いています。どうですか？　ヴェネツィアで一年間、美術を学んでみますか？　その間《かん》の費用はこちらで負担しますし、今の立場は帰国後も保証されます」

こんな願ってもいない申し出を断わる人はいない。当然、わたしは行きたかった。あまりのことに、圧倒されていた。ただ、自分にも高齢の母がいることを思い出した。一年も母を置いていけるだろうか。それに、お金のことは？　わたしの毎月のお給料がなければ、母は生きていけない。

「残念ですが、行けません」わたしはことばを絞り出した。「母は、わたしだけが頼りなんです。わたしの収入がなければ生きていけません」

「いただける奨学金は、思っている以上に寛大なもののようです。この学校があなたに支払っている情けないお給料よりも多いかもしれません。ですから、今よりも状況としては良くなるのではないかと思っています」少し間をおいてから校長は続けた。「それに、以前お母さまから伺ったのですが、あなたと一緒に住みたいようなことをおっしゃっている伯母さまがいるそうですね」

「ええ、伯母のホルテンシアです。オーストリア人のメイドが帰国してしまい、このご時世ではなかなか新しい人が雇えないとは言っていました」わたしは少しためらいがちに言った。

「それなら、完璧な解決策がありますよ。あなたが留守のあいだ、伯母さまにお願いして、お母さまと一緒に住んでいただいたらいかがですか？」

たしかに、完璧な解決策のように思えた。伯母には少ないながら収入があるし――かつてのような大きな財産はなかったが――母がひとりぼっちになるのも避けられる。それに、ヴェネツィアは世界の果てにあるわけではない。もしも母になにかがあって帰国する必要ができたら、すぐに列車に飛び乗ればいいのだから。

そういうわけで、わたしは申し出を受けることにした。ホルテンシア伯母さまは大喜びで、母と住むことに同意してくれた。わたしはヴェネツィアの美術学校に手紙を書いた。一年前、生徒たちを連れてアカデミア美術館を訪れたときに、まわりの世界など関係ないというように笑いながら、学生の一団がはいっていくのを見た美術学校だ。わたしもそんな人たちの仲間にはいれるのだろうか。自分がもう十八歳ではないことにあらためて気づいた。もうすぐ三十歳。希望と可能性に満ちた未来が待っていると思いこんでいた、あのころのわたしではない。

何枚かの作品を美術学校に送ると、外国人短期留学生として受け入れてもらえることになった。つまり、通常の成績や試験とは関係なく、授業を受けられることを意味していた。

母はこの留学に対してあまりよく思っていなかった——というのはあまりにも控えめな表現だ。実際には、大反対された。

「まる一年も？　わたしはどうなるの？」

父の死後、母はわたしに頼りきるようになった。もともと社交的でも自信家でもなかった母は、夫と娘たちの世話を焼くだけの人生をおくってきた。それ以外の社会活動は教会に通うことと、オルターギルド（キリスト教区の信徒やボランティアを中心に、礼拝で使用される祭壇を維持するグループ）の一員として活動することだけだった。

「ホルテンシア伯母さまが一緒にいてくれるから、寂しくはないでしょ？　それに、家のことはミセス・ブラッドリーがやってくれる」

「でも、あまりにも無責任じゃない？」と母は言った。「なんで美術の勉強をこれ以上しないといけないの？　学校で教えられるくらいの才能があると思われているんでしょ？」

「お母さん、これはとっても素晴らしいチャンスなの。わたしのために喜んでくれてもいいはずよ」

「喜ぶ、ですって？」いつもなら興奮状態になるくらい、母は声を張りあげた。「外国人に交じって一年も？　あなたは——世界のことはなにも知らない。どうやって外国で暮らしていくつもり？　家から出て暮らしたことはないじゃない。わたしがいつもあなたの面倒を見ていたんだから」

正確に言えば、これは事実ではなかった。長いあいだ、わたしが母の面倒を見ていたのだから。「大丈夫、ちゃんとやっていけるから」

「ヒトラーが戦争を始めたらどうするの？　世界じゅうが混乱して大変なことになるわ」と母は言った。「それに、ムッソリーニはヒトラーと同じくらい最悪よ。アビシニアを侵略したばかりでしょ？」

「それははるか遠くのアフリカの話よ、お母さん。植民地。ムッソリーニは植民地を拡大しているだけ。イギリスとフランスがむかしからやってきたように。もし戦争になったら、もちろんすぐに帰ってくるわ」

そのとき、母はわたしにしがみついた。「わたしにはあなたしかいないのよ、ダーリン。あなたになにかあったらと思うと、耐えられない」

驚いたことに、ホルテンシア伯母さまはわたしの味方についた。「妹のウィニーは、はるばるインドまで行かせたじゃない」と伯母は言った。「この子にだって、自分の人生のなかでチャンスをつかむ権利があるのよ。長いこと、あなたの面倒を見てくれてきたでしょ？」

母もそれは認めざるをえず、しぶしぶ許してくれた。わたしはわずかばかりの服や身のまわりのものをバッグに詰め、七月の初めに駅に向かった。少なからず罪の意識を抱えて。

そういうわけで、今わたしはここにいる。昨日ヴェネツィアに到着し、鉄道の駅近くの小さなホテルに泊まった。これから一年間暮らす部屋が見つかるまでの仮の宿だ。去年、生徒たちと滞在した修道院とほとんど変わらないくらい殺風景な部屋で、煙草の煙や汗のにおいが残っていて、あまり清潔ではなかった。そのうえ、駅からサン・マルコ地区まで行く大運河の基点が近くにあるので、とんでもなくうるさい。あまり幸先の良いスタートとはならなかった。天気も暑くて湿気が多い。昨夜は蒸し暑くて寝られず、ずっとベッドの上で横になっていた。せめて夜風でも吹きこんでくれたらと窓のよろい戸を開けようとしたら、すぐに蚊の大群に襲われた。

日の出とともにたくさんの教会の鐘の不協和音で目覚め、今日が日曜日だということを思い知らされた。ということは、いくら自分ががんばったとしても、今日できることはほとんどないだろう。せいぜいこの街に慣れることくらいしかない。明日は美術学校を訪れ、住む場所や授業スケジュールについて調べることにする。わたしはあくまでも外国人短期留学生という区分なので、イタリア人の学生とはカリキュラムが異なり、受講したい授業はすぐに受けることができる。これはうれしいことだった。おそらくアカデミアの美術学校では、どの絵筆、絵の具、キャンバスを用いて描くべきか教授たちの意向もあると思ったので、画材はほとんど持ってきていなかった。ロンドンのスレード美術学校に在籍していたころ、絵を描くのにもっとも適した絵筆や絵の具について教授がこだわっていたことを覚えていた。スレード美術学校……はるかむかしのことのように思える。まるで、別の人生のなかの出来事のようだ。今朝、ペンキの塗られた整理だんすの上に掛かっている斑点だらけの鏡で、自分の顔をまじまじと見た。ここに映っているのは、希望に満ちた目で世界を眺め、素晴らしい未来に向けて大きな夢を抱いていたあの少女なの？　額にしわができはじめていた。それに、悲しい目をしていると去年レオに言われた。

わたしは鏡から目をそらした。レオ。彼のことは考えないようにしなければならない。そして自分に言い聞かせた。ほかにもハンサムなイタリア人男性はいる。イタリアの男は三十歳になるまで結婚したがらない、とレオも言っていたではないか。もしかしたら、新たな出会いがあるかもしれない。イタリア人の画家。その人と結婚して、一生ヴェネツィアで暮らす。

今のわたしにだって、まだ少しくらい希望も夢もあるということ！

一九三九年七月三日

住むところが見つかるかもしれない！　今朝はパンにマーガリンとアプリコットジャム、そして水っぽいコーヒーという残念な朝食（いかに〈ペンシオーネ・レジーナ〉が良かったかを思い知らされた。あの修道院でさえも！）のあと、白い襟の付いたグレーのワンピースに紺色のリボンで縁取られた白い帽子、それに白い手袋といういでたちで美術学校に赴《おもむ》いた。美術学校の受付に行くと、係の女性から早口のイタリア語でまくしたてられたが、ひとことも理解できなかった。

「もう少しゆっくり話してもらえますか？　イギリスから来たばかりなので」とわたしは言った。

彼女はため息をついた。ゆっくり話すのがよほど面倒なことだとでも言いたげに。「なにか用ですか？」と彼女は言った。「美術館は隣ですよ。ここは学校です」

わたしは注意深く文章を組み立てながら、自分の名前と、入学手続きにきた留学生であることを説明した。受付係は、こんな年齢の女が学生だなんて信じられない、というような目でわたしを見てから、上階にある教務課に行くように言った。わたしは言われたとおり、幅の広い大理石の階段をのぼっていった。ひんやりとした大理石の手すりが心地良かった。教務課で対応してくれた女性は親切だった。海外からの学生を支援するのが仕事なのだと言う。彼女はゆっくり、はっきりと話してくれた。そしてわたしが理解できない部分は、少しだけ英語に切りかえてくれた。授業のリストを渡され、最大三つまで選んでいいと言われた。最高級レストランで、美味しそうな料理ばかりが並んでいるメニューを見ているような気分だった。絵画史、ヌード画実習、色彩ワークショップ、十六世紀の画家、粘土塑像《そぞう》、金属彫刻。

どの授業も受けたいものばかりだったが、現実的に考えて、なんの経験もない彫刻の授業は受けないことにした。結局、「ヌード画実習」——これはスレード美術学校の二年生で学ぶはずの科目だった——と「油絵入門」、そして「表現の自由に基づく絵画実習」の三つを選択した。もしかしたら、第二のピカソになれるかもしれない！

次に、住む場所をどこにすべきか、という話に移った。あなたは幸運よ、と女性は言った。通常なら、この時期のヴェネツィアは観光客であふれかえっている。でも今年は、旅行を敬遠する人が多いらしい。イタリアがドイツと不可侵条約を締結した今は、特にイギリスからの観光客が激減しているそうだ。「戦争が起きないことを祈りましょう」と彼女は付けくわえた。「わたしたちは先の大戦も経験したのですから。いったい何人の男の人たちが意味もなく戦死したんでしょうね。結局、なにも変わらなかった。ただ、以前より貧しくなって、希望を失っただけ」

わたしはうなずいた。父が毒ガスの被害にあったことを話したかったが、それを伝えるイタリア語がわからず、だからといって英語で話すのは情けなくていやだった。

彼女は机の上の台帳を見ながらいくつかの住所を書いた。「学生に部屋を貸している女性の大家さんの住所です」と彼女は言った。「ほとんどの大家さんは、酔っ払って家具を壊すような学生には部屋を貸したがりません。でも、あなたはそんなことをするタイプには見えないから大丈夫でしょう」

わたしは笑った。「絶対にそんなことはしないから大丈夫です。むかしロンドンで学生だったころも、そんなことはしませんでしたし」

わたしは、彼女が書いてくれたリストをじっと見た。自分とは大きくちがう手書きの文字を読むのはむずかしかった。わたしは視線を彼女に戻して訊いた。「どこがいちばんいいと思いますか？　どの住所もよくわからないので」

彼女はわたしと一緒に考えてくれた。「ここはカンナレージョ地区にあります。歩いて通うには遠すぎるし、近くに水上バス《ヴァポレット》の船着き場もありません。それに、この地区はユダヤ人街です。ユダヤ人に偏見を持っているわけじゃないですが、少し場違いな思いをするかもしれませんね」わたしが納得の表情を浮かべるのを待って彼女は続けた。「次のは―

──ここは一階だからやめておいたほうがいいわね」

「どうしてです？」

「アクア・アルタですよ」

ことばはわかったが、意味までは知らなかった。高い水？

「冬の時期、高潮と大雨が重なると、街が洪水に襲われることがあるんです。わたしたちは慣れていますけど、ある朝起きるとベッドが水に浮いていた、なんて経験はしたくないでしょ？」

「ええ、もちろん」わたしは即答した。

彼女は台帳のページに指を走らせた。「ああ、これがいいかもしれない。橋を渡ったすぐ先にあります。サン・マルコ地区のサント・ステファノ広場のすぐそばです」

「それなら場所がわかります」とわたしは言った。「以前、〈ペンシオーネ・レジーナ〉というホテルに滞在したことがあって、その広場でスケッチしたことがあります。すぐ近くですね」

「はい。それに、比較的静かなところです」と女性は言った。「部屋代に朝食と夕食が含まれていて、かなりリーズナブルですね。でももちろん、あなたが大家さんを気に入るかがいちばん大事なことです。まずは自分で訪ねてみて、居心地が良さそうなところかどうか、たしかめてみてください」

「ええ、そうします」とわたしは言った。

万が一その部屋が気に入らなかったときのために、教務課の女性はほかにあと二カ所の下宿屋を探してくれた。どちらも美術学校があるドルソドゥロ地区にあった。「この地域には主に労働者や学生が住んでいます」と彼女は言った。「ヴェネツィア大学の商経学研究所がそばにありますからね。とても活気のある地域で、特にサンタ・マルゲリータ広場の近くにはバーやカフェがたくさんあります。もしもそういう賑やかな場所のほうがいいなら……」

「あ、いえ」とわたしは言った。「静かなところがいいです。賑やかな場所は苦手なので。ずっと女学校で教えてきたので、静かな生活に慣れているんです」

「わかります」と彼女は言った。「それに、たいていの学生はあなたほど……大人ではありません」

彼女が〝歳をとっていない〟と言いたかったのはわかった。ほかの学生に比べて、たしかにわたしは歳をとっている。自分でも、今さら学校に戻って美術を学ぼうとしているなんて、なにを考えているのだろうと思っていた。いったいなにを達成できると思っているのか――ずっと憧れていた街に一年住むこと以外に。自分の作品を売りに出せるほど才能のある画家になれるだろうか。このご時世、絵を買えるお金を持っている人などいるのだろうか。そもそも、絵画を愛でる人なんているのだろうか。

そんな否定的な感情を抑えこみ、係の女性が書いてくれた三つの住所を持って、これから自分の部屋になるところを探しに出かけた。アカデミア橋の五十段の階段を数えながらのぼり、橋のてっぺんに着くと、息を切らしながら景色に見とれた。大運河がラグーナへと開けているほうの岸には壮大な宮殿が立ち並び、その反対側の岸にはサンタ・マリア・デッラ・サルーテ聖堂の優雅なドーム屋根が見えた。橋を渡って振り返ると、なだらかなカーブを描く運河の両岸に白い大理石とピンク色の壁の宮殿が並び、水上バスや時おり通る荷船のあいだを複数のゴンドラが行き交っていた。大きなため息をつきながら思った。わたしは、たしかにここにいる。ここがわたしの新しい居場所。将来なにが起きようとも、この瞬間をわたしから奪うことはできない。大切な一年という時間の一瞬一瞬を、めいっぱい満喫するのだ！

第十四章

ジュリエット　一九三九年七月三日　ヴェネツィア

まずはサント・ステファノ教会に近い下宿屋に行ってみることにする。美術学校にいちばん近いからだ。これまで何年も夜明けとともに起きなければならない日々を過ごしてきたわたしにとって、朝ゆっくり起きて九時に始まる授業にのんびり歩いていけるなんて、なんという贅沢！

すてきな白い宮殿を右手にして通りすぎると、広々としたやや細長いサント・ステファノ広場が現われた。運河に落ちてしまう羽目になったはるかむかしのあの日、ここに座ってスケッチしたのが思い出された。これこそが本物のヴェネツィア、とわたしは思った。買い物用のバスケットを持って立ち話をしている女性たち、噴水のまわりをかわいい叫び声をあげながら走りまわる子供たち、餌を期待して歩きまわっている鳩たち、細い路地からひっそりと出てくる猫。ポンプで汲み上げた水を水差しに入れている女性を見て、この街ではまだすべての家に水道が通っていないことを思い出した。でも、そこに家庭的な雰囲気が感じられて、なんとも言えずよかった。目的の住所にたどり着くまで何度も人に尋ねなければならず、かなり時間がかかった。ヴェネツィアという街は、簡単にこっちからあっちには行けないのだ。下宿屋までの道は、まずは教会まで行ってから折り返し、そこから小さな運河を渡り、ほとんど出発地点と変わらない大運河近くの場所に行き着いた。その建物に、あまり良い印象は受けなかった――ピンク色のペンキがはげて下のレンガ造りの壁が見え、窓のよろい戸の青いペンキは色あせていた。それでも窓台にはゼラニウムの花が咲きほこり、上のほうではひもに干された洗濯物がはためいていた。そのとき、四つの呼び鈴があることに気がついた。アパートメントということか。わたしは、マルティネッリと横に書かれている呼び鈴を鳴らした。

「シ？　コーザ・ヴォイ？」鋭い声が聞こえた。「はい？　なにか用？」

わたしは拙いイタリア語で、自分がイギリスから来た学生で、貸部屋について聞くためにに来たことを説明した。

「そうかい。上がってきて」と女性は言った。ドアが音をたてて開くと、正面に中央階段が現われた。石でできたその階段に、建物の上のほうのどこかにある天窓からの光が差しこんでいた。シニョーラ・マルティネッリの家は四階にあったが、エレベーターはないようだった。少なくとも脚の運動には良さそうだ！　二階を過ぎ、三階を過ぎようとしているときみは三階の家のドアの内側から犬が吠えだした。ようやく四階に着いたころには、自分でもいやになるほど息が切れていた。まずは息と身なりを整えてから、恐る恐るドアを叩いた。ドアを開けた女性は、一年前に修道院の格子窓から顔を出した修道女と同じくらいただならぬ雰囲気を醸しだしていた。全身黒ずくめで、鉄色の髪を頭のうしろでまとめてお団子結びにしていた。肉付きのよい腕をした大柄な女性は、その腕を豊満な胸の前で組み、わたしを上から下までしげしげと観察した。

「思っていたのとちがうねえ」と彼女は言った。「学生には見えない」

「そうですね。ほかの学生より年上なので」とわたしは言った。「わたしは学校で教師をしているんですけど、一年間アカデミアの美術学校で勉強して、美術の知識や技術を向上させるチャンスをもらったんです」

「まあ、うちにやってくるほとんどの学生たちのみたいに、大騒ぎしたりものを壊したりはしなさそうだね」と彼女は言った。「とにかく、おはいり。わたしはシニョーラ・マルティネッリ。で、あんたは？」

「シニョリーナ・ブラウニング」とわたしは言った。

「結婚は？　したことないのかい？」

「はい。一度も」

彼女はふん、と鼻を鳴らした。一度も結婚したことがないのが良いことなのか悪いことなのか、わたしにはわからなかった。彼女は廊下の先にある居間に案内してくれた。宿泊しているホテルの殺風景さと、この居間の様子は正反対だった——ドレープや装飾が施されたビロードのカーテン、座り心地の良さそうな布張りのソファ、あらゆる棚やテーブルに飾られているこまごまとした置物。そういった置物類すべてが宗教がらみのものだと理解するまで時間がかかった——聖人たちの像、十字架、幼い子供たちに囲まれたイエス・キリストの絵、その絵に掛けられているロザリオ。そのとき、大家さん自身が身につけている唯一の装飾品が、大きな銀の十字架だということに気がついた。

「座って」そう言って彼女は肘掛け椅子のひとつを指差した。かぎ針編みのクッションだらけのその椅子はあまりにも柔らかそうで、一度座ったら二度と起き上がれないのではないかと心配になったが、言われたとおりに腰をおろした。その瞬間、首のうしろをなにかがふわりと通りすぎ、わたしは思わず息をのんだ。

「気にしないで。その子はブルーノ」大きな灰色の猫が肘掛け部分を歩きながら、わたしに体をこすりつけた。「あんたのことを調べてるんだよ。もしもブルーノがあんたを気に入れれば、ここに受け入れても大丈夫だとわたしも判断できる、ってわけ。この子は人間を見分ける才能の持ち主でね」そう言いながら、彼女自身もわたしを観察していた。「猫は好きかい？」

ホルテンシア伯母さまが母の家に引っ越してきたとき、とんでもない猫を連れてきたことには触れないことにした。その猫は椅子の下に隠れ、わたしたちが通るたびに足首に飛びついてきた。おかげで、母の飼い犬はみじめな生活を強いられることになった。

「実は、あまり経験がなくて」如才ない言い方をするよう気をつけた。「母はかわいい犬を飼ってますけど」

「そうかい。でも、ブルーノはあんたを気に入ったようだね。じゃあ、部屋を案内しようか」

わたしが苦労してふかふかの椅子から立ち上がると、彼女は暗い廊下の突き当たりにある部屋までわたしを案内した。その部屋も過剰気味に装飾されていたが、許容範囲だった。赤いビロードのカバーが掛かったベッド、大きな衣装だんすとお揃いのマホガニーの整理だんす、そして窓ぎわには机と椅子。窓辺まで行くと、わたしの心臓は大きく高鳴った。なんと、大運河が少しだけ見えるではないか！

「ええ」とわたしは言った。「とても気に入りました」

彼女はうなずき、ついてくるように促した。「バスルームは廊下の反対側」

バスルームには猫足の大きなバスタブと洗面台があり、その隣の部屋がトイレだった。

「この家にいるのはあんたとわたしのふたりだけ」と彼女は言った。「バスタブにお湯を入れすぎないように注意しておくれよ。それに、湯沸かし器の使い方を教えないといけないね」そう言いながら、彼女はバスタブの上にある不思議な形をした装置を指差した。「湯沸かし器が点火するまで、お湯のほうの蛇口はゆっくりとまわさないといけないんだ。点火したら蛇口はめいっぱいまわしても大丈夫。まわすのが早すぎると、爆発する。とても危険だよ」

たしかに、相当に危険そうだ。

わたしは周囲を見まわした。それで「部屋の暖房は？」

「石炭のボイラーがある。それでラジエーターが温まる」

「どうやって、石炭をここまで運ぶんですか？」訊いてしまってから、失礼なことを訊いたかもしれないと心配になった。

「滑車を使うんだよ。ゴミは滑車を使って下におろす。で、食料品や石炭は滑車でここまで上げる。便利なもんだよ」と言って彼女は笑顔を見せた。「ボイラーはあんたの部屋のラジエーターも温める。ここは冬になるととても寒くなるからね。あんたの国でも冬は寒いのかい？」

「ええ、とても」とわたしは言った。「イギリスもすごく寒いですよ。それに、じめじめします」

「ここも同じだよ」彼女に連れられてわたしたちは居間に戻った。猫が肘掛け椅子を占拠していたので、わたしは立ったままだった。

「うちは朝食と夕食を出すんだけど」と彼女は言った。「朝食の時間は何時がいい？」

「何時でもかまいません。九時の授業に間に合えばいいですから」

「わたしは毎朝六時にミサに行くんだ」と彼女は言った。「一緒に行くかい？　サン・マウリツィオ教会、サント・ステファノ教会じゃないよ。あそこの司祭が気に入らなくてね。自由主義すぎる。簡単に罪を赦してしまう。アヴェ・マリアの祈りをたった三度唱えるだけでいいなんて――いったいどういう贖罪《しょくざい》なんだい？」

わたしにもそれがどんな贖罪なのか、さっぱりわからなかった。そのとき、彼女が突然思いついたかのように訊いた。「あんた、カトリックじゃないの？」

「はい、イギリス国教会です」

「ディオ・ミーオ」と彼女は小声で言った。「とはいっても、同じ神さまを讃えていることにちがいはないだろ？」

わたしはうなずいた。正直に言うと、わたしはそれほど神さまとは縁のない生活をおくってきた。教師をしている女学校では、毎朝の祈りには参加していた。そしてほとんどの日曜日は、母と一緒に教会に通った。でも、すべて見せかけのように見えた。神さまがわたしのためになにかしてくれたことはないと思っていた。わたしから父を奪い、幸せな人生を奪った。

「それでも、お祭りのときにはあんたもミサに連れていきたいね。そうすれば、自分が今までどんなに素晴らしいことをのがしてきたのか身に沁みるよ。今月の終わりにレデントーレ祭がある。運河を渡ってレデントーレ教会まで行くんだ。みんな、ろうそくを持ってね。そりゃあもう、きれいなもんだよ」

「ぜひ見てみたいです」とわたしが言うと、彼女はうれしそうに笑った。

「じゃあ、朝食は朝八時、夕食は夜八時でいいかい？　ここでは、いちばんしっかりとした食事はお昼にとるから、夕食はスープとかサラダとか簡単なものだよ。それでかまわないかい？」

「ええ、それで結構です」

彼女は家賃の話をしたが、わたしの頭は、その家賃が安いのか高いのかわかるほど、リラという通貨を理解していなかった。一ポンドは何リラ？　百リラくらい？　そう考えると良心的な金額に思えたが、これまで一度も部屋を借りたことがないわたしには、本当のところはわからなかった。

「あんたにここの規則を言う必要はないと思うんだけど」と大家さんは言った。「煙草と酒は禁止、部屋に男を入れるのは禁止。まあ、あんたはしつけの行き届いてない若い娘じゃないし、レディとしての振る舞い方は心得ていると信用してるよ」

「ええ、もちろんです」とわたしは言った。「そもそも、ほかの学生たちとはほとんど共通点はないと思います。彼らよりかなり年上なので」

「家のドアは夜十時に鍵をかける。あらかじめ遅くなることを知らせてくれれば、開けておくけどね」と彼女は言った。

その瞬間、わたしの記憶は修道院に飛んだ。修道院も扉の鍵を十時にかけるため、あの夜は早めに夕食をとらなければならなかった。そして修道院の近くの暗い路地で、彼はわたしにキスをした。わたしのくちびるに触れた彼のくちびるの感覚と、わたしの胸に伝わってきた彼の心臓の鼓動を今でも覚えている。

「部屋に男を入れるのは禁止」シニョーラがいなくなってから、わたしは自分自身につぶやいた。

第十五章

ジュリエット　一九三九年七月五日　ヴェネツィア

わたしは、無事に新しい部屋に引っ越した。部屋に差しこむ朝日も、窓の外の出っ張りにとまってのどを鳴らす鳩たちも、建物の隙間から少しだけ見える大運河も、大好きだ。わたしの持ち物に興味津々なのか、ブルーノはしょっちゅう遊びにくる。つまり、ヴェネツィアでも少なくともひとりは猫をペットに飼っている人がいるんだから、あなたはまちがっていたわ、レオ。そして、あのときの子猫たちがどうなったのか気になる。レオの話では、もうひいお祖父ちゃんやひいお祖母ちゃんになっているらしい。それが本当であることを祈る。あの日、わたしがボートを降りて背を向けたとたん、運河に落とされて溺れ死んでいないことを。彼のことは考えないようにしていたが、ロッシ宮の近くを通るたびに、ちらっと視線を向けてしまう自分がいる。

美術学校に行き、授業に必要な画材のリストをもらってきた。結構お金がかかる。でも給付される奨学金は充分な額だし、それにお酒とかくだらないものに無駄遣いするつもりはないから大丈夫。それにしても、お水よりワインのほうが安いなんて、おかしくない？

わたしは初めて自分の好きなように自由に歩きまわって、ヴェネツィアを再発見している。ここは、永遠に探検しつづけたとしても、なにか新しいものが見つかる街だと思う。

滑車を使って石炭やゴミを運ぶことをシニョーラ・マルティネッリに聞いてから、さまざまなものがこの方法で運ばれていることに気がついた。早朝、バスケットがするすると下におり、新聞と瓶入りの牛乳が上に運ばれていく。瓶入りのミネラルウォーターも、食料品も。だから、歩くときにはおりてくるバスケットに要注意！

七月五日　午後遅く

さっき、とても不思議なことに遭遇した。

わたしは画材を買いに出かけた。リアルト橋の近くに評判の良い画材屋があるというのでその店に行き、絵の具や絵筆、スケッチブックや木炭を購入した。そのあとしばらくリアルト橋をぶらぶらしながら、宝石店のウィンドウに並ぶ美しい品々を見ていた。するとその店のなかから「ありがとうございました《グラッチェ・ミーレ》、シニョーラ・ダ・ロッシ」という声が聞こえてきた。

急いで振り向くと、驚くほど美しくておしゃれな女性がその店から出てきた。胸元が大きく開いた深紅のホルタートップに、白い麻のワイドパンツというファッションだった。黒髪をアップにして赤いリボンで結び、口元を深紅の口紅で染めていた。シニョーラ・ダ・ロッシという女性は何人もいるのだろうか。それとも、彼女こそがレオの奥さん、ビアンカなのだろうか。もしもこの人が妻なら、彼もなんの文句もないだろう。

橋の石段をおりていく彼女を、わたしはずっと目で追った。橋のたもとで、ひとりの男性が陰から出てきた。背の高い黒髪の男性だった。レオだと思い、わたしは心臓が止まりそうになった。でも、レオではなかった。まったくの別人だった。彼女は箱を開け、その男性に中身を見せた。彼は、いいじゃないかとでも言うようにうなずくと、箱からなかのものを取り出し――重そうな金のネックレスだった――くるりと背中を向けた彼女の首に着けた。彼女は振り向き、男性にネックレスを見せびらかした。彼が満足そうにまたうなずくと、彼女は一歩近寄ってキスを要求するように顔を上げた。彼は彼女にキスをし、頰をなで、その手を彼女のむき出しの肩にすべらせた。やがてふたりは反対方向に歩き去った。

わたしは、今目の前で起きたことを理解しようとした。彼女は本当にレオの奥さんだったのだろうか。もしそうなら、あの男性は誰？　親戚かもしれない。でも、彼女を見ていた彼の目は、親戚というより愛人のもののように思えた。このことをレオは知っているのだろうか。知っているとすれば、平気なのだろうか。わたしは自分のなかが怒りで燃えているのを感じた。わたしが欲しくてたまらないものを手に入れておきながら、レオのことをないがしろにするなんて。ヴェネツィアのような街であんなにあけすけな態度を見せているなら、彼女の浮気をレオが知らないはずがない。

なるべく寛大な心で考えようとした。彼女は浮気をしているつもりはなく、男性からちやほやされて甘やかされるのが好きなだけなのだろう。レオも言っていたじゃない、甘やかされて育ったわがままな女性なんだと。わたしは歩きつづけたが、怒りはおさまらなかった。それに、ヴェネツィアがいかに狭い街なのかを思い知った。ここに来てからまだ何日も経っていないのに彼女に出くわしたなら、レオ本人と鉢合わせしてしまうのも時間の問題だ。そんなことになったら、ちゃんと対処できる？　礼儀正しく笑顔を保って、なにもなかったように通りすぎる勇気がわたしにはある？　でも、そうしなければならない。

あのあと、その日は台無しになった。本当なら、市場で買い物をし、部屋に飾る花を買おうと思っていた。大家さんにも小さな花束を買うつもりだった。でも、喜びや美しさをもたらすものを買う気には、どうしてもなれなかった。そのかわりに小さなカフェにはいり、コーヒーとオープンサンドイッチを注文した。そのとき気がついたが、これからはもっとちゃんとした昼食をとらなければいけない。シニョーラ・マルティネッリの出す夕食は軽いものだからだ。昨晩は、固ゆでの卵にトマトとモッツァレラチーズ、それに硬いパンだけだった。イタリアでは肉はかなりの贅沢品のようだが、そのかわりシーフードは豊富で安い。わたしは魚好きなことをほのめかしたが、彼女はにおいがするからと難色を示した。しかたない、シーフードは昼に食べることになりそうだ。

購入した画材を持ち帰ると、シニョーラは渋い顔をした。「まさかとは思うけど、この家のなかで絵の具は使わないだろうね」と彼女は言った。

あらら。とびきりやさしい人ではないことは、最初からわかっていたけど。イギリスの家の居心地のいい自分の部屋と、母の作るおいしい食事を思い出していた。ここに来てからまだ三日しか経っていないというのに、まさかもうホームシックになったんじゃないでしょうね。きっと、ビアンカ・ダ・ロッシに遭遇したことで、気が動転したのだろう。あんなに美しい人だと知って、打撃は余計に大きかった。それ以上に、彼女がこれっぽっちもレオのことを気にかけていないと知って、心が痛んだ。でもそんなことはわたしには関係ない、と自分に言い聞かせた。わたしはわたしの人生を歩んでいくのだから。

七月六日

今日は授業の初日。シニョーラ・マルティネッリは朝食に卵をゆでてくれた。わたしにとって大事な日だということを感じとってくれたのだろう。卵は贅沢品で、普通は日曜日にしか出さないと彼女は言った。この日はよく晴れて風の強い日だった。風のない日は運河からひどいにおいがするから、今日はいい日だ。わたしはポートフォリオを腕に抱え、運命の一歩を踏み出した！　なんだかドラマチックでしょ？　でも、本当にそう感じていた。これは、ありふれた日常や毎日変わらない決まりきった仕事や退屈な人生から抜け出し、自分の本当の可能性を見つけるチャンスなのだ。

最初のクラスは、もっとも恐れていた、と同時にもっとも楽しみにしていた授業だった。「表現の自由に基づく絵画実習」。一階から二階までは大理石の立派な階段を上がり、それから少し平凡な階段を三階まで上がって、テレビン油と油絵の具のにおいのする教室にはいった。もともとが宮殿だっただけあって、天井の高いすてきな部屋だった。背の高い窓から、太陽の光が斜めに差しこんでいた。視線を下げると、すでに半数以上の椅子が埋まっていることに気づいた。学生たちはそれぞれイーゼルを立て、画材を準備していた。わたしは隅のほうの空いている席に、隠れるように座った。誰もわたしになど気づいていない様子だった。周囲を見まわすと、とても若い子たちもいた——イギリスでわたしが教えている生徒たちとさほど変わらない。もちろん、わたしと同年代の人はひとりもいない。

わたしはスケッチブックを取り出し、鉛筆や木炭、絵の具や筆を並べて置いた。初日から絵を描くのかわからなかったが、壁ぎわの流し台には、筆洗い用の壺がたくさん並べられていた。

どこか近くの時計が九時を知らせると、最後の鐘の音とともに教授が教室にはいってきた。非常に印象的な中年男性で、カールしたグレーヘアが衿まで伸び、真っ赤なシャツの胸元を開けていた。

「おはよう、紳士、淑女の皆さん」と彼は言った。「私はプロフェッソーレ・コルセッティです。なかには見慣れた顔もいますが、新しい人もいますね。あなたたち自身のことも、あなたたちの作品についても、これから知っていくのを楽しみにしています」

今のところ、話の内容はすべて理解できている。彼はゆっくりと、そしてはっきりと話してくれた。

「今日は最初の課題として、人の顔とオレンジと教会を組み合わせた絵を描いてほしいと思います。時間は三十分です。では、始めてください」

指示はそれだけ。顔とオレンジと教会。いったい、どういうこと？ ほかの学生たちのほうをちらっと見ると、すでに描きはじめていた――木炭で、迷いもなく大きな線で紙いっぱいに描いている。わたしも木炭を持ち、とりあえず教会の輪郭を描いた。そして、その戸口に立っている人。半分陰に隠れ、かろうじて顔だけが見えている。そして、その手にはオレンジを持っている。わたしより前に座っている学生たちの子供っぽい簡単な絵と見比べながら、自分のほうが多少は遠近法を理解していると思った。コルセッティ教授は部屋のなかを歩きまわりながら、ときどき唸ったりうなずいたりしていた。そして、わたしのところに来ると、立ち止まった。

「あなた、新しい学生ですね」と彼は言った。

「はい、プロフェッソーレ。イギリスから来たばかりです」

「イギリスでは、すべてを正しくおこないますね、そうでしょ？」そう言って彼は首を振った。「だからあなたはすてきな教会を正しく描き、均整のとれた人物を描き、きれいな丸いオレンジを描いた。私が求めているのは、今まで学んできたことを、いったんすべて忘れて、三つのものをひとつのデザインに変えてしまうことです。教会を顔のなかに埋めこんだり、オレンジに顔を組みこんだり——なんでも、自分の好きなようにしてください。ただし、それらはひとつの素晴らしい全体の一部でなければなりません。わかりました《カピー》か《シェ》？」

「やってみます」意を決してわたしは言った。

教授が離れていったあと、わたしは驚いた顔をしたオレンジを描いたり、それを教会の祭壇の上に飾ったりして、さんざん苦労した。教授はわたしのところに戻ってくると、クスクス笑った。

「なにか主張しようとしているのがわかります」と彼は言った。「これは進歩です」

授業の最後に、全員がそれぞれの作品を披露しなければならなかった。なかにはかなり実験的なものもあり、なにを表現しているのかわからなかった――ショッキングなものや、気持ちの悪いものもあった。わたしの番になると、教授が質問した。「オレンジを祭壇に置いたことで、あなたはなにを主張したかったのですか?」

自分でもさっぱりわからなかった。「ええと、宗教が日常生活から切り離されてはいけない、ということ?」頭のなかに浮かんだ最初のことばを、思わず吐き出していた。

教授はうなずいた。「今日は、正しい方向に一歩進みだしたみたいですね」

授業を終えると、教授は何名かの名前を呼んだ。そのなかにわたしの名前もあった。呼ばれた学生たちは、教授の机の前に集まった。

「あなたたちは海外からの留学生です」と教授は言った。「今晩、あなたたち外国人留学生を、私の家で開かれるちょっとしたパーティーに招待したいと思っています。ヴェネツィアに来てくれたことを歓迎するために。八時からです。わが家は、サン・ポーロ地区のフォンダメンタ・デル・フォルネル三一四番。そこの四階にあります。フラーリからそれほど遠くない場所です。フラーリは知っていますか？」

わたしは知らなかった。ほかにも二名ほどの学生が知らないようだった。

「サンタ・マリア・グロリオーザという大きな教会のことです。でも、私たちは〝フラーリ〟と呼んでいます」と教授は言った。「ヴェネツィアではどんなものでも、正式な名称で呼ぶ人なんていないのです。そのうち、あなたたちもわかるでしょう。水上バス《ヴァポレット》の船着き場はサン・トマです。もしも大運河の反対岸から来るのであれば、サン・トマの渡し船《トラゲット》で来るといい。では、そういうことで、大丈夫ですね。それでは今夜また。お腹を空かしてきてください。私の妻は料理好きなのです」教授は、ちらっと腕時計に目をやった。

「おっといけない。急がねば。緊急の用件があるものでね」

近くの机にイタリア人学生が残っていて、画材を片付けていた。「教授の言う緊急の用件、っていうのは、ウノンブラのことだよ」

「それはなんのこと？」と留学生のひとりが訊いた。

「この街の風習のひとつで、昼食前の飲み物のこと。グラッパとかほかの酒を入れたコーヒーだよ。午前中の授業が時間ぴったりに終わるのは、そのせい。そのうち、きみたちもわかると思うけど」そう言ってにやりと笑うと、彼はバッグを肩に掛け、イーゼルを抱えて教室から出ていった。

彼がいなくなったあとも、わたしたちはしばらくその場に立ってお互いを観察していた。留学生は五人だった。

「みんなは教授の言ったことを全部理解できた？」大柄で太めの青年が言った。彼は真面目そうなべっ甲縁の眼鏡をかけ、ちぐはぐなコーディネートの服を着ていた。彼の口ごもるような発音から、アメリカ人だというのがわかった。「ぼく、イタリア語はあまりわからないんだ。教授の家までは、どうやったら行けるって言ってた？」

「サン・ポーロがどこにあるかはわかる？」わたしの隣に立っていた女性が、萎縮させるような鋭い視線を送りながらアメリカ人の彼に訊いた。オリーブ色の肌のほっそりとした人で、シンプルな黒いワンピースを見事に着こなしていた。「大運河に沿って、ドルソドゥロ地区の隣にあるのがサン・ポーロ地区。ここからも歩いていけるけど、それは迷子にならなければ、の話。地図は持ってないの？」

彼女はイタリア語が上手で、とても流暢だった。わたしは羨望の目で、彼女をじっと見ていた。

「持ってるよ。でも、意味がないんだ」とアメリカ人青年はイタリア語で言った。「どの道も、思っていたのとはちがうところに行くし、しょっちゅう道の名前が変わるし」実際に彼が言ったのは、「助け、ならない。道、行きたいところ行かない。名前、変わる」とか、そんな感じのイタリア語だった。彼の発音がひどすぎて、ほとんど聞きとれなかった。ほかの学生たちも彼の意見に同意してうなずいた。

「本当に、ここは未整理で乱雑な街だ」と背の高いブロンドの青年が言った。「それに汚い。運河の掃除をほとんどしてないんだろうな」

「潮の流れがそのうち汚れを洗い流してくれる、なんて言ってるらしいよ」アメリカ人青年の隣にいた男性が、フランス人特有の肩のすくめ方をして言った。かなり魅力的な人だった。レオと似て、彼の黒髪も乱れがちで、胸元の開いた白いシャツを着ていた。フランス人だろうとわたしは勝手に決めつけた。それに、ほかの学生たちほど若くはない。ただ、もちろんわたしよりは若い。わたしと同年代の人はひとりもいなかった。「おれの名前はガストン。マルセイユから来た。で、きみは？」と言って彼はわたしのほうを向いた。

「ジュリエットよ。イギリスから来たの」とわたしは言った。家から離れている今は、〝レティ〟という略称で呼ばれたくはなかった。

「ジュリエットか——なんてロマンチックな名前なんだ」そう言って彼はにやりと笑った。たしかに、彼の発音のおかげでとてもロマンチックな名前に聞こえた。そして、レオがわたしをジュリエッタと呼んでいたことを思い出した。

「この人には気をつけないとだめよ」オリーブ色の肌の女性がわたしに向けて言った。

「フランス人が、女と見ればすぐに口説くのは有名な話だから」でも、そのとき彼女が彼に向けた視線をわたしは見のがさなかった。彼女も負けてない、と思った。

「わたしはイメルダ・ゴンザレス。マドリッド出身」と彼女は言った。「でも内戦以来、わたしの家族はフランスのビアリッツに住んでいるの。あのころは本当にひどかった。兄は殺されたの」

「少なくとも、内戦は終わった。それに、正しいほうが勝ったしね」とブロンドの青年が言った。「フランコ将軍が、国に平和と秩序を取り戻した」

「本当にそう思ってるの？」とイメルダは言った。「そのために、どれほどの犠牲が払われたと思う？」

「まさか、共産主義者が勝ったほうがよかったってきみは思ってるの？」

「ええ、そうね」と彼女は言った。「わたしの父は大学の教授で、もっと……民主的な見解を持っていたから、逃げ出さなければならなかった。共産主義とファシストとが対決すると、その中間にいる人たちの居場所はなくなってしまう。どちらか一方を選ばないといけなくなる」彼女はきつい目でブロンドの青年をにらみつけた。「どうせあなたはドイツ人なんでしょ？　ヒトラー総統は素晴らしい人だと思ってるんでしょ？」

「ぼくの名前はフランツ。フランツ・ハルシュタット」彼は靴のかかとを合わせて鳴らし、まっすぐな背中で俊敏に一礼した。「でも、オーストリア出身だ。皆さんと知り合いになれて光栄です」

「自分の国がドイツに侵略されてうれしいの?」とイメルダは挑戦的に言った。

「ぼくたちは皆ドイツ人だ。今では路面電車が定刻どおりに走っているからうれしいよ」と言って彼は小さな笑みを浮かべた。「普通のオーストリア人にとって、生活はほとんど変わっていないと思う」

「オーストリアにいるユダヤ人にとっては、そうじゃないと思うけどね」とアメリカ人青年が言った。口をはさめるほど、今の会話を理解できていたとは驚きだった。

「さあ、さあ、若者たちよ。初めて会って早々に議論するのはやめようじゃないか」とガストンが仲介役を買ってでた。「われわれは小さな国際連盟、ってことにしないか?」

「賛成。いい考えだ。ぼくは全面的に賛成するよ」と激しくうなずきながらアメリカ人青年は言った。

「で、きみの名前は?」イメルダが訊いた。

「ヘンリー・ダブニー。ボストンから来たんだ」と彼は言い、イメルダに手を差し出したあと、わたしのほうを向いた。「英語を話す人がいて本当に安心したよ。ぼくのイタリア語は最悪だから。短期集中講座を受けたんだけど、習ったことは全部忘れちゃった」

「毎日話していれば、そのうちもっと上手に話せるようになるわ」とわたしは言った。

「どうしてきみはそんなに上手に話せるんだ？」とガストンが訊いた。「おれの経験からすると、イギリス人ていうのは言語に関しては救いようがない。ここに住んでいたことがあるのか？」

「いいえ、旅行で来ただけ。でも、いつかは戻ってきたくて、家で勉強していたの」みんなが興味津々なのを感じて、わたしは少し間をおいた。「実は、父が亡くなって、美術の勉強を途中で諦めないといけなくなったの。それで女学校の教師になったんだけど、一年間ヨーロッパに留学するチャンスをもらったというわけ。だから、戦争の脅威の下にあるこんなご時世だけど、せっかくのチャンスを生かすことにしたの」

「まあここにいるかぎり、しばらくは戦争の心配もないと思うよ」とガストンは言った。

「ムッソリーニは、地中海を征服するためのスケジュールをたてたという話だ。まだあと二、三年はその準備にかかると思っているようだ」

「ムッソリーニは、地中海の征服を目論んでるの？」とヘンリーが言った。「新たなローマ帝国？」

「そのとおり」とガストンは言った。「彼は、地中海の島々はイタリアに属すべきだと思っているから、すべてを征服するつもりだ。まずはクレタ島、そのあとキプロス島、そしてマルタ島。いちばん欲しいのはマルタ島らしいけど、あそこはイギリス領で、イギリスも手放すつもりはないからね」と言って彼はわたしに視線を戻した。「でも、さっきから言っているとおり、まずは軍事力を増強しなければならない。銃も持たないようなアビシニアの部族民よりも手強い相手とも戦えるように、軍隊を訓練しないといけないからね」

イメルダは首を振った。「ムッソリーニはアビシニアでの勝利のことを、これでもかってくらい自慢してる。あの言い草、聞いた？『われわれの今回の勝利は、アフリカ大陸全体を手中に収める始まりでしかない』だなんて。本当に大風呂敷を広げて。兵隊にとられた若者たちがかわいそう。戦いたいなんて誰も思っていないのに。戦いたいなんていうイタリア人がいると思う？フランス人と同じように、愛を交わすほうがよっぽど好きなのに」彼女はまた挑戦的な目をガストンに向けた。

ヘンリーは、明らかに会話のほとんどについていけていなかった。耳慣れないアクセントで話されるイタリア語に、わたし自身もついていくのに必死だった。イメルダのイタリア語は流暢で、ガストンも同じくらい上手だった。フランツはほとんど無言だったので、どのくらい会話についていけているのかはわからなかった。わたしは、外国人留学生仲間の顔をひとりずつ見まわした。この四人の仲間たちと、一年間一緒に過ごすことになる。友だちになれるだろうか。ここにいるあいだに、ひとりでも友だちができるのだろうか。

ロンドンの美術学校に通っていたあのころ以来、わたしには本当の友だちと呼べるような人がひとりもいないことに気がついた。子供のころからの友だちはみんな結婚し、今は子育てで忙しくしている。実際には、美術学校でもほかの女子学生とはそれほど親しくならなかった。彼女たちはわたしよりも自由奔放で冒険好きで、ロンドンに部屋を借りてパブやクラブに通っていた。それからは……今教えている女学校のほかの先生たちはわたしよりずっと年上だし、自宅がある村の人たちもほとんどがお年寄りだし。せめてもの救いは妹のウィニーだったが、彼女は若い男性と知り合って結婚し、インドに行ってしまった。それ以来、わたしは母以外の人を信頼できなくなった……でも、その母にも本心を話したことはない。母はレオのことは知らない。話したとしても、賛成してくれなかっただろう。もともとバプティスト派として育てられた母は、なにが正しくてなにが正しくないかという信念において厳格だった。そして父との結婚を機にイギリス国教会にはいり、地位も向上した。

鐘が鳴った。「次の授業に遅れるわけにはいかないよ」とフランツは言った。「初日は、まあまあ印象は良かったんじゃないか？」

「それじゃ、今夜また」とガストンは言った。

「ヘンリーが迷子にならなければね」イメルダは愉快そうにガストンを見た。

わたしは希望を感じながら次の人物画の授業に向かった。グループの一員になるのはとても刺激的だった——からかい合い、意見を交換し、物事に対して異なる見方を持っているグループ。まるで、繭《まゆ》のなかから出て羽化したような気分だった。

第十六章

ジュリエット　一九三九年七月六日　夜遅く　ヴェネツィア

たった今、コルセッティ教授宅でのパーティーから帰宅した。今夜は眠れそうにない。やる気と熱意でみなぎっている気がする。一年海外で過ごす決心をしたときに期待したのは、まさにこれだった。

今夜は夕食はいらないとシニョーラ・マルティネッリに伝えると、ちくりと言われた。

「それならそうと、早く言ってほしかったね」

「ごめんなさい。今日、授業のあとで教授からお誘いを受けたものだから。その教授はいつも、海外からの留学生を最初の授業のあとで家に招待するらしいんです。まさかお断わりするわけにはいかないでしょ？」

「まあ、そうだね」と彼女も同意した。「あまり遅くならないだろうね？」

「万が一のときのために、鍵を借りられますか？」とわたしは訊いた。「パーティーは八時からなんです。できれば、ひとりだけ早く帰りたくはないので」

彼女は少し躊躇してから言った。「まあ、あんたになら鍵を預けても大丈夫だろうね」

「そんなに遅くならないようにします。もしかしたら十時を少し過ぎるくらいかも。とにかく、音をたてないように注意しますから」

彼女はため息をついた。よくため息をつく人だなと思った。まるで、この世の中のものすべてが彼女にとって大きな負担ででもあるかのように。どことなく、彼女を見ていると母を思い出した――楽観主義とはほど遠い母を。

シニョーラ・マルティネッリは廊下にあるテーブルまで行き、引き出しのなかから鍵の束を取り出した。

「この大きい鍵が外の扉の鍵。で、この小さいほうの鍵がアパートメントの鍵。絶対になくさないようにね」

「はい、気をつけます。夕食のことで迷惑をかけてすみません」

「気にしないで」と彼女は言った。「どっちみち、サラミと小さなサラダだけの予定だったから」

自分の部屋に行くと、なにを着ていこうか悩んだ。去年は、突然レオから高級ホテルの〈ダニエリ〉に誘われて窮地に追いこまれた。ヴェネツィアの女性たちはきれいに着飾っていた。だから今回は、それなりにちゃんとした服を持ってきた。まずは、水色のシルクのイブニングドレスを出してみた。明らかにこれは、学生が集まるようなパーティーにはフォーマルすぎる。わたしは、どうしてもあのグループの一員としてとけこみたかった——時代遅れの服を着たおばさんとして目立ちたくなかった。軽蔑の眼差しを向けてくるイメルダが想像できた。彼女はシンプルな黒いワンピースを見事に着こなし、たぶんシルクのスカーフを無造作に巻いたりしてくる。そういう何気ないおしゃれがヨーロッパの女性にはできる——イギリス人にはとうてい無理な芸当だ。

結局、白い襟のついた緑と白の水玉模様のワンピースを着ることにした。イブニングドレスというよりはアフタヌーンドレスという感じの服だったが、ほかの留学生たちがフォーマルな服を着てくるとは思えなかった。少なくともこのワンピースは、わたしの村の婦人服専門の仕立屋で去年あつらえたものなので、それほど流行遅れではないだろう。鏡に映った自分を見ながら、ちゃんとした場でも見劣りしないようなシンプルな黒いドレスが欲しいと思った。父が亡くなったあと、母は何カ月もわたしたちに黒を着るように強要した。そのせいもあって、わたしは黒い服を着なくなっていた。わたしの白い肌に、黒は似合わなかった。今夜は、髪をブラッシングしてすっきりとしたボブにした。宝石のついた髪飾りをつけようかとも思ったが、やめておいた。わたしは意を決して出発した。

最初は、アカデミア橋を渡ってフラーリ教会経由で行こうかと思った。でも直接行けるような道はないらしく、だんだん暗くなっていくなかでは迷子になりそうだった。そのとき、サン・トマから渡し船《トラゲット》が出ていると誰かが言っていたのを思い出した。たしかに地図を見ると、大運河を渡る点線が描かれていた。渡し船がどんなものなのか知らなかったが、フェリーのようなものらしかった。そこで、思い切ってサント・ステファノ広場を通って大運河に出た。そこには、大運河を渡ろうとしている人の列ができていた。なんと、渡し船はゴンドラだった。わたしの前に並んでいた人たちは次々とゴンドラに乗せられ、かなりぎゅうぎゅうに詰めこまれて立ったまま運河を渡っていった。そのゴンドラがふたたび戻ってきて、わたしはそれに乗りこむことができた。ゴンドラの上に立って乗るのは怖かった。特に、近くを水上バスが通ると引き波でゴンドラが揺れた。それでもなんとか無事に渡りきり、そこからフォンダメンタ・デル・フォルネルまでは迷うことなく行けた。そのとき初めて、〝カレ〟というのが普通の道のことで、〝フォルネル〟というのが運河沿いの道であることを知った。

呼び鈴を鳴らすと、ドアが開いた。この建物にはエレベーターがあった。四階にあるアパートメントまで、階段をのぼる必要もなくエレベーターに乗っていけるのはありがたかった。教授自身がドアを開けてくれた。そして、教授に案内されて、わたしは窓からヴェネッツィアの街が一望できる大きな部屋にはいった。太陽が沈んだばかりのこの時間、街の家々のタイル張りの屋根はローズ色の夕陽を浴びていた。ツバメが低空を飛びかい、カモメが空高く円を描いていた。これ以上ないほど素晴らしい景色だった。そして部屋のなかも、景色に負けないくらいに魅力的だった。モダンな白い家具、長い低めのソファ、壁に飾られているモダンアート――大きく飛び散る色彩。でも、その絵画を鑑賞している暇はなかった。教授がほかのお客さんに、わたしを紹介しはじめたからだ。

「こちらが、イギリスから来たミス・ブラウニング」

見まわすと、イメルダとガストンとフランツがいたが、ヘンリーの姿はなかった。ひとりの女性が両腕を広げて歓迎してくれた。「ようこそわが家へ」と彼女は言った。「わたしは妻のアンジェリカよ。ほかのお客さまに紹介させてね」

留学生仲間以外の招待客がいるとは思ってもいなかった。とっさに、もっとフォーマルなイブニングドレスを着てくるべきだったかと心配になった。それが杞憂でなかったことは、年配の女性に紹介されたときにはっきりした。彼女は華やかなミッドナイトブルーのドレスを身にまとい、お揃いのジャケットをはおっていた。胸元にはサファイヤのネックレスが輝き、きれいな白髪は少年のように短く切られていた。ほっそりとした顔のなかの黒く知的な目が、興味深そうにわたしを見ている。その眼差しは、猛禽《もうきん》類のように鋭かった——まるで鷹のように。どきっとした。

「伯爵夫人《コンテッサ》、イギリスから来たミス・ブラウニングをご紹介します」と教授夫人は言った。「ミス・ブラウニング、こちらはわたしたちの大切な友人、フィオリート伯爵夫人よ。彼女は、この街の芸術家たちの偉大なパトロンなの」

イギリスで高貴な人に対してするようなお辞儀《カーテシー》をすべきかどうか悩んでいるうちに、彼女が手を差し出したので、わたしたちは握手を交わした。とても優雅な手をしていた。白い皮膚を通して、青い血管が透けて見えた。

「会えてうれしいわ」彼女は非の打ちどころのない英語で言った。「それに、なんて勇敢なお嬢さんなんでしょう。こんなに緊迫した状況ですから、今年は誰もイギリスからは来ないものだと思っていましたのよ。でも、恐れることはないわ。ここはヴェネツィアなんだから。ここの人たちは、戦争なんて信じていませんから」

「もし戦争が起きたとしても、無事でいられるでしょうか」とわたしは訊いた。

「ええ、もちろん。土手道を爆破してしまえばいいのよ」と言って彼女は笑った。「心配はいらないわ。愛すべき我が国のリーダーには大きな考えがあるようだけど、イタリア人を戦わせるのは、猫を手なずけるのと同じくらい無理なこと。ヒトラー総統の恐ろしい目論みに追従することはありえないわ」

「イタリア語で頼みますよ、ガブリエラ」そう言って教授がわたしたちのところにやってきた。「あなたたちふたりがそうやって英語で話をして、ほかのお客さんたちが会話に参加できないのはフェアじゃない。それに、いつまでも母国語ばかり話していたら、彼女のイタリア語は進歩しない」

「それは失礼《スクージィ》、アルフレド」伯爵夫人はわたしにいたずらっぽくウィンクして言った。

「あなたのイタリア語は、どんな感じ？」

「まあまあだと思います」とわたしは言った。「ただ、練習が必要ですけど」

「練習なら、いくらでもできるわね。でも、あらかじめ言っておくけど、ヴェネツィアの人のアクセントはひどいものよ。それに、独特の方言もあるし。わたくしたちはイタリアのほかのところみたいに、朝とか昼間の挨拶に〝ボンジョルノ〟とは言わないの。そのかわり、ヴェネツィアでは〝ボンディ〟って挨拶するのよ。そのうち慣れると思うけど」

「おしゃべりをちょっと止めて、ガブリエラ」と教授が言った。「みんなの紹介をとりあえずすませておきたい。こちらはヴィットリオ・スカルパ。画廊のオーナーで、伯爵夫人の絵画収集の手助けをしている」彼はそういうと、シニョール・スカルパの肩に手を置いた。「もしもあなたたちが私の教えたいことをすべて学んだら、あなたたちの作品は彼の画廊で展示されることになるかもしれない。あるいは、次のビエンナーレ出品の可能性だってある」

「教授、やめてくださいよ。そんなむなしい期待を抱かせるようなことを、彼らに吹きこまないでください。私の画廊に展示したいと思うなら、第二のサルバドール・ダリにならなければならない。皆さんもご存知のように、私の審美眼は相当厳しいものですからね。最高のものしか選びません。そうですよね、伯爵夫人？」

この人は伯爵夫人や教授よりもずっと若く——三十代か四十代の前半か——ラテン系のハンサムな見た目をしていた。黒い目をぎらつかせ、黒くウェーブがかかった髪をわたしの好み以上にグリースでなでつけていた。着ているスーツは、おそらく生糸で作ったものだろう。彼と握手したとき、その手はぽちゃっとしてべとべとしていた。あまり気持ちのいい感触ではなかった。彼は横柄な笑みを浮かべて言った。

「ヴェネツィアへようこそ」

三人目のお客さんは司祭だった。イギリス国教会の信徒として育ったわたしは、カトリックに関するものに対してはつい懐疑的な目で見てしまう。ただ、この人を恐れる必要はなさそうに思えた。大柄で恰幅のいい人で、ピンク色の頬に好奇心旺盛な目をしていた。トレヴィザン神父と紹介された。

「神父も、あなたと同じ異国の人ですよ」と教授は言った。

「そうなんですか？」とわたしは訊いた。

神父はくすっと笑った。「私の名前のせいでね。ここから三十分くらい離れた、イタリア本土にあるトレヴィーゾ市の出身です。だからヴェネツィアの人たちからは、永遠によそ者扱いですよ。でも、少なくともヴェネツィア総督のひとりはトレヴィーゾ出身だったことは、声を大にして言っておきたい」

「どこかの修道会にはいっているんですか？」とガストンが尋ねた。

神父は無邪気な笑顔を見せて言った。「私は、清貧、貞節、従順が少しばかり心配でね」と彼は言った。「貞節には自信がありました。でもね、規則に従うのは苦手で。これは、私を指導してくださった皆さん共通の意見でしょう。私は、おいしい食事と上等なワインをたまにいただくのが楽しみなんですよ」

これには全員が笑った。

「アルフレド、おしゃべりもそのくらいにしてくれる？」と教授夫人が言った。「そろそろディナーの時間にしませんか」

「最後の客人を待っているのだ、愛する妻よ《カーラ・ミーア》」と教授は答えた。「アメリカから来た友人がまだ到着していないのだ」

「彼ならきっと、サン・マルコ地区かカンナレージョ地区をうろついて、ここを探してるでしょうね」イメルダが気持ちのこもっていない笑い声をあげて言った。「サン・ポーロ地区がどこにあるのか知らないようだったから」

「たしかに、この街はわかりにくいわね」と教授夫人は言った。「では、もう少し彼を待つことにしましょう。でも、せっかくの食事を台無しにしたくはないわ。アルフレド、飲み物をお出ししたらどうかしら」

「いい考えだ」と教授はうなずき、さまざまなボトルやグラスが並んでいる戸棚まで行った。

「今日は、地元のスパークリングワインで乾杯しましょう」テーブルまで行きながら教授は言った。「ヴェネト州のプロセッコ。最高のものです」そう話しながらボトルの栓を巧みにまわすと、ポンという満足のいく音をたてて開いた。二本目のボトルも開け、グラスに注いだ。「海外から来た皆さんを祝して乾杯しましょう。これまで学んできたすべてのものから、彼らの美術が自由を得て羽ばたきますように」教授はグラスを高く掲げた。わたしたちも同じようにグラスを掲げ、ひとくち飲んだ。新鮮で口のなかで泡のはじけるワインを、わたしは堪能した。

みんながダイニングルームに移動しようとしているところで玄関の呼び鈴が鳴り、息を切らしたヘンリーがはいってきた。「すみません、教授」と彼はつっかえつっかえ言った。

「迷子になった。まちがった方向。水上バス《ヴァポレット》降りて、右に行った。教会の場所を訊いたら、サン・ポーロ教会だと思われた」

「大丈夫、気にしなくていいですよ。あなたを待っていました。さあみなさん、ディナーの時間です」教授はアーチ状の入り口を通り、細長いダイニングルームへと案内してくれた。日よけのあるバルコニーにつながるガラス張りのフレンチドアは開け放たれ、ほんのりと潮の香りのする心地良い風が部屋のなかまではいってきていた。テーブルには名札が置かれていた。わたしが自分の席につくと、両隣は伯爵夫人と神父さまだった。正面にはフランツが座った。

「お手伝いしましょうか？」わたしは、小さめの皿が並んだお盆を持ってはいってきた教授夫人に言った。

「いいえ、大丈夫。今日あなたはお客さまだから」と彼女は言い、お皿をわたしの前に置いた。グリーンサラダのなかに、タコの足が混じっていた。昨年、同じようなものを〈ダニエリ〉で食べたことがあるのでわたしは平気だったが、ヘンリーとフランツは明らかに警戒の目で料理を見ていた。

「地元の珍味のひとつです」と教授が言った。「お祈りをしましょうか、神父？」

神父は十字を切り、ラテン語でなにかを唱えた。わたしとヘンリー以外は、それぞれに十字を切った。もしも本当に仲間にはいりたいのなら、こういうことも学ばなければならない。わたしは恐る恐るタコを口に入れた。バターのように柔らかく少しスパイシーな風味で、とてもおいしかった。ヘンリーをちらっと見ると、レタスの下にタコを隠そうとしていた。わたしは、わかるわかる、と言うように彼に微笑んだ。

次の料理は小エビのパスタで、その次はハーブの効いた濃厚なトマトソース仕立ての仔牛肉だった。最後に出てきたのはティラミスだった。今のところ、イタリア料理のなかでいちばん好きなデザートだ。全員がすべての料理を完食したようだった。少なくともわたしはそうだった。教授夫人はとてもうれしそうだった。

「若いあなたたちに言っておくけど、お腹いっぱい食べたいときには、ぜひまたうちに来てね」と彼女は言った。「肩を借りて泣きたいときでもいいわよ。わたしの夫の文句を言いにきたっていいのよ。どんなに厳しい先生なのか、って」

「厳しくするのは彼らのためだよ、アンジェリカ」と教授は言った。「これまで身に沁みついてきた固定観念とか決まり事とかを打ち破らないかぎり、自分なりの表現を見つけることはできないのだから」

食事のあいだ、わたしはずっと伯爵夫人とおしゃべりをしていた。彼女はポーランドで生まれ、幼いころにパリに移ったのだそうだ。彼女の両親は、ユダヤ移民だった。若いころはいろいろな画家たちのモデルをしたそうで、なかには有名な印象派の画家や、のちには表現派の画家もいたらしい。

「メアリー・カサットとも知り合いよ」と彼女は言った。「それに、マネやベルト・モリゾのモデルもしたわ。一度だけ、ピカソのモデルもしたことがある。でも彼はかなりの浮気性で、彼の愛人からひどく嫉妬されたの」伯爵夫人はわたしの手に触れて言った。「そんな画家たちのなかには、モデルをしたお礼にスケッチ画をくれた人もいるのよ」

「すごいですね！」とわたしは言った。「まだ持っていらっしゃるといいんですけど」

「ええ、もちろん。将来お金に困ったときのために、大切にしまってあるわ。まあ、幸いなことにお金持ちのイタリア人の伯爵と結婚したおかげで、なに不自由なく暮らせてこられたけど」

「ご主人も美術がお好きなんですか？」とわたしは尋ねた。

「夫はもう二十年も前に亡くなったの。それからずっと寂しい独り身なのだけど、いつもまわりにはおもしろい人ばかりいて、今でも美術品の収集を続けているのよ」そう言って彼女はわたしに指を振った。「あなたもぜひ、わたくしの家で開くパーティーに来てちょうだい。とても刺激的な人たちに会えるわ。お隣にいるトレヴィザン神父さまも毎回のように来てくださるのよ。ただし、このかたの目的は、会話を楽しむためというより、わたくしのワインセラーのほうみたいだけど。あなたの教授も、ときどきいらっしゃるわ。そして、もちろんヴィットリオも。彼はわたくしの小さな影のような存在だから」

「喜んで伺わせていただきます」とわたしは言った。

「あなたのお友だちにも歓迎すると伝えておいて」と伯爵夫人は言った。「実は、今度の日曜日にもパーティーを開くの。ほとんどの人がこの暑さから逃れて避暑地に行ってしまうから、こぢんまりとした夏のパーティーだけど。でも、わたくしのヴィラに来るいい機会だわ」

「どこにお住まいですか？」とわたしは訊いた。

「リド島よ。行ったことはある？」

「ええ、一度だけ。そのときは女学校の生徒たちに海水浴をさせてあげようと、引率していったんです」

「それなら、どこから水上バス《ヴァポレット》に乗ればいいのかはわかるわね？　ヴァポレットを降りたら、ビーチに向かって歩いていけばいいの。広い道路を半分くらい行けば、右側にわたくしのヴィラが見えてくるから。高い錬鉄製の門の奥よ。ヴィラ・フィオリート。門の横に書いてあるの。夫がまだ生きていたころは、街のなかに小さな宮殿を持っていたんだけど、あげてしまったの。街のなかはうるさすぎるから」

「小さな宮殿、って」とわたしが言うと、彼女は笑った。

「標準的な宮殿からすれば、小さいという意味よ。たった十八室しかなかったのだから。でも、わたくしには暗すぎたし、気が滅入るところだった。だから亡くなった夫マウリツィオの甥夫婦にあげたの。わたくしって、やさしいでしょ？」

「ええ、とてもおやさしいです」とわたしは言った。

「わたくしは、人を喜ばすのが好きなの」と彼女は言った。「それでは、また日曜日にね。わたくしの友人たちのことが気に入ると思うわ」


そして今、わたしはベッドに座り、笑顔でこれを書いている。ヴェネツィアに来てまだ一週間も経っていないのに、もう伯爵夫人のヴィラに招待されるなんて。

今日、わたしは顔と教会とオレンジの描き方を学び、伯爵夫人と神父さまとのディナーに参加した。美術学校の初日にしては悪くない。母に手紙を書くのが待ち遠しい！ ホルテンシア伯母さまもきっと感心してくれるだろう。

第十七章

ジュリエット　一九三九年七月九日　ヴェネツィア

今日は日曜日。イギリスでは安息日。お店はどこも閉店する。朝には教会の鐘が鳴り響く（とはいえ、ここみたいに人の睡眠を邪魔するような早朝に鳴るわけではないし、ここみたいな不快な騒音ではなく、もっと調和のとれた心地良い響きだ）。そして晴れていれば、ピクニックをしたり村の広場でクリケットの試合をしたりなんかして過ごす。でもここヴェネツィアでは、日曜日といえば大騒ぎでお祝いをする。街じゅうの教会の鐘が好き勝手な時間に鳴り響き、信仰心のあつい信者を呼び寄せる。どうやらほとんど全員が熱心な信者らしい。シニョーラ・マルティネッリは、今朝は八時のミサに出かけた。彼女はなぜか丁寧な口調で一緒に行くかとわたしに尋ね、朝食の時間が遅くなってもかまわないかと言った。わたしは、朝食が遅くなるのはいっこうにかまわないと伝えたが、一緒に教会に行く誘いは断わった。

「ここにはイギリス国教会の教会もあるんだよ、セント・ジョージ教会。あんたが通っている美術学校のすぐ隣。ここからもそんなに遠くない。たしか、午前中の遅い時間にミサがあるはずだよ。イギリス国教会の人たちは早起きじゃないらしいからね。それに、ミサの前の断食も必要ないんだよね？　そもそも聖餐のパンを拝領しないんだから」また鼻を鳴らした。

とても貴重な情報を得たかのように、わたしは礼を言った。どんな教会であれ、どこにも行かない人間は地獄に堕ちると思われているのだろう。そう考えているうちに、カトリックの教会に行ってみたいような気になっていた。サン・マルコ寺院のミサに行ってみようかと思う、とシニョーラ・マルティネッリに言うと、彼女はうれしそうにうなずきながら言った。「あそこのミサは、そりゃあきれいだよ。あんたもついに、真の信仰を受け入れる気になるかもしれないね」

彼女がミサから帰ってきてから、わたしたちは一緒に朝食をとった――パン屋が閉まっているので焼きたてのパンはなかったが、開け放した窓辺で遠くから聞こえてくる教会の鐘の音を聞きながら、冷製肉のスライスと桃を食べた。朝食のあと、サン・マルコ寺院に行った。観光客として訪れたことがあっただけだが、今日は人でいっぱいだった。聖歌隊の歌が、ドーム状の天井にこだましていた。並んだ窓から光が差しこみ、寺院内部のアルコーヴをひとつ、またひとつと照らしていった。どこもかしこも金色に輝いていた。主祭壇に埋めこまれている宝石がきらきらと光り、お香の甘いにおいが空気のなかに漂っていた。イギリスの田舎の簡素な教会に慣れ親しんでいたわたしは、この雰囲気に圧倒された。まるで大仕掛けのショーを見ているようで、とても祈る場所には思えなかった。ミサの手順が書かれているイタリア語とラテン語の本に従おうと努力したが、ついていけなかった。ベルが鳴り、皆がひざまずいた。つぎにまたベルが鳴り、皆が立った。わたしはなにをするにも半テンポ遅れで、なにが起きているのかさえわからなかった。急に、孤独を感じた。このなかにいる人たちは家族と一緒にいる——何人もの子供たちが一列に座り、その隣に誇らしげな両親が座っている。いちばん小さい子がもぞもぞすると、父親が抱きかかえて自分の膝の上に座らせる。でも、わたしには誰もいない。

わたしは、居心地の悪い、満足できない気持ちのまま寺院を出た。来週はセント・ジョージ教会に行ってみようかな、という気分にもなっていた。

シニョーラ・マルティネッリには、今夜リド島のヴィラで開かれるパーティーに招待されていることを話した。そのパーティーの主催者が伯爵夫人だということも。シニョーラはかなり驚いていた。そして、家賃に含まれている夕食を食べないのであれば、と昼食を一緒にとることを提案してくれた。寺院からの帰り道、ピクニックの荷物やタオルを抱えて水上バス乗り場に向かう何組もの家族連れとすれちがった。海水浴に行くのもいいかもしれないと思ったが、大家さんからの昼食の誘いを受けてしまっていたので諦めるしかなかった。シニョーラが心をこめて準備してくれたのがわかった。いつもの食事はキッチンのテーブルでとるが、今日の昼食はダイニングテーブルで、レースのテーブルクロスまで掛けられていた。メロンと生ハムのアンティパストのあとにチーズをまぶしたパスタ、そして最後は焼いたズッキーニを添えた小さなポークチョップを出してくれた。大家さんにとってお肉料理は大きな負担になることはわかっていたので、家賃のなかにときどきはこういう料理も含まれていると思うとうれしかった。シニョーラは赤ワインも開けてくれた。

わたしは彼女の家族について訪ねた。ご主人が亡くなってからもう長いが、息子がミラノに住んでいるらしい。ときどき遊びにきてくれるそうだ。お嫁さんはあまり愛想のいい人ではないらしい。それに、彼らには子供がいない。「信じられるかい？　子供がいないなんて。わたしには、ひとりも孫がいないんだよ」

「わたしの母も、まだ孫はひとりもいませんよ」とわたしは言った。「でも、妹のウィニーが近いうちに子供を産むと思います。結婚してまだそれほど経っていないので」

「あんたはどうなんだい？　なんで結婚しない？　そんなに魅力的なのに。今まで、結婚したいと思った男はいないのかい？」

「わたしは小さな村に住んでいて、母の面倒を見ているんです。それに、女学校で教えているし。男性と会う機会なんてほとんどないんですよ」

「ここにいるあいだに、イタリア人のいい男と出会うかもしれないね」と彼女は言った。

わたしは笑顔になった。「そうだといいんですけど。でも、わたしは母のところに戻らないといけないから」

デザートに果物を食べ、わたしは後片付けを手伝った。昼間にお酒を飲むことに慣れていなかったので、少し頭がふらふらした。実際、お酒を飲むことはほとんどない。部屋に戻ると、すっかり寝入ってしまい、下の道で誰かが歌っている声でようやく目が覚めた。窓の下を見ると、男の人が玄関前の階段に腰をおろし、アコーディオンを弾きながら歌っていた。彼のまわりには人だかりができていて、音楽に合わせて手拍子をしたり一緒に歌ったりしていた。小さな女の子が立ち上がって踊りだし、くるくるまわるたびに三つ編みにした黒髪が舞った。なんて楽しそうなんだろうと思いながらも、自分がよそ者で、ただの傍観者にすぎないことを感じずにはいられなかった。

七時になると、今夜は迷うことなくイブニングドレスを着て、水上バスでの長旅に備えて縁飾りのあるシルクのショールをまとった。わたしからお願いする前にシニョーラ・マルティネッリは鍵を渡してくれた。伯爵夫人から招待されているなら、遅くなっても当然だとでも言うように。

「水上バス《ヴァポレット》の最終便の時間を確認しておいたほうがいいよ」と彼女は言った。「日曜日はいつもより便数が少ないから」

期待に胸を膨らませ、水上バスがラグーナを渡っているあいだに髪の毛が乱れないことを祈りながら下宿屋を出た。招待の時間は八時だったが、その時間ぴったりにお邪魔するのは礼儀に反しているとわたしは教わって育った。でも、水上バスが到着するまで予想外に長くかかってしまった。いざ到着した水上バスはダンスやギャンブルをしにいく人たちで混み合っていた。どうやらリド島にはナイトクラブやカジノがあるらしい。サン・ザッカリアの船着き場で乗客が下船するのにかなりの時間がかかり、そのあとの船着き場でも同じような状況だった。その結果、考えていた時間よりもかなり遅れてリド島に到着した。

わたしは船を降りると足早に広場を横切り、グランヴィアーレ・サンタ・マリア・エリザベッタという名前の広い通りを歩いていった。前回、教授宅のパーティーになかなか現われなかったヘンリーを、容赦なくこきおろしていたイメルダを思い出した。今ごろ、彼女はわたしのことをどう言っているのだろうと思った——もしも彼女も来ているのなら、の話だけれど。留学生仲間にも今晩のパーティーへの招待の件は話してあったが、なぜかみんなはそれほど乗り気ではなさそうだった。

「もし、もっと楽しそうな予定がはいらなければ」とあのときガストンは言った。「日曜日の晩の過ごし方としては、おれの好みではないからね。誰か、ダンスで盛り上がれそうなところを知らない？」

わたしは先端が金色に輝く錬鉄製の門に立ち、大きく深呼吸をしてから門を開けた。そして、両側を椰子の木にはさまれた砂利道を歩き、血のように真っ赤なヴィラに向かった。玄関扉を開けたのは使用人らしき年配の男性で、長い大理石の廊下を通り、家の奥にあるパティオまで案内された。木々のあいだに吊るされた明かりが、アドリア海から吹いてくる涼しい風に揺れていた。まだ完全に暮れきってはいなかったが、パティオにいる人たちの顔は陰になっていて見えなかった。わたしはしばらく立ち止まり、この集団のなかに歩み出ていいのか躊躇した。

そんなわたしに、伯爵夫人が気づいた。「ああ、イギリスから来たかわいい友人」そう言うと、両手を広げてわたしを歓迎してくれた。「来てくれたのね。うれしいわ。わたくしの友人たちに紹介させてね」

わたしは恥ずかしさでいっぱいになりながら、彼女に導かれて前に出た。そのとき、ほかの留学生たちも来ていることに気づいた。ヘンリーでさえ、わたしよりも早く到着していた。彼は手を小さく振り、グラスを掲げた。彼とフランツは、教授夫妻の隣に立っていた。先日のパーティーで会った陽気な神父さまも来ていた。それに、口のうまいヴィットリオも。彼は、痛々しいほど細く、それでいてとんでもなくエレガントなブロンドの女性とおしゃべりをしていた。彼女の隣には、黒い髪の男性が立っていた。

「こちらは、スペインから来たビビとアルトゥーロ」と伯爵夫人は言った。「このお嬢さんは、イギリスから来たミス・ブラウニングよ」

彼らは礼儀正しくうなずき、わたしが伯爵夫人に連れられてその場を去ると、ふたたびヴィットリオとの会話を再開した。ビビが一瞬わたしのイブニングドレスに目をやり、話しかける価値がないと判断したのがわかった。次に紹介されたのは、気品にあふれた男女だった。「こちらは、ダ・ロッシ伯爵ご夫妻」

わたしは、目の前の男性の顔を見つめていた。いかにも軍人という風情の鉄色の髪の男性で、明らかにレオを年配にしたような顔立ちをしていた。彼はなぜ、父親が伯爵だと教えてくれなかったの？

わたしが驚いているのを察したのか、伯爵はやさしい笑みを浮かべた。「そんなに心配そうな顔をしないで」と彼は言った。「噛みついたりしないから」

「今日はいらしてくださって本当にうれしいわ、伯爵」とフィオリート伯爵夫人は言った。そしてわたしのほうを向いて続けた。「伯爵は、ふだんは芸術の後援者としては知られていないのよ」

「それは心外ですな」とダ・ロッシ伯爵は言った。「私も、本物の美術は高く評価していますよ。カラヴァッジオやレオナルド・ダ・ヴィンチなら、まあルノワールでも、展覧会に招待してくれるなら駆けつけます。私は美しいものが好きだ。だが、ふたつの頭とひとつだけの目と三つの乳房のある女の絵が美しいとは、とてもじゃないが言えない！」

「芸術が美しいものだけだと決めつけてはいけないのです」とコルセッティ教授は言った。「芸術は、感情的な反応を呼び起こすものでなければいけないのです。怒りや、悲しみさえも」

「そうだとして、ひとつの目と三つの乳房を持つ女性の絵は、どんな感情を呼び起こすと言うのです？」とダ・ロッシ伯爵は言った。「哀れみ？　嫌悪？」

「おそらく、魅惑、ですかな？」と教授は言った。

伯爵は首を振った。

「でも、あなたはいらしてくださった」と伯爵夫人は言った。「わたくしが新しい作品を披露することを知りながら」

「あなたからのお誘いは断われませんよ、伯爵夫人」と彼は言った。

「まったく、口がお上手なんだから。それはそうと、息子さんは？　それに、美しいビアンカは？」

「彼女は、ラグーナを越える苦難の旅をいやがりましてね」と伯爵は笑顔で言った。

「お体の具合でも悪いのですか？　その、つまり、おめでたとか？」

「いいえ、私の知るかぎりでは。期待はしているのですがね」とダ・ロッシ伯爵は言った。

「いや、本当はメンバーが気に入らなかったんでしょう。年寄りが多すぎて退屈だと」

「くだらない！」と伯爵夫人は言った。「なにを言ってるんでしょうね、まったく！　たしかにわたくしは年寄りですけど、退屈な人間なんかじゃないわよね、ダーリン？」そう言ってヴィットリオを見た。

「もちろんですよ、愛しい人《カーラ・ミーア》」

わたしは、ふたりの様子を興味深く見ていた。なるほど。画廊のオーナーとそのパトロンという以上の関係なのかもしれない。彼女は少なくともヴィットリオよりも三十歳は年上だけど、女性としてはまだまだ魅力的だ。それに、生き生きとしたあの目！

「あら、飲み物がまだだったわね」と伯爵夫人は言い、わたしの手を引いてレオの父親から離れた。わたしはまだショックから抜け切れていなかった。でも、レオとビアンカが来ていないのを知ってほっとしてもいた。

「そうそう、彼にも紹介しないと」フィオリート伯爵夫人は英語に切りかえ、飲み物用のテーブルの横に立っている男性に近づいた。いかにもイギリス製といったブレザーをはおっていた。「こちらはミスター・レジナルド・シンクレア。在ヴェネツィアのイギリス領事閣下よ。レジー、こちらはあなたの同国人、ミス・ブラウニング」

「初めまして」と言って彼は親しげな笑みを浮かべた。年配の領事は薄い色の口ひげを生やし、垂れさがったあごの肉のせいで悲しげな犬のように見えた。「同じイギリス人に会えるとは、実にうれしい。ほとんどの人たちは帰国してしまったからね。最悪の事態を恐れてだろうが」

「その最悪な事態は起こりそうですか？」とわたしは訊いた。

「非常に残念だが、そうなると私は考えている。呼び戻されるのも時間の問題だ。あとはムッソリーニ次第だな。いつ、崇拝するアドルフと同じ道を歩む決心をするかだ。正式に戦争を始めるだけの兵力は、イタリアにはまだない。ただ私が恐れているのは、このヴェネツィアをドイツの基地として使わせることだ。そんなことになれば、われわれの意思とは無関係に、イギリスも戦争に引っぱりこまれることになる」

「そんな」とわたしは言った。「でも、海軍基地としてヴェネツィアほど適したところもないでしょうね」

「ナチスは、イタリア北東部の港湾都市、トリエステを使いたがるだろう。あそこは大戦前はオーストリアの海軍基地だった。だが、ヴェネツィアは港としてはより安全で、小さな島々が点在しているから軍艦を隠しやすい」彼は首を振った。「でも今は、起きてもいないことに悩むのはやめようじゃないか。この素晴らしいヴェネツィアの夜と、素晴らしい仲間たちとの時間を楽しもう」

わたしはうなずいた。領事はプロセッコのグラスを取ってわたしに渡した。「ここへは観光で？」

「いえ、一年間アカデミアの美術学校で学ぶために来ました。わたしは教師をしているのですが、留学するための奨学金をいただいたんです」

「それはよかった。私があなたの立場なら、このチャンスを思いきり楽しむね。ここヴェネツィアは、世界のなかでもまだ文明が残っている数少ない都市のひとつだ。去年ムッソリーニは人種法を制定して、ユダヤ人が教育を受けたり教えたりするのを禁止し、財産を奪おうとした。でも、ここではそんな法律は適用されていない。ヴェネツィア人は今までどおり幸せに暮らしているし、ゲットーのユダヤ人とも普通に商売をしている。そもそも気にしていない、その人がユダヤ人かどうかは。われらが愛する、この伯爵夫人のようにね」

わたしは驚いて領事の顔を見て、そして視線をフィオリート伯爵夫人に向けた。そういえば、両親はユダヤ移民だと話していた。「でも、ご主人はイタリアの伯爵だったのですよね」とわたしは言った。

「そう。たしかにそうだね。でも、それは彼女の民族的な出自とは関係がない。パリの貧しいユダヤ人一家の出だと聞いている。もちろん、彼女はこの街で尊敬されているし、街のための慈善活動をおこなっている。ほとんどの人は彼女の出自を知らないだろう」彼はわたしに顔を近づけてから続けた。「万が一のために、逃走計画をたてておくようにと彼女には助言してある」

使用人がオードブルの並んでいるお盆を持って近づいてきた。ミスター・シンクレアはピクルスを取り、わたしはエビの串焼きを取った。わたしたちのところにヘンリー・ダブニーとトレヴィザン神父がやってきたため、気の滅入る話はいったん終わった。地平線に戦争の影が見えはじめているのは感じてはいたが、実際に自分にも危険が及ぶかもしれないことに、今初めて気づかされた。

第十八章

ジュリエット　一九三九年七月九日　ヴェネツィア

どんどん食べ物が運ばれてくるにつれ、会話は少なくなっていった。カリカリに焼かれたメルバトーストにのったフォアグラ、透けるように薄く切られた生ハム、オリーブのタプナードを塗ったブルスケッタ。わたしにとっては、どれもが心の躍るおいしい料理だった。木々のあいだに吊るされた明かりを反射して輝くグラスや、女性たちが身につけているジュエリーがきらきらと輝く様子を、わたしは見まわした。今ここにいる自分が、数週間前まで小さな田舎の村に住み、ラジオのニュースを聞きながら日曜日の夕食にベイクドビーンズをのせたトーストを食べていた、女学校教師のジュリエット・ブラウニングと同じ人間だとはとても信じられなかった。が、わたしの視線はダ・ロッシ伯爵に向けられた。中年の男性としても、まだまだハンサムだった。ヘンリーがなにかを言っていたので、視線を彼に移した。

「ここの料理、どう思う？」

「すごく贅沢よね、そう思わない？」

「ぼくにはちょっとおしゃれすぎるよ。ああ、分厚いステーキとかハンバーガーが食べたい！」

「つまりあなたの家も、こういう感じじゃなかった、ってことね？」

彼は笑った。「ぼくの親父は叩き上げの人間だよ。たったひとりで車のディーラーを始めて、世界恐慌のなかでもがんばったんだ。でも、母親のほうは大学を出ていたから子供も大学に行かせたがった。それでぼくは経営学を専攻したんだけど、美術に出会ってしまったんだ。もちろん親父は、美術の勉強をするための学費を出すつもりはなかったから、ぼくは工業デザインに切りかえた。ぼくが新しい自動車をデザインして、大儲けできると思ったんだろうな――フォードにとってかわるとかね」嘲笑するようにくすっと笑った。「でもそんなとき、ヨーロッパで勉強する奨学金があるのを知ったんだ。このチャンスをのがす手はないと思って、応募したよ。で、こうして今、ぼくはここにいる。親父はおもしろく思ってなかったけど、金を出すのは親父じゃないからね。自動車の販売から一生抜け出せなくなる前に、世界のほんの一部でも見ることができる最後のチャンスだと思ったんだ」

わたしは、彼の丸くてひたむきな顔を見た。「お父さんの仕事を引き継がないといけないの？」

「ひとり息子だからね。ぼくが引き継がなけりゃ、いったい誰が引き継いでくれる？」

気づくと、ヘンリーの言ったことに思いをめぐらせていた。レオも、彼とまったく同じ立場にいる。ひとり息子として、期待されたとおりの道を歩もうとしている——自分の望む人生ではなく、別の人の人生を歩まなければならない。そして、わたし自身もそれほど変わらないことに気がついた。わたしだって、美術学校にしがみつくことができた。ウェイトレスとして働きながら部屋代や生活費を稼ぎ、画家を目指すことも可能だった。でもわたしは、義務を果たす忠実な娘として、母の人生を生きてきた。わたし自身の望む人生ではなく。

「でも今、わたしたちは自由ね。少なくともしばらくのあいだは」とわたしは言った。

「きみの言うとおりだ。なんか現実とは思えないよね。この雰囲気も、お金持ちの貴族たちとシャンパンを飲んでることも」

「ほんとね」とわたしも同意した。

フランツが近寄ってきた。「気持ちのいい夜だね」と彼は言った。

「こういうパーティーには慣れているの？」わたしはイタリア語に切りかえて彼に訊いた。

なの」

「ちょうど今ヘンリーと、まるでおとぎ話の世界にいるみたいね、って話していたところ

「ぼくだって同じだよ。父はパン屋なんだ。だから、ぼくが美術の勉強がしたいって言ったら、頭がおかしくなったんじゃないかって言われた。パン屋になるのに、なんで美術が必要なんだ、って。だから、父に言ってやったよ。芸術的なパンの作り方を教えてあげるって」

わたしたちは大笑いした。ただ、フランツが離れていくと、ヘンリーはわたしの腕に触れた。「あいつには注意したほうがいい」と小声で言った。「たぶん、ドイツのまわし者だ」

「ナチのスパイってこと？」わたしにとっては、かなりの衝撃だった。

ヘンリーはうなずいた。「あくまでもぼくの勘なんだけどね。彼は自分のことをオーストリア人だって言うけど、だけど、あいつにはなんか妙なところがある。ここが、ってはっきり言えるわけじゃないんだけど、でも……」

「それで、新しく手に入れたという作品は、いつ見せてくださるの？」とスペイン人の女性、ビビが言った。「みんな、もう見たくてうずうずしてるんですよ」

「いいでしょう」とフィオリート伯爵夫人は言った。「では皆さま、こちらにどうぞ」

彼女はわたしたちを率いてフレンチドアを抜け、洗練された部屋――白い大理石の床、水色のシルクのソファ、金箔で装飾されたローテーブル――に案内した。その部屋の真ん中に立てられたイーゼルには、白い布の掛かった大きな絵が置かれていた。

「愛しのヴィットリオ、皆さまにご披露する栄誉をあなたにあげるわ」と彼女は言った。「この絵は、賢明なあなたが見つけたものだし、なにより、それをわたくしのもとにもたらしてくれたのはあなたなんだから」

ヴィットリオは小さく感謝のお辞儀をすると部屋を横切り、優雅な仕草で白い布をはぎとった。その場にいるみんなが息をのんだ。際立って前衛的な絵だった――いくすじもの色とりどりの太い線、そのうちの一本の線を貫通する血だらけの手のような物体、線のあいだの暗い空間から覗く、この世のものとは思えない複数の顔。それらの顔の口は、沈黙の抗議をしているかのように大きく開けられている。ひどく不安をかきたてる絵なのはたしかだが、その形状とデザインは非常に素晴らしかった。

「なんとも壮大で見事な絵だ、ガブリエラ」とコルセッティ教授は言った。「そう思わないか、アルトゥーロ？」

「ええ、同感です。それで、これがドイツからひっそりと持ち出してきた絵だと？」

「そのとおり」満足げな笑みを浮かべた伯爵夫人は、興奮気味に言った。「この絵のことは秘密の情報源から聞いて、ヴィットリオはなんとかその画家と会うことができたの。そして、ナチお抱えの画家が描いた、それはもうひどいとしか言えない牧歌的風景画の下に隠して持ち出した、というわけ」

「つまり、この絵の作者はナチのお気に入りではない、ということですね」とミスター・シンクレアが言った。

「ええ。ナチのお気に入りではないうえに、彼はユダヤ人なの」と伯爵夫人は言った。「逃げられるうちに逃げ出してほしいと頼んだわ。でも、彼には高齢の両親がいて、彼らはどこにも行きたがらない。だから彼もまだドイツにいる。ここでご両親ともどもかくまうと言ったのだけど、彼はその申し出を拒んで、ドイツで絵を描きつづけている。自分で自分の首を絞めているようなものよ。残念だけど」

「彼が住んでいる街は？」とフランツが訊いた。

「シュトゥットガルトよ。日中はメルセデス・ベンツの工場で技師として働いている。装甲車を製造している部門にいるから安全だと言うの。製造チームでは欠かせない存在だから大丈夫だと。描いた絵には偽名でサインしていて、ドイツ国外の友人以外は彼が画家だということを知らない」

「大変なリスクを背負っているとしか言えない」とシンクレア領事は言った。

「本当にそうね。でも、彼のような人は大勢いる。どんなに困難な目にあおうとも健気《けなげ》に小さな抵抗を続けている、勇気のある若者たち」

イメルダがわたしの手に触れた。「十時の水上バス《ヴァポレット》に乗るなら、そろそろ帰らないと。もしその便をのがしたら、十一時半まで待たないといけないし、最終便はいつもすごく混んでるから」

「たしかにそうね。ありがとう」とわたしは言い、ヘンリーのところに行こうとした。

「本気でこれが芸術の向かうべき方向だと信じているのですか、ガブリエラ?」とダ・ロッシ伯爵が言うのが聞こえた。「もはや美しさは不要だと? 私からすれば、ナチの牧歌的風景画のほうがよほどましですけどね」

「だけど、あなたには心がないから、伯爵。前々からわかっていたわ」

フランツは念入りに絵を観察していた。署名を探しているのかもしれないと思った。もしかして、ヘンリーの言うとおり彼はドイツのスパイなのだろうか。画家が偽名でサインしていることに、わたしはほっとしていた。

伯爵夫人のもとに行ってすてきなパーティーに招待してもらったお礼を言い、水上バスに乗るためにそろそろ失礼することを告げた。

「今日はよく来てくれたわね」と彼女は言った。「いつでも訪ねてきてね。パーティーも毎回来てちょうだい。それから、お茶を飲みにきて。わたくしとあなたのふたりだけの、英国式ティーパーティーを開きましょう」

「まさか、本物の英国紅茶があるんですか？」と笑いながらわたしは言った。「ここに来てから飲んだ紅茶は、どれもすごく薄くて、味がなかったから」

「あらまあ。でも、わたくしはハロッズから取り寄せているのよ」と彼女は言った。「それ以外には考えられないでしょ？」

彼女は身を乗り出し、わたしの頬に軽くキスした。わたしは顔を赤らめた。伯爵夫人にキスされるなんて、そうそうあることではないから。わたしたちはほかの人たちにも別れの挨拶をして、水上バスの乗り場へと道を急いだ。かなりの大人数が待っていた。

「乗れるといいけど」とヘンリーが言った。「イワシの缶詰みたいにぎゅうぎゅう詰めになるかもね」

「この全員を乗せるつもりかしら」とイメルダは言った。「こんなにいっぱい乗せたら、ラグーナの底に沈んじゃいそうよ」

「でも、十一時半まで待つのはごめんだ」とガストンが言った。「列の前のほうに行けないか試してみるか」

そんなことはできそうになかった。ピクニック・バスケットや折りたたみ椅子やパラソルを持った家族連れが行く手をふさいでいて、お婆さんたちは自分たちの場所を奪われまいと怖い顔をしていた。第一、お婆さんや赤ちゃんを押しのけて乗りこむなんて、わたしにはできない。フランツもわたしと同意見のようで、「そんなことすべきじゃないよ」と言った。

どうしたらいいのか考えあぐねていると、ダ・ロッシ伯爵がやってきた。「きみたち若者も、ガブリエラのパーティーから逃げ出してきたのかい？　私は、どうも現代美術には興味がなくてね。ほかの人たちのように、愛でるふりができないのだよ」そのとき伯爵は、桟橋にすでに大勢の人たちが立っていることに気づいた。「ディオ・ミーオ！」と彼は言った。「こんな大人数が一艘の小さな船に収まるとは思えない。きみたちはこの便に乗れるはずがない」

「なんとか前のほうに割りこめないか考えていたところなんです」とガストンは言った。

「私の船がもう来ているころなんだが」と伯爵は言った。「きみたちだけなら、全員私の船で送ってあげられるかもしれない」

「ご親切にありがとうございます」とイメルダが言った。

「若い美術愛好家仲間を見捨てては帰れないからね」彼の魅力的な笑顔は、レオを思い出させた。「さあ、こっちだ。うちの船が到着しているか見てみよう。十時に来るように言っておいたんだ。そのころにはもう帰りたくなっているはずだと思ったからね。ただ、ガブリエラの誘いは断わりにくいのだよ」そんなことを話しながら、伯爵は海岸に視線を走らせていた。そこには何ヵ所か小さめの桟橋があった。「ああ、あれだ」彼はそう言うと、光沢のあるチーク材のモーターボートを指差した。わたしには見覚えのある船だった。

「おーい、こっちだ！」伯爵はボートに向かって声を張りあげた。

みんなはいそいそと伯爵のあとについていったが、わたしは戸惑っていた。「若い友人たちを連れてきた。全員乗れると思うか？」

「大丈夫じゃないかな」操舵輪を握っていた男性がボートから桟橋に降り立った。わたしの心臓は一瞬止まりそうになった。そこにいたのがレオ本人だったからだ。

伯爵も驚いたようだった。「レオ、こんなところでなにをしてるんだ？」伯爵はわたしたちのほうを振り返って言った。「息子だよ。使用人のかわりに来たようだ。マリオになにかあったのか？」

「今日は彼の兄弟の誕生日だったから、早めに帰らせてあげたんだよ。それに、ぼくもラグーナに船を出したかったし。気持ちの良い夜だからね」レオはまだわたしに気づいていなかった。まずは父親に手を差し出して船に乗せ、そのあとイメルダに手を差し出した。

そして、フランツが紳士らしくわたしを自分の前に押し出した。レオは手を伸ばし、そして凍りついた。「ジュリエッタ！　これは夢なのか？　こんなところでいったいなにをしてるんだ？」

「こんばんは、レオ」とわたしは言った。「わたしも驚いたわ。今、ヴェネツィアで勉強しているの。アカデミアの美術学校で」

彼の手を借りてボートに乗ると、彼の手が震えているのが感じられた。でも、すぐ機械的に男性陣のほうを向き、乗りこむのを手伝った。「勉強してるって、ここで？　どのくらいの期間？」

「一年」とわたしは答えた。

「このお嬢さんと知り合いなのか、レオ？」と伯爵が訊いた。

「去年、ビエンナーレで会ったんだ」とレオは言った。「ほら、裕福な寄贈者の一団をぼくが案内したことがあったでしょ、覚えてる？」

「ああ、そうだったな。ビエンナーレは楽しめましたか、ミス・ブラウニング？」

「ええ、とても素晴らしいと思いました。特に、庭園のなかの展示が見事でした」

「まあ、私からすれば、英語で言うところの〝私の好みの紅茶《マイ・カップ・オブ・ティー》〟ではありませんね」と伯爵は言った。「息子は、なんとか私を引きずってでも連れていこうとするんだがね。近頃は、ゴミのようなものを芸術と呼びたがる」

「ぼくの父は、ビエンナーレをむかしの巨匠たちだけの展覧会にしたいんだよ」とレオは言った。

「当たり前だ。それこそが真の芸術だ。おまえも、ガブリエラ・フィオリートが大金を出して買った絵を見てみるといい」伯爵は陽気に続けた。「まったくもっておぞましい。色が塗りたくってあるだけの絵だ。心が癒やされる要素がなにひとつない。どうやら、新進気鋭のユダヤ人画家が、ドイツ国内で密かに描きつづけているらしい」

「まさにそれがフィオリート伯爵夫人だよ」とレオは言った。「彼女は、自分のことを絶大な後援者だと思っている——今世紀のメディチ家だと。それに、彼女は人を救うのが好きなんだ。野良猫を救いたがる誰かさんみたいにね」彼が操舵輪から視線を上げると、わたしたちの目が合った。

レオがエンジンを全開にすると、ボートはスピードを上げて走りだした。潮の香りのする新鮮な風がわたしたちの顔に当たった。後部座席にぎゅうぎゅう詰めに座っている隣の人たちにも聞こえているのではないかと思うほど、わたしの心臓は大きな音をたてて鳴っていた。彼と再会したとしても、ちゃんと自分を制御できると、わたしは本気で信じていたのだろうか。こんなに近くにいるのは拷問だった。ヴェネツィアが小さな街だということに、なんで気づかなかったのだろう。どんなに努力しても、彼と鉢合わせしないわけなどない。

「きみたちをどこで降ろせばいいのかな？」と伯爵が訊いた。「みんなアカデミアの美術学校の近くに住んでいるのかい？」

「わりと近くだと思います」とガストンが言った。「そちらの都合のいい場所で降ろしてください。ご親切に感謝します。あなたに会えなければ、みんなあと一時間半も桟橋に立ってないといけなかったでしょうね。それでも、最終便に乗れなかったかもしれません」

「それじゃあ、アカデミアの桟橋につけてくれ、レオ」と彼の父親は言った。

レオはボートを操って桟橋につけ、飛び降りるとロープでボートをつないだ。そして手を差し出して、わたしたちが下船するのを手伝ってくれた。わたしはイメルダを先に行かせた。わたしの番になると、レオはわたしの手をきつく握った。

「送ってくれてありがとう」とわたしは言った。

「どういたしまして」と彼は答えた。「ここで勉強できることになって、本当によかった。ひょっとしたら、本当に偉大な画家になれるかもね」

「まさか」とわたしは言った。「でも、少しくらいは進歩できると思う」

「学校の近くに住んでるの？」

「ええ、そんなに遠くはないわ。歩いていける範囲」彼がわたしの住所を知りたがっているのはわかった。でも、教えるつもりはなかった。「本当にありがとう。じゃあ、みんな、明日の朝、また」

わたしは歩きはじめたが、モーターボートが過ぎ去るまでアカデミア橋を渡るのを待った。ボートが見えなくなると、急いで家に向かって歩いた。誰もいない石畳に、わたしの足音だけが響いていた。

第十九章

ジュリエット　一九三九年七月十日　月曜日　ヴェネツィア

彼のことを考えるのはよそうと思いながらも、どうしても眠ることができなかった。遠くから、街の音が聞こえてきた。やっと眠りについたのは、明け方のことだった。だから起きたときは気分が悪く足もふらふらで、大急ぎでシャワーを浴びて授業の準備をしなければならなかった。今朝の授業は「ヌード画実習」で、外国人留学生のうちガストンとわたしだけがこの授業を選んでいた。イタリア人学生にとっては入門レベルの授業だったらしく、とても若そうな学生ばかりで、彼らの視線がわたしに集中しているのを意識せずにはいられなかった。実際、ひとりの学生から「先生ですか？」と訊かれてしまった。イギリスから来た留学生だと自己紹介すると、彼は恥ずかしそうにそそくさと自分の席に戻っていった。

教授はグラマラスな女性で、赤く染めた長い髪が肩から滝のように流れおちていた。彼女が着ている服も流れるようなワンピースで、胸の谷間を強調していた。手を大きく振りながら話すその姿を見ていると、画家になるよりも女優になったほうがよかったのではないかと思わずにはいられなかった。教授は、人間の体の美しさと線の大切さについて話した。線さえ正しく描ければ、あとの細かい部分は自然とうまく収まるのだそうだ。いちばん若い学生のひとりは、これをおもしろいと思ったらしい。たぶん、詳細は落ち着くべきところに落ち着く、ということを考えていたのだろう。

ラダーバックチェアをのせた台が、部屋の真ん中に設置されていた。どんな点に注目すべきかを学生たちに述べたあと、教授《プロフェッソレッサ》はモデルを呼んだ。体格のがっしりとした男性で、わたしは少し落ち着かない気分になった。バスローブを着たまま、彼は台の上にのぼった。そして、バスローブをゆっくりと脱いだ。全裸だった。教室のなかにいる学生たちから、息をのむ音が聞こえた。なかには、クスクス笑う者さえいた。わたしにとって大きな衝撃だったことは認めざるえない――生まれて初めて見る男性の裸体だったのだから。美術の教科書でも人の裸体の勉強をしたことがあったが、まったく別次元の話だった。じろじろ見ないように気をつけた。

最初の課題は、三十秒のスケッチだった。そして次は一分間のスケッチ。そのあとは五分間。

「細かい部分に注意を向けすぎています」教室のなかを歩きながら、教授は不満そうに言った。「目を半分閉じて。見えたものを描いて」彼女はわたしのうしろで立ち止まって言った。「悪くないわね」

それまで立っていたモデルは、今度は椅子に座った。そしてまた立ち上がると、椅子の脚の横木に片足をかけてポーズをとった。わたしたちは、ポーズのひとつひとつをスケッチした。そのあとで、ようやく本格的な描画——木炭かパステルか水彩絵の具か——に取りかかった。わたしは木炭を選んだ。授業の最後の一時間は、その作業に費やした。教授はわたしの絵にかなり満足した様子だった。「この授業は以前にも受けたことがあるのね。見ればわかる」と彼女は言った。「アカデミアでは初めて見るけど？」

「イギリスから来た留学生です」とわたしは答えた。「それに、前に一年だけ美術学校に通いましたが、人物画の授業は受けたことがありません。だから、この授業を受けることにしました」

「そうなの。でも、あなたには人間の体を描く才能があるわ」励ますようにうなずいてから、教授は次の学生へと移っていった。

「きみは自分の才能を隠していたんだな」とガストンがボソボソ言った。彼はわたしのうしろの席に座っていた。「これまで、いろんな男たちの細かい部分までじっくり観察してきたんだろうな。たとえば、昨日ボートを操縦していたあのハンサムな男とか？」

思わず顔が真っ赤になった。「馬鹿なこと言わないで」とわたしは言った。「人を描くのが得意なのかもしれないけど、ただそれだけよ」

「お堅く見えるミス・ブラウニングには、どうやら別の面もあるようだ」と彼は続けた。

わたしは彼を無視した。クスクス笑っているのが聞こえた。ガストンが、どういう人なのか理解できずにいた。彼はたしかに女好きのようだ。でも、明らかにイメルダに興味があるのに、わたしにかまう意味なんてあるだろうか。それとも、女性なら誰にでもちょっかいを出すのが、フランスの国技なのだろうか。どんな国の人だろうが、わたしには男性の知人がほとんどいない。若いころに会ったイギリス人の男の子たちは、異性と付き合う技巧に欠けていた。おそらくは、寄宿学校での暮らしが長すぎるせいだろう、とわたしは推測した。

とにもかくにも、ガストンの態度に妙なうれしさを感じた。いやな気分になると思いこんでいたが、考えてみると、まるでいないかのように無視され、関わる意味もない年上の独身女性として扱われていない、というのはすてきなことだった。わたしは荷物をまとめ、どこで昼食をとろうかと考えながら階段をおりていった。近くのトレッタ通りに、小さなサンドイッチ店がある。そこのトラメッツィーニ――ツナとオリーブ、生ハムとエビ、といったおもしろい食材をつかったひとくちサイズのサンドイッチ——は絶品だった。それに、とても安い。六つも買って、数ペニーしかかからない。昼食にいちばんしっかりとした食事をとらなければいけないことはわかっていた。でも、昼間の暑さのなかで、スパゲティをひと皿まるまる食べる気にはなれなかった。サンドイッチ店の唯一の問題点は、店員がヴェネツィア語を話すことだった。ようやく今ごろになって、地元で話されていることばが単なる方言や発音の違いだけではなく、まったくの別の言語だということが理解できた。挨拶の「ボンディ」はその典型的な例で、「こんにちは」を意味する普通の「ボンジョルノ」とは全然ちがう。

階段をおりていく途中で、ふたりの学生がヴェネツィア語を話しているのが聞こえた。ほとんど理解できなかった。大家さんが地元の人ではなく、トリノ市出身で本当に助かったと思った。そんなことを考えていると、授業で一緒だったひとりの女の子がわたしの隣にきた。若々しい顔つきに、金色の髪と青い目をしていた。彼女も留学生なのかと思っていると、完璧なイタリア語で話しかけてきた。

「あの授業で目を開かされたと思わない？」と彼女は言った。「いろんな意味で。祖母が今のわたしを見たら、すぐに帰ってきなさいって言うと思う」

わたしも彼女と一緒に笑った。「どこから来たの？　ヴェネツィアではないの？」とわたしは尋ねた。

「南チロルよ。もともとはオーストリアだったところで、今はイタリア領。家のなかではまだドイツ語で話してるけど。ああ、山が懐かしい。あなたは？」

「わたしはイギリスから」

「うそでしょ！」と彼女は言った。「戦争が怖くないの？　聞こえてくるニュースといえば、ヒトラーがポーランドに侵攻しようとしてるってことばかり。もしそうなったら、イギリスは戦争を宣言しないといけないんでしょ？」

「イギリスは、ドイツのチェコスロバキア侵略を許した。たぶん、ポーランドのことも受け入れるんじゃないかしら」とわたしは言った。

彼女は首を振った。「あなたにはわからないの？　ポーランドはただの口実。ヒトラーは戦争に引っぱりこまれるのを待ってるだけ。被害者は自分のほうだ、って思わせたいの。彼がなんて言ってるか知ってるでしょ？　〝われわれはダンツィヒ周辺のドイツ領土を奪還したいだけだ。わが国民がわが国固有の領土の権利を取り戻すのを、野蛮なイギリスが妨害している〟って。ロシアも彼の側につくでしょうね。フランスはイギリス側について、その動きはやがてもっと広がっていく。ヒトラーは全世界が欲しいの。スターリンも全世界を欲しがっているけど、ムッソリーニが欲しいのは地中海だけ。いったい誰に彼らを止められる?」

「あなたの言うとおりかもしれないわね。イギリスは止めようとするわ」

彼女はうなずき、顔をわたしに近づけた。「ひどいことが起きるわよ。ドイツでなにがおこなわれているのか、わたし見たの。戦車とか武器を盛んに製造してる。彼らは、わたしの祖父母の祖国オーストリアを奪った」彼女は、階段の途中の踊り場で少し立ち止まった。「戦争になったらどうするつもり? イギリスに帰る?」

「そうね。たぶん帰らないといけないと思う」とわたしは言った。「でも、みんなヴェネツィアは安全だと言ってる。こんなに美しい街に爆弾を落とすわけがないって」

「そうだといいけど」と彼女は言った。「でも、イタリアはドイツの側に立つから、あなたは敵国の人間になるのよ。そうでしょ?」

「そうなったら、そのときになんとかするわ」とわたしは言った。「今は、この一瞬一瞬を楽しみたいの。実際、わたしは――」

階段のいちばん下にレオが立っていた。いたずらっぽい笑みを浮かべ、わたしを見上げていた。

「ボンディ」と彼はヴェネツィア語で言ってから、英語に切りかえた。多くの学生たちがわたしたちを通りすぎ、まばゆい日差しのなかへと出ていった。「やっときみを見つけることができた！　ちょうど近くまで来ていたんだ。お腹も空いてきたところだったから、一緒にお昼でもどうかなと思って」

新しい友だちは軽くわたしの背中を押し、どこかに行ってしまった。わたしはポートフォリオを抱え、心臓をばくばくさせながらそこに立ちつくした。

「あなたとランチには行けないわ、レオ」とわたしは言った。「わかってるはずよ。あなたは既婚者なんだから。ほかの女と一緒にいるところを見られたら、大変なことになるわ」

「妻にも同じことが当てはまると思う？」顔をしかめながら彼は言った。でも、眉間に寄せたしわはすぐにゆるんだ。「それに、ただの昼食だよ。リド島のナイトクラブとかじゃない。前に行ったような、〈ダニエリ〉での親密なディナーでもない。きみはなにか食べないといけない。ぼくだって食べないといけない。そのどこがいけないんだ？」

わたしは断固とした態度をとろうと決心していた。わたしは首を振った。「いいえ、だめ。ごめんなさい。無理なことなの。あなたがしているのは、わたしの手に届かないものを与えようとしてるのと同じこと——ロバの前に、ちょうど届かない距離にニンジンをぶらさげているようなものなの。いつも、あとちょっとのところで手が届かない。あなたが別の誰かと結婚していると思うと、あなたを見るたびにどんなに心が苦しくなるかわからないの？　馬鹿みたいよね。お互いのことをほとんど知らないのに。たった数回会っただけで、たまたまその数回がわたしにとってはすてきでロマンチックだった、というだけ。でも、現実の世界じゃなかった。ただの美しい夢だったの。あなたはわたしのことをなにも知らないし、わたしもあなたのことを知らない。わたしはとんでもない女なのかもしれないのよ」

わたしの話を聞いて、彼は大笑いした。でも、その笑みが消えていった。「ぼくはひと目惚れを信じるよ」と彼は言った。「だけど、きみの気持ちもわかる。この街でのきみの評判に傷をつけたくない。それに、一緒にいるところを見られたら、その知らせはすぐに父のところに届くだろう」彼はそこに立ったまま、わたしの目を見つめていた。人を当惑させるような眼差しだった。

「ぼくの木は？」と彼は言った。「ときどき、ぼくの木のところで会えない？　いつかまたピクニックでもしよう。ビエンナーレの会場の市立公園《ジャルディーニ》を覚えてる？　あの彫像のうしろの木。あそこなら、誰かに見られる心配はない」

「でも、行きや帰りに見られてしまうわ」とわたしは言った。「ここが小さな街だということを、最近痛感したの。誰もがお互いのことを知っている。今こうして話していることも、今ごろあなたの家族には伝わっているわ、きっと」わたしは大きく息をし、彼の腕に触れようとしたが、思いとどまった。「レオ、あなたにはあなたの暮らしがある。あなたには奥さんがいて、そのうち家族もできる。わたしはその一部ではない。その一部になることはできないの。だからお願い、もうわたしを苦しめないで」

彼の目が曇った。「きみを苦しめたいと思ったことなんてないよ。ただ、きみに会いたかっただけなんだ。きみが現実に、この世界に存在していることをたしかめたくて。昨日のボートのなかでは、夢を見ているんじゃないかと思ってた。空想しているだけなんじゃないかと。本当に一年間ここにいるんだね？」

「戦争のせいで勉強が中断されなければ」

彼はうなずいた。「今年が偶数の年じゃなくて残念だ。喜んでビエンナーレを案内したのに。来年の五月、まだきみがここにいれば、もしかしたら……」

「戦争が起きても、国際的な美術展覧会が開かれると思っているの？」

「もちろんだよ。ヴェネツィア人は、戦争みたいな些細なことに、自分たちの芸術の祭典を邪魔させたりはしない。ぼくたちは芸術を生き、芸術を呼吸してるんだ。芸術は、ぼくたちの骨の一部なんだよ」彼はなにも言わずにわたしのポートフォリオを手に取った。

「どんな絵を描いてたのか見せて」

「だめ！」取り戻そうとしたが、手遅れだった。彼はひもをほどいてポートフォリオを開けた。いちばん上にあったのは男性モデルのヌード画、しかも詳細まで描いたものだった。レオはその絵を一瞬だけ見てから、短時間で描いた絵を次々に見ていった。彼はポートフォリオを閉じると、わたしに返した。受けとるとき、お互いの指先が触れた。彼はそのまま少しのあいだわたしの指に触れていた。

「上手だ」と彼は言った。「人物画のセンスがある。来年のビエンナーレに向けて、作品を描きはじめてごらんよ。展示されるようにぼくがなんとかするから」

「わたしの作品なんて、誰も見たがらないわ」とわたしは言った。「見たものをそのまま写すことはできるかもしれないけど、才能のある画家のように、そこにあるなにかを自分の創造物に変えるだけの構想力はないんだと思う」

「それなら、見たものをそのまま描けばいいんだよ。普通の人が、普通に暮らしているところを。そういう風景を残すことも大事だ。将来どうなるかは誰にもわからないんだから」

「もうそろそろお昼を買いにいかないと」とわたしは言った。「次の授業まであと一時間もないの」

「どうしても……」と彼は言いはじめた。

「ええ、どうしても。あなたは、自分の家族のもとに帰って。お願い」

彼はうなずいた。「わかった。でも、会えて本当にうれしかった。まるで奇跡だよ。去年きみにキスをしたとき、あれが最後になると思っていたから」

「あれが最後よ」とわたしは言った。「本当にもう行かないと」本当の気持ちを表わしてしまう涙がこぼれる前に、この場を去らなければと必死だった。わたしはよろめきながら、日差しのなかに飛び出した。敷石から熱気が立ちのぼり、運河から水のにおいが漂ってきた。空気のなかに、腐った野菜の悪臭が混じっていた。美術学校の前の広場を横切り、小さな太鼓橋を渡り、その先にある細い道の暗い影のなかに逃げこんだ。どうしてレオはこんな仕打ちをするのだろう。わたしの気持ちなんて、おかまいなしなのだろうか。でもそのとき、彼自身も傷ついているのだということに気づいた。彼は、愛情を感じられず、しかも彼のことを愛していない女性に、結婚という鎖で縛りつけられている。これ以上ひどいことがあるだろうか。だけどその瞬間、もっとひどいことがあるとわたしは気づいた。それは、絶対に自分のものにならないとわかっている男性を愛すること。わたしには、誰もいない。

第二十章

キャロライン　二〇〇一年十月十日　ヴェネツィア

ひっそりと静まりかえった広い部屋に恐る恐る足を踏み入れたとき、自分が息を止めていることにキャロラインは気づいた。そのときを見計らったように、波のようにうねっていた巨大な黒雲のあいだから太陽が覗き、ジュデッカ運河とその先のラグーナにひとすじの光が差した。キャロラインは幸せの吐息をもらした。「なんてきれいなの」と彼女はささやいた。

「シニョーラ」とさっきの男性が近寄ってきて言った。「それとも、シニョリーナですか？」

「シニョーラよ」彼が自分の腕に触れていることが気になっていたが、失礼にならないように振りはらう方法がわからなかった。彼女は振り返って彼を見た。「離婚手続きをしているところなんです。夫はニューヨークに行ってしまったので」言ったそばから後悔した。

まるで、自分が身軽な立場にいることを彼に知らせたがっているかのようだ。馬鹿みたい。

「シニョーラ」と彼は言った。「残念ながら、この書類は偽物だと思います。誰かが伯母さんの目の上にウールを被せたんですよ。英語では、〝騙された〟というのをそう表現するんですよね？」彼は書類を彼女の手から取ろうとした。「もしよろしければ、ダ・ロッシ家の弁護士のところに持っていきますよ。彼なら、それが本物かどうか確認できますから」

キャロラインは書類を放さなかった。「わたしのこと、世間知らずだと思っているんでしょ」と彼女は言った。「このアパートメントがわたしのものだと証明する唯一の証拠を、簡単にあなたに渡すと思う？　なにか不都合なことが起きるかもしれないでしょ？　たとえば、窓の外に飛んでいってしまって運河に落ちるとか。あ、しまった。とんでもないことになった。申し訳ないって」

「まさか。そんなことは……」と彼は言いかけたが、彼女はさえぎった。

「ご心配なく、シニョール。自分で市役所に持っていきます。当時の記録と照らし合わせて、まだ有効かどうかを調べてくれるはずよ。大伯母が賃貸契約を誰かに売却していないかどうかも」

そう言うと、彼女は書類をバッグのなかにしまい、部屋のなかを歩きはじめた。窓ぎわにある家具に掛かっていた埃よけのシーツをはがすと、美しい象嵌《ぞうがん》が施されたレモンウッドの机だった。「まあ」彼女は机を手でなでながら思った。レティ大伯母さんが、こんなにすてきなものを持っていたなんて。引き出しを開けると、紙がいっぱい詰まっていた。いちばん上にあった紙を取り、息をのんだ。そして、勝ち誇った笑みを浮かべて顔を上げた。

「ほら」と彼女は言い、紙を男性のほうに掲げた。「この部屋に大伯母がいたという証明になると思うけど」それはこの部屋の窓から見える景色を描いた絵で、JBというサインが書かれていた。「ね、ジュリエット・ブラウニング。わたしの大伯母。彼女は画家だったの。いくつか作品を持ってきているから、これも大伯母の絵だということはわかるわ」

「ジュリエット・ブラウニング？」彼はまだ顔をしかめていた。「画家？　外国人の画家に、なんでダ・ロッシ家がこの部屋を貸したんだろう。芸術の熱心な後援者だったなんて話は聞いたことがないけど」

「ダ・ロッシ家のなかに、むかしのことを知っている年配者はいないの？」と彼女は尋ねた。

「ねえ」腕時計に目をやって彼は言った。「もう昼の時間だ。なにか食べないと。午後は予定が詰まってて忙しいんだ」

「大丈夫よ」と彼女は言った。「わたしがこの書類を市役所に持っていって正当性を検証してくれる部署を探すから」

「検証って？」それまで彼は英語を完璧に理解していたようだったが、ここで引っかかったみたいだった。

「この部屋の権利がまだ大伯母のものかどうか。つまり、相続したわたしのものかどうか、っていうことよ」

「ああ」と彼は言った。「昼食を一緒にどうかなと思ったんだけど」

思いがけないことばにキャロラインは面食らった。「従業員が仕事を放置して女性とランチに行くことを、あなたの雇い主はどう思うかしら」と彼女は訊いた。

彼は笑みを浮かべた。先ほどまでとは別人のように見えた。当初思っていたよりも若そうで、その笑顔にはうぬぼれのような自信が垣間見えた。「ああ、それなら大丈夫。ぼくはルカ・ダ・ロッシだ。父親から会社経営を受け継いだばかりなんだ」

「それは……おめでとうございます」とキャロラインは言った。

「めでたいかどうかは、わからないな。頭痛の種を引き継いだんじゃないかって心配だよ」そこで少し間をおいて、彼は言った。「これできみは、ぼくの名前を知った。でも、ぼくはきみの名前を知らない」

「キャロラインよ。キャロライン・グラント」

「それじゃあ、キャロライン・グラント、昼食をご一緒していただけませんか？」

彼女はためらった。わたしを懐柔しようとしてるの、と訊きたかったが、そのかわり優雅にうなずいた。建物の持ち主を敵にまわすのは得策ではない。「ありがとうございます。わたしもお腹が空いてきたところだったの」

キャロラインは部屋の鍵をかけ、階段をおりた。もうすでにあの美しい部屋の持ち主の気分になっていた。レティ大伯母さんがこの街を愛していた理由がわかったような気がした。無言のまま階段をおりると、外は激しい雨が降っていた。ルカ・ダ・ロッシは玄関ドアの横に立てかけてあった傘を開いた。

「傘にはいって」と彼は言った。「すぐそこの角を曲がったところに小さな店があるんだ。そんなに遠くない」

なんとなく気まずかったが、キャロラインは彼が傘をさしかけてくるにまかせた。彼の肩が自分の肩に触れていることを意識せずにはいられなかった。強風のせいで雨は横殴りに降っていたので、ひとつの傘では防ぎきれなかった。彼の案内で小さなトラットリアにはいったときには、ふたりともびしょ濡れになっていた。なかにはいると、彼はキャロラインがレインコートを脱ぐのを手伝い、自分のコートもハンガーに掛けた。ファッション業界にいたので、コートのラベルですぐにわかった。アルマーニ。かなりの高級品だ。ルカは顔を知られているようで、口ひげを生やした血色のいい大柄な店員がふたりを案内したのは窓ぎわのテーブル席だった。彼とその店員が短いやりとり——イタリア語のように聞こえなかった——をしたあと、いったん奥にさがった店員が白ワインのボトルを持って戻ってきた。

「昼間からワインを飲むのは、ちょっと」と言ってキャロラインは抵抗した。

「ここではみんな、昼食のときにワインを飲むんだ。そうでなければ、なんで昼休憩《リポーソ》があると思う？」と言って彼は笑った。「店主の話では、今日はフリット・ミストがお勧めらしい。好き？」

「まだ食べたことはないけど、ぜひ食べてみたいわ」

「それと、鹿肉《ヴェニソン》。今の時期は、おいしい鹿肉が手にはいる」

「ずいぶんいっぱい食べるのね」彼女がそう言っているあいだにも、ウェイトレスが壺に入れたカリカリの棒状のパンやバスケットにはいったロールパン、皿に盛られたオリーブ、そして瓶入りのオリーブオイルをテーブルに並べた。

「通常ぼくらは、昼食でいちばんしっかりと食べる」と彼は言った。「健康的でしょ？消化不良を起こさないから、よく寝られるんだ」彼はひと呼吸おいて続けた。「それに、心にやましいところがないからね」彼の目が、楽しげに、そしてちょっぴり挑発するように輝いた。

キャロラインはワインをひとくち飲み――芳醇でフルーティで温かみのあるワインだった――棒状のパンを折って食べた。その間も、目の前に座っているのが、彼女に権利があるはずの部屋を奪おうとしている見知らぬ男性だということを、意識せずにはいられなかった。

彼女は大きく深呼吸をしてから言った。「シニョール・ダ・ロッシ、あなたの家族のなかに、わたしの大伯母のことを知っていそうなかたはいない？　どのような経緯で、大伯母があの部屋を借りることになったかについて」

ルカは眉をひそめた。「ぼくの父は若すぎる。一九三九年にはまだ生まれていなかったから。ぼくの祖父は戦死したし、曾祖父は一九六〇年代に亡くなった。祖母はまだ生きているけど……」

「じゃあ、ご存知かも」

彼はうなずいたが、どこか懸念の色が見えた。「祖母は必ずしも――どう言ったらいいんだろう――いつも頭がはっきりしているわけじゃないんだ。かなり高齢だからね。もうすぐ九十歳だ。でも、試してみる価値はある。まずは、きみのその書類が偽物ではなく、てすむから」

まだ効力を持っていることをたしかめてほしい。そうすれば、無意味に祖母を煩《わずら》わせなく

「わかったわ。まずは市役所で調べればいいのね」

彼は肩をすくめた。「うちの弁護士のほうが、早く調べられると思うけどね」

「自分でたしかめたいの」彼の目を見すえたまま彼女は言った。彼の目の色が、予想していた茶色ではなく、濃い青色だったことにキャロラインは驚いた。「市役所はどこにあるの？」

「今は〈カ・ロレダン〉が市庁舎になってる」と彼は言った。「大運河沿いにあるむかしの宮殿だよ。リアルト橋のすぐ近くだ。でも、きみの書類みたいに古いものはほかの場所に保管されているかもしれない。ヴェネツィア人というのは、なんでも効率化するのが嫌いなんだ。アメリカにあるような、きれいで巨大な市庁舎はここにはないんだ。なんでも街のあちこちに点在してる」

「アメリカのことを知っているの？」と彼女は訊いた。彼の英語のなかに、かすかにアメリカのアクセントが隠れているのを感じたからだ。

「一年間コロンビア大学に留学してたんだ。経済学を勉強するために。ぼくの母親もアメリカ出身だよ」

「お母さん、アメリカ人なの？」

彼はうなずいた。「ニューヨーク出身。母は、学生のときに父と知り合ったんだ。ラドクリフ大学の三年生のときに、ヴェネツィアに留学したんだよ」

「で、ご両親はまだご健在なの？　まだ結婚しているの？」

「まあ、かなり幸せそうだよ。父はちょうど六十歳になったばかりで、毎日の会社経営から引退することを決心したんだ。ぼくには姉もいるんだけど、オーストラリアに住んでる。だから両親は、姉や孫に会いに行くのを楽しみにしているよ。今のところ孫は三人。両親にとって、孫の成長がいちばんの楽しみみたいだ。あいにく、ぼくはまだひとりも孫に会わせてあげられてないけどね」彼は苦笑いを浮かべた。「きみは子供がいるの？」

「息子がひとり。エドワードよ。テディって呼んでるけど。今、六歳」

「きみがここにいるあいだ、誰が面倒を見てるの？」

「息子は今、父親と一緒にニューヨークにいるの」

彼女の顔によぎった苦痛の表情に気づいたのか、彼は言った。「なんてことだ《マドンナ》！　あんな悲劇が起こったあとだけど、息子さんは無事で元気にしてるんでしょ？」

「おかげさまで、元気よ。でも、どうやら飛行機に乗るのが怖いらしいの。少なくとも、それが父親の言い分。というか、彼が言うには、それが精神科医の言い分」

ルカは顔をしかめた。「息子さんを手放さないための口実？」

「そうみたい」

「なるほど」と言って彼はうなずいた。「心配から逃れるために、美しい場所に逃げてきたんだね」

彼の言っていることは、あまりにも真実に近すぎた。きついことばで反論するかわりに、彼女は落ち着きはらった声で言った。「ここに来たのは、亡くなったばかりの大伯母のためなの――あの部屋をわたしに遺してくれた。遺灰を持ってきているの」

彼は片手を上げて言った。「ごめん。詮索するつもりはなかったんだ」

「詮索とは思ってないわ。生々しいけど、実際のことだから。夫はわたしのもとを去ったばかりで、そのうえ、今度は息子まで返してくれない」今度は彼女が片手を上げた。「ごめんなさい。他人に自分の問題をぶちまけるなんて、わたしったら、なに考えてるのかしら」

彼は本当に心配そうに彼女を見つめていた。「そんなこと、気にしなくて大丈夫だよ。きみの気持ちはよくわかる。悲しみと心配は、人の心を折ってしまう」

「そうね」

「ぼくも結婚してたんだ」と彼は突然言った。「でも、結婚式の一カ月後に妻は亡くなった。自動車事故だった」

「そんな。お気の毒に」

「ああ。本当に悲しかった」彼はため息をついた。「あのとき、彼女はかなり飲んでた。だから、運転なんかさせちゃいけなかったんだ。今でもずっと後悔してる」

「あなたが責任を感じる必要はないわ」

「だとしても、悲しみは軽くならない」

「そうね」

しばらく、ふたりは見つめ合っていた。一瞬だけ、通じ合っているようにキャロラインには思えた。まるでこのハンサムな見知らぬ男性に、心のなかを読まれているような気がした。恥ずかしくなって彼女は視線を落とし、ナプキンをもてあそんだ。そこに口ひげの店員が料理を持ってきたので、彼女はほっとした。皿には、得体の知れない怪しげなものが盛られていた。揚げ物の衣から、エビのひげや小さなイカの足が突き出しているのが見えた。かなり恐ろしげな料理だったが、キャロラインは恐る恐るひとくち食べた。さくさくの衣に包まれたイカの身はふわりと柔らかかった。

彼女は顔を上げてうなずいた。「すごくおいしい」

「今まで食べたことなかったの？」

「イカは食べたことあるけど、こんなふうに揚げたのは初めて」

「ヴェネツィアのシーフードは最高だよ」と彼は言った。「それと、この時期は鹿肉も絶品なんだ。注文してあるから、楽しみにしてて。ヴェネツィアの人は、みんないいものを食べてる――どこで食べるべきかを知っていれば、ね」

「あなたは街のなかに住んでるの？」と彼女は訊いた。

「ぼく？　今はリド島のアパートメントに住んでる。海が見わたせる部屋。ぼくは街なかより、そっちのほうが気に入ってるんだ。広々してるから。ぼくの家族は街のなかに宮殿を持ってる。ロッシ宮、知ってる？　今は五つ星ホテルになってるけど。何年も前に、父は引っ越したんだ。宮殿を維持するのも、大勢の使用人を抱えるのも、費用が結構かかるから。だから両親は今、大運河沿いにできた新しい建物のアパートメントに住んでる。で、宮殿はホテルの運営会社に貸してるんだ」彼は顔を上げ、満足そうな笑みを浮かべた。

「結構もうかるんだよ。ただ、今は誰も旅行したがらないけど」ウェイターが空いた皿を下げると、ルカはふたりのグラスにワインを注いだ。

「それできみは、シニョーラ・グラント、どこに住んでいるの？　仕事は？」

「ロンドンよ。夫もわたしも、ファッション業界で働いてるの。彼はデザイナーで、わたしは女性向けファッション誌の仕事をしてる」

「すごいじゃないか」

「まあ、そうね。そうだった。彼がニューヨークに行って、あの女と出会うまでは」自分の声のなかに混じっている怒りに、キャロラインは驚いた。

「なるほど。で、きみはどうするつもり？　今までどおりロンドンに住んで、ファッション誌の仕事を続けるの？」

「実はついこのあいだ、祖母の家に引っ越したばかりなの。大伯母が亡くなって、祖母は田舎の村でひとり暮らしになってしまったから。とても静かで安らげるところよ」

「きみには安らぎが必要なの？」

「そうね。現実を受けとめないといけないから」

彼は急に顔を上げ、テーブルに身を乗り出して彼女を見つめた。「だめだよ、闘わなくちゃ」と彼は言った。「きみの夫は、息子をきみに返さない。でも、きみは息子を取り戻したい。安らぎは、きみを助けてなんかくれないよ」

「そうね」と彼女は言った。「あなたの言うとおり。でも、今は彼がすべての切り札を持ってるの。夫は、今はお金を持ってる。彼が一緒にいるのはとても有名で、力を持った女性なの。それに夫の話では、息子を飛行機に乗せるべきじゃないと精神科医に言われてるらしいし」

「有名な女性?」

「デジレよ——歌手の。知らない?」

「ああ、彼女か!」彼は軽蔑するような苦笑いを浮かべた。「その話、読んだ覚えがあるよ。ファッションのコンペで優勝して、その歌手とくっついたんでしょ?」彼は首を振った。「心配ないさ。長続きしないから。彼を取り戻したいと思っているなら、そのうち彼のほうから這ってでも戻ってくるよ。約束する」

「そう思う?」と彼女は訊いた。

彼はうなずいた。「もちろん。人は、名声に誘惑される。でもたいていの有名人は——どう言ったらいいんだろう——薄っぺらい。彼らはちやほやされたい、ただそれだけだ。そんなものには、すぐに飽きる」

彼が話しているあいだに、鹿肉の料理が運ばれてきた。鹿肉には芳醇な赤いソースがかけられ、その周囲を小さなポテトと緑色の豆が飾っていた。ふたりは無言で、その柔らかな鹿肉を食べた。その皿が下げられると、コーヒーと小さなアーモンドケーキが運ばれてきた。

「本当においしかったわ。ありがとう」とキャロラインは言った。

ルカは財布のなかから名刺を取り出した。「ぼくの連絡先が書かれてる。市役所で記録を調べたら、電話して。書類が本物だと確認できたら、あの部屋はきみのものだ。どうしてそうなったのかぼくには理解できないけど、でも、事実を受け入れる。ただ、気をつけてほしいことだけは伝えておく。改修作業の真っ最中だからね。きみは、あの部屋に住みたい？」

　そのことについては考えてもいなかった。でも、心を惹かれた。「ええ、住んでみたいかも」

「じゃあ、とにかく連絡して。それと、祖母に会いにいけるか頼んでみるよ。なにか知っているか、訊いてみよう」

　口ひげの店員が出てきて、コートを着るのを手伝ってくれた。ふたりは、激しい雨が降っている外に出た。ルカは彼女の手を取り、言った。「じゃあまた《アリーヴェデルチ》、シニョーラ・キャロライン。会えて楽しかった」

「さようなら、ルカ。すてきなランチをありがとう。ごちそうさまでした」イギリス流の礼儀として、自動的にことばが出てきた。歩きだした彼女は、興奮を覚えると同時に、混乱もしていた。ルカ・ダ・ロッシは、ハンサムな敵なのだろうか。彼はあの建物を改修して、アパートメントに造りかえようとしている。だったら、見晴らしの良い最上階の部屋も取り戻したいにちがいない。なんといっても、彼女はここでは外国人だ。注意深くことを進めないといけない。

キャロラインは、足早にドルソドゥロ地区を歩いていった。頭上のバルコニーから水が垂れてくることにも、風がかなり強く吹いていることにも、ほとんど気づかないくらいだった。大伯母から譲り受けた部屋の書類が今でも有効なものだと、一刻も早く証明したくてしかたがなかった。大伯母が遺してくれたヴェネツィアの隠れ家を、誰の手にも渡したくなかった。あの部屋で最初に見つけたのは、引き出しいっぱいに詰まった大伯母のスケッチだった。かなり長い期間、レティ大伯母さんがあの部屋に住んでいたことを示す、動かぬ証拠だ。とにかく今は、ほかになにが残されているのかを知りたかった――あの部屋で大伯母がなにをしていたのか、知りたかった。きっと、判明する事実は簡単なことだろう。祖母から、レティ大伯母さんがある期間だけ海外に留学する奨学金をもらったという話を聞いたことがあった。それでヴェネツィアに行き、あの部屋を借りたのだろう。でも……たった数カ月のあいだ留学するだけなのに、なぜ九十九年間の賃貸契約が必要だったのか。それに、そんな長期間の賃貸契約をするお金は、いったいどこから出たのか。ルカも言っていたように、最高級の不動産なのはまちがいない。

アカデミア橋に着いたとき、ちょうど水上バスが到着した。リアルト橋に向かう船に飛び乗り、雨に濡れずにすんでほっとした。下船したあと、市庁舎へと向かった。ところがうんざりすることに、役所の開いている時間は「午前十時から午後一時まで」と「午後三時から六時まで」であることが巨大な扉に書いてあった。今はちょうど二時。橋の周囲にある小さな店も、昼休みのため閉まっていた。橋を渡り、市場のなかをまわったが、どこも、その日の店じまいをしているところだった。大理石の板の上に、魚が一匹だけ残されている店があった。

店主が彼女に呼びかけた。イタリア語がわからないと言うと、彼は英語に切りかえて言った。「買う？　最後の魚。安いよ」

「ごめんなさい。ホテルに泊まっているの」と彼女は言い、その場を離れた。歩きながら、頭のなかに映像が浮かんできた。市場で買いものをしている自分の姿だった。店主相手に値切り方を学びながら、毎日新鮮な果物や野菜や魚を買う。魅惑的な白昼夢だった。でも、すぐに現実に引き戻された。彼女はイギリスに戻らなければならない。息子を育て、祖母の面倒を見なければならない。

遠くの時計が三時を知らせた。彼女はふたたび橋を渡り、市庁舎に戻った。残念なことに、市庁舎内部の什器は、かつて宮殿だった外見には見合っていなかった。しかも、最初に対応してくれたふたりの職員は、どちらも英語が話せなかった。ようやく若い女性職員が呼ばれてきて、キャロラインは用件を告げた。ルカが恐れていたとおり、むかしの記録は別の建物に保管されていた。結局、キャロラインはリアルト橋を渡り、あまり魅力的でないエリアの方向に向かわなければならなかった。薄暗い中庭から目的の建物にはいり、数階分の階段をのぼった。英語が通じなかったので身ぶり手ぶりでイタリア語に翻訳しながら用件を伝えると、年配の職員が書類を預けてほしいと言いだした。

「いいえ、それはできません」とキャロラインは言った。「書類は渡せません。大切なものなんです。複写したもので確認してもらえませんか？」

その職員はようやく了承してくれたが、確認するまで数日、もしかしたら一週間、あるいはそれ以上かかると言いだした。彼は肩をすくめた。「とても古い書類なので……」

苛々が限界に達していた。「お願いだから、聞いてください」と彼女は言った。「この不動産が、わたしのものかどうかを確認しないといけないんです。それが証明できないと、わたしはこの部屋を奪われてしまうんです。だから、どうか助けてください」

もちろん、女性から「助けてください」と言われて、それを拒めるイタリア人男性はいない。彼は疲れたような笑みを浮かべて言った。「シニョーラ、あなたのために全力を尽くします。明日また来てください」

キャロラインは書類のコピーをシニョール・アレッシに渡し、明日の午後の遅い時間に戻ってくる約束をした。それで満足するしかなかった。どうやら雨は今日一日降りつづくようなので、彼女は諦めてホテルに戻って昼寝をした。かなり長い時間眠ってしまったのは、昼食のときにワインを飲んだせいだろう。夜になると、雨はさらに激しさを増していた。彼女はいちばん近いレストランに駆けこんだ。狭苦しい店で、客のほとんどは近くにある大学の学生たちのようだったが、出てきたシーフードリゾットのおいしさは、うれしい驚きだった。

その晩はなかなか寝つけなかった。おいしいものを食べすぎたせいなのか、それとも、この日発見した事柄に圧倒されたせいなのかはわからない。キャロラインはベッドに横になったまま、窓の外から聞こえてくる街の音を聞いていた。彼女は戸惑っていた。あの美しい部屋の持ち主になったのかもしれないという現実を、どう受け入れればいいのか。それに、あの部屋をどんな手段を使ってでも彼女から奪いとろうとする男性と、どう向き合えばいいのか。それにしても、なぜ彼はあんなにも魅力的でなければいけないの？　そのとき、ふと思った。男性に魅力を感じたのは、本当に久しぶりのことだ。少なくとも、これはジョシュから離れて前進する覚悟ができた、という区切りなのかもしれない。

次の日の朝、空は晴れていたが風は強かった。キャロラインは朝食をとりながら、ホテルの女性オーナーに昨日の発見について話した。

「ダ・ロッシ家？」彼女は驚きを隠さなかった。「ヴェネツィアのなかでも由緒ある家のひとつよ。中世から続く名家で、ヴェネツィア総督とか教皇も出したことがある。海運業で財産を築いて、戦争中はムッソリーニの豚野郎とヒトラーのために戦艦を作って大儲けしたの。わたしから見たら、自慢できるようなことじゃないわね」そう言うと、訳知り顔でキャロラインを肘でつついた。「たしか最近、ダ・ロッシ家の家長が引退したんじゃなかったかしら。それで今は、一家のビジネスを息子が引き継いだはず。でも、もう造船業はやってないわね。造船の仕事は、アジアに移ってしまったんじゃなかった？」

朝食のあと、キャロラインはレインコートをはおり、時間をつぶすためにリド島へ行く水上バスに乗った。船はサン・マルコ広場を通りすぎ、今のこの時期には木の葉もほとんど散って花も咲いていない市立公園を通りすぎていった。リド島で下船すると、島を横切ってビーチまで歩いた。怒り狂う波が、砂浜に激しく打ちつけていた。こんなに風が強いなら、スカーフを巻いてくればよかったと後悔した。小さなカフェでミネストローネを注文し、シニョール・アレッシとの約束の時間になるのを待ちわびた。午後四時半、彼のオフィスへの階段をのぼった。ところが、彼は不在だった。キャロラインが必死に不満を抑えていると、若い女性職員が出てきた。

「少しだけお待ちください《ウン・モメンティーノ》。すぐに戻ってきますので、シニョーラ」

キャロラインが言われたとおり待っていると、彼が現われた。笑顔だった。

「あなたの賃貸契約に関する記録を見つけましたよ」と彼は言った。「それほどむずかしくはありませんでした。ダ・ロッシ家の所有不動産の情報は見つけやすいのです。安心してください。あなたの契約は有効です。問題はなにもありません」

無意識にキャロラインは身を乗り出し、彼の頰にキスをした。「ありがとう。あなたは天使だわ」と彼女は言った。

シニョール・アレッシはとてもうれしそうだった。キャロラインはダンスをするような軽やかな足取りで階段をおりた。契約書は有効だった。あの部屋はわたしのもの！ 彼女はルカに電話をかけ、留守番電話に伝言を残した。「市役所に確認しました。賃貸契約に関する記録が残されていて、今も有効とのことです。明日、あのアパートメントを正式に受け渡していただきます。あなたのお祖母さまには、いつお目にかかれますか？」

第二十一章

ジュリエット　一九三九年七月二十日　ヴェネツィア

最近では、毎日の決まったルーティンができあがっていた。朝起きたら、まずは入浴し、朝食をとり――たいていは大家さんと一緒に、誰がミサに来ていたとか、なにを着ていたとか、司祭の話がなんだったとかを聞かされながら食べる――それから授業に出席するために下宿屋を出る。それに、友だちもできた――少なくとも、一緒にいて楽しい知り合いはできた。まるで愛くるしいセントバーナードの子犬のようなヘンリーとランチに行くこともあるし、イメルダと一緒に行くこともある。彼女は最初に思っていたほど怖くはなく、それどころか、わたしにはとてもやさしかった。彼女と家族はフランコ（フランシス・フランコ。一八九二～一九七五。スペインの軍人で一九三九年から七五年まで独裁体制を敷いた）のせいで相当苦労したらしい。慣れ親しんだマドリッドから追い出され、フランス南西部のビアリッツでなんとか生き延びることができているそうだ。かつて大学教授だった父親は、今は建物の管理人をしている。ただ、彼女の祖父母はフランコを支持していて、その祖父母が彼女の学費を出してくれているのだそうだ。一方わたしのほうは、自分の個人的な事柄をそこまであけすけに話せてはいない。正直に言うと、彼女との友情は、まだそのレベルに達してはいないと考えていた。昼食前にコーヒーを飲んでいるとき、彼女からこう言われた。「あなたって、自分のことは話してくれないのね」

「話すようなことがないから」とわたしは言った。「父が亡くなって美術学校をやめなくてはならなくなってからは、本当になにもない平凡な生活を送ってきたの。女学校で教えて、家に帰る。ただそれの繰り返し。母とわたしだけで、ひっそりと暮らしているの」

「男性はどうなの？」と彼女は訊いた。「恋人くらいはいるんでしょ？　結婚したいとは思わないの？」

「もちろんしたいわ」とわたしは答えた。「でも、村にいる男性といえば牧師さまだけど、彼は結婚してるし、それに肉屋さんもいるけど、やっぱり結婚してるし。あとは高齢の農家の人たちだけ。それに、母をおいてはいけないし。わたしに頼りきっているの」

「じゃあ、どうやってここに逃げ出してきたの？」

「わたしの伯母が、一年だけ母と一緒に住んでくれることになったの」

「やさしい伯母さんね」

「まあ、やさしさからだけじゃないけど」と言ってわたしは笑った。「実は、伯母のところにいたオーストリア人のメイドが帰国してしまったの。だから、自分では家事をしたくなかったんだと思う」

「まあ、人にはそれぞれ求めるものがあるから」とイメルダは言った。「でもわたしは、男なしには生きていけない。肉体的な関係を楽しんでるわ。あなたもそうでしょ？」

思わず顔が赤くなった。「今まで、そういう経験をするチャンスがあまりなかったから。でも、数は少ないけど、とてもよかったと思うわ」

それから、南チロルから来た金色の髪の女の子とも友だちになった。名前はヴェロニカ。彼女には押しつけがましいところや人を不快にさせるところがなく、とても愉快でかわいくて、それになんといっても若い。気持ちが落ちこんだときの解毒剤のような存在になってくれている。レオには、あれから一度だけ会った。どんなに避けようと努力しても、この狭い街では無理な話だった。通常、昼食のあとに授業はない。スペインと同じように、昼食後は昼寝《シエスタ》の時間らしい。どこの店も、午後四時まで休みをとる。元気いっぱいの観光客を除いて、街全体が眠りにつく。でもわたしは、どうしても午後に休むことができない性分らしい。午前中の授業で活発に動きだした脳が、午後になっても絵を描きたくてうずうずしている。美術学校には、学生がいつでも作業できる教室が用意されているが、わたしはレオに提案されたことを始めた。スケッチブックを持って外に行き、日常の何気ない生活をおくっている普通の人を描くのだ。

二日前のその日も、わたしはサンタンツォロ広場のそばにある狭い道でスケッチをしていた。その広場はサント・ステファノ教会の裏手にあり、わたしの下宿先にも近い。狭い道をまたぐように、幾重にも重なって干されている洗濯物が興味深かった。光と影がおもしろいコントラストを作り、いい絵が描けそうな気がした。コルセッティ教授にも評価してもらえるような、抽象画を半分だけ取りいれた絵が描けるかもしれない。そんな思いにふけっていると、背後に誰かの気配を感じた。振り返ると、そこにレオが立っていた。

「干してある下着とかシーツなんかより、もっと美しいものは見つからなかったの？」と笑みを浮かべてレオが訊いた。

わたしは、つとめて冷静な表情を保って言った。「わたしのこと、密かに見張ってるの？」

「まさか。ただの偶然だよ、信じて。〈アルベルト・ベルトーニ〉から出てきたとこなんだ——角にある本屋だ。行ったことはある？　この街でもっとも古い書店のひとつだ。おもしろいものが見つかるんだ。貴重な書物がいっぱいある。父との仕事の打合せから家に帰る途中だったんだけど、書店の前を通りかかったら、つい引きこまれてしまったんだ。で、こうやってきみに会えた。一日のうちに、こんなにうれしいサプライズがふたつも重なるなんて」

彼はそう言うと、わたしが座っている階段のすぐ横にしゃがみこんだ。「ヴェネツィアを楽しんでる？　美術学校も楽しい？」

「ええ。おかげさまで、どちらも楽しんでるわ」

「こんなところでなにをしてるの？」

「この近くに住んでるの」言ったそばから後悔した。

彼の目が輝いた。「ほんとに？　どの通り？」

「あなたには言わないわ。だって、言ったら会いにくるでしょ？　そしたら、わたしたちふたりとも大変なことになる」

「わかった、わかった。でも、この通りではないんだよね？」

「ええ、ちがうわ」

「この通りがどう呼ばれているか知ってる？」

「いいえ、知らない」

彼はにやにや笑っていた。「リオ・テラ・ディ・アサシーニだ」

「〝リオ・テラ〟──むかしは川だったところを埋めて道にした、という意味よね？」

「じゃあ、〝アサシーニ〟は？」

「なんだか、暗殺者《アサシン》に似てるけど」

「そう。そのとおり。暗殺者通りだよ」

「あら、やだ」わたしは心配になって顔を上げた。「ヴェネツィアには、暗殺者専用の通りがあるの？」

「もちろん。もしこの通りがなければ、暗殺者が必要になったときに、どこを探せばいいかわからないだろ？」

冗談を言っているのかたしかめたくて、彼の顔を覗きこんだが、顔つきは真剣そのものだった。「でも、今はちがうわよね？」わたしは静けさに包まれた通りを、注意深く見まわした。ペンキのはがれかけた窓のよろい戸は、どこも日中の暑さを防ぐために閉められており、あちこちのポーチに鳩が点在していた。

レオは肩をすくめた。

「でも、警察はどうなの？」

「警察だって、ときには暗殺者が必要になるだろうな」

「また、わたしの足を引っぱってるんでしょ、レオ」と言って私は笑った。

「きみの脚には触れてもいないよ。本当はさわりたいけど」

「そうじゃなくて、これは――」

「知ってる。〝からかう〟っていう意味の英語の言いまわしでしょ？　きみの国のことばは、本当に変だね。どうかしてるよ。これからはイタリア語で話したほうがいいんじゃないかな」

「最近では、わたしのイタリア語も上達したのよ」とわたしは言った。「食事のときに大家さんとおしゃべりしないといけないし、授業ももちろんイタリア語だし」

「きみの大家さんは、ヴェネツィア語じゃなくてちゃんとしたイタリア語を話すの？　きみには、悪いことばは覚えてほしくないからね」

「彼女はトリノ出身だから、わたしにはイタリア語で話してくれるの」

「よかった」と言って彼は立ち上がった。「もう行くから、きみはスケッチを続けて。ぼくも仕事に戻らないと。今、大きなプロジェクトが進行中なんだ。ビアンカの父親はムッソリーニ本人から船の注文を受けたし、ぼくたちは地中海を渡ってアビシニアにいる軍まで物資を輸送することになったんだ」

「戦争のため？」

彼はうなずいた。「ぼくの父も義理の父も、戦争で儲けることになんのためらいもないらしい」

「でも、あなたはちがうのね？」

「今言えるのは、了解するまで悩みに悩んだ、ってことだけだよ」立ち去りかけた彼が、急に振り返った。「日曜日、ぼくが船を漕ぐのを見にこない？」

「あなたが船を漕ぐの？　どこで？」

「レガッタだよ。大きな祭があるんだ。知らなかった？」

わたしは首を振った。

「この街でいちばん重要な祭、レデントーレ祭だ。一五〇〇年代に疫病から救われたのを祝う祭なんだ。午後にいろんな船のレースがおこなわれる。ぼくが出場するのは、ふたり乗りのボートのレース。たぶん優勝はできないと思うけど、いとこがぼくの分まで応募してしまったんだ。あいつは若いし、体も鍛えてるから。街の人たちはみんな、レデントーレ教会でおこなわれるミサに参加するために、橋を渡っていく――」

「その教会はどこにあるの？」とわたしは尋ねた。今ではいろいろな教会を知っていたが、そこは初めて聞いた教会だった。

「ジュデッカ運河を渡ったところ」

わたしは、場所を思い浮かべようとして眉を寄せた。「でも、あそこに橋はないわ。島でしょ？」

「日曜日になると、橋ができるんだ」わたしが驚くのを、彼は楽しんでいるようだった。

「荷船をつなげて、ザッテレ河岸から島まで橋を造る。その橋を渡ってミサに出て、それから家族でピクニックしたり、花火を見たりするんだ。きみも行くといいよ。絶対に楽しいから」

「わたしにはピクニックをする家族がいないのよ」とわたしは言った。

「美術学校の友だちがいるじゃないか。彼らも楽しめるはずだよ」

「じゃあ、訊いてみるわ」とわたしも同意した。「少なくとも、あなたのレースは見にいくわ。そのあとの花火も。わたし、花火が大好きなの」

「ぼくもだ。それに、きみが応援に来てくれるなら、いつも以上に張り切って漕ぐよ」彼は投げキスをすると、足早に去っていった。残されたわたしは、体は熱く、気持ちは落ち着かず、頭は混乱していた。彼と話すのは、本当に楽しかった。なんの気兼ねもなく、自然に会話できた。まるで、離れていたことなど一度もなかったかのように。一緒に笑い合えた。それでも、こんなふうに会うのはまちがいだ。なぜわたしは、ここに戻ってこようなんて思ってしまったのだろう。

翌日学校から下宿屋に帰ると、疑わしそうな目をした大家さんに出迎えられた。

「誰かがあんたに花を届けにきたよ」と彼女は言い、廊下のテーブルの上に置かれた花束を指差した。紙に包まれた花束には、白いリボンが結ばれていた。

「ほんとですか？　うれしいわ！」誰からのものなか、見当もつかなかった。「手紙かなにか残していきませんでしたか？」

「なんかあったと思うけど」と彼女は言った。開いてなかを見たのではないかという印象を受けた。

わたしはテーブルのところまで行き、花束を持ち上げた。さまざまな花の香りに混じって、赤いバラが甘い香りを放っていた。彼女の言うとおり、花のあいだに小さなカードがはさんであった。わたしはカードを開いた。

〝ほらね。きみがどこに住んでいるかを調べるのは簡単だった。この街では、みんなが互いのことを知っているからね。トリノ出身の女性の家を尋ねるだけで、すぐにわかったよ！〟。

カードに名前が書いてなくて、胸をなでおろした。わたしは笑みを浮かべ、大家さんに訊いた。「花瓶はありますか？　キッチンのテーブルに飾れば、ふたりで楽しめますから」

「花の送り主はわかるのかい？　あんたのファンかい？」

「いいえ、ただの友人です」

彼女はうなずいた。「誰かが、ダ・ロッシ家の息子がこの通りにいるのを見かけた、とか言ってたんだ」彼女はさらっと言った。わたしが顔を赤らめたのを見て、疑惑が確証に変わったようだった。「あまりいい考えとは思えないね。あの一家とは関わらないほうがいい。息子の嫁についても、いろんな噂を耳にしているからね。彼女の父親は、マフィアともつながっているらしいよ。だから容赦しないだろうね、娘のことを……」

彼女は最後まで言わなかった。おそらく、〝娘のことを怒らせた者は〟と言いたかったのだろう。

「子供のころからの友人なんです」とわたしは言った。「ただそれだけです」

「そのままにしておくべきだね」

「ええ、そのつもりです、シニョーラ。だから心配はいりません」とわたしは言い、花束を持ってキッチンに向かった。

第二十二章

キャロライン　二〇〇一年十月十二日　ヴェネツィア

次の日の朝、キャロラインは自分が相続することになったアパートメントに向かった。すぐに住める状態にあるのかを確認するまで、ホテルはチェックアウトしないことにした。階段をのぼっていくあいだ、かなづちの音やかすかな話し声は聞こえていたが、ルカの姿はなかった。彼女は、大伯母の隠れ家だった部屋の鍵を開けた。まばゆいばかりの朝日のなかで、窓から見える景色は素晴らしかった。ラグーナのはるか彼方まで見わたすことができた。長い時間そのまま窓辺に立っていたが、やがて、ほかの部屋を調べるために窓から離れた。アパートメントの一方の側には小さなキッチンがあり、鍋やフライパン、水切り台にはカップと皿がふたつずつ置かれていた。ドアの先にはバスルームがあり、さらにその奥に寝室があった。ベッドにはシーツが掛かっていたが、ネズミの快適な住処になっていたことを示す痕跡が残っていた。

「新しいベッド」と彼女は自分に言った。たんすの引き出しを開けると、たくさんの服がごちゃごちゃになって詰めこまれていた。レティ大伯母さんが、いつも几帳面に整理整頓していたことを考えると、腑に落ちなかった。第一、ここを去るときになぜ荷物をおいていったのだろう。まるですぐに戻ってくるつもりだったかのように見える。そのとき、キャロラインの手が止まった。驚いたことに、大伯母のものと思われる服のなかに、子供服があったからだ。女の子用のセーターとスカート。小さなソックス。いったい、誰が大伯母と一緒にこのアパートメントに住んでいたのだろう。もしかしたら、ルカ・ダ・ロッシの祖母がなにか知っているかもしれない。

階段をのぼってくる足音が聞こえ、彼女は顔を上げた。ドアがノックされ、ルカが息を切らしながらはいってきた。「ここまで上がってくるのは大変だ」と彼は言った。「ここに住んだら、きっと体力がつくね」

「ここには住まないわ」とキャロラインは言った。「イギリスに戻らないといけないんだから。でも、休暇のときにはここで過ごしたいと思ってる。夏のあいだは誰かに貸すかもしれないけど」

「とにかく、おめでとう」と彼は言った。「うちの弁護士と会社の幹部連中にも話したんだけど、みんなぼくと同じように驚いていたよ。うちの不動産の一部を、会社にいた誰かが人に貸したなんてね。でも、市役所が契約の有効性を証明したんだ。だから、ぼくにはもうなにも言うことはないよ」そう言うと、彼は窓辺まで歩いていった。「この街で最高の眺めが、きみのものだ」

「そうね」と彼女は言った。「いろいろ調べはじめているんだけど、不思議なの。大伯母は、なにもかもそのまま残していったみたい。また戻ってくるつもりだったとしか思えない。見て――流しの隣に置いてあるあのカップ。茶葉のはいった紅茶缶まであるし。それに寝室の引き出しには服がいっぱい詰まってる。子供の服もあるの」

「大伯母さんに子供がいたの？」

「まさか！」思わず声をあげて笑ってしまった。「大伯母は生涯独身だったの。一度も結婚したことがない。堅苦しくてきちんとした人だった。それに子供服は、十一歳か十二歳の女の子用のものなの。その年齢の子は、うちの家族にはいなかった」

「ほかにも不思議なことがあるんだ」とルカは言った。「あの書類は一九三九年のものだ。イギリスはすでに戦争していた。それなのに、なんできみの大伯母さんは帰国しなかったんだ？　イタリアはドイツと不可侵条約を結んでいて、翌年には戦争に加わった。もしそのままここに留まれば危険だということを、大伯母さんも認識していたはずだろ？」

「もしかしたら、それが説明になるかもね」とキャロラインは言った。「当局に追われて、急いでここから逃げ出さないといけなかったんだわ。そのときスイスに逃げたのかもしれない。祖母の話では、大伯母は戦争が終わるまでスイスにいたらしいの。難民の子供たちを支援しながら」

「なるほど。それでもうひとつ謎が解けたかもしれない」と彼は言った。「一緒にいた子は、支援していたという難民の子供だったのかもしれないね」

「あなたのお祖母さまが、なにか覚えているんじゃないかと期待しているの」

「あ、そうだった。今日、祖母に面会できると伝えるために来たんだった。でも、頭がはっきりしているかは保証できないよ。しっかりしている日もあれば、どこか別の世界に行ってしまってる日もあるんだ」

「とりあえず、行ってみましょう」とキャロラインは言った。「あなたに時間があるなら、だけど」

彼は肩をすくめた。「下で作業している連中は仕事が遅くて、ぼくの計画どおりにちっとも進まない。だから、今日は暇なんだ。今すぐ行きたい？　それとも、もう少しここを探検したい？」

「いいえ、今すぐ行きたいわ」と彼女は言った。「なるべく早くここに移ってきたいの。新しいベッドと寝具が手にはいり次第。どうやら、暖かいベッドをネズミが気に入ってしまったみたいで」

彼は部屋を見まわしていた。「こんなに長い時間が経っているわりに、それほどダメージがないのが不思議だ。ええと、どのくらい？　六十年？　なんでクモの巣もそんなに張ってないんだ？　それに、埃だって。まるで先週出ていったばかりのようだ——そのネズミのこと以外には」と言って彼は笑った。

「眠れる森の美女のお城」とキャロラインはつぶやいた。

「きみの大伯母さん——美女だったの？」

キャロラインは笑った。「高齢になってからの大伯母さんしか知らないから。さっきも言ったように、いつも堅苦しくてきちんとしていた。大騒ぎをすることもないし、飾りたてることもなかった。実質主義者だった。でも、祖母の話では、若いころは目を瞠《みは》るような美人だったそうよ——髪は、きれいな赤褐色で」

「赤褐色？」

「ほら——銅の色。濃い赤」彼を見ながら、一瞬ことばにつまった。「あなたの髪のような色」

「この色か。残念ながら、ぼくの髪が赤いのは母からの遺伝なんだ。学校ではよくからかわれたよ。父も、白髪になる前は少し赤い髪が交じっていた。ぼくの父親は、なかなかハンサムな人なんだ」

あなたもね、とキャロラインは思ったが、口には出さなかった。ふたりは階段をおりはじめた。空模様は急速にあやしくなりつつあった。「お祖母さまは遠くに住んでいらっしゃるの？」

「リド島にある介護ホームに入居してるんだ」

「ということは、水上バス《ヴァポレット》に乗るのね」キャロラインは心配そうに空を見上げた。今にも雨が降りだしそうだった。

「ううん、その必要はないよ」と言って彼は手を振った。「ぼくのモーターボートで行こう。そのほうがずっと早い」

ルカは彼女を連れて桟橋まで行き、光沢のあるチーク材のボートに飛び乗った。後方にキャビンがあった。彼女が船に乗るのを手伝ったあと、彼はつないであったロープを解いた。命が宿ったようにエンジンが唸りをあげ、ボートは海に向かって運河を進んでいった。左右に見えていた建物が消えると、ルカはさらにスピードを上げた。ボートの力強さとスピードにキャロラインは圧倒された。ルカは高揚感に満ちた顔で振り返った。「怖がらなくても大丈夫。操縦は得意だから」

「いいでしょ。ぼくの新しいおもちゃ」そしてつけ加えた。

「怖がってなんかないわ」むっとしたふりをしてキャロラインは言った。

ルカはにやりと笑ってウィンクをすると、操舵に戻った。キャロラインは彼の頭のうしろを見つめた。あの笑顔とウィンクは、明らかに女性の気を惹こうとするものだった。イタリアの男には気をつけなさい、と彼女は自分に言った。彼らのボートは入港しようとしている貨物船をよけ、あっという間にリド島に到着した。

ルカは軽々とボートから飛び降りて桟橋にロープをつなぐと、手を差し出して彼女が下船するのを手伝った。「濡れなかった？」と彼は言った。

「ええ、大丈夫。とっても楽しかった」

彼は満足そうにうなずき、河岸に面して建っている白い建物のほうに歩いていった。なかにはいると、白衣を着た看護師がルカを迎え、建物の奥のほうにある部屋まで案内してくれた。小柄な高齢女性が、枕に上半身を預けて横になっていた。髪は雪のように真っ白で、穏やかな顔つきをしていた。でも彼女が目を開けると、その目は暗く不安そうだった。

「これは何事？」と老婦人はきつい調子で言った。

「お祖母ちゃん《ノンナ》、友だちを連れてきたんだ」と彼は言った。

キャロラインにも、彼のイタリア語は少し理解できた。

「あなたもやっと結婚する気になったの？」と老婦人は言った。「ようやく跡継ぎをつくってくれるの？」

ルカは気まずそうな笑みを浮かべ、通訳するためにキャロラインのほうを向いた。「きみと結婚して、跡継ぎをつくってほしいそうだ」彼は祖母のベッドの端に腰をおろした。「彼女はイギリスから来た人で、お祖母ちゃんと話がしたいそうなんだ」

老婦人はキャロラインの顔をまじまじと見ると、一度まばたきをして驚いた表情を見せた。

「イギリス？」急に敵意のある表情に変わった。「わたし、イギリス人、嫌い」

「いくつか訊きたいことがあるだけなんだ。それが終わればすぐ帰るから」ルカは辛抱強く言った。「彼女が訊きたいのは、戦争が始まったころにここにいた、イギリス人の女の人のことを覚えてないか、ってことなんだ。その人は、うちが持っている建物のひとつに住んでいたんだ。ミス・ブラウニングという人。その人のこと、知ってた？　家族の知り合いだったの？　名前を聞いて、なにか思い当たることない？」

「いいえ。知らない。そんな人のことは聞いたこともない。どうしてこのわたしが、イギリス人と友だちになるの？　イギリス人は大嫌いなのに。みんな死ねばよかったのに」まるでハエを追い払うように、彼女は両腕を振りはじめた。「その人をこの部屋からすぐに追い出して。もう二度とイギリス人なんか見たくない。問題を起こすためにやってきたのよ。わたしを悲しませるために」

ルカは祖母の手を取り、やさしくぽんぽんと叩いた。「ちがうよ、ノンナ。悲しませたいなんて、彼女はちっとも思ってないよ。ただ、この街に住んでいた親戚のことを調べたいだけなんだ。それだけだよ」

でも、老婦人の怒りはおさまりそうになかった。キャロラインはルカの肩に手を置き、小声で言った。「もう行きましょう」

「ごめんね」部屋の外に出ると、彼は言った。「さっきの話、どこまでわかったかな。どんな理由があるのか知らないけど、祖母はイギリス人に対していい感情を持ってないらしい。もしかしたら、むかしなにかがあったのかもしれない。過去と現在がごちゃ混ぜになってるんだと思う。でも祖母は、きみの大伯母さんのことは知らないと言っていた。会ったこともないと」

「いいの。気にしないで」とキャロラインは言った。「わたしの親戚に会う理由なんて、お祖母さまにはなかったんだから。だからきっと、賃貸契約は会社を通しておこなわれたんじゃないかと思う。もしかしたら戦争のせいで街を去らなければいけない人がいて、空き部屋にしておきたくなかったのかも。不法に占拠されないように」

「たしかに、そうかもしれないね」と彼は言った。「でも、九十九年の契約期間は謎のままだ。そこがぼくには理解できない点なんだ」と言って彼はため息をついた。「こうなったら、きみが大伯母さんとうちの会社のあいだの手紙のやりとりとかを見つけ出さないかぎり、なにもわかりそうにないね」

「あるいは、あなたの会社の記録に、なにかが残っていないか」とキャロラインは言った。

「可能性はあるね。とにかく、役所が契約書は偽造されたものじゃないと言っているんだから、それは認めざるをえない。となると、うちの会社の誰かが判断ミスをしたか、思いつきで行動したか。でも、それが誰だったのかはもはや調べようもないだろうな」彼はキャロラインがボートに乗るのを手伝った。「まあとにかく、新しいアパートメントでの生活を楽しんで。ひょっとしたら、ぼくがきみからその契約を買い取ることになるかもしれないしね。ヴェネツィアの不動産は、今ではかなり高額だから」

キャロラインはもう少しで、売ったりなんかしない、と言いそうになった。でも、黙っていた。感傷的になっている場合ではなかった。テディを取り戻したいなら、弁護士を雇う費用も必要になる。ボートは高速でラグーナを走り、波を越えるたびに大きく跳ねた。そして、ドスンという音とともに止まった。ルカは彼女のアパートメントの建物の横にボートをつけ、彼女が降りるのを手伝った。

「申し訳ないけど、工事の連中がうるさくするかもしれない」と彼は言った。「それに、この建物に暖房設備はないんだ。でも、それ以外は快適だと思う。なにか参考になりそうなもの——たとえば、なんらかのやりとりの記録とか——が見つかったら連絡して」

そう言うと、彼はエンジンをふかして去っていった。キャロラインは階段をのぼって自分の部屋に行き、なかにはいるなり椅子に座りこんだ。この午前中は、神経をすり減らしてくたくたになった。彼女が訪ねていったことで、老婦人のつらい記憶を呼び起こしてしまったらしい。考えれば考えるほど、キャロラインの確信は深まっていった。ルカの祖母のなかに眠っていた記憶が呼び覚まされたのは、彼女がキャロラインの顔を見つめ、なにかを発見したからだ。それはまちがいない。いったいなにが見えたのだろう。親戚ならではの顔の類似性？　ルカの祖母は、実はミス・ブラウニングを知っていたのではないかという疑惑が、キャロラインのなかで生まれはじめていた。

第二十三章

ジュリエット　一九三九年七月二十三日　日曜日　深夜

このことをどうやって書き留めればいいのかわからない。でも、書かないわけにはいかない。いつの日か、この日のことを思い出したくなるはず。どんな細かいことでも、すべてを。

レデントーレ祭の日。お祭りに行くので夕食は出さないと大家さんから言われていた。「知ってるでしょ――レデントーレ祭。前に話したことがあるから」ヴェネツィアでもっとも大切な祭のひとつ。街じゅうの人が参加する祭。船を持っている人はみんな船を出す。彼女も橋を渡ってピクニックをして、ミサに出て、花火を見る。レデントーレ祭は家族のための祭だ。でも彼女の家族はこの街にいないので、夫に先立たれた近所の奥さんたちやその子供や孫たちの仲間にいれてもらうことになっていた。よければわたしも一緒にジュデッカ島でのピクニックに来ないかと誘われた。教会でおこなわれる盛大なミサは夜の七時からだが、その前にいろいろな催し物がある——船のレースや屋台や子供向けのゲーム大会。

「夜にミサがあるのなら、朝は教会に行かないんですか?」とわたしは訊いた。

シニョーラ・マルティネッリは恐怖におののいたような顔をした。まるで全裸で街を歩きまわらないかとわたしが提案しているかのように。「ミサに行かない? 馬鹿なことを言わないで。もちろん行くに決まってるでしょ。聖餐をいただかないとならないからね。真夜中から断食するんだから、朝のミサには必ず行かないとだめなんだよ。夜まで飲まず食わずじゃ、わたしは死んでしまうよ」

ゆったりとしていて堅苦しくないイギリス国教会の信徒であるわたしにとって、この断食に対する決まり事は不思議なもののひとつだった。聖餐をいただくのに空腹であることが大切なら、一時間もあれば充分なはずだ。真夜中から、というのはやりすぎのような気がした。まあ、それを言うなら、カトリック教会には理解できないことが多すぎる——たとえば、神父さまに罪の告白をすれば赦されるとか。そんなことに思いをめぐらせていると、大家さんからの質問でわれに返った。「で、どうする? 一緒に来る?」

「たぶん、ミサには行かないと思います」とわたしは言った。「船のレースを見て、そのあと花火を見るかもしれません。もしかしたら、美術学校の仲間とピクニックはするかもしれないけど、本当は家族のためのお祭りなんですよね？」

「でも、今夜は夕食を用意できないよ」

「ご心配なく。どこか開いているお店はありますよね？　自分用にピクニックの食べ物を買おうと思っています」

彼女はわたしの手をぽんぽんと叩いて言った。「そんなことはしなくても大丈夫。ここに、いっぱい食べるものはあるから。ありすぎるくらいだよ。だから、好きなものを食べてかまわないからね」

ヴェネツィアでは、日曜日に朝寝坊するのは不可能だ。最初の教会の鐘が鳴りはじめるのは六時で、三十分おきにあちこちの教会の鐘が鳴り響く。一度に四、五カ所の教会の鐘が鳴ることもあり、街じゅうに音がこだまする。大家さんがキッチンを歩きまわっている音がした。いつもどおり、猫のブルーノに話しかけながら。なにもせずにベッドで横になっているくらいなら、いっそのこと起きてしまおうと思った。入浴をすませると、いちばん薄手の綿のワンピースを着て——すでに蒸し暑かった——キッチンに行った。そのときはすでに教会に行って留守だったシニョーラにとって、今日は大変な一日になるのだろうと思い、わたしは勝手に朝食の準備を始めた。コーヒーを淹れ、パンとチーズとジャムを用意した。教会から戻ってきたシニョーラは、朝食が準備されているのを見て、とても喜んでくれた。

「勝手にしてしまったけど、かまわなかったかしら」とわたしは言った。「今日一日はきっと忙しくなるのかと思ったので」

「とってもうれしいよ」と彼女は言った。「これからいっぱい料理を作らないといけない。それに、今日は暑い日になりそうだ」そして、少し考えてから彼女は続けた。「うれしいことに、グレヴィの奥さんがサルデ・イン・サオールを作ってくれるって言うんだよ。わたしが家のなかが魚臭くなるのが嫌いなのは、前に話したよね」

その料理はレストランのメニューでも何回か見たことがあり、生のイワシをなんらかのソースに漬けたものだということはなんとなくわかっていたが、一度も食べたことはなかった。もしも今晩シニョーラの一行を見つけたら、きっとご馳走になれるだろう。

一緒に朝食を食べたあと、わたしが後片付けを買って出ると、シニョーラはレシピ本を取り出してさっそく料理に取りかかった。たちまち食欲をそそるニンニクとタマネギのにおいが広がり、やがて香ばしいにおいも加わった。シニョーラをキッチンに残し、わたしは部屋に戻って何枚かのスケッチを手直ししていた。お昼ごろに、ドアをノックする音がした。

「じゃあ、わたしは行ってくるから」とシニョーラは言った。彼女は花柄のシルクのワンピースを着て、一見していちばんいいものだとわかる帽子をかぶっていた。ピクニックに行くというより、結婚式に参列するような装いだった。「ちょうどシニョーラ・ベルトリーニが家から出てくるのが見えたから、わたしもすぐに出ないといけないんだ。あんたに鍵を預けるから、出かけるときはちゃんと戸締まりをしてくれるかい？　キッチンテーブルの上に、ピクニック用の食べ物を置いておいたからね」

キッチンの窓から、シニョーラがほかの奥さんたち――夫に先立たれた女性たち――の騒々しい一団に加わるのを眺めた。それぞれが、食べ物を詰めこんだ大きな箱やバスケットを抱えていた。彼女たちが飢え死にしないことだけはたしかだ。テーブルの上に、シニョーラが用意してくれた料理が並んでいた――ハムやサラミのスライス、トマト、チーズ、オリーブ、それからなにかのキッシュひと切れとプラム。わたしは食べ物を袋に詰め、お祭りの行事が始まる時間まで待ってから帽子をかぶった。日差しのなかにいたら暑くてたまらない日になりそうだった。あまり荷物を持ちたくなかったので、ハンドバッグと財布は部屋に残し、鍵とお金をわずかばかりワンピースのポケットに入れた。スリにとって、こういう日は絶好の稼ぎどきなのだろうが、少なくともわたしからは稼げない。

サント・ステファノ広場に行く途中の道に、ほとんど人通りはなかった。見上げると、どこの家のバルコニーにも、花飾りや紙でできたランタンが飾られていた。アカデミア橋を渡っていると、人をいっぱいに乗せたボートが途切れることなく大運河を海の方向に移動していくのが見えた。ボートはきれいに飾りつけられ、その上では人々が飲んだり食べたりしてすでに盛りあがっていた。橋の上から運河で繰り広げられているそんな光景を眺めているとき、本土の上空に雲が盛り上がりつつあることに気がついた。この季節には珍しくもないことだった。ドロミテ山脈の上空に入道雲ができても、ヴェネツィアの島まで嵐が襲ってくることはまれだった。

ドルソドゥロ地区を縦断してザッテレと呼ばれる河岸まで出た。不思議なことに、これまでドルソドゥロ地区のこちら側まで来たことがなかった――それほど広い地区でもないのに。ザッテレは河岸に沿った散策路で、広い水路――運河と呼ぶには広すぎるような気がした――の向こう側にジュデッカ島がある。その島までは通常なら渡し船《トラゲット》で渡るが、今日は運河の上に即席の橋ができていた。荷船が並べられ、その上に木製の歩道が渡されている。見るからに危なっかしい。即席の橋の先には、海に面して建つ白くて美しい教会の正面が見えた。本で読んだところによると、パッラーディオ建築様式――柱を多用した新古典主義――の教会らしい。白い正面以外は温かみのあるピンクがかったオレンジ色をした教会で、大きなドーム屋根もあった。

　美術学校の仲間がいないか、わたしはあたりを見まわした。船のレースがあることを話し、どこかでピクニックをして一緒に花火を見ないかと提案したとき、みんなの反応はそれほど芳《かんば》しくなかった。イメルダからは、炎天下に外で座って日焼けするつもりはないと言われた。ガストンからは、宗教に興味がないと言われた。フランツからは、行くかもしれないけど授業の準備次第だと言われ、ヘンリーからは楽しそうだねと言われた。だから、わたしはなるべく橋のそばにいるから、と伝えていた。ところが橋の周辺は人々でごった返していた。橋を渡る順番待ちをしている人もいれば、レース見物とピクニックの場所取りをしている人もいた。ヘンリーの姿は見当たらなかった。そもそも、この混乱のなかでは誰も見つけられないだろう。それに、日陰になっている場所を探すのも無理そうだ。運河の両岸は、ブランケット、椅子やテーブル、ピクニックのバスケットで埋めつくされ、パラソルまであった。

　河岸沿いに陣取っている人々からの歓声で、船のレースが始まったことがわかった。わたしは、橋を渡る人たちの列に加わった。海面の上下動に合わせて揺れる橋の上を歩くのは、妙な感覚だった。即席で造られた橋には、手すりさえない。人々が飲んでいるワインの量から考えると、今日一日だけでどれくらいの人が海に転落するのだろうと思った。なんとか島にたどり着くと、わたしはレースが見やすい河岸にいちばん近い場所まで人をかき分けて進んでいった。サン・マルコ広場の真ん前のラグーナが、レースのスタート地点らしい。海面はさまざまな船で覆いつくされていたが、レースのために中央にひとすじの航路が空けられていた。

ある建物の前の階段に、日陰になっている隅があるのを見つけて、わたしはそこにはいりこんだ。周囲の人々が叫び声や歓声をあげると、わたしもその興奮を分かち合っていることに気づいた。最初のレースはふたり乗りのゴンドラで、ものすごいスピードで走っていた。ゴンドラはいつもの伝統的な黒い色ではなく、お祭り用に鮮やかな色に塗られていた。観客のなかには応援しているチームの色のスカーフを首に巻いている人もいて、ひときわ大きな声をあげていた。特に応援しているチームもないわたしは、ひたすら見ているだけだったが、ほとんど対等に競り合っていたところから、一チームがゴール間際で追い越して僅差で勝利したときなどは興奮した。レースは次々におこなわれ、観客もヒートアップしていった。向こう岸の桟橋では勝者を祝うセレモニーが執りおこなわれ、そのチームを応援していた人々がひときわ大きな歓声をあげていた。次におこなわれたのは、少年たちによるレース、そしていよいよ最後に、ふたり乗りボートのレースになった。ボートが待機しているのは、わたしがいるところからはかなり離れていた。選手たちはみんな同じような黒髪の、たくましい男性ばかりだったが、どれがレオなのかわかった気がした。

彼に約束したとおり、わたしは手を思いきり振り、声を張りあげて応援した。彼のボートは三着だった。彼ともうひとりの漕ぎ手は表彰台にのぼり、家族や友人たちに囲まれ、抱き合ったり背中を叩かれたりして祝福を受けていた。そのとき、その人が、レオ本人だったことを確信した。そこにビアンカがいたからだ。人々をかき分けてレオに近づいていった彼女は、白いシンプルな麻のワンピースを着て、ひときわ美しかった。こんなに離れていても、すぐに彼女だとわかった。ビアンカはレオのところまで行くと、見せつけるように公衆の面前で堂々とキスをした。彼は彼女の腰に手をまわし、人混みのなかにまぎれて見えなくなった。

船のレースがすべて終了した今、人々は本格的に食事に取りかかった。わたしは大家さんを探して彼女のピクニックに参加したほうがいいだろうかと考えながら、行ったり来たりした。でもどうせ見つけられないだろうし、彼女たちの邪魔もしたくなかった。それに、あんなことを見せつけられたあとでは、食欲もなかった。わたしはひとりぼっちで、自分だけ場違いな気分になっていた。ここにいる人たちはみんな家族や友人たちに囲まれ、笑ったりからかい合ったり、食べたり飲んだりしている。そんな光景を見ながら、ふと気づいた。イギリスに戻っても自分の状況は変わらない——母とわたしのふたりきり。大家族でもなければ、大勢の友だちがいるわけでもない。笑うことすらない。わたしは階段に腰をおろし、持ってきた食べ物の袋を開けた。しばらく見つめたあと、そのまま袋を閉じた。自分の部屋に戻り、そこで花火が始まるまで待とうと思った。ここにいても意味がない。「シニョリーナ！　こっち！　こっちに来て！」顔を上げると、体の大きな中年男性が手を振っているのが見えた。彼は家族と一緒にテーブルを囲んでいた。わたしに手を振っているのだと気づくまで、少し時間がかかった。彼はなにかを言っていた。テーブルを囲んでいたうちのひとりの若い男性が、立ち上がってわたしのところまでやってきた。「こんな日にひとりで食べてちゃだめだ、って父さんが言ってる。ぜひ一緒に食べましょう。食べるものはいっぱいあるから」

家族の団欒《だんらん》の邪魔をしたくはなかったので、断わろうとした。でも、彼はわたしの腕をつかみ、どうしても、と言ってきかなかった。わたしはしぶしぶ引っぱられていった。最初に手を振っていたのが父親で、彼は自分の家族を早口で紹介していった——妻、娘、娘の夫とふたりの子供たち、息子ふたり、自分の母親。わたしがイギリス人だと知ると、家族全員が驚いて、わたしを質問攻めにした。イギリスにもこういうお祭りがあるのか、わたしに兄弟や姉妹はいるのか、なぜまだ結婚していないのか、等々。わたしは、質問にひとつずつ答えていった。すると、なんでこんなに若くて美しい女性が結婚していないのかと驚かれた。

「なんとかしないといけないわね」と奥さんが言った。「まだ結婚していない息子のいる家はあったかしら」

いろいろな提案をされ、おおいに笑い合い、彼らのおかげでわたしの気持ちはしだいに和んでいった。勧められた食べ物のなかには例のソースに漬けたイワシ料理もあり、そのほかにもポレンタ（トウモロコシ粉を練りあげた北イタリアの料理）やパスタもあった。どれもとてもおいしかった。ヴェネツィアに比べると、いかにイギリスの生活が色あせて退屈なものかを思い知らされた。気づかないうちに、わたしの心のなかにある思いが忍びこんできていた。この一年が終わったとき、わたしは故郷に帰りたいと思うのだろうか。ここに残って仕事を見つけ、こんなに楽しく賑やかで人懐っこい人々のなかで残りの人生を過ごせるなら、どうだろう。

ワインが注がれ、何度も乾杯した。そのうちの一回はわたしのための乾杯だった。そのとき、教会の鐘が鳴り響いた。

「ミサの席が取りたければ、もう行かないと」と奥さんが言った。「一緒に来る？」

断われるはずもなかった。奥さんと娘さんは、両側からわたしに腕をからませた。たしか名前はジョヴァンナとソフィアだったと思うが、どっちがどっちの名前なのかはわからなかった。食べ物もテーブルもそのままにして教会に向かった。他人のテーブルに触る人など誰もいないと確信しているようだった。教会のなかはすぐに人でいっぱいになり、わたしたちはベンチ席へと押しこまれた。他人の肌と直接接触するのは、あまり気持ちのいいものではなかった。まわりの人たちの汗のにおいと、その人たちが直前まで食べていたもののにおいに、お香の香りが入り混じっていた。どんどん人が流れこんできた。通路も人でいっぱいだった。壁ぎわも混雑していた。そうこうしていると突然鐘が鳴り、司祭や侍者や聖歌隊の大行列が入場した。なにが起きているのか、わたしにはさっぱりわからなかった。だから、みんなが立ったときにはわたしも立ち、みんながひざまずいたときにはわたしもひざまずいた。聖歌が歌われると、聖堂じゅうに歌声がこだました。周囲にいる人たちにとって、これが感動的な体験だということは理解できたが、すさまじいまでの熱気でわたしは頭がくらくらしていた。女性の多くは扇子を持っていて、わたしを招いてくれた家族も例外ではなかった。そのおかげで、わずかながらも扇子の風の恩恵にあずかれたが、ミサが進行するにつれて汗びっしょりになって、気を失いそうになった。最後の祝福のために全員が立ち上がり、締めくくりの聖歌のあと、出口に人が殺到したときには、心の底からほっとした。

教会の外に出ると、空が暗くなりはじめていた。いつもならこの時間には夕陽が輝いているのだが、本土からの雲が島の上空を覆い、風も強くなってきていた。

「これはよくないわね」と奥さんは言い、ドラマチックに両手を振り上げた。「花火はどうなるのかしら。雨が降ったら花火を上げられないわ。ラジオでは嵐になるかもしれないと言っていたけど、誰がラジオなんか信じる？　雨で台無しになる前に、早く荷物をまとめないと、ルイージ」

わたしは食べ物をバスケットに詰めるのを手伝った。彼らの家はこのジュデッカ島にあるらしく、このまま荷物を持ち帰るらしい。もしも雨にならなければ、花火のときに戻ってくるのだそうだ。一緒に家まで来ないかと誘われた。

奥さんが話している最中に最初の雨粒がぱらぱらと落ちはじめ、近くのテーブルからテーブルクロスが舞い上がった。

「帰れるうちに家に帰ろうと思います」とわたしは言った。「ふたつ橋を渡らないといけないし、びしょ濡れになりたくないから」

「今度、うちに遊びにきなさい」とご主人が言った。「オリヴェッティ一家だ。どこに住んでいるかはみんな知っている。そこの角を曲がったすぐのところだよ。ほら、見えるだろ？　ぜひ遊びにきてくれ。いつでも歓迎だよ。日曜日に来るといい。今日みたいにみんなでご馳走を食べるから。な、ジョヴァンナ？」

彼女は笑顔で、そうよ、とうなずいた。

わたしは何度もお礼を言った。奥さんはわたしの頬をやさしくつねって、良い相手を見つけておくからねと言った。家族のほかのメンバーもわたしを抱きしめた。それは不思議な、と同時に素晴らしい感覚だった。大粒の雨が降るなか、彼らが大声で話したり笑ったりしながら去っていくのを、わたしは見送った。どこかで雨宿りしようかとも考えたが、嵐が本格的になる前に一刻も早く即席の橋を渡ったほうがいいだろうと判断した。残念なことに、ほかの人たちも同じことを考えたようで、橋を渡ろうとする人の長い列ができていた。わたしも列に加わったが、列はまるでカタツムリのような速度で進み、みなびしょ濡れになりつつあった。どんどん激しくなる雨に、周囲からは泣き言や文句が噴出していた。ちょうど橋の真ん中あたりにさしかかったころで、天が大きく開き、滝のような雨が降りだした。雨はしだいに雹《ひょう》に変わった。雹は橋の表面ではね返り、わたしたちに容赦なく打ちつけた。近くで稲妻が走り、雷鳴がとどろいた。激しい風にあおられて波が高くなった。人々は泣き叫んだり祈りをあげたりしていた。わたしは必死にバランスをとろうと足を踏んばっていたが、近くにいた大柄の女性がつまずき、わたしにしがみついてきた。波が木製の厚板に打ちつけ、わたしとその女性は一緒に水にのみこまれた。

第二十四章

ジュリエット　一九三九年七月二十三日　ヴェネツィア

海水は驚くほど冷たく、わたしは息ができなかった。女性はまだわたしにしがみついていて、ふたりとも沈んでいった。それでもわたしは水面に顔が出るまで必死にもがき、雨と波が顔に打ちつけるなか息を吸いこんだ。塩の味がして吐きそうになった。女性はわたしの首に両腕を巻きつけてしがみついていた。

「助けて。泳げないの」海面に顔を出した瞬間に彼女は叫び、またわたしにしがみついた。彼女はふたたびわたしを水中に引きずりこみ、そしてもう一度海面に出てむせながら泣き叫んだ。誰も救助に来てくれそうにないなか、こんなことを繰り返していたらふたりとも溺れ死んでしまう。まわりに見えるのは、暗闇と波だけだった。もしも生き残りたいのなら、自分を彼女から引きはがして自由になるしかないと思った。ほかの誰かに彼女を救助してもらえばいい。水中にはほかにも大勢の人がいることに気づいた。どこからか、近づいてくる複数のモーターボートの音も聞こえてきた。波が襲ってきて、わたしたちはまた水中に引きずりこまれた。しがみついてくる彼女の手をなんとか振りほどき、水面に顔を出して体をまわすと、女性と向き合う形になった。彼女も水面に顔を出し、むせて咳きこんでいた。彼女の目のなかに、パニックが見えた。

「聖母マリアさま《マリア・ヴェルジネ》」彼女が悶《もだ》えながら言った。やはり、この人を溺れさせるわけにはいかない。女性の背中がこちらを向くように彼女の体をまわし、頭が水面の上に出るように支えた。これで水中に引きずりこまれずにすむ。こういうとき、〝暴れないで〟ってイタリア語でなんて言えばいいの？　常識的な考えがすっかり頭から飛んでしまっていた。

「じっとして」となんとか言うことができた。「助けが来るから」それが本当ならいいのだけど、と思った。

　波の上に出たとき、周囲を見まわした。潮の流れのせいで、わたしたちは橋からかなり遠くに流されていた。波と雨の合間からちらっと見たかぎり、即席で造られた橋はばらばらになっているようだった。いずれにしろ、つかまれそうなものはなにもない。いったいいつまで彼女を海面の上に支えつづけられるだろう。岸まで彼女を連れて泳いでいけるだろうか。冷たいイギリスの海では泳ぐ機会がそれほど多くなかったため、わたしは泳ぎが得意ではない。それに、ワンピースが脚に絡みついて思うように動けなかった。遠くのほうに明かりが見えたが、あまりにも距離がありすぎた。彼女から離れて、自分だけでも助かるべきなのだろうか。そのことばが頭のなかでこだましていた。でも、それはできないことだった。そのとき、わたしたちの横になにかが現われた。ふたつの手が伸びてきて、女性がボートに引き上げられた。その手が今度はわたしのほうに伸び、わたしもボートの上に引き上げられた。

木製のデッキの上に座りこみ、わたしは咳きこみ、あえいだ。女性は泣きじゃくりながら、あえぐように言っていた。「ああ、神さま。ありがとうございます。聖母マリアさま、ありがとうございます」

「毎回毎回、きみを水から引き上げて助けないといけないの？」聞き覚えのある声だった。顔を上げると、そこにはレオが立っていて、わたしを見おろしていた。声は明るかったが、目のなかには恐怖の色があった。

緊張とショックに安堵感が入り交じり、わたしは耐えきれなくなった。

「そんなにいつもいつも、冗談を言わないといけないの？」とわたしは英語で言った。「溺れかかったのよ。彼女は泳げないし、わたしにしがみついてきて、ふたりとも水に引きずりこまれたの。あなたが来なければ……」わたしは嗚咽をのみこんだ。

彼はわたしの肩に手を置いた。「もう大丈夫。もうなにも心配いらないから。きみはもう安全だ。だから泣かないで」

彼の前で泣きたくなかった。わたしは必死に涙をこらえた。「泣いてなんかいないわよ」と強気に言った。

そのとき、ボートのうしろのほうに何人もの人が身を寄せ合っていることに気がついた。びしょ濡れのその様子から、彼らもレオに助けられた人たちのようだった。

「彼女は、神さまが遣わした天使なの」女性は、わたしを指差しながらほかの人たちに言った。「もし彼女がわたしの顔が水の上に出るように支えてくれなかったら、今ごろわたしは魚の餌になってたわ」

レオはボートを桟橋に向けて走らせた。そこには何人もの警察官や医療ボランティアがいて、人々が岸に上がるのを手助けしていた。わたしは年配者を先にボートから降ろし、自分も降りようとしたところをレオに止められた。

「彼女はぼくが家まで送っていきます」と彼は言った。「住んでいる場所を知っているので」

「その必要はないわ」とわたしは言ったが、体は激しく震えていた。

「大丈夫だから気にしないで」とレオは言った。「第一、その様子じゃ歩けないだろ。なるべく早く、その濡れた服を着替えないと」彼はボートのエンジンをふかし、ほかの船のあいだをぬってザッテレ河岸の先端まで行き、サンタ・マリア・デッラ・サルーテ聖堂を通りすぎて大運河にはいった。嵐も今では降りしきるただの雨に変わっていたが、運河は四方八方に行き交う船で混乱状態が続いていた——家に帰ろうとする船、花火を期待していたサン・マルコの入り江を目指す船。あやうく衝突されそうになり、レオは何度か悪態をついた。ようやく前方にアカデミア橋が見えてきた。レオは橋の手前で曲がり、細い運河にはいった。

「船で行けるのはここまでなんだ」と彼は言った。「ここからひとりで歩いて帰れる?」

「たぶん大丈夫」歯がカタカタと鳴り、歩くのも大変だった。彼は船を岸に横づけし、わたしが降りるのを手助けしてくれようとした。わたしはよろよろと立ち上がったが、脚が言うことを聞いてくれなかった。

「船をしっかりとつなぐから、ちょっと待ってて」と彼は言って運河沿いの道に降り、わたしが下船するのを手伝ってくれた。そして路地を通って下宿屋のある道まで行くあいだ、わたしの腰に手をまわして支えてくれた。わたしも抵抗はしなかった。そもそも、ひとりで歩くのは無理そうだった。そのとき、鍵のことを思い出して心配になった。ポケットを探ると、ちゃんとはいっていて安心した。食べ物を入れてあった袋は、今ごろジュデッカ運河の底に沈んでいるだろう。ポケットから外の扉の鍵を取り出したが、手が震えてうまく鍵穴に挿せなかった。かわりにレオが鍵を開け、階段をのぼるのを手伝ってくれた。

「送ってくれてありがとう」がんばってできるだけ礼儀正しく言った。「もうご家族のところに戻ったほうがいいわ」

「きみをこのままおいてはいけないよ」と彼は言った。「かなりショックを受けたんだろうね」そう言って彼はキッチンに行った。「大家さんは、どこかにグラッパを置いてない？」

「どうかしら」

レオは戸棚を開けたり棚を覗いたりしていた。そして大声をあげた。「あった、あった。これだ」

「シニョーラのお酒を、勝手には飲めないわ」堅苦しいイギリスの流儀まる出しでわたしは言った。

彼は険しい目つきで言った。「文句を言われたら、新しいボトルを買ってくる」そして、グラスを無理やりわたしに握らせた。「とにかくこれを一気に飲んで。それから、すぐにその濡れた服を脱いで、熱い風呂にはいるんだ」

わたしはグラスのなかのお酒を飲んだ。燃えるように熱く、咳きこんでしまった。

「全部飲んで。体が温まるから」レオは命令口調で言った。「すぐに風呂をいれる」

残りのグラッパを飲んでいるとき、湯沸かし器のことを思い出した。

「レオ、気をつけて」とわたしは大声で呼びかけた。「蛇口をひねるとき――」

わたしの残りのことばは、大きなドーンという音にかき消された。そのすぐあとにイタリア語の罵声が続いた。わたしは急いでバスルームに駆けこんだ。

「眉毛が焼けてなくなるところだった」と彼は言った。

「ごめんなさい。注意してねと言わないといけなかった。気をつけて扱わないとだめなの。わたしはもう慣れてしまったけど――」

「どうしてみんな、家のなかの不具合をそのままにしておくんだろう」と彼は不満げに言った。「この湯沸かし器、マルコ・ポーロより古そうだ」

「ちょっと見せて」そう言って彼の顔をわたしに向けさせた。顔に少し煤《すす》がついていた。

「眉毛は無事だったみたい」指で彼の鼻を拭《ぬぐ》った。「ちょっと煤だらけになっちゃったけど。顔を洗ったほうがいいわ。そうしないと、言い訳しないといけなくなるから」

彼と目と目が合い、思わずふたりして笑いだした。

「まったく、次はなにが起きるんだ?」と彼は言った。「きみと一緒にいると、退屈することは絶対にないね。さあ、その濡れた服を脱いで」

彼はわたしのワンピースのボタンをはずしはじめた。そのあとなにが起きたのか、わたしにはわからない。一分前には大笑いしていたふたりが、次の瞬間には情熱的なキスをしていた。彼の指がぎこちなくわたしのボタンをはずし、ワンピースが床に落ちた。わたしたちはもつれ合いながら寝室に行った。むさぼるようにくちびるを重ねたまま、ベッドに倒れこんだ。彼のくちびるは塩の味がして、わたしの冷たい体に重なった彼の体は温かかった。彼がわたしの下着を脱がせようとしているのはわかっていたが、それを拒もうとしたところでできなかっただろう。そもそも、彼を拒む気はなかった。わたしの心と体が彼を求めていた。痛みと喜びがわたしを貫いた。声をあげたという自覚はあったが、それが痛みからなのか快感からなのかは自分でもわからなかった。

すべてが終わったとき、彼はわたしの隣に横たわっていた。あまりにもやさしい彼の表情が、わたしの心をとろけさせた。

「今ぼくがいちばんしたいのは、このままひと晩じゅうきみの隣に寝て、明日の朝、目が覚めた瞬間にきみにキスすることだ。こんなふうに」そう言ってキスをした。

「わたしたち、とんでもないことをしてしまった」自分たちがしでかしてしまったことが、現実としてわたしに重くのしかかってきていた。「こんなこと、二度としてはいけない。二度と。わかるわよね」

彼はうなずいた。「わかってる。でもぼくは、こうなれてうれしい。きみは?」

「ええ」とわたしは言った。「どういうものなのか、知ることができてうれしい」

「初めてだったの？」

「ええ、もちろん」間をおいてわたしは続けた。「このことは、一生忘れない」わたしは急に起き上がって叫んだ。「お風呂！」わたしたちはふたりでバスルームに駆けていった。お湯は、バスタブの縁まであと一センチのところまで満たされていた。レオは蛇口をひねってお湯を止めた。わたしたちは、ふたりにしかわからない冗談を楽しむかのように目を合わせた。

「さあ、これできみはお風呂にはいれるね」と彼は言った。「ぼくはもう帰らないと。なにかあったのかと心配されているかもしれない。溺れたと思われているかも」

わたしはうなずいた。

「しばらくは会えない。八月中は、家族みんなでヴェネト州の別荘で過ごすことになってるんだ」そう話しながら、彼は服を着ていた。彼は、濡れた髪を指でかきあげた。「元気でいるんだよ」

「あなたもね」

彼はうなずいた。そしてなにか言いたそうに手を伸ばしかけたが、くるりと背を向けると足早に行ってしまった。わたしはしばらくのあいだ閉じられたドアを見つめていたが、やがて温かいお湯で満たされたバスタブに身を沈めた。でも、もうそんな必要はなかった。体は震えてはいなかった――それどころか、全身が火に包まれているかのように熱かった。でも、お湯は心地良かった。こんなにお湯を使ってしまって、大家さんに叱られるかもしれない。でも今は、そんなことはどうでもよかった。なにが起きたのか、真剣に思い出そうとしていた。ただの一時的な感情の昂ぶりにすぎない、と自分に言い聞かせた。ふたりともショックを受けていたし、疲れきっていた。そして思った。もし、彼がまた会いにきたら？ 彼を拒むことはできる？ 愛人という立場に甘んじるの？ 聖書では、姦通は罪だと説いていない？

お湯がすっかり冷めてしまうまで、わたしはバスタブにつかったままでいた。ようやくお風呂から出て寝間着に着替えると、花火の音が聞こえてきた。窓を開け、サン・マルコの入り江の上空が明るく照らされるのを眺めた。花火が打ち上がるたび、人々の歓声が聞こえた。まるで魔法を見ているようだった。わたしは心配するのをやめ、この瞬間を楽しんだ。花火が終わってからもしばらく窓辺に立っていると、玄関が開くのが聞こえ、息を切らしたシニョーラ・マルティネッリがバスケットを抱えて階段をのぼってきた。

「混雑する前に帰ることにしたんだよ」と彼女は言い、バスケットをテーブルに置いた。

「いっぱい食べ物が残ってしまったよ。食べきるまでに何週間かかるかもしれないね」

　彼女は、わたしが寝間着を着ていることに気づいた。「なんだ、花火を見にいかなかったのかい？　きれいだったのに」

「ここから見ました」とわたしは言った。「わたしの部屋の窓からだと、それが見えるんです」

「そうだね。でも、出かけたことは出かけたんだろ？　ジュデッカ島には行ったのかい？　教会は？　船のレースは？　事故のことは聞いたかい？　ものすごい風が吹いて、橋が壊れたんだよ。何人かが溺れたらしいよ。とんだ災難だ」

　わたしはうなずいた。

「そうか、ずっと家にいたのかい。せっかくの楽しみをのがしてしまったね」

「そうでもないですけど」とわたしは言った。

第二十五章

ジュリエット　一九三九年七月　ヴェネツィア

次の朝には、すっかり現実が戻っていた。理性的に考えると、前夜のことが信じられなかった。とんでもないことをしてしまったという恥ずかしさと、身分の高いハンサムな男性と愛し合ったうれしさという相反する感情が、わたしのなかで競り合っていた。彼はわたしを求めていた。昨夜のわたしの反応を思い出せば、わたしも彼を求めていたのは明らかだった。あのような情熱が自分のなかに秘められていたのかと思うと、顔が紅潮するのがわかった。昨日のようなことは二度と起きない。絶対にあってはならない。ほとんど死にかけたという動揺から生じた、真の愚行にすぎない。今この瞬間から、わたしは思慮深く分別ある本来の自分に立ちかえり、今までどおりの生活をおくる。レオが一ヵ月のあいだ留守にするのは、好都合だ。その時間をつかって、ここに留まるべきかどうかを考えることにしよう。戦争の乱雲がヨーロッパ大陸をのみこもうとしている今という時代、死ぬほど愛している男性――彼も同じくらいわたしを愛しているようだ――のいる同じ街に。もっとも道理にかなっているのは、すぐにイギリスに帰ることだ。彼が別荘から戻ってくる前に。その場合、美術学校の授業は諦めなければならないが、今さらそれがどうしたというのだ。そもそもわたしは偉大な画家にはなれそうにないし、今の知識や技術でもやる気のない少女たちに教えるには充分だ。それに、戦争になったら母のもとにいるべきだろう。「あと一週間だけ。あと少しだけ」とわたしはひとりごとを言った。その瞬間、なにがそんなに引っかかっているのかがわかった――さようならも言わずにここを去るわけにはいかないのだ。もう一度、彼に会わなければならない。

八月は、永遠に続くように思えた。とんでもなく蒸し暑かった。わたしの窓の下を流れる運河もひどいにおいを放っていた。午後になると、本土からの雷雲がヴェネツィアの街を襲った。多くのヴェネツィア人はレオの家族と同じように、高原の避暑地に行っていた。学校も夏休みになり、宿題もないのでやることもなかった。そんなとき、シニョーラ・マルティネッリがトリノにいる妹に会いにいくと言いだした。わたしは彼女の留守中ブルーノの面倒を見ることと、家をきれいに保つことを約束した。

留学生仲間も、わたしをおいて去っていった。イメルダとガストンは、それぞれの家族のもとに戻った。ヘンリーはトスカーナ地方をめぐる旅に出た。フランツに関しては、なにをしているのか不明だった。おそらくオーストリアに帰国したのだろう——それともドイツに？　ヘンリーの疑念が正しければ、ここで調べた内容を報告しにいったのかもしれない。

もぬけの殻になった街に、わたしはひとり取り残された。ある店の人の話では、通常であればこの時期には観光客が訪れるのだそうだ。でも、戦争が始まるかもしれないのに、観光しにくる物好きなんかいやしないよ、とその店員は言った。ムッソリーニがヒトラーとのあいだであの馬鹿げた不可侵条約を締結したせいで、いつもは八月に観光で来るイギリス人も本国に留まっていた。

あまりの暑さのせいで、長時間外に座ってスケッチするのは無理だった。わたしは油絵に挑戦していた。あちこちの教会を訪れ、建築についても勉強した。手遅れになる前に帰ってきなさいという母からの手紙が、山のように送られてきた。わたしもそうしたかったが、シニョーラ・マルティネッリが帰ってくるまではここを去れなかった。ブルーノがいるからだ。誰かが餌やりをしなければならない。もしかしたら、そのうちすべて解決するかもしれないし、とわたしは自分に言い聞かせた。イギリスがヒトラーとまた協定を締結して、戦争の脅威が溶けてなくなるかもしれない。

わたしは水上バスを利用し、ちょくちょくリド島に泳ぎにいくようになった。高地の避暑地に行くほど裕福ではないヴェネツィア人は海水浴で涼をとっていたため、ひっそりした街なかとはちがってビーチは混雑していた。アドリア海の水はお風呂のお湯くらい温かいし、砂の上は足の裏が火傷するくらい熱いため細長い板の上を歩かなければならなかった。それでも、街を離れて海岸に来るのは気分転換になり、涼しい海風も心地良かった。

ある日、海水浴から戻る途中で、伯爵夫人のヴィラの前を通った。彼女から、いつでも遊びにきていいと言われていたのを思い出した。きっとほかの人たちのように八月は避暑地に行っているだろうと思いながらも、ためしに玄関まで行ってドアをノックしてみた。

ドアを開けたのは若い男性で、前回このヴィラを訪れたときには見かけなかった顔だった。こちらが心配になるほど痩せていた。わたしは自分の名前を名乗り、伯爵夫人にお目にかかりたいと伝えた。彼はわたしのことばが理解できないのか顔をしかめた。ヴェネツィア語しかわからないのだろうか、と思った。わたしのイタリア語は、今ではだいぶ上手になっているはずで、先日のお祭りでも、ご馳走になった家族の人たちとは問題なく会話ができていた。わたしは、もう一度ゆっくりと用件を伝えた。彼はお辞儀をすると、奥にさがった。そして戻ってくるなり、わたしを家の奥の部屋まで連れていった。天井がとても高く、アーチ型の窓のある部屋だった。窓のブラインドが下りていたので水族館のなかにいるように薄暗く、家具の色も壁を埋めつくしている絵画の色もよくわからなかった。でも、そのおかげでとても涼しかった。扇風機がまわっていた。伯爵夫人は長椅子に横たわり、蓄音機から流れてくるモーツァルトを聴いていた。

彼女は目を開け、上体を起こして座ると、大きな笑みを見せた。「ああ、わたくしのかわいいイギリスのレディ。来てくれたのね。なんてうれしいんでしょう。ヨーゼフ、シトロン・プレッセとケーキを持ってくるように、ウンベルトに言ってちょうだい」

彼はうなずくと、部屋を出ていった。伯爵夫人に椅子を勧められ、わたしは彼女と向かい合うように座った。彼女は濃緑色の日本の着物をはおり、化粧をしていなかった。部屋の暗さのせいで、化粧っ気のない彼女の顔は骸骨のような印象を与えていた。

「新しい人を雇ったのですか？」とわたしは尋ねた。「一ヵ月前にお邪魔したときには、見かけなかった気がしたので」

「ええ、そのとおりよ。彼は来たばかりなの」と彼女は言った。わたしから視線をそらし、伯爵夫人は美しい庭に目をやった。椰子の木が風に揺れていた。ふたたびわたしを見ると、彼女は言った。「あなたはイギリス人で、しっかりとした家庭のお嬢さん。正しいことをするように育てられたのよね」

「はい」とわたしは言った。この会話がどこに向いているのかはさっぱりわからず、混乱していた。すると伯爵夫人はわたしに顔を近寄せてから言った。まるで誰かに聞かれるのを恐れているかのようだった。「小さな秘密を教えてあげるわ。あなたのことは信頼できると思ったから。わたくしには人を見る目があるのよ、たいていはね」彼女が話を続けるまで、少し間があいた。次になにを言いだすのだろう、とわたしは気になった。「さっきの人」と彼女は言った。「使用人じゃないの。彼はドイツから来たユダヤ人画家よ。このことは誰にも知られてはいけないの。わたくしは今、できるだけ多くの人たちをドイツから脱出させようとしているのよ——画家に小説家に詩人。拉致されて、神のみぞ知る場所に送られるいちばん危険にさらされている人たち。かわいそうに、彼らにはどこにも逃げる場所がないの。アメリカは受け入れてくれないし、イギリスもね。それにフランスは危険すぎる。ドイツに近すぎるから。だから、使用人という名目で彼らをここに連れてきているの。そのあとはイタリア語を勉強させて、イタリアのどこかでふさわしい職場を見つけてあげるつもりよ。残念ながら、一度にひとりしか連れてこられない。それも時間をかけて。本当は全員を救いたいけど、無理な話ね」

「とても尊いことをされていると思います」とわたしは言った。

「尊いなんてとんでもない。当然の義務を果たしているだけよ。彼らはわたくしの親戚のようなもの。同じユダヤ人ですからね。わたくしがユダヤ人だということは、聞いているわよね？」

「ええ」とわたしは言った。「ご自分のことは心配じゃないんですか？　イタリアでも反ユダヤの動きがあるんですよね？」

「そうね、そのとおりよ。でもドイツほどじゃない。それに、ヴェネツィアはまだ大丈夫。わたくしたちは辛抱強いの。ユダヤ人は中世からヴェネツィアに住んでいるのよ。特にわたくしにとって重要なのは、ヴェネツィア人が芸術をなによりも愛しているということ。来年のビエンナーレもすでに計画しはじめているのよ。こんなに楽観主義なことってあるかしらね。世界の半分が戦争をしているかもしれない状況でも、国際的な美術展を開催する気満々なの。芸術のパトロンとしてヴェネツィアで大きな存在であるこのわたくしを、彼らもないがしろにはできない。わたくしのような人間がいなければ、ビエンナーレは開催できませんからね」彼女は手を伸ばし、わたしの手をぽんぽんと叩いた。「だから大丈夫。わたくしの身の安全を案ずる必要はないわ」そのまま手を重ねたまま、彼女は間をおいた。「あなたのほうこそ、どうなの？　ここに残るつもり？　安全なイギリスに逃げなくても大丈夫？」

「どうしたらいいのか、考えているところです」とわたしは言った。「今は、途方にくれています。授業がお休みなので、やることがありません。母からは、帰ってくるように言われています。でも、今は大家さんの猫の世話をしないといけないんです。少なくとも、大家さんが帰ってくるまでは。それに正直言って、ここを去りたくありません。大好きなんです――この街のなにもかもが――色も音も、人も食べ物も。すべてが生き生きとしている。ここの人たちはみんな、自分たちが生きているということを実感しています。でもイギリスに帰ったら、夜は静かな居間で時計のチクタク音だけを聞きながら過ごす生活に戻ります。九時になったら母がラジオのニュースをつけ、そのあとベッドに行くだけです」

「だったら、ここに残るべきよ」と伯爵夫人は言った。「他人の人生を生きることはできないわ。あなたの人生は、あなた自身がつくりだすものでなくちゃ。どうしたいかは、あなたが決めるの」

わたしが本当に欲しいものは、絶対に自分のものにはならないものなんです、と言いたかったが、もちろん声には出せなかった。

先ほどの若い男性が、新鮮なレモンを搾ったレモネードと、さまざまな菓子類――粉砂糖をまぶしたビスケットにマジパンでできた果物、砂糖漬けの果皮がちりばめられた小さなケーキ――が盛られた皿をのせたお盆を持って戻ってきた。彼はわたしと夫人のグラスにレモネードを注ぎ、わたしにお菓子の皿を差し出した。わたしはお菓子をひとつずつ自分の皿に取った。粉砂糖をまぶしたビスケットは、ひとかじりすれば、紺色のワンピースが砂糖だらけになってしまうことに気がついたが、手遅れだった。

「ありがとう《ダンケ》、ヨーゼフ」と伯爵夫人はドイツ語で言った。彼の顔に、とっさに警戒の色が浮かんだ。夫人は彼を安心させるように手を振った。「大丈夫よ」今度は英語で言った。

「このお嬢さんは、あなたが誰なのか知っているの。彼女はイギリス人よ。だから心配はいらないの」

彼は恥ずかしそうな笑みをわたしに向けた。

「ヨーゼフは優れた画家なの」と夫人は言った。「ドイツから救い出すことができて、彼は本当に運が良かった」

ヨーゼフはうなずいた。「彼らは、父を捕まえにきました」彼は拙い英語で言った。

「父はミュンヘンで大学教授をしていました。彼らは、ユダヤ人は大学で教えたり勉強したりしてはいけないと言いました。そして、父を連れ去りました。どこに連れていったかわかりません。ゲシュタポは、私が描いた絵を見つけて、私は捕まりました。ひどいところに連れていかれました。尋問されました。強制収容所に送ると言われました。でも、伯爵夫人から頼まれた人たちが私を救い出してくれました。彼女は、命の恩人です」

「あなたは、今までどおり絵を描けばいいのよ、ヨーゼフ。あなたの絵は、わたくしの自慢の種なのだから」そう言うと、彼女はレモネードを一気に飲んだ。わたしもお菓子に手を伸ばした。でも、粉砂糖のかかったビスケットには細心の注意をはらった。

「考えていたのだけど」伯爵夫人が沈黙を破った。「もしすることがなくて退屈しているなら、わたくしを手伝ってくれないかしら。いくつかカタログを作らないといけなくて、それにビエンナーレの準備作業もあるの。いつもはヴィットリオがやってくれるのだけど、彼は今アメリカにいて、価値の低い絵を売りつけているのよ。見る目はないけどお金はある人たちに、ね」

わたしは思わず笑ってしまった。「ヴィットリオはあなたの下で働いているんですか？」とわたしは尋ねた。「画廊のオーナーだと彼は言っていましたけど」

「そうよ、彼は画廊を経営しているの。でも、わたくしがいちばんの上客なの。あなたたちイギリス人の表現を借りれば、〝パンのどちら側にバターが塗られているかを知っている〟とでも言うのかしら。どっちの側に立てばいちばん有利なのかをわきまえている、ということね。だから彼はこんな老婆にもおべっかを言うし、わたくしが与えるものを喜んでくれる。それに、彼は話し上手だし愉快な人だし、なによりわたくしが若くて生き生きしていると感じさせてくれるの。だからわたくしと彼の関係は、〝共生〟と言えるのかもしれないわね」

　ふたりに性的な関係も存在するのか、このときもわたしは思わないではいられなかった。

一九三九年九月一日

　それからの数週間は、とても楽しい日々になった。伯爵夫人のヴィラの少し薄暗い涼しい部屋のなかで夫人の作業を手伝い、裏庭の巨大な椰子の木の下で紅茶をいただいた。わたしたちは、世界じゅうの芸術家の応募作品を吟味した。夫人が所有する貴重な絵画や版画のカタログやファイルを作るのを手伝った。なかには、思わず目を見開いて驚いてしまうような画家名も含まれていた。

「これは、初期のピカソの絵です！」

「ええ、そうよ。知ってるわ」彼女はいたずらっぽく笑った。「彼の愛人がわたくしに焼き餅を焼いたものだから、すぐに帰るようにと彼に言われてしまったの。そのとき、この絵を渡されたのよ」

　とにかく、伯爵夫人は驚くべき逸話に事欠かない人だった。リド島のヴィラへの訪問が、わたしにとってどんなに楽しいものだったのかことばでは表わしきれない――ウィットに富んだ会話、芸術に対する彼女の深い見識、夫人の優雅な佇《たたず》まいとその暮らしぶり。そのどれもが、どんよりとしたイギリスでの生活とはかけ離れたものだった。わたしたちの共同作業は、明らかにわたしの存在をおもしろく思わないヴィットリオの帰国とともに終わりを告げた。

「私が喜んでしていた仕事を、なんでこの女性にやらせたんです？」不機嫌そうに部屋のなかを歩きまわりながら彼は言った。

「あなたがいなかったからよ、ダーリン」伯爵夫人は、やさしく彼の手を叩きながら言った。「それに、ジュリエットと一緒にいられて、わたくしも大いに楽しめたわ。ときには、ほかの女性が近くにいるのもいいものよ」

「でも彼女は素人《しろうと》ですよ。希少価値のある版画について、彼女にどんな知識があると言うんです？　深く考えずに、指紋だらけにしたかもしれないじゃないですか」

「そんなにふてくされないで、ダーリン」おもしろがるような表情を浮かべて伯爵夫人は言った。「そんなに顔をしかめたら、しわだらけになってしまうわ。あなたの美貌の価値は、あなた自身がいちばんよく知っているはずでしょ？」

「ふざけないでください」

「ふざけてなんかいないわ。それに、ジュリエットの授業はもう来週には始まってしまうの。だからわたくしは、またあなただけのものになるわ。賢いあなたならわかっていると思うけど、ドイツにいるユダヤ人の優秀な芸術家をまた見つけてきてちょうだい」

ヴィットリオは納得したようだった。わたしとしては、伯爵夫人との時間が終わろうとしていることが残念でならなかった。率直に言って、美術史の授業を一年間受講するより、彼女から学びとったものは多かった。九月にはいり、もうすぐ授業も再開して留学生仲間の友人たちも帰ってくる。この日、シニョーラ・マルティネッリは無事に帰宅した。階段をのぼり、顔を赤くし、息を切らしていた。

「お帰りなさい」とわたしは言った。「ブルーノは元気ですよ。相変わらず悪い子ですけど」

わたしのことばをさえぎるように彼女は片手を上げて言った。「ニュースをまだ聞いてないんだね！　駅でみんなが話していたんだよ。もう大騒ぎさ。ドイツがポーランドに侵攻したんだ。また世界じゅうが戦争になるよ」

第二十六章

キャロライン　二〇〇一年十月十二日　ヴェネツィア

大伯母のアパートメントに戻ると、キャロラインはさっそく仕事に取りかかった。ベッドのカバーやシーツを剝がすと、それを全部捨てた。マットレス自体にネズミの巣の痕跡はなく、彼女は胸をなでおろした。大変な努力が必要だったが、なんとかマットレスを上下にひっくり返した。窓を開け放ち、床を掃いたりモップがけをしたり埃をはたいているあいだに空気を入れかえた。窓台に落ちていたはるかむかしのハエの死骸以外に、虫がはいりこんだ痕跡がないことにほっとした。掃除は大変だったが、午後が終わるころにはやり遂げたという満足感があった。彼女は、翌日にすることのリストを作った——新しい寝具類と、新しい電気ヒーターを買う。古い電気ストーブは博物館に展示されるほうがふさわしいようなもので、あっという間にこの建物を丸焼けにしてしまいそうだった。部屋に電気が通っていることがわかって安心した。それに、バスタブの上にある奇妙な仕掛けから、実際に熱いお湯が出てきたのは驚きだった。

買い物リストには、食料品と紅茶とワインを書いた。基本的なものだけ、と自分に言った。ちゃんとした食事は、近くのトラットリアで食べるほうが簡単だ。早くこの部屋で初めての夜を過ごしたかったが、寝具と食べ物を買うまで待たなければいけない。彼女はホテルに戻り、以前も行った小さなトラットリアで夕食をすませた。ホテルに戻ると、宿泊客用に用意されているサロンのパソコンを使い、ジョシュにメールを送信した。

〝レティ大伯母さんは、ヴェネツィアの不動産をわたしに遺してくれたみたい。ちゃんと住めるように楽しみながら準備して、次のイースター休暇にはテディをここに連れてくるのが楽しみ。すてきなビーチもあるし、きっとテディはゴンドラに夢中になるはず〟。あえてデジレのことは訊かなかった。

メールを送信すると、ホテルの女性オーナーがリモンチェッロを飲まないかと誘ってくれた。キャロラインがどんな発見をしたのか、興味津々のようだった。

女性オーナーは、キャロラインの話すことすべてにうれしそうに驚いた。「ザッテレのアパートメントですって！　ディオ・ミーオ！　とんでもない財産だわ。外国人がこぞって買いたがっているのよ。特にドイツ人が。わたしたちとしたら、あんまり歓迎できないけど。戦争中にドイツからどんな仕打ちを受けたか、古い世代の人たちはまだ覚えているから」

「ドイツ軍がここに来たんですか？」とキャロラインは訊いた。「てっきりイタリアはドイツと味方同士だったと思っていました」

「最初はね。でも、途中で立場を変えたの。それがドイツの怒りを買ったのよ。彼らは街を占拠したの。しかもかなり残忍だった。たくさんの人たちが逮捕されたり殺されたりして、強制収容所に送られた人もいたわ。それに、わたしたちを飢え死にさせようとしたの。ドイツ軍は、連合国がわたしたちを救いに来るまで二年間もここに居座った。あなたの国、イギリス軍が来てくれるまで」

戦争というものがどれほど長いあいだヨーロッパに暗い影を落としていたのか、キャロラインはあらためて痛感した。でも、レティ大伯母さんはスイスに逃れたから、ドイツの占領は免れたはず——部屋の様子からして、急いで逃げ出したようだ。問題は、戦争が始まってからも、なぜ家族のいるイギリスにはすぐに戻らず、ヴェネツィアに留まったのかということだった。

次の日の朝、キャロラインはさっそく買い物リストを持って出かけた。ザッテレ河岸を少し行ったところに大きなスーパーマーケットがあり、そこでシーツや枕、羽毛布団を買い、さらに食料品とワインも買いこんだ。両手いっぱいに袋を抱えて河岸沿いの長い遊歩道を歩きながら、少しさびしい気になって買いすぎたことを後悔した。息も絶え絶えになりながらなんとか部屋にたどり着くと、荷物をすべて床に放り出し、まずは紅茶を淹れた。自分の居間で腰をおろし、紅茶を飲みながら運河を行き来する船――なかには巨大なクルーズ船や貨物船もあった――を眺めるのは、とても気持ちが良かった。午後にはベッドを整えることができた。きれいなタオルを見つけ、それで窓の内側を拭くと、夕陽のバラ色がかった光が差しこんできた。彼女はグラスにワインを注ぎ――そういえは、冷蔵庫がなかった――パンとオリーブを食べながら、ゆったりと平和な気分にひたった。

レティ大伯母さん、これが望んでいたことなの？　妹の孫娘であるわたしに、自分だけの場所を与えて、心配事を忘れさせたかったの？　そのとき、ヴェネツィアに来たいちばんの目的――レティ大伯母さんの遺灰を撒くこと――を果たしてないことを思い出した。この部屋の窓の外に広がる運河に撒くのが、いちばん望ましいのではないかと思った。でもキャロラインは、まだその気にはなれずにいた。

彼女は祖母に電話をかけ、アパートメントのことを話した。「ふたつの鍵については謎が解けた。でも、小さな銀の鍵の謎はまだわからないの。アパートメントの部屋は全部見てみたけど、こんなに小さな鍵がはまるような鍵穴は見つからなかった。だから、大伯母さんが持って帰った箱の鍵なんじゃないかと思うの」

夕食は外に行かず、買ってきたミネストローネの缶詰をパンとチーズと一緒に食べた。電気ヒーターだけは買えていなかったので、部屋のなかはかなり寒くなってきた。カーテンを閉めると、虫食いの穴がいくつも開いていた。ここに住むなら、カーテンも買いかえないといけない。しばらくして、バスルームの戸棚のなかに古い石製の湯たんぽ——博物館にあるようなもの——を発見した。心地良くなった。お湯を沸かして湯たんぽのなかに入れると、ベッドは温まって心地良くなった。キャロラインは早めにベッドにはいり、天井を見つめながら温まってこの数日のあいだに起きた出来事を思い返した。このアパートメントが自分のものだとわかったこと、年老いたダ・ロッシ家の老婦人に憎しみのこもった目で見つめられたこと、そして彼女の孫であるルカのこと。彼は、最上階のこの部屋が彼女のものだということについて、とても好意的にとらえているように見えた。でも、ルカのことはあまり考えないようにした。もしかしたら、彼女を追い出す最善の方法を考えているのかもしれない。もしかしたら、彼の弁護士たちは、彼女の契約を無効化しようとすでに画策しているかもしれない。ジョシュのおかげで思い知った。それにしても、他人を信用しすぎるのは危険だ。なんでルカはあんなに魅力的なのだろう。

その晩、彼女は不思議な夢を見た。夢のなかで、小さな少女がピアノを弾いていた。いちばん下の引き出しにあった、きれいにたたまれた子供服の持ち主だろうか。レティ大伯母さんはどうやってその少女と出会ったのだろう。明日の朝になれば、引き出しか戸棚のなかから、謎を解くヒントが出てくるかもしれない。

窓から差しこんでくる光で、キャロラインは目を覚ました。目の前に広がるラグーナは、朝日を浴びてきらきらと輝いていた。アパートメントのなかはとんでもなく寒かった。早く電気ヒーターを買わなくては、と彼女は思った。紅茶を淹れてアプリコットジャムを塗ったパンを食べ、さっそく調査に取りかかった。なにが見つかるか、わくわくしていた。

廊下にある戸棚のなかからは、大伯母の描いた絵のはいったポートフォリオが出てきた——ヌードのスケッチや画集のなかにあるような絵のスケッチ、不思議な抽象画やほぼ完成している人の肖像画など、さまざまな絵が含まれていた。レティ大伯母さんには才能があったのね、とキャロラインは思い、あとでじっくりと見るために、絵は脇へ置いた。そして、今度は机を調べはじめた。空っぽの引き出しもあった。個人的な手紙や書類はなく、描きかけのスケッチや完成した絵が出てきた。ベッドの下を覗くと、スーツケースが見つかった。なかには無理やり詰めこんだようなしわくちゃの服がはいっていた。レティ大伯母さんは、どうして服をおいていったのだろう。よほど大急ぎで逃げ出したとしか思えなかった。おそらくイタリア参戦のニュースを聞いて、一刻も早くスイスに逃れようとしたのだろう。

大伯母が書類をしまっておきそうな場所をすべて探しつくすと、キャロラインは見つけてあったかぎ針編みのショールに身を包み、絵やスケッチを見はじめた。感心してうなずきながら、一枚一枚ゆっくりとめくっていくと、ある一枚の絵で彼女の手が止まった。それは、赤ちゃんをスケッチしたものだった。その絵を脇に置き、続きをさらに見ていくと、同じ赤ちゃんの絵が何枚も出てきた。そのとき、彼女は気づいた。この赤ちゃんは、レティ大伯母さんの部屋の壁に飾ってあった智天使《ケルビム》の絵の子だ。近所の子供をモデルにしたのだろうか。そうか、と思い当たった。それが大伯母とダ・ロッシ家を結びつけていた理由だ――大伯母は、ダ・ロッシ家の乳母《ナニー》をしていたのだ！　早くルカに話したくてたまらなかった。だけどもしそれが本当だとしたら、なぜ大伯母の記憶はシニョーラ・ダ・ロッシのなかにあれほどの憎しみをひきおこしたのだろう。ひょっとしたらなんらかの悲劇に見舞われたのかもしれない。赤ちゃんが亡くなって、シニョーラはそれを大伯母さんのせいにしたとか？　そんなことがもしあったのなら、大伯母が大急ぎで逃げ出さなければならなかったのも腑に落ちる。

階段をのぼってくる足音が聞こえ、キャロラインは絵をテーブルに置いて立ち上がった。ドアをノックする音が聞こえ、ルカがはいってきた。

「おはよう」と彼は言った。「新しい家を楽しめてる？」

「ええ、とても。ただ、今はちょっと寒すぎるけど。電気ヒーターを買わないといけないの」

「部下に言って調達させるよ」彼は窓辺まで行くと、振り返って彼女を見た。「なにか書類は見つかった？　契約に関係するなんらかの書類」

「ううん、なにも。絵とかスケッチばかり。でも、おもしろいものを見つけたの。大伯母とあなたの家族とを結びつけるものかもしれない。ねえ、これを見てみて」彼女は椅子に腰をおろし、一枚の紙を持ち上げた。「もしかして、レティ大伯母さんはあなたの家のナニーをしていたんじゃない？　どう思う？」

ルカは前かがみになって何枚ものスケッチをじっくりと見ていた。「そうだね、その可能性はある。なんとなく、幼いころの父の面影があるような気もする。実はね、これを見て今思い出したんだけど、ぼくが育った宮殿の子供部屋に、赤ん坊のころの父の絵が飾ってあったんだ。それが今どうなってしまったのかはわからないけど。ひょっとしたらうちの家族の誰かが、きみの大伯母さんに肖像画を描いてほしいと依頼して、これらはその絵のためのスケッチなのかもしれないね」

キャロラインはうなずいた。「でも、ひとつだけわからないことがあるの。わたしがイギリス人だと知ったとき、お祖母さまは強い反応を示したでしょ？　なんとなくあのときの敵意は、大伯母に対するものなんじゃないか、って気がしたの」

ルカは首を振った。「それはどうかな。連合国がこの街を占拠したときに、イギリス兵にいやな思いをさせられたのかもしれない。征服する側の軍隊というのは、必ずしも礼儀正しいとはかぎらないからね」

「そうかもね」とキャロランも同意したが、老婦人の目に宿った怒りの火が今でも脳裏に焼きついていた。彼女が認知症を患っているのはたしかなようだ。記憶がこんがらがっているのかもしれない。でも……「ちょっと思いついたことがあるんだけど」と彼女は少し躊躇しながら言った。「たとえば、ご家族に不幸があったとしたら？　大伯母が世話を任されていたお子さんが亡くなってしまって、その責任を追及されたとか？」

ルカは眉間にしわを寄せた。「それはないんじゃないかな。子供が死んだなんて話は聞いたことがない。それに、そのころにはぼくの父も生まれていたし、父は今も元気にぴんぴんしているよ。双子じゃなかったのはたしかだし」ルカは窓辺まで行き、キャロランが座っている椅子の肘掛けにちょこんと座った。彼女は距離の近さを意識せずにはいられなかった。「もしきみの大伯母さんが子守をしていたなら、調べるのはそんなにむずかしくない。本社に古い雇用記録が残っているはずだから」キャロラインは、椅子に座っていることを後悔していた。この位置では彼女は無防備だった——彼の態度に、敵意など微塵もなかったけれど。「ぼくが腑に落ちないのは、九十九年間の賃貸契約なんだ。こんな優良物件を、使用人に貸すとは思えない。たとえば子守じゃなくて画家として雇われていたとしたって、画家にこんな部屋を貸す?」

「戦争中は、ここもそんなに良い場所じゃなかったのかもしれないわよ。敵軍から砲撃しやすい、危険な場所だったのかも」とキャロラインは言った。

「一理あるね。誰かに住んでほしかったのかも——とにかく誰でもいいから。だけどその場合、一ヵ月単位の契約にするんじゃないかな」

「そうね。でも、もう誰にもわからないわね」キャロラインはそう言うと、笑顔の赤ちゃんの絵に視線を戻した。

「で、ここにはどのくらいいるつもり?」ルカは突然そう訊き、立ち上がった。

「三週間の休暇をとったけど、まだ使いきってないの。もしも部屋が充分に暖まらなかったら、そんなに長くはいないかもしれない。大伯母の持ち物を調べたけど、絵とかスケッチ以外にはなにも見つからなかった。それに、どの絵をとっておきたいかも決めてないし。どの絵もかなりうまく描けているわよ。でも……」

「きみの好みとはちがう?」

「そうね。特に抽象画とかヌード画は」

「ぼくは、良いヌードなら好きだな」と彼は言っていたずらっぽい笑みを浮かべた。そしてすぐに訂正した。「ごめん。失礼なことを言ったね」

「いいえ、全然。ドガの裸体画は大好きよ。実はわたし、印象派の大ファンなの」

「ぼくもだ」

「あなたも絵が好きなの？」

「好きなのもある。ぼくの好みは少し古いんだ。新しいアパートメントはすごくモダンなんだけどね——洗練された白い線に、コンクリート打ちっぱなしの壁」

「あなたは、自分を表現したくないタイプなのね」不利な位置関係を解消したくて、彼女は椅子から立ち上がった。「亡くなったときの大伯母の部屋と同じ。個性というものがなにも感じられなかった。すごく整理整頓されてきれいだということ以外、大伯母がどんな人間だったかは誰にもわからない」

「ぼくの部屋は、それとは全然ちがうけどね」とルカは言った。彼はドアに向かった。「もう行かないと。ヒーターはここに運ばせるよ。もちろん、改装が全部終わったら、この建物はセントラルヒーティングになるけどね。今度帰ってくるときには、暖かくて快適になっているよ」

「そうね」と彼女は言い、窓の外を眺めた。大きな貨物船が運河から海に出ようとしているところだった。「いつ戻ってこられるかはわからないけど。今後どうなるかによるから……」

「きみの息子さんがいつ帰ってくるかによる、ってことだよね」とルカは彼女の言いたいことを代弁した。

彼と目が合った。「そうね」とまた言った。

ドアまで行く途中でルカはふと立ち止まった。「あと二、三日はまだここにいて。ぼくの父からメールが来て、もうすぐオーストラリアから戻ってくるそうなんだ。孫と離れるのは悲しいみたいだけど、母に病院の予約があるらしくて。ぜひ両親に会っていきなよ。むかしのナニーのことを、父が覚えているかもしれないし」

「ありがとう」とキャロラインは言った。「そうさせてもらうわ」

「それに、母はアメリカ人だし。きみと英語でおしゃべりできたら、母も喜ぶよ。イタリア語とヴェネツィア語ばかり話さないといけないから、いつもうんざりしてるんだ」

「ヴェネツィア語って、イタリア語とはちがうの?」

「そうだよ。かなりちがう。まだヴェネツィア語を話しているのは、古い世代の人たちだけどね」

「この街は、本当にいろんな魅力にあふれてる。もっと長くいられたらいいのに」

「そうすればいい」

「仕事は？　収入は？　祖母は？　息子は？」

「きみは今の仕事に満足しているの？」

またしても、すぐには答えられなかった。まだ会ったばかりで互いのことをほとんど知らないのに、なぜこの人はわたしの心のなかまで見えるの？　なぜわたしの考えが読めるの？　それに、どうしてそんなにわたしのことを気にかけてくれるの？

キャロラインは肩をすくめて言った。「生活費は稼げるわ。ただ、今まで勉強して身につけた技術はあまり役立てられないけど」

「どんなことを勉強してきたの？」

「ファッションのデザイン。わたしも美術学校に行っていたの」

「なるほど。きみの家系には芸術の血が流れているんだね。本当はなにがしたいの？　第二のアルマーニを目指す？」

自分の本当の気持ちがわからず、彼女は答えにとまどった。「なんか、もうわからなくなっちゃった。むかしは、わたしだってすごいデザイナーになれると思っていたの。でも、ジョシュみたいにはなれなかった。彼はいつだって既成の枠を超えて、途方もない服をデザインしてた。それに比べてわたしは、美しいものとかきれいな線が好きだから」

「なんとなくわかるよ。じゃあ、このアパートメントをぼくに売って、そのお金で新しいファッション・ブランドでも立ち上げたら？」

彼女は笑みを浮かべて言った。「良い考えかもね」

「考えてみれば？」と言って彼も笑顔を見せた。「じゃあ、また」

ルカが去ったあとも、彼女はしばらくドアロに立っていた。そんな自分に気づいてはっとした。彼があんなに親切で魅力的なのは、弁護士が彼女を追い出す方法を思いつくまでの一時しのぎにすぎないのだろうか。それとも、ただ同然の安い価格でこのアパートメントを買い戻そうとしているのか。彼のことを信用していいのかわかればいいのに、とキャロラインは思った。

第二十七章

ジュリエット　一九三九年九月三日　日曜日　ヴェネツィア

その日曜の朝、教会の鐘は人々を欺くように、平静さを装って鳴っていた。「ここは安全だから心配はいらないよ」と鐘は言っているようだった。「いつもどおりにミサにおいで。なにも問題はないから」鳩たちは無関心な様子で羽ばたき、カモメは澄みきった青空に円を描いていた。シニョーラはミサに出かけていった。

「あんな大惨事が二度と起こらないように、一所懸命に祈らないといけないよ」と彼女は言った。「先の大戦のような戦争で苦しむのはもうごめんだ」悲しそうな顔でわたしを見つめた。「あんたはまだ若いから、覚えてないんだろうね」

「戦争が始まったとき、わたしはまだ四歳でした。でも、父が戦場に送られたときに、母が泣いていたのを覚えています。父はひどい傷を負って帰ってきて、以前の父には戻れませんでした。村にも戦争記念碑があって、そこに刻まれている名前を見ました。あまりにも多くの若者が戻ってこなかった。シニョーラの言うとおりです。あんな悲劇が二度と起こらないように、お祈りしないといけませんね」

だから、わたしは橋を渡ってイギリス国教会のセント・ジョージ教会に行った。装飾のない真っ白な壁と艶のある濃い色の木材でできた教会のなかに座り、ステンドグラスからタイル貼りの床に差しこむ穏やかな光に包まれながら、わたしは祈ろうとした。でも、頭のなかには相反する考えや心配が渦巻き、祈りのことばがどうしても出てこなかった。父が亡くなって以来、神さまの存在はわたしにとって遠いものになっていた。わたしのもとから去ってしまったのではないかと感じていた。だからわたしは彫刻のようにじっと座ったまま、希望と信頼に満ちた司祭の説教を聞き、知っている聖歌の歌詞――「ああ神、過去のわれらの助け、未来のわれらの望み」や、「信仰の戦いを戦え」――を口ずさんだ。教会から出てきたとき、まだわたしのなかは空っぽで、今なにをすべきなのかわからないままだった。

教会のなかはほぼ満員だった。ヴェネツィアにこれほど多くのイギリス人がいるとは思っていなかった。観光客もある程度いたと思うが、多くは知り合い同士のようだったのでこの街の住人なのだろう。伯爵夫人のパーティーで一度会ったことのある、イギリス領事のミスター・シンクレアもいた。教会を出るとき、彼のほうから軽く頭を下げて挨拶してきた。

「ミス・ブラウニング、まだここに残っていたとは。でも、そろそろ帰国するとお見受けするが？」

「まだ決めかねています」とわたしは言った。「ヴェネツィアは戦争に巻きこまれない、とわたしのまわりの人たちが言うものですから。ヴェネツィアに爆弾を落とすようなまねは、絶対にできるはずがない、と。それに、イタリアはまだどことも戦争できるような準備ができていないと聞きました。ムッソリーニは、まずは自国の軍備を整えたいそうですから」

「まあ、たしかにそのとおりだ」とミスター・シンクレアは言った。「でも、彼はヒトラーとのあいだに不可侵条約を締結した。われわれが好むと好まざるとにかかわらず、戦争に引きずりこまれるのは時間の問題だろう。要は、どちら側につくかだ。イタリアはドイツ側についた」

「では、必ず戦争は起こると？」近くにいたひとりの女性が言った。「ミスター・チェンバレンが、また和平の仲介をすることはないですか？　ドイツのポーランド侵攻に目をつぶって。もともとはドイツにとって祖国の一部だったのですよね？」

「ヒトラーに好き勝手を許していたら、彼はヨーロッパ全土をのみこむでしょう」と領事は言った。「残念ながら、戦争は避けられないでしょうな。われわれが引いた線は、砂上のものだった。そしてその線を、ヒトラーは越えてしまった。イタリアがいつまで戦争に引きこまれずにいられるか、私にもわかりません」

わたしたちは沈んだ顔で、それぞれの道に散っていった。その日の午後二時、イギリスとフランスがドイツに宣戦布告したことをラジオが報じた。

わたしがどんなにここに残りたいと願っていたとしても、いよいよ帰国しなければならなくなった。母ひとりで戦争に向き合わせるわけにはいかない――たとえホルテンシア伯母さまが一緒にいてくれたとしても。それに、戦争がこの街まで迫ってくるとしたら、外国にひとり取り残される危険は避けなければならない。それにしても、レオは別荘から戻ってきたのだろうか。彼にさようならも言わずにここを去りたくはなかった。

次の日美術学校に行くと、教室のなかの空気は緊張で張りつめていた。イタリア人の男子学生たちは、徴兵されたらどうしたらいいんだろうと小声で話していた。誰も戦いたくはないのだ。

「ぼくの兄さんはアビシニアで戦死したんだ」男子学生のひとりが話していた。「まったく、命の無駄遣いだよ。そもそも、イタリアは本気でアビシニアなんか欲しかったのか？あんなとこ、なんの役に立つんだ？ついに自分の帝国を手に入れた思いこんでるムッソリーニの虚栄心をかきたてただけだろ」

「しいっ。言うことには気をつけたほうがいい」別の男子学生が彼の腕に触れた。「誰が聞き耳を立てているかわからないんだぞ。ムッソリーニこそ我が国の救世主だと思ってるやつらもいるんだ。そいつらは、ムッソリーニが第二のローマ帝国をつくってくれると信じてる。そしたら自分たちも王さまみたいな暮らしができる、ってね」

そのひとことで、男子学生たちの一団に笑いが起こった。みんなは彼の言ったことを信じていないようだったが、その男子学生は正しいとわたしは思った。実際、誰が盗み聞きしているかわからない。フランツのことがふと思い浮かんだ。もしかしたらヘンリーの疑惑——ヴェネツィアで起きていることを、フランツがドイツに報告しているのではないか——は当たっているのかもしれない。

わたしは無理やり心配事を頭から追い出し、残り少ない授業をめいっぱい楽しもうと思った。ラジオではこんなことを言っていた——戦争というのはリングに上がったふたりのボクサーと同じで、どちらかが一発目を繰りだす頃合いを見極めているようなものだ、と。だから、ヒトラーか連合国のどちらか一方が大きく動きだす前に、フランスを縦断する列車に乗ってイギリスに帰国する時間は充分にある。教会で聞いた話では、イギリスにはドイツを攻撃するだけの戦力がまだないらしい。ドイツに真っ向勝負を挑むには、武器も兵士も不足しているそうだ。

昼休みに、ガストンは帰国することについて話した。「おれはフランス軍に入隊して、自分の義務を果たさないといけないだろうな」と彼は言った。勇ましそうに言ってはいたが、彼の目のなかには絶望の色がにじんでいた。「ドイツ相手じゃ、ほとんど勝ち目はないだろうけど。まあ、前の大戦のときみたいに、みんなが塹壕《ざんごう》のなかで死なないように祈るしかないな」

ガストンのことばをそれぞれ嚙みしめながら、わたしたちは黙って座っていた。やがてイメルダが口を開いた。「わたしはここに残ろうかと思う。両親は、念のために山のほう、バスク地方に避難しようかって話してるみたい。でもそんなところに行ったら、わたしにはすることがないわ。ここ以外に、わたしには行くところがない。少なくとも、イタリアはしばらくどの国にも宣戦布告はしないと思うし」

「ぼくも同意見だ」とヘンリーは言った。「今のところアメリカはこの戦争に立ち入らないようにしてるから、ぼくはここに残って一年間の留学を全うしようかと思ってるんだ」

会話のおおよその流れを理解できるくらい、彼のイタリア語は上達していた。

「ドイツのUボートが大西洋の巡回を始めたときに、無事に帰国できるようにせいぜいお祈りしておくことね」とイメルダは冷たく言い放った。

ヘンリーは肩をすくめた。「そんなことになったらスイスに行って、戦争が終わるまでそこにいるよ。誰もスイスに手出しはできないでしょ？　それか、オーストラリアか。オーストラリアもいいかもしれないな」そういうと彼はわたしのほうを見た。「きみはどうするの？」彼は英語に切りかえて言った。「帰国する？　ドイツに攻めこまれる危険があっても？」

「正直な気持ちを言えば、帰りたくはないわ」とわたしは言った。「でも、そうすべきなんだと思う。わたしが遠く離れたところにいれば、母が心配するから。そもそも母は、わたしがここに来ること自体に反対だったし。伯母が一緒に住んでくれることになって、ようやく許してもらえたの。まずは、フランスを通る列車がまだ正常に動いているか、調べないといけないわね。それに、海峡を渡るフェリーが運航しているかどうかも」

「本当に残念だよ。せっかくこの学校での生活にも慣れてきて、授業もおもしろくなってきたのに」とヘンリーは言った。「アメリカでずっと受けてきた美術の授業より、ここでの数週間のほうがよっぽどためになったよ」

「わたしも同じ。本当に帰りたくないわ」とわたしは言った。

わたしたちは昼食を終え、美術学校に戻った。そこでコルセッティ教授に出くわした。

「ああ、ちょうどいいところで会った。あなたたちのことを探していたんです」と教授は言った。「うちの妻から伝言を頼まれたのだよ。夏休みが明けて戻ってきたあなたたちを歓迎するために、夕食会に招待したいそうだ。こんな切迫したご時世だけどね。今度の日曜日はどうですか？　妻はどうしても貝料理を振る舞いたいのだそうだ。貝はお好きかな？」

「ええ、喜んで。ここのシーフードは全部好きです」とわたしは言った。

ほかのみんなもうなずいた。

「奥さまの料理の腕前は格別ですよ」とガストンは言った。「どの料理もおいしいから、楽しみにしています」

「お世辞が上手ね」教授と別れたあと、イメルダはぶつぶつ言った。

ガストンは笑った。「ああでもしないと、教授の授業で及第点はもらえないだろ？　どうやらおれは、ピカソやミロにはなれそうにないからね」

「それはわたしも同じ」とわたしは言った。「現実を歪めて描くのはどうも苦手だわ」

「そんなこと、とっくに気づいていたよ」とガストンは言った。「なんといっても、きみのヌード画は細部まで几帳面に描かれてあるからね」

「もう、やめてよ」わたしは笑いながらノートブックで彼を叩いた。

そのとき、わたしはふと気づいた。ずいぶんと長いあいだ、こんなふうに自由に振る舞ったことはなかった——思うがままに行動し、からかい合い、笑い合う。そしてようやく、愛することも覚えた。そんなわたしも、戦争という暗い現実に引き戻されつつある——生命の危険、貧困、そしてドイツによる侵略。
「残された日々」そう自分にささやきながら、わたしは階段をのぼって教室に向かった。

一九三九年九月十日　日曜日

この日の晩、わたしたちはコルセッティ教授の家での夕食会に集まった。今度こそ迷子にならないように、ヘンリーとは渡し船の乗り場で待ち合わせることにした。

「いつ帰国するの？」と彼は訊いた。

わたしはため息をもらした。「わからない。今日、母から手紙が届いたの。今すぐ帰ってきなさい、って。今月末までには帰るべきなんだと思うんだけど、でも大家さんには九月分の家賃を払っているし、戦争はヨーロッパの東側にしばらくは留まるような気がしているの。イギリスが大それた行動に出る準備は、まだできていないと思う」

わたしたちは、心地良い沈黙のなかで歩きつづけた。彼はなんて良い人なんだろうと思った。もちろん、わたしの恋愛相手としては若すぎる。でも、男性の友人がいるのはとても良いものだと思った。レオとは会っていなかった。もちろんすでに別荘からは戻ってきているはずだ。少なくともイギリスに帰れば、彼と一緒にいられるという夢からは覚めることができる。

この晩、教授の家には前回よりも多くの人が招かれていた。ガストンは来ていなかったが、イメルダとフランツの姿はあった。それに、今まで会ったことのないふたりの若い女性もいた。彼女たちはルクレチアとマリアで、シチリアから来た新しい学生なのだと紹介された。ふたりともとても恥ずかしがり屋で、お互いにしがみつきながら、質問にはたったひとことずつ答えていた。

伯爵夫人はわたしを温かく歓迎してくれた。「会えなくて寂しかったわ」と彼女は言った。

部屋の隅から、グラスを手にしたヴィットリオが伯爵夫人を見つめていた。彼は、わたしに会えなくてもちっとも寂しくはなかったようだ。それどころか、わたしに嫉妬している！　なんて馬鹿らしいことだろう。もうひとり、美術学校の教授が夫妻で来ていた――美術史の教授で、ぜひ彼の授業をとるべきだとコルセッティ教授から勧められた。美術史の教授はうなずいた。「現在を思うがままに描くためには、過去を学ばなければなりません」と彼は言った。

それぞれのグラスにプロセッコが注がれた。今回のスパークリングワインの味は、わたしの口には合わなかった。とげとげしい金属的な風味がした。安いワインだからなのだろうか、後味の悪さが口に残った。だからテーブルについてトマトサラダが出てきたときには、正直ほっとした。次に出てきたのはイカのリゾットだった。少しぎょっとするような、黒光りしている料理で、イカスミが使われていると説明された。伝統的な地元料理らしい。わたしは恐る恐るひとくち食べた。それほど悪くはなかった——塩気が効いていて新鮮で。ところが、突然の吐き気に襲われた。椅子から飛び上がると、わたしはナプキンを口に当ててトイレに駆けこんだ。そして、今まで食べたものをすべて吐いた。

トイレから出てくると、教授夫人が心配そうな顔をして立っていた。

「本当にすみません」とわたしは言った。「お料理のなかに、わたしに合わないものがはいっていたみたいです。今まで食べたことがなかったので」

「気にしないで、ジュリエット。見たこともない料理が出てきたからびっくりしただけかもしれないわ。初めての人にとっては、ちょっとぎょっとする見た目だから」

「すぐにお暇《いとま》したほうがいいかもしれません」とわたしは言った。「皆さまに謝っておいてくださいますか？」

わたしは急いで教授宅をあとにした。外の新鮮な空気を吸うと少し気分は良くなったが、まだ吐き気は残っていた。下宿屋に戻ると、大家さんが淹れてくれたカモミールティーを飲み、クラッカーを食べてからベッドにはいった。ところが翌朝には、気分はすっかり良くなっていた。どうやらイカとの相性が良くないらしい、という結論に至った。朝食をすませ、朝の授業へと出かけた。

昼休みになるころには、気持ちが悪くなるほどお腹が空いていた。クラスメイトたちはお気に入りのパスタ屋さんに行った。細い運河沿いのプリウリ通りにある小さな食堂で、量が多いわりには値段が安い。でもわたしはパスタの気分ではなかったため、かわりにひとくちサイズのトラメッツィーニを売るサンドイッチ店に行き、ツナとオリーブ入りのお気に入りを選んだ。ところがほんの数くち食べただけで、また吐き気がこみあげてきた。急いで店の外に出て、側溝に吐いた。

いったいどうしてしまったのだろう。自分でもさっぱりわからなかった。胃腸炎とは思えない。今朝は気分も悪くなかったし、朝食も問題なく食べられたのだから。食中毒かなにか？　悪い水を飲んでしまった？　最近ではすっかり警戒心をなくしてしまい、歯磨きのときは普通の水道水を使っている。そうだわ、きっとそのせいよ、と自分を納得させた。

小さな商店に寄ってボトル入りのミネラルウォーターとメルバトーストを買った。おかげでお腹の具合は良くなり、午後の授業を受けることができた。でもその晩は、サラダとゆで卵を食べたあと、また気持ちが悪くなった。わたしは自分の部屋に戻った。どうも体調がおかしい。医者に診てもらったほうがいいのだろうか。それとも、すぐにイギリスに帰るべきなのだろうか。かいがいしく看病してくれる母の姿が目に浮かんだ。わたしをベッドに寝かしつけ、〈ボブリル〉を溶いて作ったカップスープとバターを塗っていないトースト──お腹をこわしたときのわが家の定番──を食べさせてくれている母。すぐにでも飛んで帰りたい気持ちになった。

ところが翌朝になると、体調は回復していた。朝の授業が終わり、昼食をどうしようか悩んだ。昨日のような失態は繰り返したくなかった。そこでサンドイッチ店に行き、チーズとハムのトラメッツィーニをひとつずつ買った。そして大運河まで出て、水上バス乗り場近くのベンチに腰かけた。ひとくち、ふたくち食べたところで、また吐き気をもよおした。すぐに食べるのをやめ、水を飲んでお腹が落ち着くのを待った。太陽の光を浴びてベンチに座り、行き交う人々を眺めているのは気持ちが良かった。ヴェネツィアはいつでも活気にあふれ、なにを見ても飽きることがない。わたしはスケッチブックを取り出した。お昼を食べないのなら、せめてなにか創造的なことをしようと、人物画に取り組むことにした。

新聞売り場の男性のスケッチに没頭していると、大きな声が聞こえてきた。ふたりの女性が、偶然に鉢合わせたのか、再会を喜んでいた。ふたりは満面の笑みを浮かべながら、両手を広げて互いに駆け寄った。

「赤《バンビーノ》ちゃん！」と年上の女性が言った。「やっとできたのね。ああ、本当によかった！」そう言いながら、若いほうの女性の大きなお腹を両手でなでた。

彼女たちの話はさらに盛りあがった。そのすべてを聞きとることはできなかったが、イタリア人特有の身ぶり手ぶりのおかげで、ふたりがこの再会をいかに喜び、いかに驚いているかは充分に理解できた。幸せな人たちを見ているだけで感じられる幸福感を、わたしもお裾分けしてもらっているようでうれしい気分になっていた。でも、そんなときだった。妙な考えが頭をよぎったのは。

〝バンビーノ〟――赤ちゃん。原因不明の吐き気は、初期症状では……。まさかそんなはずはない。レオとのあの出来事が、妊娠という結果に結びつくかもしれないということを、なぜ今まで考えもしなかったのだろう。たった一回だけなのに？　初めてだったのに？　あのときが最初で最後の、ただ一度だけの経験だったのに？　そういえば、月のものが来ていない――七月から？　もともと生理は規則正しかったわけではなく、どちらかというと不順だったので、気にも留めていなかった。今、この瞬間までは。でも、わたしが聞いてきた話では、つわりというのは、朝のうちに気持ちが悪くなるはず。日中の変な時間ではなく。

それで少しは安心したが、妊娠や出産について調べずにはいられなかった。わたしは、橋を渡って暗殺者通りにある書店に行った。そして見つけた。はっきりと書かれていた——ときに、つわりによる吐き気は夜間に起きることもある。民間伝承として、男児を妊娠している場合に多いと言われている。

わたしは書店を出て、誰もいない道で立ちつくした。ここでレオに会ったときのことは、今もはっきりと覚えている。「暗殺者専用の通りがあるの？」とあのときわたしは訊いた。そして、レオは真面目くさった顔で答えた。「暗殺者が必要になったときに、どこを探せばいいかわからないだろ？」と。

そしてあのとき、わたしたちは笑った。

第二十八章

ジュリエット　一九三九年九月十二日　ヴェネツィア

暗い陰のなかにひとりたたずみ、これからどこに行けばいいのか途方に暮れた。なにをすればいいのかもわからなかった。レオには絶対に言えない。でも、言わないわけにもいかない。彼には知る権利があるのだから。そのときわたしは、恐ろしい現実に気づいた——家には帰れない。母のことが頭に浮かんだ。教会では中心的な役割を担い、女性オルターギルドのリーダーでもある母。その母が住む小さな村では、ゴシップが最大の娯楽なのだ。恥の意識が母を殺すかもしれない。それに、わたしはどうなる？　どうすればいい？　当然、少女たちを教える仕事には戻れない。なにしろあの女学校の自慢は、道徳観念の優れたクリスチャンを育てあげることなのだから。わたしに収入がなければ、どうやって暮らしていけばいいの？　ホルテンシア伯母さまにまだ若干の収入があるのは知っているけど、それだけで充分なの？　伯母の顔が目に浮かんだ——お高くとまった馬のような顔、驚きを隠せないでいる表情。

「この子がとんでもないことをしでかすのは、むかしからわかっていたのよ」と言うだろう。「若いころから、異性に対して異様なほどの関心を持ってましたからね。分別もなく」

わたしがまだ十八歳だったあのとき、気をつけなさいと注意したその男性こそが、今のわたしを破滅に導いた張本人だと知ったら、ホルテンシア伯母さまはどんなに驚くだろう。あまりにも多くのことが頭のなかで渦巻き、一瞬気を失いそうになった。とっさに一番近くの建物の壁に手をつき、倒れないように体を支えた。

「さあ、ジュリエット」とわたしは自分に言った。「よく考えるの」

来年の夏までは奨学金でなんとかしのげる。出産はいつごろになる？　たしか、妊娠してから九カ月後じゃなかった？　ああ、妊娠についても出産についても、わたしはなんと無知なのだろう。むかし、村の農家の娘さんが妊娠したときのことを思い出した。村じゅうその噂で持ちきりになった。父親は誰で、なぜ彼女と結婚しないのか。あのとき噂好きな人たちは、リルが九カ月前に誰と付き合っていたかを必死に思い出そうとしていた。だからわたしも頭のなかで慌てて計算した。予定日は、四月の終わりか、五月の初め。少し希望が持てた。九カ月間わたしはここに残り、可能なかぎり授業を受けつづける。そのあと出産して赤ちゃんを養子に出す。そして、誰にも気づかれることなく帰国する。さっそく母に手紙を書こう。ヴェネツィアは安全だとみんなが言っているから、留学を続けて勉強を最後までやり遂げるほうが、今危険をおかして帰国するより道理に合っている、と。それに、もしかしたら来年の夏までに戦争も終わっているかもしれない。母が怒ることは覚悟の上だったが、これしか解決策はないと思った。

自分がこの妊娠について、あまりにも冷静に対応していることに、むしろ驚いていた。おそらくあえて恐怖心を抑えようと必死だったのだろう――恐怖と絶望。わたしはかつてのような、すぐに泣きだしてしまう感情的な少女ではなかった。美術学校をやめなければならないと言われたときも、わたしは泣かなかった。母がうろたえていることも知っていたし、父がかなり弱っていたことも知っていたから。父が亡くなったときでさえ、わたしは泣かなかった。母がわたしの分までヒステリー状態だったから。てっきり自分にはもう感情というものがなくなったのだと思っていた――レオに再会するまでは。彼のおかげでわたしは生きていることを実感し、愛することを知った。妊娠のことを彼にどう伝えたらいいのか、わたしにはわからなかった。もし、自分の子ではないと否定されたら？　知らないふりをされたら？　今すぐに判断はできない。せめて相談できるような親しい人がいたら、どんなにか心強いことか。でも、わたしにはそんな人はいない。

しかたなく美術学校に戻り、午後の授業を受けた。ボトル入りの炭酸水とクラッカーを持ち歩けば、吐き気を抑えることができることがわかった。なるべく空腹な時間ができないように気をつけ、辛いものやこってりしたものを食べないことが、吐き気を抑える秘訣のようだ。こういうことがわかってきてから、昼食の時間になると学校の近くにあるトラットリアに行き、クルトン入りの野菜のコンソメスープを食べるようになった。鶏がらから作ったスープなので、栄養的にも充分だろう。さらに、小さなスポンジケーキのようなビスケットも、胃との相性がいいことを学んだ。

九月二十一日

それから一週間あまり、わたしはいつもどおり授業を受け、いつもどおりの生活を続けた。レオに話すかどうかは、まだ決められずにいた。もしも偶然街で会ったら、彼も自然に気づくことになるだろう。お腹はいつごろから目立つようになるのだろう。服を少し手直したほうがいいのだろうか。それとも、大きめな服を安価に作ってくれる服屋を見つけたほうがいいのだろうか。人々はどう言うだろう。ヴェネツィアはカトリックの街だ。ここでは、罪は深刻に受けとめられ、罰せられる。イギリスに帰ることも考えた。ただし、母の住む村ではなくロンドンに行き、そこで出産ぎりぎりまで働く。もちろん、帰国していることは母には知らせない。でも、たとえ未婚の妊婦を雇ってくれるところがあったとしても、それは母にとっても自分にとっても最悪なことのように思えた。戦争の真っただ中、ロンドンのような大きな都会でひとりぼっちでいるなんて、これほど恐ろしいことはない。だからそんな考えはすぐに頭から追い出した。それなら、ヴェネツィア人から蔑《さげす》まれるほうがよっぽどましだと思った。

戦争の話題はほとんど聞かれなかった。ヒトラーがポーランドに侵攻したこと、ポーランド人が果敢にも戦っていること、でもドイツが勝利するのは時間の問題だということくらいは耳にしたけど。連合国は？　イギリスとフランスとその連邦の国は？　ここまで海上でしか戦っていないようだ。イギリスに向けてカナダから出航した船がドイツ軍の潜水艦の攻撃を受けて沈没し、その報復にイギリスの空軍がキールにあるドイツの海軍基地を攻撃した。とはいえ、イギリスでは男性たちが徴兵され、母も裏庭に防空壕を造るように指示されたと手紙に書いてあった。

〝なんて馬鹿げているの〟と母は書いてきた。〝わたしとホルテンシアが寝間着を着たままバラの庭を駆けぬけて、地面に掘った暗くてじめじめした穴のなかに逃げこむなんて、あなたに想像できる？　そんなことをするくらいなら、爆弾に当たる危険をおかしたほうがいい、って伯母さんは言ってるわ。といっても、ドイツが攻めこんでくるはずがないと思っているの。ヒトラーはイギリスに敬意を払っているんですって。同じアーリア人種だから。だからこの平和は揺るがない、と本気で信じているのよ〟。

ヴェネツィアにいると、戦争を意識することはない。食べるものが不足することもなく、ヴェネツィアとは一本の長い土手道でつながっているヴェネト州から運ばれてくる新鮮な農産物で、市場はあふれかえっている。また、漁師たちは船いっぱいの魚を毎朝運んできていた。街は、今もまだ音楽と笑い声で満ちている。美術学校でも授業は今までどおりおこなわれていた。ひとつだけちがったのは、ガストンがフランスに帰国したことだった。彼は勇敢にも、フランス軍に入隊しヒトラーの自国への侵攻を止めるのが自分の義務だと言った。

「まさか彼が入隊するなんて、誰が想像した？」ふたりでコーヒーを飲んでいるとき、イメルダが言った。彼女はコーヒーを飲んでいたが、このころわたしはコーヒーを受け付けなくなっていたので、ハーブティーに切りかえていた。「彼はただのプレイボーイだと思ってた。あなただってそうでしょ？　ただ刹那《せつな》的な楽しみを求めているだけって」

「ええ、あなたの言うとおり」とわたしは言った。

彼女はしげしげとわたしを見つめた。「ねえ、大丈夫？」と彼女は訊いた。「最近あまり食べてないようだけど」

「ちょっとお腹の調子が良くなくて」とわたしは言った。

「医者に診てもらったほうがいいんじゃない？　水のなかに寄生虫がいるらしいわよ。感染したら、なるべく早く退治しないとだめなんだって」

「ううん、本当に大丈夫なの」とわたしは言った。「そういうんじゃないと……」

彼女はもっとじっくりとわたしを見つめて言った。「こんなこと訊いちゃいけないとは思うんだけど……もしかして妊娠してる？」

たぶんわたしの顔は真っ赤に染まったのだろう。とにかく、それだけで彼女は確信したらしい。「そうなのね？　で、相手はなんて言ってるの？　父親は？」

「まだ話してない」

「話さなきゃだめよ。その人にも責任があるんだから」と彼女はきっぱりと言った。「その人は、責任をとってあなたと結婚すると思う？」

「それは無理なの。彼は結婚しているから」

「そうか」彼女があまりにも見つめてくるので、わたしは思わず視線を下げた。彼女は言った。「ひょっとしてその相手というのは、いつだったかボートに乗せてくれた伯爵の息子？　あなたを見る彼の視線は普通じゃなかったから」わたしがなにも言わないでいると、彼女はわたしに向けて指を振った。「やっぱり。そうなのね」

「あなたって、なんでもお見通しなのね」とわたしは言った。「お願いだから、誰にも言わないで、イメルダ。人に知られてはならないことなの。レオにすら言えない。彼の家は――とても力のある家柄なの。自分の身になにが起きるか、心配なの」

「どうしても彼に言えないなら、帰国できるうちに帰ったほうがいい。イギリスに帰れば、お母さんのもとで安全に暮らせるんだから」

わたしは首を振った。「それもできない。だから困っているの。家には帰れないのよ、イメルダ。わたしの母は、教会のなかで中心的な役割を果たしているの。わたしたちが住んでいるのは小さな村だから、みんなに知れわたってしまう。生き恥を晒させるわけにはいかない。母は生きていけないわ。とにかく、母をそんな目にはあわせられない。だから、赤ちゃんが生まれるまでここに残って、養子に出そうと思ってる。そのあと、なにもなかったかのように帰国すれば、誰にも知られずにすむ」

「でも、あなたは一生覚えてる」生きた心地がしないほど、彼女はわたしを見つめつづけていた。「それがあなたの望み？　家に帰ってなにもかも忘れることが？　子供を産んだことも、その人を愛したことも、すべて忘れてしまいたいの？」

「でも、ほかにどんな方法があると言うの？」自分の声に、殺伐とした響きがあるのを感じた。

「彼は金持ちなんでしょ？　有力者なんでしょ？　だったら、手遅れになる前に処置してくれる医者を知ってるはず」とイメルダは言った。

わたしは、彼女の言った〝処置してくれる〟ということばを理解しようとした。わたしの戸惑いを見て、彼女は言った。「ほら、わかるでしょ？　中絶。赤ん坊がまだ豆粒の大きさのあいだに、取り除くこと。違法だということは知ってるわよ。でも、まだ本当には赤ん坊ではなくて、細胞の集まりでしかないと聞いてるわ。ちょっとした手術を受けるだけで、あなたはもとの自由で幸せな日常を取り戻せる」

今度はわたしが彼女を見つめた。ほんの一瞬だけ、良い考えだと思った。医者に行き、ちょっとした手術を受け、もとの自由で幸せな日常に戻る。でも次の瞬間には、そんなことはできないことを悟った。汝《なんじ》、殺すなかれ。無抵抗の、なんの罪もない赤ちゃん。赤ちゃんには、生きる権利はあるはず。もしもレオに話せば、赤ちゃんが幸せに暮らしていける家を探してくれるかもしれない。むかし、子猫たちに里親を見つけてくれたように。そう考えると、これがいちばん受け入れられる解決方法のように思えてきた。あとは、彼に話す勇気を絞り出すだけ。

わたしはロッシ宮の前を通りすぎながら、立派な正面入り口を見上げた。あんな大きなドアをノックして、彼と話がしたいなんて言う勇気はない。そんな馬鹿げたことはできない。残された手段は、彼に手紙を書くことだけだ。そう心に決めた瞬間、玄関のドアが開いてビアンカが出てきた。今日の彼女は真っ白なテニスウェアを着こなし、黒髪を白いリボンで結んでいた。彼女が持っているバッグからは、ラケットのグリップ部分が突き出ていた。家のなかにいる誰かからなにか言われたのか、彼女は振り返って気の利いたことを言い、また前を向いて笑いながら歩きはじめた。満足そうな笑みを浮かべ、まるでそこにわたしなど存在していないかのように、前を通りすぎていった。

自分の部屋に戻り、さっそく手紙を書きはじめた。〝話があります。正午に、アカデミアの美術学校で会えないでしょうか。なるべく近いうちに〟。

余計な憶測を生まずに偶然友人に出くわす場所として、そこがいちばん無難な気がした。少なくとも下宿屋に来てもらうよりはいい。レオナルド・ダ・ロッシが未婚の女を訪ねてこようものなら、噂はあっという間に広がってしまう。正直言うと、彼と会うのは気が重かった。イタリア語で伝えたいことばを試してみたが、どうしても声に出して言えなかった。〝妊娠〟という英語をレオが知っていることを祈った。外国語を話していれば、人の耳にはいるおそれはそれほどないのではないかと思った。

わたしは、手紙をロッシ宮の郵便受けに入れた。そしてひたすら待った。レオとの対面のことを考えると、不安で気持ちが悪くなった。

九月二十二日

それほど待つことはなかった！

翌日の正午に学校の階段をおりると、そこにレオがいた。大理石でできた美術学校のポーチのすぐ外に立っていた。日差しのなかに一歩踏み出した彼の笑顔に、わたしの心はとろけそうになった。

「まだいたんだね！」とレオは言った。「もう会えないんじゃないかと心配していたんだ。だから手紙を受けとったときは、本当にうれしかった。戦争を理由に美術学校が留学生を帰国させていると聞いてたから、てっきりきみも帰ってしまったと思っていた。昼食はまだなんだろ？　なにか食べたいものある？」

「ううん。それより、話がしたい。話さないといけないことがあるの」

「そうだね」と彼は言った。「さよならを言うつもりなんだね。帰れるうちにイギリスに戻ったほうがいい。今はもう、フランスのなかを移動するのも安全ではないからね。でもその点については、きみさえよければ力になれると思う。ヨーロッパを安全に出られるまで、うちの会社の者をきみに同行させられる」

わたしはなにも言わず、広場を突っ切って運河の端まで行った。そこには木陰ができていた。わたしが運河の縁に腰をおろすと、彼も隣に来て座った。手を伸ばしてもちょうど届かないところで、運河の水がレンガ造りの壁にちゃぽちゃぽと当たっていた。すぐそばをゴンドラが通った。女性の乗客が背をそらせながら、つば広の麦わら帽子が飛んでいかないように押さえていた。なんて平和な光景なのだろう。激しく動揺するわたしの心のなかとは正反対だ。

「きみに会えなくなると寂しい」とレオは言った。「だけどきみが無事に帰国できたとわかれば、ぼくもうれしい。きみは小さな村に住んでいるんだったよね？　だったら爆撃される心配はないね。ヴェネツィアも、そんな心配はまったくない。誰にも手出しできない文化遺産の街として登録されるからね。それに、ぼくの父も義父もドイツ軍の物資を運ぶ仕事で大金持ちになれる。これできみもぼくも安泰ってことだ」彼の笑い方で、それが本心ではないことは充分すぎるほど伝わってきた。

「レオ」とわたしは言った。「話っていうのはそのことじゃないの。わたしは、イギリスには帰らない」

「え、帰らない？　でも、帰らないとだめだ、愛しい人《カーラ・ミーア》。まだ可能なうちに。もしもイタリアがドイツ側について参戦したら、きみは敵国の人間になる。それにきみのお母さんは？　こんな遠く離れたところにいたら、お母さんは心配と恐怖でおかしくなってしまうよ」そう言って彼はわたしの手に触れた。「ぼくはきみを失いたくない。だけど、ぼくにとっていちばん大事なのは、きみが無事で安全でいることなんだ」

ああ、神さま。彼の手がわたしの手に触れる感覚に、わたしは圧倒された。目に涙があふれてくるのを感じた。

「レオ、イギリスには帰れない」とわたしは言った。「赤ちゃんができたの。そんなこと、母に知られるわけにはいかない」

まるで頬を叩かれたかのように、彼が呆気にとられた顔をしていた。「赤ちゃん？　それはたしかなのか？」

わたしはうなずいた。「ええ、たしかよ。わたしだって信じられない。こんなの、あんまりだわ。たった一度だけで……」まともに彼を見られず、わたしは顔をそむけた。

彼の手は、今度はわたしの手を強く握った。「心配しないで、カーラ・ミーア。きみのためならなんでもする。できることなら、きみと結婚したい。きみだってそんなことはわかってるはずだ。だけど……」彼は首を振りながら深く息をした。

「わかるわ。あなたにはどうすることもできない。とにかく、わたしは子供が生まれるまでここに残ることにしたの。赤ちゃんを養子に出して、それからイギリスに戻る。ここでなにが起きたのか、誰にも知られずにすむ」

「赤ちゃんを養子に出すって？　そんなに簡単に？　あのときの子猫たちのように、良い里親を探して？」

その話は持ちだしてほしくなかった。わたしは彼に食ってかかった。「じゃあ、どうしろと言うの？」感情が昂ぶって声が震えていた。「ほかになにかいい方法がある？　わたしひとりで子供を育てられないのは、あなたにもわかるでしょ？」

彼は、さらに強くわたしの手を握った。「少し考えさせてほしい」と彼は言った。「どうすればいちばんいいか。たとえば……」と言いかけ、そこで口をつぐんだ。〝たとえば〟の次になにが続くのか、わたしに考えさせたまま。かわりに彼が口にしたのは、「医者に診てもらった？」だった。

「子供を堕ろすつもりはないわ。それがあなたの言いたいことだとしたら」

レオは驚愕したような表情で言った。「まさか。そんなわけがないだろ。ちゃんと医者に診断してもらったのか、という意味で言ったんだ」

「そんな必要はないわ。自分の体のことはわたしがいちばんよくわかるから」

「うちのかかりつけ医に診てもらうように手配する。その医者なら、絶対に秘密は守ってくれる。それに、きみの健康状態も診てもらえるならぼくも安心だ。お金のことならなにも心配することはないからね」

「お金なら大丈夫」とわたしは言って。「充分にあるから。一年間は奨学金でなんとかなる。赤ちゃんは来年の五月に生まれるはずよ。わたしは体調が戻ったら、すぐにイギリスに帰るつもり」

「なんだか簡単なことみたいに話すんだね」と彼は言った。「まるで、ほんの些細な問題について話しているみたいに」

わたしは彼から目をそらし、レンガの壁に指を走らせた。「わたしには考える時間が充分あったからよ、レオ。最初は、とにかく絶望感しかなくてパニック状態だった。でも、理性的に考えないといけないと悟ったの。この子を自分で育てることは絶対にできない以上、情が湧かないように気をつけないといけない。そのほうがいい。そうでしょ？」

「でも、むずかしいことだ」と彼は言い、しばらく押し黙っていた。「ぼくは、自分にできることならなんでもしたい。もちろん、そのときになったらきみが無事に帰国できるように力を尽くすよ。もしもそのときヨーロッパの戦況が悪くなっていたら、マルタかジブラルタルに行く船を探す。どっちもイギリス領だろ？」

わたしはうなずいた。ヴェネツィアに留まるということが現実味を帯びてきた。戦争の混乱にのみこまれているヨーロッパを縦断することができない場合は、イギリス領の島に逃れることになる。そこでわたしはなにをすればいいのだろう。イギリスに戻る方法があるのだろうか。

「あるいは、スイスに行くという方法もある」とレオは言った。「スイスは絶対に戦争には参加しない。あとは、ヒトラー総統がスイスの中立性を重んじることを祈るだけだな。スイスのような小さな国は、簡単に侵攻して征服できてしまうからね」

「やめて」わたしは目をつぶった。「そんなことを言いはじめたら、なんの希望もなくなってしまう」

「大丈夫。ぼくたちは必ず乗りきれる」と彼は言い、わたしを抱きしめた。

わたしは一瞬目を閉じ、わたしの体にまわした彼の腕の温かさと安心感に身を委ねた。でもすぐに、人に見られてしまうかもしれないと思って彼を押しのけた。彼は、心までとろけさせてしまうようなやさしい目でわたしを見つめていた。わたしは、自分のことしか考えていなかったことに気づいた。

「でも、あなたはどうなるの？」涙でことばがつまった。「イタリア軍は若い人たちを徴兵しているんでしょ？」

彼は苦笑いを浮かべた。「それが、ムッソリーニと結託している義父を持つ特権のひとつなんだ。誰もうちの家族には手が出せない。特にぼくは、軍事物資の運搬作業にたずさわっているからね。ぼくはずっとここにいて、きみを見守っているよ」
それで充分だと、自分を納得させるしかなかった。

第二十九章

ジュリエット　一九三九年十一月一日　ヴェネツィア

九月は十月になり、十月は十一月になった。ヴェネツィアといえば夏の晴天というわたしの認識も、九月の終わりとともに変わった。ドロミテ山脈の上空が雲で覆われ、ヴェネツィアが激しい土砂降りに見舞われることも頻繁になってきた。シニョーラ・マルティネッリが滑車を利用して下の道路から石炭を巻き上げるのを、わたしが手伝う回数も増えた。ラジエーターがあるにもかかわらず、わたしの部屋はいっこう暖まらず、じめっとしたままだ。向かいの家の窓台にとまっている鳩たちも、羽をぷっくりと膨らませて震えている。ツバメたちはとっくに暖かい気候の地へと去ってしまった。それは観光客にしても同じ。街はがらんとしている。

でもわたし個人としては、日々は楽になってきていた。吐き気もめまいも次第になくなり、体調は良くなった。妊娠していることが信じられないほどだった。でもレオの紹介してくれた医者に診てもらい、妊娠していることははっきりした。

「あなたはまだ若くて健康です」と医師は言った。「特に問題は起きないと思われます。あなたにできることは、よく食べ、よく休み、新鮮な空気を吸うことです。栄養のあるものをいっぱい食べて体重を増やしてください」彼は咎めるような目でわたしを見た。「痩せすぎです。とにかく、おいしいパスタをたくさん食べてください。わかりましたか？」

そういうわけで、わたしは普通どおりに日常生活をおくった——授業に行き、散歩をし、ときどき夜の招待に応じた。ただ、コルセッティ教授夫人からの招待はなかった。料理のせいでわたしの気分が悪くなるのを心配してくれたのだろう。

伯爵夫人にも会わないようにしていた。まだ妊娠のことは打ち明けたくなかったし、かといって嘘をつくのもいやだった。九月のパーティーの招待を断わり、十月も断わった。もしかしたら、ダ・ロッシ伯爵にパーティーでばったり会うのを恐れていたのかもしれない。ところがある日、サン・マルコ寺院のありえないようなドーム屋根や彫刻のスケッチを試みた帰りに広場を横切っていると、伯爵夫人と鉢合わせしてしまった。

「まあ、ジュリエット。パーティーに顔を出してくれなくなったから、てっきり帰国してしまったのかと思っていたわ」と彼女は言い、わたしの両手をつかんで両方の頰にキスをした。「ここに残ってくれて、本当にうれしいわ。ねえ、これからお茶でもいかが？　ちょうど〈フロリアン〉に行くところだったの。一緒に来てちょうだい」

わたしも前々からサン・マルコ広場にある〈カフェ・フロリアン〉には行ってみたいと思っていたが、とてもひとりでは入店できなかった。優美な装飾が施された壁や天井、金箔や鏡、ビロード張りの椅子や大理石のテーブルなど、想像を超える豪華さに尻込みしていたのだ。そこはまるでミニチュアの宮殿のようだった。世界でもっとも古いカフェだということは、ホルテンシア伯母さまから聞いて知っていた。そんな畏《おそ》れ多い店も、伯爵夫人にとってはどうということはない場所のようだった。彼女はわたしの腕に自分の腕を絡めると、目を瞠るような正面入り口をくぐり抜けた。何人もの店員からお辞儀で挨拶され、中国風の部屋のいちばんいいテーブルに案内された。夫人は紅茶と何種類かのペストリーを注文した。わたしは夫人から勧められたクリームたっぷりのペストリーを断わり、アップルタルトを選んでお皿に取った。

伯爵夫人は紅茶を飲んでひと息つくと、話しはじめた。「あなたが会いにきてくれないから、とっても落ちこんでいたのよ。なにか悪いことをしてしまったかしら、とか、わたくしと一緒にいるのが好きではないのかしら、とかね」

「そんな、とんでもない」とわたしは慌てて否定した。「とってもすてきなお宅にお邪魔できるのは、わたしにとっても楽しみなことなんです。ただ、たまたま二度とも都合がつかなくて。一度は体調が悪かったのと、もう一度は絵画の授業の課題を仕上げなくてはならなかったものですから」

伯爵夫人は手を振った。「それなら教授に言っておいてね。今後はわたくしの招待を第一優先にするように言われた、と。教授はわたくしには逆らえませんからね」そう言うと、楽しそうにクスクス笑った。「十一月のパーティーにはぜひ来てちょうだい。お客さまとして誰が招待を受けてくれたかを知ったら、あなたも驚くわよ――なんと、偉大な画家、あのパウル・クレーよ！　わたくしの大手柄でしょ？　もちろん彼の作品は知っているわよね？　ドイツで彼はナチスの迫害にあって、賢明なことに祖国であるスイスに避難したの。でも今の芸術界にそびえ立つ存在よ。ジュリエット、お願いだからパーティーに来ると言って」

断われるはずもなかった。学校の課題や宿題がたくさんあることをわたしはもごもごと言ったが、伯爵夫人は聞く耳を持たなかった。「もしも有名な画家になりたいなら、最高の画家たちと交流を持たなければだめよ」と彼女は言った。しかたなく、わたしは招待に応じることにした。少なくとも、人前で気分が悪くなる心配はもうなくなっている。一緒にお茶を飲みながら、わたしには不思議でならなかった――ほかのヨーロッパ諸国が戦争にすでに巻きこまれているなかで、著名な画家たちを招いたパーティーが開かれるだなんて。

両頬にキスを浴びせられ、必ずパーティーに出席すると約束をさせられて伯爵夫人と別れたあと、わたしはサン・マルコ広場を横切って帰路についた。カフェにいるあいだに空は雲で覆われ、冷たく激しい雨がわたしの顔に打ちつけた。わたしは柱廊のなかに逃げこんだ。伯爵夫人と過ごした時間はまるで夢のようだったが、激しく降る雨が現実の人生のつらさと痛さを思い出させた。

レオは、わたしが昼食時に行きはじめた小さなトラットリアに、ちょくちょく顔を見せるようになった。そのころのわたしは医師からのアドバイスに従い、昼食は野菜スープからパスタに切りかえていた。満腹になるし、安かった。

「元気そうだね」前回会ったときにレオは言った。「それどころか、今まで以上に若々しくてきれいだ」

わたしはわざとふざけて、驚いているような顔をした。彼は真顔になって言った。

「ジュリエッタ、もっときみの役に立ちたい。ぼくにできることがあったら言ってくれ」

まさか、ビアンカと別れて、わたしと結婚して、とは言えない。そうでしょ？　わたしたちは店の隅のほうの暗いテーブルに座っていたので聞かれる心配はほとんどなく、しかも英語で話していた。それでもわたしは、念のために周囲を見まわした。

「そのときが来たら、この子のためにいちばん良い里親を探して」とわたしは言った。

彼はうなずいた。「でも、きみには助けが必要だ。せめてきみが心配しなくてすむように、金銭的な援助だけでもさせてほしい」

「そんな必要はないわ」急に腹が立ってきてわたしは言った。

彼は傷ついたように見えた。「でも、ぼくがそうしたいんだ。ぼくが責任を感じてないとでも思ってるのかい？　罪の意識がないとでも？」

「レオ、罪の意識を感じているのはわたしも同じよ。わたしたちふたりに責任があるの」

「それはわかってる。でも、きみひとりに重荷を背負わせて、気楽に口笛を吹いてるわけにはいかない。そんなの不公平だ。そうだろ？」彼は小さなテーブルの上に手を伸ばし、わたしの手を握った。「ぼくの銀行に、きみのための口座を開く――〈サン・マルコ銀行〉だ。そこに、きみが必要とする金額が毎月振り込まれるように手配する」

「あなたの家族が反対するんじゃない？　絶対に気づかれてしまうわ」

彼は首を振った。「家族や妻とは別に、ぼくには個人的な口座があるんだ。ぼくがちゃんと手配するから、なんの心配もいらない。引っ越しが必要になったら、きみのための部屋も用意する」

「今住んでいるところが気に入ってるの」とわたしは言った。「シニョーラ・マルティネッリはものすごくやさしいというわけでもないけど、学校に近くて便利だし、食事を提供してもらえるのはとても助かる」わたしは顔を上げ、彼のやさしい茶色い目を見つめた。「こんなふうにわたしと一緒にいるところを見られても大丈夫なの？　ご家族の体面のことも考えないといけないわ」

彼は肩をすくめた「街のこのあたりにいるのは主に学生や労働者たちだから、誰が誰と一緒にいようが気になんかしない。妻の友人たちは、ドルソドゥロ地区の存在すら知らないと思うよ。あの人たちにとっては、アカデミア橋を渡るのはシベリアに行くのと同じことなんだ」

深刻な現実にもかかわらず、わたしは彼と一緒に笑った。

十一月十一日

わたしにとって土曜日は、好きなように過ごせる日だ。だから街のなかを探検する。趣《おもむき》のあるめずらしい店を発見できる。天気の良い土曜日には、水上バスに乗って島々を訪れる——ムラーノ島で吹きガラスの職人芸を見たり、トルチェッロ島でレース編みの作業を見たり、ほかの島に比べると地味なヴィニョーレ島でも、漁師たちがとってきた魚を水揚げするのを見たりもする。とにかく、すべての光景をスケッチブックにおさめたい。ラグーナの島々をめぐる水上バスに乗っているあいだ、気がつくとそもそもイギリスに戻りたいのか自問していることがある。このヴェネツィアで仕事を見つけられないだろうか。わたしのイタリア語も、今ではかなり流暢になってきている。わたしが産んだ子にときどき会いにいって、成長を見守る、やさしいおばさんになれるかもしれない。とても魅力的な考えのように思える。でもそこに、母をひとりにしてしまうという罪の意識がはいりこんでくる。なぜわたしは親思いの良い娘、いつも正しいことをする娘に育ってしまったのだろう。

午後には確実に雨になる予兆を孕《はら》んで、その土曜は夜が明けた。風は強かったが、わたしは出かけることにした。自分の狭い部屋で一日過ごす気にはなれず、かといってシニョーラ・マルティネッリから招かれもしないのに彼女のキッチンや居間に座って過ごすのも気が引けた。わたしはレインコートをはおり、頭にスカーフをかぶって外に出た。サント・ステファノ広場に出ると、いきなり大きな爆発音が背後から聞こえてきた。最初は銃声かと思った。ついにヴェネツィアも戦火に包まれるのかと。でも振り向くと、子供たちがわたしのほうに向かってきていた。子供たちは紙でできた王冠をかぶり、なかにはケープをはおっている子もいた。それぞれ鍋やフライパンを持ち、スプーンで叩いて大きな音をたてながら歩いている。なにかを叫んでいたが、なにを言っているのかわたしにはまるでわからなかった。そのなかのひとりの少女が、わたしに向かって手を差し出した。ちょうどそのとき、買い物帰りなのか満杯のバスケットを抱えた女性がやってきた。彼女はバスケットを地面に置くと、そのなかからお菓子を取り出して子供たちに配りはじめた。すると子供たちは、いきなり歌いはじめた。歌詞のほとんどは聞きとれなかったが、内容的にはだいたいこんな感じだった。

「聖マルティヌスは屋根裏部屋に行った
フィアンセに会うために
でもそこにフィアンセはいなかった
聖マルティヌスは尻もちついた」

わたしにとってヴェネツィア語はいまだに暗号のように謎めいたことばだったが、〝聖マルティヌス〟だけは聞きとれた。
「今日はなんの日なんですか?」とわたしは女性に尋ねた。「なにかの祝日ですか?」

（ヴェネツィアではとにかく祝祭日が多く、ほとんどの週末にはどこかしらの教会で聖人の誰かを祝っている）

女性は驚きの表情を浮かべた。まるでわたしが、はるかかなたの惑星からたった今到着したばかりの異星人でもあるかのように。「聖マルティヌスの日よ」と彼女は言った。「子供たちが歌いながら大きな音をたてて練り歩くの。お菓子をもらったり、聖マルティヌスのビスケットを買うお金をもらったりするのよ。パン屋で売っているのを見たことがない？」

彼女にお礼を言い、わたしも財布のなかから小銭を取り出して子供たちに配った。子供たちは歌いながら去っていった。かん高い歌声が石壁にこだましていた。「聖マルティヌスは尻もちついた……」

イギリスの教会でのお祭りといえば、控えめな収穫祭くらいしかなかったため、こういったヴェネツィアのお祭りには心が躍った。いちばん近いパン屋に行ってウィンドウを見ると、馬にまたがり砂糖菓子でできた王冠をかぶった人の形をした色鮮やかなビスケットが、ところ狭しと並べられていた。もちろんわたしもひとつ買ってみたが、あまりにもきれいすぎて、もったいなくて食べられなかった。すれちがう子供たちはそんなことを気にする様子もなく、ためらいなく馬の頭をかじると、また鍋を叩きながら行ってしまった。

そのとき、子供たちの集団から少し遅れて歩いていく小さな少年に目がいった。その子は、悲しげな大きな目をしていた。わたしはとっさにお腹のなかの子のことを思った。この子は、誰にも愛されず、誰にも望まれないのだろうか。あの小さな少年と同じように、友だちのうしろをついていくような子になるのだろうか。そんな目にあわせるわけにはいかない、と心から思った。

サン・マルコ広場へと向かうカッレ・ラルガ・XXII・マルツォ——三月二十二日通り——に曲がると、わたしのほうに向かって歩いてくるレオが見えた。

「きみを探してたんだ」と彼は言った。「銀行の件ですべて手配がすんだことを伝えようと思って。銀行がどこにあるか知ってる？　一緒に来て。教えるから」

彼はわたしと一緒にサン・マルコ広場へと歩きはじめた。その途中で、はるかむかしにわたしが水に落ちて彼に助けられた、あの小さな運河を渡った。もしもあのとき彼が現われなかったら、わたしは溺れて死んでいたのだろうか。愛おしくてたまらず、わたしは彼を見つめた。そんなわたしの視線に気づいたのか、レオはこちらを向いて微笑んだ。わたしは思った——なにが起きようと、誰がどう思おうと、レオはわたしを愛している。わたしにとって大切なのは、そのことだけなのだ、と。

わたしたちは柱廊を出てサン・マルコ広場を横切り、反対側にあるアーチをくぐった。

そこに、大理石でできた銀行の入り口があった。ドアの上には聖マルコのシンボル、有翼の獅子が掲げられ、どの窓にも鉄の格子細工の装飾が施されていた。

レオは立ち止まって言った。「もちろん今日は閉まってる。でも平日なら、いつでもシニョール・ジラルディを呼んでもらってくれ。きみのことは彼に頼んであるから。事情は話してある」

「ありがとう」とわたしは言った。

「これくらいしかできないから」

突然うしろからから大きな音が響き、路地から子供たちの一団が出てきた。レオは笑いながらポケットから小銭を取り出し、子供たちにあげた。額の大きい硬貨ばかりだったのか、子供たちは満面の笑みを浮かべひときわ大きな声で歌いながら去っていった。だが、わたしはそこに立ちつくし、今経験したことがなんだったのか理解しようとしていた。鍋を叩く大きな音とともに、お腹のなかでなにかが動いたような気がしたのだ。わたしはコートのなかに手をすべらせてお腹を触った──手のひらに、小さく叩いているような感触が伝わってきた。わたしの赤ちゃんは生きている。そして、お腹を蹴っている。その瞬間、すべてが変わり、すべてがリアルになった。

「どうかした?」とレオが訊いた。

「ううん」とわたしは笑顔で答えた。「ただ、初めて感じたの。赤ちゃんが動いたのを」

「ほんとに？　ぼくにも触らせて」道の真ん中にいることを、彼は気にもしていなかった。コートのなかに差しこまれた彼の手を、わたしはちょうどいい場所まで導いた。願いに応えてくれたのか、赤ちゃんはまた震えるように動いた。レオは驚きに満ちたうれしそうな表情を浮かべた。「本当にいるんだね……」彼の目が、すべてを物語っていた。

十一月十二日

わたしは勇気を振りしぼり、有名な画家パウル・クレーに会うために伯爵夫人のパーティーに出席した。イメルダは、パウル・クレーには興味もないし彼の絵は嫌いだと言って参加しなかった。でも実際には、ハンサムなイタリア人学生と付き合いはじめて、ガストンが帰国してからは、もっぱらその学生と一緒に過ごしているようだった。でもやさしいヘンリーは、参加すると言ってくれた。この数週間、わたしたちは一緒にいることが増えていた。たぶん彼は、ホームシックになっているだけではなく、祖国から遠く離れたこの国で戦争の恐怖と向き合うのが心配になってきたのだろう。わたしにとっても、英語で会話できる相手がいるのは、精神的にもほっとできることだった。

パーティーの支度をしていてショックを受けたのは、ロングドレスがきつくて着られないという現実だった。仕立て直すことが可能かは調べてみなければならなかった。でも、夜のパーティーにティードレスで行くわけにはいかない！　そこで、閉まりきらない背中の部分を安全ピンで留めて、縁飾りのあるショールを垂らして背中を隠すことにした。わたしはヘンリーと待ち合わせて水上バスに乗り、リド島まで行った。ダ・ロッシ伯爵が来ていないこと、そして仮に伯爵が来ていたとしてもレオがボートで迎えにこないことを祈った。その願いは、ふたつとも叶えられた。コルセッティ教授のほかに美術学校の教授ふたりと、イギリス領事のミスター・シンクレア、そして朗らかなトレヴィザン神父が来ていた。もちろんヴィットリオも当たり前のようにそこにいて、伯爵夫人を守るようにまとわりついていた。パウル・クレーはほとんどイタリア語を話さず、引っこみがちに見えたが、いつもながら人を惹きつける伯爵夫人のおかげで、徐々に打ち解けてきた。彼は英語のほうが上手で、わたしはヘンリーや領事を交えて彼との会話を楽しんだ。

「あなたたちはヴェネツィアにいて本当に幸運だ」とパウル・クレーは言った。「ここでは、まだユダヤ人は迫害されていない。わたしは生き延びるためにドイツから逃げ出さなければならなかった。身の安全のために、スイスに住まなければならない。ドイツでは、ユダヤ人は外に出るたびに襲われる。窓ガラスを割られる。商売を奪われる。仕事にも学校にも行けない。今では夜に押し入られ、連行される。フィオリート伯爵夫人は素晴らしい人だ。彼女は、私の友人たちの脱出も手助けしてくれた」

フランツもパーティーに来ていた。最近、彼とはあまり会っていなかったが、わたしたちが英語で話している内容に注意深く耳を傾けているようだった。ヘンリーが疑っているように、彼はドイツのスパイなのだろうか。今の世情が、誰をも疑心暗鬼にさせていた。

パウル・クレーの話がひと段落すると、シンクレア領事がわたしのすぐ横に来て言った。

「ジュリエット、帰国のことを本気で考えるべきだ。まだ帰れるうちにね。領事館にいるわれわれは、ここにいられるのもあと数日だと言われている。通知が出たらすぐに出発できるように準備をしておけと。現時点でイタリアはまだイギリスに対して宣戦布告はしていない。だが、イタリアはヒトラーと友好協定を結んでいる。もはや時間の問題でしょう」

「ありがとうございます」とわたしは言った。「わたしも考えているところです。でもフランスはまだ平和なようですし、列車も動いていますから」

「だが、そんな状況は一夜にして変わってしまう。ヒトラーはどうしてもヨーロッパを征服したいようだ。機が熟したら、彼は必ず攻撃に出る。攻撃に出たら、電光石火の速さで動く。だから、手遅れになる前に帰国すべきだ」

わたしはまた領事にお礼を言った。ヨーゼフがカナッペを持ってきてくれたときにはほっとした。もう何人の人から帰国を勧められただろう。会う人みんなからだ。でも、もしドイツがイギリスに侵攻したら、イタリアにいたほうがいいのではないか。特に、誰も爆撃しようなどと考えないヴェネツィアなら。その夜は、なんとか無事に乗りきることができた。ショールのおかげで、ドレスを留めている安全ピンも隠し通せたようだ。水上バスに乗り、帰路についた。どこまでも紳士のヘンリーは、下宿屋まで送りとどけてくれた。

「なにか温かい飲み物でも出したいところなんだけど、大家さんから男子禁制だときつく言われているの。たとえ紳士だとしても」とわたしは言った。それを聞いて、ヘンリーは笑いだした。

「まあ、ぼくが紳士だとはとても思えないけどね」と彼は言った。「でも、大家さんがぼくをきみにとって危険な男として見てくれるとしたら、ちょっとうれしいよ」

第三十章

ジュリエット　一九三九年十一月二十一日　ヴェネツィア

学校に行くと、本日はマドンナ・デッラ・サルーテ祭のため授業の出欠は任意とする、という通知が掲示板に貼られていた。みんながミサに参加できるようにとの配慮のようだ。でもわたしの学生仲間たちは、宗教的な日というより学校が休みの日、という認識でいるらしい。それに対し、大家さんは朝から恍惚状態だった。

「一年のなかで、もっとも神聖な日だよ」と彼女は言った。「わたしと一緒に巡礼に行くかい？　夜のミサに出るんだ。暗くなると、それはもう美しいんだよ」

「どこの教会ですか？」とわたしは訊いた。

大家さんは、まるで本物の馬鹿を見るような目でわたしに言った。「サルーテ教会に決まってるでしょ。あんたも知ってるはずだよ。ドルソドゥロ地区の先端にある大きな教会、サンタ・マリア・デッラ・サルーテ聖堂。白いドーム屋根の。今日のために、特別に橋が造られる。大運河を横断する、船をつないだ橋ができるんだ。その橋を、みんながろうそくを持って渡るのさ。聖母マリアさまが、この街を疫病から救ってくださったのを感謝するお祭りだよ」

〝船をつないだ橋〟というひとことで、わたしの心は決まった。二度とあんな怖い目にはあいたくなかった。たとえそれが、今年の夏に渡ったジュデッカ運河のよりも短かったとしても。船で造った橋がどんな結末を生むか、わたしにはよくわかっていた。

「お誘いありがとうございます。でも、ミサはやめておきます」とわたしは言った。「アカデミア橋から見学することにします」

彼女は大きく息をついた。「あんたをカトリックに改宗させるのは、どうしても無理なのかね。司祭さまから、あんたの魂を救うための努力が足りない、って言われてるんだよ」

「いいえ、あなたは充分に役目を果たされていると思いますよ、シニョーラ」とわたしは言った。「ただ、わたしにも自分の宗教があるというだけです」

「イギリス国教会、って呼んでるんだよね？」彼女は射すくめるような目でわたしを見つめた。「真の教皇さまにそむいた背教者の宗教」

「少なくとも、わたしたちはどちらもキリスト教徒ですよね」とわたしは言った。

見くだすように鼻を鳴らしてシニョーラは言った。「今日の夕食のことなんだけど――

通りの向こうに住んでる友だちから誘われてるんだよ。フランチェッティも亭主に先立たれててね。だから夕食に準備できるのは――」

「大丈夫です」彼女が話しおえる前にわたしは言った。「自分でなんとかします。お祭りなら、食べ物を売っている屋台も出てるでしょうから」

「ああ、屋台ならいっぱい出るよ」彼女は不満そうな顔で言った。「今日はカーニバルかなんかだと思ってる人が多くてね。本当は神聖な日だっていうのに」

学生のほとんどは授業を欠席するつもりでいるらしく、出席者がわたしひとりという事態は防ぎたかった。だから船に乗ってどこかの島にでも行こうかとも思ったが、天気は回復しそうになかった。雨は朝のうちから容赦なく降りつづいていた。大家さんは何度も窓の外を見てはため息をつき、そのたびに十字を切っていた。「聖母マリアの祝日にこんなに雨が降るなんて。こんなことは経験したことがないよ。悪い前兆じゃないといいんだけどね」

「夜になる前にやむかもしれませんね」とわたしは言った。

「ミサのあいだにアクア・アルタが起きないことを祈るだけだね」とシニョーラは言った。「みんないちばんいい服を着てくるんだ。高潮の水をかき分けて帰りたくはないだろうよ」

「水をかき分ける？」イタリア語がわからずにわたしは訊いた。

彼女はうなずいた。「ときどき、水がこんなところまで来るんだよ」そう言って彼女は太ももの半ばを示した。「たいていは足の上すれすれ程度だけど、どうなるかはわからない。こんな特別な祝日に高潮が起きないよう、心をこめて神さまに祈らなくちゃいけないね」

神さまは洪水についてのお祈りも聞いてくれるのだろうか。毎年のように、村ごと水に流されるというニュースを聞く。おそらく多くのキリスト教徒も犠牲になっているはずだ。神が天気を操っているとは思えなかった。もしそんなことが可能なら、バチカン市の上空は永久に晴れわたったままだろうし、共産主義のロシアは永久に雨空だろう。そんなことを考えて、思わず笑ってしまった。

夕暮れどき、大家さんはいちばんいい帽子をかぶり、いちばんいいコートを着て現われた。手には傘を持っていた。「万が一、神さまが雨をやませてくれなかったときのためにね」

「そこまで一緒に行きます。わたしが傘をさしますから、シニョーラはろうそくを持ってください」

「こんな天気でろうそくが消えなければね」落胆をにじませた声で彼女は言った。「教会に着くまでろうそくはともさないかもしれない。まあでも、一緒に行ってくれるのはありがたいよ。少なくとも橋までは」

そんなわけで、わたしたちは賑やかな人の流れに加わって歩いた。ろうそくをガラス瓶やランタンに入れている人もいた。道の両側の薄暗い壁に、ろうそくの光がちらちらと反射していた。サン・マウリツィオ教会とサンタ・マリア・デル・ジッリョ教会を通りすぎ、サン・マルコ広場へと続くラルガ・XXII・マルツォ通りに出た。細い運河を渡ってから角を曲がり、大運河を目指した。ここまで来ると、風船やおもちゃ、砂糖菓子やジェラートの露天商も現われた。こんなに寒くて風の強い夜にアイスクリームを食べたがる人なんているのだろうか、とわたしは思った。狭い道から出ると一気に視界が開け、船をつないだ橋と、その橋の先にサンタ・マリア・デッラ・サルーテ聖堂が見えてきた。広場にも木々にも豆電球が吊り下げられていた。ラグーナから吹いてくる強風にあおられ、光が踊っている。人々は橋上の細い行列に押しこめられ、橋を渡っていくろうそくの火が上下に揺れていた。

大家さんは知り合いを見つけたようだった。わたしはうなずき、彼女たちが運河を渡る列に加わるのを見守った。橋の向こう側にある教会からは、歌声が聞こえてきた――広い空間のなかでこだましているような歌声だった。その歌声も目の前の光景もとても感動的で、わたしも一緒に行こうかとも思った。でも、一時間も人混みのなかで立っている気にはなれなかった。しばらく暗がりに立っていたが、帰ろうと思ったそのとき、棒の先にランタンをぶら下げた人が見えた。その人は使用人のようで、彼のうしろに身なりのいい一団が続いていた。一団が街灯の下を通ったとき、彼らの顔が見えた。先頭にいたのはダ・ロッシ伯爵だった。豪華なケープをまとったその姿は、まるでルネサンス時代の総大司教のようだった。そして、伯爵のうしろにレオがいた。彼の隣には華奢な赤い傘をさしたビアンカがいて、夫の腕に自分の腕を絡ませていた。

その瞬間、それまで目の前に広がっていた夢のような光景の魔法が一気に解けてしまった。わたしはきびすを返し、暗闇にまぎれて下宿屋に戻った。開いているトラットリアを探す気にもなれなかった。チーズサンドイッチを作り、紅茶を淹れた。いったいわたしは、ここでなにをしているのだろう、と自問した。正気の沙汰ではないと思った。ひとりぼっちでこの街の囚われの身でいるよりも、母の落胆に向き合い、村の噂の的になり、伯母から叱責を受けるほうがずっとましだ。この街に、わたしの家族はいない。わたしには、誰もいない。

一九三九年十二月三日

今はもう冬。それなのにまだわたしはここにいる。あの祝日以来、強い風と激しい雨が続いていた。夜になるとケトルでお湯を沸かし、買ったばかりの石製の湯たんぽにお湯を入れる。そしてそれを抱きかかえ、少しでもベッドのなかで温まろうとする。街のなかにクリスマスの気配がしはじめている。リアルト橋の市場ではナッツやタンジェリンが売られ、街角では焼き栗を売る屋台も出ている。屋台の前を通るたび、そのにおいにつられてついつい小さな袋入りの栗を買ってしまう。ポケットに入れると、手が温まる。

大家さんの話だと、ヴェネツィアでのクリスマスは十二月八日の無原罪懐胎の祭日から始まるそうだ。この日、ヴェネツィアは休日になる。わたしは少し混乱した。どうして十二月の八日に妊娠して、三週間後にイエスさまが生まれるのだろう。でも、その謎はすぐに解けた。十二月八日というのはイエスさまを授かった日を祝っているのではなく、マリアさまの誕生日を祝っているのだ。ここの宗教は本当に複雑怪奇だ。それに、何事にも聖人がいる。大家さんは背中の痛みについてはある聖人に祈り、料理がうまくいくように願うときには別の聖人に祈る。彼女は聖人たちを、イエスさまのお手伝いをする存在だととらえているらしい。

「そんな些細なことで、イエスさまを煩わせる必要がどこにある？」と彼女は言う。「聖人はそういうときのためにいるんだから」

そこでわたしは考える。出産を担当しているのはどの聖人なのだろう。助けが必要になるかもしれない。これが、わたしがようやく理解しはじめた現実だ。出産のときに命を落とす女性もいる。苦痛も相当なものだと聞く。それに、わたしはどこで出産すればいいのだろう。出産のときは誰か一緒にいてくれるのだろうか。夕食のとき、わたしはちらっと大家さんを見る。彼女が妊娠のことを知ってしまったら、どう思うだろう。最近よく思うのだが、いちばんつらいのは、すべてを打ち明けられる人がいないということだ。わたしには、そんな親戚も友人もいない。もちろん母には打ち明けられないが、妹のウィニーには話せたかもしれない。彼女がインドに行ってさえいなければ。ここヴェネツィアで思い浮かんだのはイメルダと伯爵夫人だったが、どうしても話す気にはなれなかった。わたしの心配事で、彼女たちに重荷を背負わせるわけにはいかない。きっと、わたしはずっと孤独に生きてきたから、そんなふうに思うのだろう。

十二月八日　無原罪懐胎の祭日

大家さんがどう思うか、この日わたしは知った。今日が休日なのは、お祭りの日だからだ。わたしはヘンリーと待ち合わせをし、クリスマスの装飾をしている人たちを眺めながら街のなかをめぐった。彼とのあいだには、本当の友情が築かれはじめていた。広大なサン・ポーロ広場で開かれているクリスマスマーケットでは、ムラーノ・ガラスでできたツリー用のオーナメントやスイスやオーストリア製の手作りの木彫りおもちゃ、それに美味しそうなお菓子がいろいろ売られていた。わたしは急にホームシックになった。べつにクリスマスがわが家にとって、わくわくするお祝いだったからではない。小さなツリーには紙で作ったくさりの飾りや、ガラス玉を飾り、教会で開かれる真夜中のミサに行った。母とふたりだけだと七面鳥は大きすぎるので、クリスマスのディナーにはローストチキンを食べた。母は、三ペンス銀貨を入れたクリスマスプディングを作った。ふたりでクラッカーを鳴らし、紙でできた帽子をかぶってラジオから流れてくる王さまのスピーチを聞いた。本当に大したことのないクリスマスだったが、今のわたしにとってはとても大切な思い出だった。

まだ家に帰ることはできる。そのことばが、頭の片隅に忍びこんだ。

「なんか今ごろになって、クリスマスに家にいないんだ、っていう実感がようやく湧いてきた感じなんだ」ヘンリーには不思議なところがある。なぜかわたしの思いがこだまして、彼に伝わっているのではないかと思うことがあった。

「ほんと、そうね」とわたしも同意した。

「きみは帰国するべきだと思う」と彼は言った。「ぼくも、帰国すべきじゃないかと思いはじめてるくらいだ。まだ大西洋を船で渡れるうちに。ドイツ軍もアメリカの定期船に魚雷を撃ちこんだりはしないと思う。そんなことしたら、アメリカを戦争に引っぱりこんじゃうからね」

「わたしも考えているところなの」

「だったら、帰れるうちに帰ったほうがいいよ。ヨーロッパもこのあたりでは本格的な戦闘はまだ始まってない。ドイツは今のところポーランドで手いっぱいだからね。だけどフランスを列車で通過することはまだできるはずだよ。家からの郵便は今も届いているんでしょ？」

「ええ」わたしはうなずいた。「実は少し前に、手紙が届いたばかりなの」

それはホルテンシア伯母さまからの手厳しい手紙だった。〝お母さんがあなたのことを心配しない日は、一日だってない〟と書かれていた。〝大切な母親をないがしろにしてまで、自分の楽しみのためになんでそこまでわがままになれるのか、わたしには理解ができません。今のところ、戦争を避けるのにヴェネツィアはいいところかもしれないけど、敵国で囚われの身になったらどうするつもりなの？　捕虜になったらどうするの？　かわいそうに、あなたのお母さんは毎日そんなことを心配しているのよ。特に、あなたの妹がイングランドから出られないまま出産を控えていて、イギリス軍に入隊したウィニーの連れ合いがどこにいるかもわからない今、あなたのお母さんはとってもつらい思いをしているの。とにかく分別を持って、手遅れになる前に帰ってきなさい。

あなたの伯母、ホルテンシア・マーチモント〟

その手紙に対してどんな返事を書けばいいのかわからなかった。帰国しないことについてのもっともらしい理由も、まったく思いつかなかった。家族の顔に泥を塗ってしまうこと以外にも、金銭的な問題があった。もしも帰国すれば、奨学金はもらえなくなる。仕事も失い、母の生活費を稼ぐ手段もなくなる。わたしは奨学金の半分が、毎月母の銀行口座に振り込まれるようにしていた。レオがわたしのために振り込んでくれているお金も貯められているし、来年の九月に女学校の教員として復帰すれば、誰にも知られずにすむ。

「ぼくも母親から厳しい手紙を受けとったばかりなんだ」とヘンリーは言った。「かなりきつい手紙だった。ぼくになにかあったらどうするのか、たったひとりの息子を亡くすなんて、耐えられないって」

「じゃあ帰るの？」とわたしは訊いた。

「本当は、ここで一年間の留学を全うしたい。状況が悪くなったら、そのときは考え直すと思う。でも、ドイツが東側だけ攻めていて、イギリスがそれに口を出さなければ、ここは比較的安全だと思う」

「イタリアは戦争に加わらないと思う?」

「だと思う。ムッソリーニにはまだ本格的に戦争を始められるだけの軍隊も兵器もない。アルバニアに攻めこんで、国民から偉大な征服者だと思われるだけで満足してる。だけど、とてもじゃないけどイギリスを相手にはできないよ」

「あなたの言うとおりならいいんだけど」そう言ってからわたしは空を見上げた。「そろそろ帰ったほうがいいかもね。また雨になりそう」

「まったく、いやな雨だよ」とヘンリーは言った。「せっかくクリスマスマーケットの売り場を設置したのに、かわいそうだ。台無しにならないといいけど」

「ここの人たちは慣れているんじゃない? よく雨が降るみたいだから」

彼は笑いだした。「きみはイギリスから来たんだよね。しょっちゅう雨が降ってるんじゃないの?」

「たしかによく雨は降るけど、そんなに激しい雨にはならない。ここでは、まるで空が口を開けたように土砂降りになるでしょ?」

そう話していると、本当に空が口を開けた。雨から逃げるようにわたしたちはいちばん近い教会に駆けこんだ。ロビーにはキリスト降誕の情景を再現した模型が造られ、ほぼ実物大の人形が飾られていた。聖母マリアとヨーゼフだけではなく、羊飼いや家畜を引き連れたイタリアの貧しい農民たち、売り物を抱えた商人たちもいた。それはとても感動的な情景だった。

しばらく教会のなかで雨宿りしていたが、雨は一向にやむ気配がなかった。

「あそこの角にトラットリアがあるんだ」とヘンリーが言った。「そこまで走って、なにか食べない？」

「いい考えね」

広場の周囲をぐるっとまわり、あまり濡れることなくトラットリアにたどり着くことができた。ミネストローネを注文し、おかげで体はずいぶんと温まった。ようやくまた食べる喜びを感じられるようになって、わたしはうれしかった。スープのあとにコーヒーとペストリーを注文したが、まだ雨はやまなかった。そのとき、街じゅうに大きなサイレンが響きわたった。

「あれはなに？」とわたしは訊いた。

「アクア・アルタだ！」隣のテーブルにいた男性が、興奮して両腕を振り上げながら叫んだ。彼は急いで立ち上がるとテーブルに硬貨を置き、コートを頭からかぶって飛び出していった。

「どういう意味？」とヘンリーが訊いた。

「たぶん、道路が水につかったんだと思う。帰れるうちに帰ったほうがいいかも」

ヘンリーはうなずいた。彼は、食事代を自分が払うと言い張った。「ひとりで帰れる？」と彼は訊いた。

「大丈夫。まだ渡し船《トラゲット》が動いていると思うから」とわたしは言い、ヘンリーとはそこで別れた。すぐにレインコートもスカーフもびしょ濡れになった。風が出てきて、雨がいろいろな方向から吹きつけた。顔に当たっていたかと思うと、今度は首のうしろに当たった。渡し船の乗り場に着くと、ゴンドラはカバーを掛けられ、縄で岸に固定されていた。

「ああ、もう」とわたしはつぶやいた。大運河を渡るには、アカデミア橋までの長い道のりを歩いていかなければならない。

わたしは雨に逆らい、重い足取りで進んだ。ヴェネツィアにまっすぐ目的地まで行ける道がないことに苛立ちがつのっていった。運河を渡るためには来た道を引き返し、まっすぐ行くかわりに左右どちらかに進まなければならない。ようやくアカデミア橋にたどり着くと、今度は風と雨の両方と格闘しなければならなかった。手すりにしがみつきながら五十段の階段をのぼり、反対側でまた階段をおりた。小さな広場に着いたときには、すでに洪水になっていた。氷のように冷たい水に足首までつかりながら、わたしは懸命に進んだ。地元の人々は、ちょっとした不便さを味わっているかのように、大して気にも留めていない様子だった――ある女性は買ったものをいっぱい詰めこんだバスケットを抱え、ある女性は子供が水に濡れないぎりぎりまで水につかった乳母車を押していた。

あまりの寒さに、わたしはぶるぶると震えていた。ようやくサント・ステファノ広場が見えてきたところで、わたしは隠れていた側溝に足を取られ、前のめりに転んでしまった。もしも近くを通りかかった男性が腕をつかんで助け起こしてくれなければ、氷のように冷たい水に顔までつかってしまっていただろう。バーの前を通ると、驚いたことに多くの男性客たちはスツールに座り、足元に水が打ち寄せているのも気にせずにお酒を飲んだり煙草をふかしたりしていた。地元の人は、誰も洪水を気にしていないようだった。

なんとか下宿屋にたどり着き、服から水をしたたらせながら廊下に立っているわたしを見て、シニョーラ・マルティネッリは大声をあげた。「なんてこと《マドンナ》！」

「ごめんなさい」とわたしは言った。「床を濡らしてしまって」レインコートのボタンをはずそうとしたが、手がかじかんで思うようにはずせなかった。

シニョーラはわたしに駆け寄った。「かわいそうに」と彼女は言い、コートのボタンをはずしてくれた。「バスタブの上に掛けて干さないと」と彼女は言った。「それに、その靴。ついにアクア・アルタがここまで来たんだね？」

「ええ。サント・ステファノ広場は水浸しです」

シニョーラにレインコートを脱がされると、その下の服もコートと同じくらいに濡れていた。「それも脱がないと」と彼女は言い、セーターをめくり上げて頭から引っぱり上げはじめた。疲れて弱りきっていたわたしは、シニョーラにされるがままになった。危険をおかしていると気づいたときには、もはや手遅れだった。シニョーラの手がスカートのジッパーに伸び、スカートが床に落ちた。大家さんの目にはいったのは、大きくなりはじめたお腹の上でぱんぱんに張ったペチコートだった。

彼女の目がわたしのお腹に釘付けになった。「ディオ・ミーオ! なんなの、これは? わたしの目の錯覚かい? それとも、わたしの思っているとおりのことなのかい?」しわがれた声でシニョーラは言った。彼女は指でわたしのお腹をつついた。「バンビーノがいるのかい?」

わたしはうなずいた。

「ここに住まわせたのは、あんたがきちんとしたまともな女だと思ったからだよ」吐き捨てるように言った。「あばずれだとは思わなかった。道ばたで男を拾う娼婦だとは思わなかったんだよ」

「それは誤解です、シニョーラ。わたしはちゃんとした女です。約束します。たった一度だけ、愛する人とまちがいをおかしただけなんです。結婚できない人と」

「結婚している男と関係を持つのは姦通だ。姦通は大罪なんだよ」シニョーラは冷たく言い放った。「懺悔する前に死ねば、まっすぐに地獄に堕ちる。永遠に」

なにを言えばいいのかわからなかった。わたしは震えながら立ちつくしていた。「温かいお風呂にはいってもいいですか？」とわたしは言った。「すぐにはいらないと、風邪をひいてしまうので」

「ここから出ていきなさい」とシニョーラは言った。

「え？　今すぐに？」わたしは恐怖におののきながらシニョーラを見つめた。

「わたしは良きクリスチャンなんだよ。だからこんな天気のなか、あんたを追い出すようなことはできない。でも、新しい部屋が見つかったら、すぐに出ていっておくれ。あんたみたいな女を住まわせていたなんて、ご近所さんに知られるわけにはいかないんだよ。なんて言われるかわかったもんじゃない。そんな女を家に入れたのはわたしのせいだと責められる。みんなからうしろ指を差されたり、こそこそ噂話をされたり、軽蔑の目で見られたりするのはまっぴらなんだよ」

「わかりました」わたしはあごに力を入れて言った。「出ていきます。ご迷惑をおかけして申し訳ありませんでした。でも、わたしも悲しいし、苦しいんです。イギリスには帰れません。帰ったら母に恥をかかせてしまうので」

これで少しシニョーラの心も和らいでくれるかと期待したが、だめだった。「早く風呂にはいっておくれ」と彼女は言った。「病気にでもなられたら、わたしが看病しないといけなくなるからね」

彼女はそのままキッチンにはいり、ドアを勢いよく閉めた。

わたしはバスルームに行った。怒りで爆発しそうになっていたわたしは、湯沸かし器の蛇口を早くまわしすぎてしまった。予期された爆発が当然のように起き、シニョーラ・マルティネッリは激しくバスルームのドアを叩いた。

「今度はわたしの家を火事で丸焼けにするつもりかい？」と彼女は怒鳴った。「一刻も早く出ていっておくれ」

お湯のたまったバスタブに、わたしはゆっくりと体を沈めた。凍りついていた手足が生き返るのを感じた。でも、わたしはまだ震えていた。いったいどうすればいいのだろう。シニョーラとの衝突の結果、ひとつだけはっきりした。わたしはこのままイギリスの家には帰れない。シニョーラににらみつけられて非難のことばを浴びせられているとき、わたしの目に映っていたのは母の姿だった。母は、シニョーラとまったく同じことばをわたしに浴びせていた。今イギリスに帰国すれば、母に恥をかかせてしまう。わたしがどんな思いでいるかを母に理解してもらうのは不可能だ。お風呂から出ると、少し気持ちは落ち着いていた。新しい部屋を探そう。この街にはいっぱい下宿屋があるはずだ。美術学校に、そういった下宿屋のリストもあるだろう。でも、とわたしは思った。もしも新しく見つけた下宿の大家さんが、シニョーラ・マルティネッリと同じ考えの持ち主だったら？　それなら、自分でアパートメントを探したほうがいいんじゃない？　レオはわたしのために銀行口座にお金を入れてくれている。自分だけの小さな部屋を借りるには充分なはずだ。魅力的な考えに思えた。もうこそこそと出たり入ったりする必要も、お腹の空いていないときにお行儀良くテーブルについている必要もなくなる。それに、好きなときに勝手に部屋にはいってくる猫もいない。

わたしはさらに考えを先に進めた。レオは、わたしのために部屋を探してくれると言っていた。彼は助けると言っていた。助けさせてくれと言っていた。彼ならこの街のことを知りつくしているから、いい部屋を見つけてくれるかもしれない。さっそく、わたしは彼に手紙を書いた——美術学校の近くのいつもの場所で会ってほしい、と。朝になったら郵便ポストに投函しよう。もしも建物から出られたら、だけど。窓の外を見ると、まわり一面が水で覆われていた。どこからどこまでが運河で、どこに道があるのかもわからなかった。外に出るのは危険かもしれないと思った。いつどこで運河に転落しても不思議はない。

ところが翌日の朝になると、潮の流れとともに水はすっかり引いていた。道は泥や海藻に覆われてすべりやすそうだったが、郵便ポストや学校まで行くことは可能のようだった。シニョーラ・マルティネッリはわたしのためにパンとチーズを用意しておいてくれたが、彼女は姿を見せなかった。顔を合わせることなく学校に向かうことができ、わたしは少しほっとしていた。レオが手紙を受けとるのは明日になってしまうことに気づき、空いた時間を利用して服屋に行き、お腹が隠れる大きめの上着と、ウエスト部分が伸び縮みするニットのスカートを買った。自分の部屋に引っ越したら、市場で売っている安い生地で服を作ろうと思った。

その晩も、朝と同じだった――冷製肉とパンが用意されていたが、大家さんの姿はなかった。あまりのショックに、食欲も失った。今回のことがあるまでは、あんなに親切に接してくれていたのに。わたしは理想的な賃借人だった――物音をたてず、来客もなく、門限を破ることもなく、家事も手伝った。でも今の彼女にとって、わたしは地獄に堕ちるべき人間でしかなかった。少しでも接触を持とうものなら、わたしの罪が彼女のなかに浸食してしまうと思いこんでいる。わたし自身の神や宗教に対する考え方が、彼女とはまったくちがうことにほっとしていた。

第三十一章

ジュリエット　一九三九年十二月十一日　ヴェネツィア

日曜日も雨はまだ降りつづいていた。またしても大家さんは朝食を用意してから、自室にはいったまま出てこなかった。今日も高潮によってアクア・アルタが発生し、美術学校まで行くあいだにも溜まり水や海藻のあいだを注意深く歩かなければならなかった。午前中の授業のあと雨のなか外に出ると、黒い傘をさしているレオを見つけた。

「やあ美人さん《チャオ・ベッラ》」と彼は言い、身をかがめてわたしの頬にキスした。

「そんなことしちゃだめ」とわたしは言った。「人に見られるわ」

「ぼくたちイタリア人は、誰とでもキスするから大丈夫」と彼は言った。「特別な意味なんてないんだから。なにか食べにいく？」

「ええ。話ができる静かなところがいいわ」

「よかった。さあ、傘にはいって。ふたりでも充分な大きさだから」

彼と一緒の傘の下にいると、体の近さをどうしても意識してしまった。わたしの頰にかかる彼の息は温かかった。

「この前のアクア・アルタは、きみにとって初めての経験だったんだよね？　あのとき、外にいなければよかったんだけど。あっという間に襲ってきたからね」

「実は、外にいて巻きこまれたの。びしょ濡れになった。悪天候のせいで渡し船《トラゲット》は動いていなかったから、アカデミア橋まで歩かなければならなかったの」

「かわいそうに」

「それだけじゃないの」とわたしは言った。「大家さんが心配して、濡れた服を脱ぐのを手伝ってくれて——でもそのとき、わたしのお腹を見てしまって、ものすごい剣幕で怒りだした。だらしがない女だと罵《ののし》られて、すぐに出ていけって言われた」

「ディオ・ミーオ！」と彼は叫んだ。「でも、かえってよかったのかもしれないよ。出産に備えて、自分の部屋が必要になるだろ？」

そこまで深くは考えていなかった。わたしは自分の部屋で出産するの？　それとも、病院で？　それにもし養子に出すのなら、出産してすぐに赤ちゃんを連れていかれるの？

「心配はいらないよ」レオは傘を持つ手をいれかえ、わたしの腰に腕をまわした。「いい部屋を探してあげるから。きみが幸せでいられる部屋を。いいね？」

「ええ、助かるわ。ありがとう」

「一日か二日待って。なんとかするから」彼はかなり立派な造りのトラットリアの前で立ち止まり、わたしをなかに案内した。貝のソースのスパゲティと仔牛のカツレツ、そしてデザートにはチョコレートソースのかかったスポンジケーキを注文した。わたしはひとくちも残さずに食べきった。考えてみれば、まる一日ほとんどなにも食べていなかった。自分で料理できるのはいいことかもしれないと思った。食べたいものが食べられるし、医者が勧める栄養価の高いものも食べられる。

午後の授業に戻るころには、希望と活力に満ちていた。

ヘンリーが隣の席に来て座った。「男の人と一緒のところを見かけたよ」と彼は言った。

「友だち？」

「そう、ただの友だち」とわたしは言った。「なんで？　もしかして焼き餅を焼いているの？」

彼は顔を赤らめた。ひょっとしたら図星だったのではないかと思った。そんなこと、今まで考えたこともなかった。彼はわたしよりずっと若い。それに、彼をその気にさせるような態度で接した覚えはなかった。でもよくよく考えてみると、そうでもなかったかもしれない。一緒に食事に行ったり、休日にはふたりで出かけたりしていた。それは、彼がとても親切で、彼と一緒にいると安心できて、なにより英語で話せることがうれしかったからだった。

でも今は、なにを言えばいいのかわからなかった。「あなたと同年代のイタリア人の女の子を見つけたほうがいいわ」

「それじゃ、まるできみはぼくのお祖母ちゃんみたいに聞こえる。そんなに歳は変わらないよ。ぼくは二十四歳だけど、きみは？」

「三十歳。もうほとんど中年よ」

「そんなの関係ないよ。きみはものすごくきれいだ。それにやさしい。そういうきみが好きなんだ」

困ったことになった。本当のことをどう伝えればいいの？　もしも事実を知ったら、ひどく落胆させてしまう。わたしの人生は、人をがっかりさせてしまう地雷原のようだ。

十二月十三日

昼休みにレオと会った。わたしのために最適なアパートメントを見つけたと彼は言った。「ドルソドゥロ地区にあるんだ」と彼は言った。「だから、雨と風のなかあの忌々しい橋を渡らなくてもすむ。それに、ぼくの家族がよく行く場所からも離れてるし。とってもいい部屋だよ。きみも気に入ると思う」

彼は美術学校から島の反対側へとわたしを案内した。道すがら、何軒かの家の前に藁《わら》が置いてあることに気がついて、わたしは驚いた。それほど大量の藁ではなく、階段の上に置かれていたり、バスケットに入れられたりしていた。

「この藁はアクア・アルタ対策かなにかなの？」とわたしが尋ねると、レオは笑いだした。

「ちがうよ。聖ルチアのロバのためのものだよ」と彼は言った。

「え？」この街で起きることは、どうして毎回わたしを驚かせるのだろう。

「聖ルチア祭だよ。ぼくらにとっては大切な祭日なんだ。ヴェネツィアの教会に彼女の遺骨がおさめられているからね。小さな子供たちは、彼女がプレゼントを持ってきてくれると信じているから、彼女のロバのための藁を置いておくんだよ。それに、今日だけのための特別なパスタ料理があるんだ」少し間をおいて彼は続けた。「この街には伝統がいっぱいある。みんな聖人が大好きなんだ」

「あなたは？　あなたも聖人が好き？」

「もちろん」と彼は言った。「彼らがいなかったら、誰がぼくらのかわりに神に話してくれる？」

わたしはなにも言わなかった。少なくとも、一生ヴェネツィア人のことは理解できないだろうと思った。ザッテレと呼ばれている河岸に出ると、冷たい強風に迎えられた。ジュデッカ運河を渡る船の橋の記憶が、まざまざと蘇ってきた。でも今は、広い遊歩道にはほとんど人がいなかった。わたしたちは左に曲がり、印象的な教会の前を通りすぎた。

「これはイエズス会の教会」とレオは言った。「彼らの教会はどこも立派だ。費用を惜しまない」そうこうしているうちに、わたしたちは島の先端まで近づいていた。レオは、背の高い黄色い建物の前で立ち止まった。堂々とした佇まいで、窓には青いよろい戸が取りつけてあった。

「ここ?」とわたしは訊いた。正面入り口へと続く三段の階段は大理石製で、玄関扉にはライオンの頭の形をしたドアノッカーがついていた。「誰が住んでいるの？」

「今は誰も住んでない」と彼は言った。「この建物はうちが所有しているんだ。もともと下の階は事務所として使っていたんだけど、今ではめったに使われていない。仕事に関係する機能は、ほとんど港のほうに移してしまったから。とにかくはいって。なかを案内する」

彼は大きな鍵を取り出すと、玄関の扉を開けた。一歩なかにはいるとそこは薄暗いロビーで、唯一の明かりは何階も上のほうにある天窓から差しこんでくる陽光だった。その光が、まるで水槽のなかにいるような錯覚を生みだしていた。大理石の階段が螺《ら》旋《せん》状に上に伸びていった。レオはその階段をのぼっていった。二階から三階への階段は豪華なものではなく、普通の木材でできたものだった。

「階段しかなくてごめんね」と彼は言った。「でも、プライバシーは保証するよ」

四階の暗い踊り場にたどり着くと、レオは手探りで電気のスイッチを探した。明かりがつき、いくつかのドアがあるのが見えた。レオはそのうちのひとつのドアを開けた。掃除道具入れのような小部屋だった。

「見てごらん」と彼は言い、がらくたが積まれた小部屋にはいっていった。そして、いちばん奥にあるドアを開けた。「この建物は、むかし密輸がおこなわれていたころに建てられたもので、人が姿を隠すときにときどき使われていたらしい。この街には、こういった秘密のアパートメントがまだあちこちに残ってるんだ。ほとんどの人は、このドアの先には屋上に出るための階段があると思ってる。少なくともドアにはそう書いてあるからね。さあ、きみも来てごらん」

そう言うと彼はドアの先にある階段をのぼりはじめた。とても幅の狭い階段だった。ところが階段の先にあったのは、大きな部屋だった。わたしは息をのんだ。窓の外に広がっていたのは、それはそれは見事な景色だった——ジュデッカ運河とその向こうにあるサン・ジョルジョ・マッジョーレ島、さらにサン・マルコの入り江まで見わたせた。

「なかなかいいだろ?」とレオは言った。満足そうなわたしの表情を見て、彼もうれしそうだった。

「素晴らしいわ」

「あっちにバスルームと、小さなキッチン、奥には寝室がある。ベッドが使いものになるかはわからないけど。もう長いこと誰も住んでいなかったからね。新しいベッドを入れるように言っておくよ」彼がもうひとつのドアを開けると、そこはベッドと整理だんすを置けるだけの小さな寝室になっていた。「ほかにも必要な家具があったら言って」と言いながら彼は居間に戻ってきた。「寝室がどのくらい暖かくなるのかはわからない。ストーブはあるけど、石炭が必要になる」

わたしは居間に置かれた家具に初めて気がついた——錦織《ブロケード》の肘掛け椅子がふたつ、飾り彫りの施されたテーブルと二脚の椅子のセット、そして窓辺には美しい造りの書き物机。

わたしは部屋を見まわした。「暖房は?」

「部屋の隅にストーブがある」と彼は言い、大家さんの家にあったの同じような磁器製のストーブを指差した。最初に頭をかすめたのは、五階まで石炭を運ばないといけないという心配だった。

「外に滑車がある」と彼は言った。「石炭をバケツに入れて、引っぱり上げるんだよ。でも心配しないで。きみはそんなことしなくていいから」

「どうして？」

「家政婦を手配しておいた」と彼は言った。「フランチェスカ。うちの使用人の母親。地元の人間で、働き者だよ。夫を亡くしたばかりで、仕事が必要なんだ。六人もの子供を育てた人だから、きみのこともちゃんと面倒を見てくれるよ。やってほしいことがあれば、なんでもやってくれる。料理に掃除に買い物。とにかく、なんでも。ここなら快適に暮らしていけると思うんだけど、どうかな」

わたしは窓の外の景色から目をそらすことができなかった。「ええ、大丈夫だと思う」でも、わたしの現実的な面が出てきた。「だけど、家賃が高いんじゃない？」

彼は笑った。「家賃なんかいらないよ。このアパートメントは、きみのものなんだから」

「え？　どういうこと？」

「これは、ぼくからのプレゼントだ。うちの弁護士に相談して、九十九年の賃貸契約書を作ってもらった。だからもうきみのものだ。いたいだけいていいんだ。どこかに行ったとしても、いつでも戻ってこられる」

「レオ、なんて言ったらいいか」今にも泣きだしそうで、声が震えた。

「愛しいジュリエッタ、ぼくにはこれくらいしかできない」彼はやさしさにあふれる声で言った。「それに、べつの理由もある。いつでもきみに会いにこられる場所がほしい」

わたしの頭のなかで警鐘が鳴った。彼に会えるのはうれしい。でも……「レオ、これだけはわかってほしい。わたしは、あなたの愛人になるつもりはないの」

「でも……」

わたしは彼から一歩遠ざかった。「それが、お金持ちの男の人がすることなんでしょ？いつでも好きなときに愛人に会いにいけるように、すてきな部屋を買うものなんでしょ？」

彼はやさしくわたしの腕に触れた。「ジュリエッタ、それはちがう。ぼくはそんなつもりじゃなかった。正直に言うね。もちろん、きみとまた愛し合いたい。でも、きみが望まないなら、ぼくはそれでもかまわない。ぼくたちは親しい友人でいよう。このアパートメントをきみにあげるのは、きみがぼくの子の母親だからだ。きみには安全で不自由のない生活をしてほしい。それだけなんだ。どうか怒らないで。ぼくには、そんなつもりはないんだ」

わたしの置かれた立場は心許ないものだった。とにかく今は彼を信じ、感謝しようと思った。

第三十二章

キャロライン　二〇〇一年十月十三日　ヴェネツィア

建物の改修をしているふたりの作業員が、壁掛け式の暖房器具を五階まで運び、取りつけまでしてくれた。そのおかげで寝室はとても快適になった。彼女は大伯母の服を一枚一枚確認しながら、寄付する山と捨てる山により分けた。こうして見てみると、価値のありそうなヴィンテージものがいくつかあった――ティードレスにイブニングドレス、そして縁飾り付きのシルクのショール。この三点は取っておくことにして、虫食いの被害にあったセーター類やキッチンとバスルームから見つかった期限切れで使えないものは、近所のごみ捨て場に持っていった。レースで縁取られたハンカチ数枚と、奇跡的に未開封でまだ良い香りのするオーデコロンも取っておくことにした。大伯母の描いた絵やスケッチも、もう一度じっくりと見てみた。ヴェネツィアの街のスケッチは取っておくつもりだった。赤ちゃんのスケッチに関しては、もし本当にルカの父親の絵だとしたらダ・ロッシ家が欲しがるかもしれない。生まれたばかりのまるまる太った新生児から一歳くらいのスケッチばかりで、それ以降の絵は一切なかった。一歳になってから子守をやめたのかもしれない──あるいは、逃亡しなければならなかったのか。スイスのどこに住んでいたのかの記録が見つかれば、なにかわかるかもしれない。スイスはよく組織された国なので、記録が残っているかも！　そう考えると自然に笑みがこぼれた。

三日間アパートメントで過ごすと、もうほかにすることがなくなった。あとは、ルカの父親が帰国したら会いにいくだけだ。アパートメントはぴかぴかに掃除されて片付いていた。引き出しのなかはすべて空にし、持ち帰るものだけを古いスーツケースに詰めた。だんだん気温も低くなり、祖母の家の暖かいキッチンとボリューム満点のスープが恋しくなってきた。それに、テディのことも気になった。ジョシュが最後に息子の声を聞かせてくれてから、もうどのくらいになるだろう。イギリスには帰らないように、ジョシュがテディを説得しているのだろうか。最後に彼に送ったメールに返事が来ているのかはわからなかった。このアパートメントにはインターネットの回線がなく、アクセスできる場所がどこにあるのかもわからなかった。暖かい寝室で横になっていると、どんどん心配事が頭のなかを埋めつくしていった。万が一テディが病気にかかっていたら？　それをジョシュが知らせようとしているのに、彼女に連絡がつかないとしたら？　でも、祖母にはここの住所を知らせてあるし、なにかあったら電話してくれるはず。心配するのはやめなさい、と自分に言い聞かせた。今この瞬間を楽しまなくちゃ。この美しい街を堪能しなくちゃ。自由になりなさい。希望を持ちなさい。

週末、携帯電話が鳴った。ルカからだった。「両親が帰国して、やっと落ち着いたところなんだ。今夜、うちでディナーを一緒にしない？」彼は住所を教えてくれた。

夜八時、めいっぱいお洒落をしてアパートメントを出ると、外は土砂降りだった。ザッテレ河岸に波が押し寄せていた。ルカの家に着くころには、溺れかけたネズミのような姿になっているだろう。彼女にはふたつの選択肢があった——ひとつ目は、ドルソドゥロ地区を縦断する方法で、細い道を通れば雨をよけて歩くことはできる。でも、アカデミア橋を渡るときには思いきり風雨にさらされる。ふたつ目は水上バスに乗る方法だが、それだと大まわりをして大運河に戻ってくることになる。彼女はひとつ目の方法を選ぶことにした。風と雨をよけながらドルソドゥロ地区を縦断できたが、橋を渡るときには傘を持って風雨と格闘しなければならなかった。いったんサン・マルコ地区にはいると、バルコニーなどのおかげでそれほど濡れることなく、目的の建物を見つけることができた——ルカが道順を教えてくれたのにもかかわらず、かなり苦労した。そこは優雅な白い大理石造りの建物で、制服を着たドアマンが彼女に敬礼をしてエレベーターまで案内し、最上階のボタンを押してくれた。

エレベーターのなかで頭にかぶっていたスカーフを取り、キャロラインは髪の毛を整えた。ああ、もう。きっと、目にも当てられないくらいひどいわね。白く塗られた玄関のドアの前に立つと、神経が縮こまるような震えを覚えた。たとえ自分としては完璧な装いだったとしても、ルカの家族に比べたら野暮ったく見えるのは確実なのに、今のこの姿は完璧からはほど遠い。もし盛大なディナーパーティーだったらどうしよう。そのとき、ルカがドアを開けた。

「キャロライン、本当にごめん。こっちのほうで雨が降りだしたときには、もう遅かったんだ。さもなければ迎えにいってたよ。さあ、濡れたコートを渡して」コートを脱ぐのを手伝ってくれて、水が滴っている傘を大理石の玄関ホールにある傘立てに挿した。そして励ますような笑みを浮かべると、彼女をなかに案内した。居間は広々としていたが威圧的ではなく、置かれている家具も上等だが実用的なものばかりだった。彼の両親は暖炉の両側に座っていた。キャロラインがはいっていくと、父親が立ち上がった。「父さん、こちらがミセス・グラント。前から話してるように、イギリスから来てるんだ。キャロライン、ぼくの両親だ。ダ・ロッシ伯爵と、伯爵夫人」

〝伯爵と伯爵夫人〟ということばに、キャロラインは一瞬たじろいだ。なんでルカは、自分の家が貴族だと事前に教えてくれなかったの？　この前まで宿泊していたホテルの女性オーナーも、〝由緒ある家のひとつ〟としか言わなかったので、キャロラインは心の準備ができていなかった。伯爵は彼女の困惑を感じとったのか、すぐそばまで歩み寄って手を差し出した。

「ミセス・グラント、ようこそわが家へ。突然の雨に巻きこまれてしまったようで、本当に申し訳なかった。これが冬のヴェネツィアの不便なところでね。ルカ、お客さまにプロセッコをお注ぎして」

「どうぞわたしの隣に座って」伯爵夫人はそう言って、自分の横のソファをポンポンと叩いた。「大変な目にあってしまったわね。体を温めないと。それに、英語で話ができるなんてうれしいわ」

伯爵は豊かなグレーの髪で年相応に見えたが、伯爵夫人は年齢のわりに若く見えた。彼女の髪は、魅力的な赤みがかったブロンドだった。自然な髪色なのか、それとも染めているのかは、キャロラインにはわからなかった。ただ、飾り気のないシンプルなグレーのカシミアのワンピースにエルメスのスカーフを首元に巻いたその姿は、エレガントと表現するしかなかった。

「今日はお招きいただき、ありがとうございます。まだ時差の影響も残っていらっしゃるでしょうに」とキャロラインは言った。

「いやいや、ご心配なく。夜の七時に寝て真夜中に起きる生活から、やっと抜け出すことができてほっとしているところだ」と伯爵は言った。「ところで、息子の話では、ダ・ロッシ家の建物のひとつのアパートメントを、あなたが相続したそうだね。実に興味深い。賃貸契約が結ばれた理由も経緯も不明なのだとか？」

「ええ、わからないんです」とキャロラインは言った。「考えられるのは、戦時中のことなので、誰かに住んでもらいたかったんじゃないか、ということくらいなんです」

「たしかに、その可能性はあるな」と伯爵は言った。「で、そのアパートメントをどうするおつもりかな？　休暇のときだけ利用するとか？」

「まだ決めかねています」とキャロラインは言った。「あまりにも衝撃的だったものですから。夢にも思っていませんでした。わたしの大伯母は自分の個人的なことをあまり話さない人だったので、ヴェネツィアに住んでいたことも家族は知りませんでした。最初にわたしが知ったのは、銀行の貸金庫の鍵を相続したことででした」

ルカがプロセッコのボトルのコルク栓を小気味良い音とともに開けたので、キャロラインは顔を上げた。

「その大伯母さんという人は、旅行がお好きだった？　おしゃれな女性だった？」と伯爵は訊いた。

キャロラインは笑みを浮かべた。「どちらかというと、その正反対の人でした。静かで控えめで——生涯独身を通したイギリス人女性の典型みたいな人です。だからわたしにとって、いまだに驚きなんです。それで思ったのですが……」——彼女は言いよどみ、グラスを持ってこちらに歩いてくるルカに目をやった。「もしかしたら、お宅の子守、ナニーとして雇われていたのではないかと。ただ、大伯母がヴェネツィアを離れたとき、あなたはまだ赤ちゃんでしたけど。ナニーのことは覚えていらっしゃいますか？」

伯爵の顔がぱあっと明るくなり、突然若返ったように見えた。「ああ、実はよく覚えているのだよ」と彼は言った。「とっても良い人だった。やさしくて。母とはちがって温かい人だった。母はほとんど子供部屋に来ることもなかったからね」

「そのナニーの名前は？　覚えていますか？」

「なんだったかな。いつも〝ナニー〟としか呼んでいなかったからね。ああ、そうだ、ジュリ……」

「ジュリエット？」

「いや、ジュリアナだ。彼女はものすごく大柄な女性でね。腕なんか木の幹のように太かったよ」と言って伯爵は笑った。「その腕に包まれると、いつも安心できた。彼女はヴェネツィア語を話していたな」

「そうですか」キャロラインはうなずいた。「じゃあ、大伯母ではありませんね」

「でも、キャロラインは父さんによく似た赤ん坊のスケッチを持っているんだ——前の家の子供部屋の壁に掛かっていた古い肖像画のような。あの絵はどうなったの？」ルカは父親に訊いた。

「さあ、私にもわからないんだ。もう何年も前に、なくなってしまった」伯爵は顔を上げた。「ああ、やっと食べ物の登場だ」メイドが、エビやオリーブ、さまざまなトッピングののったブルスケッタのお盆を持ってやってきた。オードブルを食べているあいだ、会話は途切れがちになった。そのあと、四人はダイニングルームへと移動した。ディナーが始まると、ルカはアメリカに留学していたころに経験したことや母親の家族のこと、アメリカとイタリアの生活様式のちがいについて話しはじめた。「ぼくのいとこたちは、十六歳になったらみんな車を持つんだ。そんなの信じられる？」と彼は言った。「ぼくなんか、二十歳になるまで待たなくちゃならなかったのに」

「ヴェネツィアに運転する場所なんかあるのか？」と伯爵が言い、みんなで大笑いした。

伯爵夫人から自分のことを訊かれたキャロラインは、テディという息子がいることや、ワールド・トレード・センターが崩壊した同時多発テロの影響でニューヨークから出られないでいることを話した。

「どんなに息子さんが恋しいことか」と伯爵夫人は言った。「きっと、すぐに帰ってこられるわ」

「ぼくは、彼女のほうから迎えにいって、連れて帰ったほうがいいって言ってるんだ」とルカは言った。「母親と一緒に飛行機に乗って家に帰りたくない子供なんていないよ」

「あの人たちが、わたしの悪口を息子に吹きこんでいないことを祈るだけです」とキャロラインは言った。「元夫は、自分の思いどおりに人を操るのが得意なんです。でも、わたしの心配事の話なんてしたくないですよね。わたしは、大伯母のことをもっと知りたくてヴェネツィアに来たんですけど、もうこれ以上はなにも見つからないと思っています」

「大伯母さまは、アンジェロが赤ちゃんだったころに彼のスケッチを描いたのよね?」と伯爵夫人は言った。

アンジェロ。伯爵のファーストネームを初めて耳にした。その瞬間、キャロラインは大伯母の部屋の壁に飾ってあった絵のことを思い出した。アンジェロ。小さな天使。あの絵は、赤ちゃんだったころの伯爵の絵だ。視線を上げると、伯爵と目が合った。彼はまっすぐに彼女の目を見ていた。その眼差しに、キャロラインは心が乱れるなにかを感じた。それがなんなのか、わかった気がした。レティ大伯母さんが視力を失う前にキャロラインを見つめていた目と、伯爵は同じ目で彼女を見つめていた――顔を片方に少しかしげ、眉を少しだけ上げて。そのとき、彼女は悟った。レティ大伯母さんは彼のナニーではなかった。彼の母親だったのだ。

第三十三章

キャロライン　二〇〇一年十月　ヴェネツィア

そのあとはさまざまな思いが頭のなかで渦巻き、ディナーの残りの時間を軽いおしゃべりでやり過ごすのに苦労した。大伯母と伯爵との関係に気づいてしまってからは、似ているところが次々と目についた――上くちびるの形、長い指、グレーヘアに残っている赤褐色の髪色。そうか、とキャロラインは思った。レティ大伯母さんは未婚の母となったのだ。おそらくその相手はルカの亡くなった祖父。でも、ダ・ロッシ家はその子を認知したということ？　介護ホームにいたあの老婦人が、大伯母の子を自分の子として受け入れたということ？　たしかに伯爵は言っていた。「母はほとんど子供部屋に来ることもなかった」と。

キャロラインは、なんとか残りの時間を乗りきることができた。とても小さなカップにはいったコーヒーと、小さなクリスタルグラスにはいったリモンチェッロでディナーは締めくられた。ほとんどお酒を飲まないキャロラインは、すっかりくつろいだ気分になり、眠気ももよおしてきていた。ところが、突然鳴り響いたサイレンの音で、すっかり目が覚めた。

「あら、やだ」とルカの母親は言い、窓まで行った。「まさか、もうアクア・アルタ？まだ十月なのに？」

「年々、時期が早まってきているような気がする」と伯爵は言った。「気候変動のせいだと言われているようだけど」

「どうしたんです？」とキャロラインは訊いた。

「雨と高潮が重なると、洪水になるんだ」とルカの父親は言った。「ここサン・マルコ地区は特にひどいんだ。ルカ、彼女を家まで送っていったほうがいいだろう。泳がなくてすむうちに」そう言ってキャロラインの膝をぽんぽんと叩いた。

「いいえ、大丈夫です。ルカにそんなことまで……」キャロラインはそう言いながら彼を見上げた。

でも伯爵夫人が彼女のことばをさえぎった。「いいえ、もちろん送っていかせますよ。息子はボートを持っているから。相当揺れると思うけど」

ルカはすでに立ち上がっていた。「準備はできた？両親の言ってることは本当だ。高潮のなかを歩きたくなければ、すぐに出たほうがいい」

「〝水をかき分ける〟よ」と彼の母親は言った。「それが正しい英語の言い方」

ルカはキャロラインのほうを見て、目をぐるりとまわした。彼女は笑ってしまった。

「ああやっていつもぼくの英語を直すんだ。さあ、行こうか、カーラ」

キャロラインは自分の名前を短縮形で呼ばれてどきっとした。ジョシュにしかそう呼ばれたことはなかった。ルカの両親にお礼を言い、伯爵夫人から心のこもったハグをされた。

「会えて本当にうれしかったわ」と伯爵夫人は言った。「もう少しヴェネツィアにいるのなら、雨じゃない日にぜひまた来てちょうだい」

彼女はまだ乾ききっていないコートをルカに着せてもらい、一緒にエレベーターに乗りこんだ。

「とてもすてきなご両親ね」下降するエレベーターのなかでキャロラインは言った。「伯爵と伯爵夫人って聞いたときにはびっくりしたけど、想像とはちがってた」

「伯爵はどんなイメージだったの？」ルカは驚いたような顔をした。

「もっと堅苦しい、貴族的な」

彼は声をあげて笑った。「ぼくだっていつかは伯爵になるけど、そんな堅苦しい人間になるつもりはないよ。でも、父がそうならなかったのは、母のおかげかもしれない。母は、人間の平等を深く信じているんだ。父と結婚しなければ、法律の勉強をしていたかもしれない。母の家族は、ニューヨークでも有名な弁護士一家なんだ。実は、ヴェネツィアで父と出会ったあと、大学に戻って法律の勉強をしようと思ってたそうなんだけど、父がアメリカまで追いかけていって、きみなしでは生きていけない、とかなんとか言ったらしい。で、母はなにもかも捨てて父と結婚した。ぼくの父はかなりの情熱家だよ。まあ、イタリアの男はほとんどそうだけどね」そう言って、いたずらっぽく笑った。

「なんてロマンチックなの」とキャロラインは言った。

外に出ると雨はかなり激しく降っていて、石畳もすでに水をかぶっていた。

「少し濡れてしまいそうだ」とルカは言った。「ぼくの傘にはいって。ボートまではそんなに離れてないから」彼は、それがごく自然なことであるようにキャロラインの腰に手をまわし、建物と建物のあいだの細いすきまをぬっていった。やがて、ゴンドラ用の柱につないであるモーターボートにたどり着いた。ルカは注意深くバランスをとりながら船首を歩き、キャロラインが乗りやすいようにボートを岸に近づけた。

「ごめんね、今日はあまり速くは走れない」と彼は言った。「建物にダメージを与えないように、大運河ではスピードを出せないんだ。でもキャビンにいれば、きみはあまり濡れないですむと思う」

「でも、あなたはびしょ濡れになってしまうわ」

彼は肩をすくめて言った。「平気だよ。ほら、雨もだいぶ弱くなってきている。それに、ドルソドゥロ地区にはすぐに着くから」

「あなたが濡れないように、わたしが傘を持つわ」と彼女は言った。

「そんな必要はないよ。ぼくは顔に雨が当たるのが好きなんだ。それに、顔についた雨なんか風がすぐに吹き飛ばしてくれるから」

彼はエンジンをふかし、ボートをUターンさせて大運河にはいった。ほかに船はほとんどいなかった。キャロラインはルカの横に立ち、風と雨が顔に当たるのも気にせずに前方を見ていた。

「キャビンのなかで座ってなくていいの？ そうすれば雨に濡れずにすむのに」と彼は訊いた。

彼女は首を振った。心に抱きはじめていた疑問を、どう話せばいいのか悩んでいた。

「どうかした？」彼女を見ながらルカは訊いた。「今夜はなんだか考え事をしているようで、心ここにあらず、って感じがしたけど」

キャロラインはためらった。「こんなこと、あなたに話すべきかどうかわからない」と彼女は言った。「少なくともお父さまには絶対に言わないほうがいいと思う。でも、大伯母のジュリエットは、あなたのお父さまの母親なんじゃないかという気がしているの」

彼は驚いた顔で彼女を見てから首を振り、落ち着かない様子で笑いだした。「まさか。そんなはずはないよ。だって、父にはちゃんと母親がいる。お祖母ちゃんだ。きみも会ったじゃないか」

「ええ。ほとんど子供部屋に来ることもなかった母親でしょ。あなたのお父さまが言ったことばよ。お祖母さまは、わたしを見て怒りの感情を露わにした。たぶん大伯母の面影を見たのよ、ルカ。だって、わたしも見たから。わたしを見つめたお父さまの目は、わたしを見つめていた大伯母の目にそっくりだった。不思議なほど似ていたの。だからあんなにいっぱい、赤ちゃんだったころのお父さまの絵があるのよ——無理やり引き離されたから」

ルカは当惑したように咳をした。「キャロライン、ちょっと考えすぎなんじゃないか？本気でそんなこと考えてるの？　ぼくはお祖母ちゃんのことをよく覚えてる。あんな悲しそうなお婆さんになる前から知ってるんだ。たしかに、それほど温かみのあるやさしい人じゃなかった、それは認める。人に対して愛情を示す人じゃなかったけど、愛されるのは大好きだった。だから誕生日にはみんなで集まって、贅沢な贈り物をしないといけなかった。いつだって自分が中心にいないと気がすまない人だったんだ。そんな人が、ほかの女性が産んだ子を受け入れると思う？　夫と一緒になって自分を裏切った女性の子を？」

「そうよね。たしかに信じがたい。でも、今はDNA鑑定という方法もある。それで血縁関係を証明できる。お祖母さまとお父さまの検体があれば、すぐに結果が出るわ」

「ふたりに気づかれないでどうやったらそんなことできる？」と彼は言った。「それに、何カ月もかからないとしても、何週間かはかかる。そんな検査ができるところも多くはないと思う」彼は言いよどみ、彼女を見た。「第一、本当のことが知りたいかどうか、ぼくにはわからない」

しばらく大運河を進んでから支流の運河にはいり、キャロラインがしばらく滞在していた〈ペンシオーネ・アカデミア〉の横を通過した。そのとき一艘のゴンドラが彼らに向かってきた。舵を取っていたのはずんぐりとした体型のさえない顔をした年配のゴンドリエーレで、雨をよけるために黒いオイルスキンのレインコートの襟を立てていた。

みんなが思い描くような、理想的なゴンドリエーレとはほど遠いわね、とキャロラインは思った。そのとき、ふと思い当たった。証拠があるかもしれない。あれをルカに見せなければ。彼らのボートはドルソドゥロ地区の反対側まで来ていた。波はまだかなり高かったため苦労したが、ルカは彼女のアパートメントの建物にいちばん近い船着き場に寄せた。ボートを岸につなぎ留めると、キャロラインの手を取ってバランスを保ち、ボートから降りるのを手助けした。ちょうど岸に上がろうとしたところに大きな波が打ち寄せてボートが揺れ、彼女はルカの腕のなかに倒れこんだ。

「大丈夫。ちゃんと受けとめたから」彼女の頬にかかった彼の息が温かかった。

「ありがとう」恥ずかしそうに笑いながら、キャロラインは体勢を立てなおした。ふたりは横に並んで大きな正面ドアまで歩いた。「ルカ、たぶん証明できると思う。証明とまでいかないとしても、わたしがまちがってないことはわかってもらえると思う」

「なんのこと？」

「わたしのアパートメントまで来て。見てほしいものがあるの」

彼は興味深そうな表情を浮かべ、街灯に照らされた彼の目がきらきらと輝いた。「それって、英語の誘い文句の〝銅版画を見せてあげるから、ちょっと寄っていかないか？〟なんじゃやない？」

キャロラインはどぎまぎして顔を赤らめた。「まさか。わたしはただ……」

ルカは彼女の腕に手を置いた。「冗談だよ。ちょっとからかっただけ。きみがそんな不埒《ふらち》なことを考えていないのはわかってる。ただ……」彼はそこで口をつぐみ、彼女の腕に手を添えたまま正面入り口のドアまで行った。

夜のこの時間、ドアは施錠されていた。強風にコートとスカートをあおられながら、キャロラインはバッグのなかを探した。ようやく鍵を見つけてルカに渡し、彼が鍵をまわしてドアを開けた。なかは真っ暗だった。

「くそ《メルダ》！」敷居につまづき、彼はぶつぶつ言った。「電気はどうしたんだ？　まさか電源を落としていったのか？」

「わたしのアパートメントの明かりはついていたわ」と彼女は言った。

ルカは手探りで探しまわったが、電気のスイッチは見つからなかった。「ちょっと待って」ポケットのなかを漁ってライターを取り出し、火をつけた。「これじゃスイッチは見つけられない。上に行ったほうがよさそうだ。きみが先に行って」

彼がライターの火を高く掲げているなか、キャロラインは先頭に立って階段をのぼった。二階の踊り場について三階への階段をのぼろうとしたとき、彼女はいきなり悲鳴をあげた。あとずさりしてルカにぶつかり、あやうくふたりとも階段から転げ落ちるところだった。左側のドアのところに、白い人影が揺れていた。

キャロラインはルカにしがみついた。「あれよ。お化け！　ほら、そこに」

「大丈夫だよ。ぼくがいるから」彼はキャロラインを抱きかかえながら言った。声が震えていた。

ライターの火を高く掲げると、彼はいきなり笑いだした。「ペンキ塗りの職人が、梯子に白い作業着を掛けたまま帰ってしまったみたいだね」なんの予告もなしにライターのふたを閉じて火を消すと、ルカは彼女をきつく抱きしめてキスをした。キャロラインはあまりの驚きにどう反応したらいいかわからなかった。ただ、彼の冷えきったくちびるが、情熱的に彼女のくちびるに重なっていることだけを感じていた。そして、彼女自身もその情熱に応じたことに、自分でも困惑した。

「ごめん」くちびるが離れたとき、彼は言った。「ひと晩に二度も腕のなかに女性が飛びこんできたら、自分を抑えるのはむずかしいよ」

「謝らないで。実際、わたしのほうから飛びついたんだんだから」彼女は少し落ち着かなげに笑った。「それに、いやじゃなかったし」

ルカはふたたびライターの火をつけ、電気のスイッチを見つけた。裸電球の眩《まぶ》しすぎる光が二階の踊り場を照らした。梯子に掛けられたペンキ職人の白い作業着が、はっきりと見えていた。ふたりは無言のまま残りの階段をのぼり、キャロラインはアパートメントのドアを開けた。さっきふたりのあいだに起きたことを思うと、ルカとどう接したらいいのかわからなかった。こんなの馬鹿げてる、と思ったが、彼に見せなければならないものがあった。自分の直感が教えてくれたことを証明する必要があった。

ふたりはアパートメントにはいり、彼女はレインコートを脱いだ。「あなたも濡れたコートを脱いだら?」と彼女は言った。「なにか温かい飲み物でも淹れましょうか? そこに座っててくれる? 見せたいスケッチブックを探すから」自分が早口になっていることに気がついた。かなり緊張している。彼と同じ部屋にいると思うと、なんだか落ち着かなかった。

「それなら、まずは赤ワインなんてどう? あんなに階段をのぼってきたから、のどが渇いたよ」そう言いながら彼はすでにキッチンに行き、飲みかけのボトルを見つけてふたつのグラスにワインを注いだ。「冷蔵庫も必要だね」と彼は言った。「ここは結構寒いけど」

彼はグラスをキャロラインに渡し、グラスを響かせて乾杯した。彼は挑戦するような目で彼女を見つめていた。

「考えてたんだけど」と彼は言った。「もしきみの言うことが本当なら、ぼくたちはいとこってことになるね。残念だよ」

「いとこだと困るの?」

「イギリスの法律ではどうなのかわからないけど、ここではいとこ同士は……」

ようやく彼の言おうとしていることを理解し、彼女はまた落ち着かない気持ちになった。

「いとこじゃなくて、〝またいとこ〟とか〝みいとこ〟になるんだと思うわ」と彼女は言った。「ジュリエット・ブラウニングは、わたしの祖母じゃなくて大伯母だから」

「そうだった。それなら安心だ」彼は一気にワインを飲み干すと、変な顔をして言った。

「きみは安物のワインを飲むんだね。教育してあげないとだめそうだ」

「わたしたちは自分の生活水準に合ったワインを飲むの」と彼女は言った。「でも、教育してもらえるのはうれしいかも。今まではこういう安物のワインしか飲んだことがなかったから。英語ではこういうワインを〝プロンク〟って呼ぶの」

「プロンクか」彼はクスクス笑った。「英語には不思議なことばがあるんだね」

「ねえ」窓ぎわまで歩きながらキャロラインは言った。「もしもわたしとあなたに血縁関係があるなら、わたしたちがDNA鑑定を受けてもいいんじゃない？　そうすれば、あなたのお祖母さまを巻きこまなくてすむから」

「たしかにそうだね」と彼は言った。「でも、鑑定って何週間もかかるものなんだろ？いずれにしろ、まだきみの言ってることが信じられないんだ」

「そう言う前に、これを見てほしいの」キャロラインは机の引き出しを開け、レティ大伯母さんのスケッチブックを取り出した。彼が座っている肘掛け椅子のところまでスケッチブックを持っていき、彼女は椅子の肘掛け部分に座った。

「これは、大伯母が初めてヴェネツィアに来た一九二八年のスケッチブックよ。そのときは十八歳だった。最初のページにそう書いてあるの」キャロラインはページをめくり、てっきりゴンドリエーレだと思いこんでいた男の人の肖像画のページを開いた。「この絵」と言ってスケッチブックをレオに渡した。「あなたにそっくりだと思わない？」

ルカが息をのむのが聞こえた。「ほんとだ」しばらくして彼は言った。「これはぼくの祖父だ。断言できる。写真を見たことがあるんだ。ぼくは祖父にそっくりだといつもみんなから言われてた」

「じゃあ、やっぱりわたしの思ったことは当たってた？」

「これは、大伯母さんが十八歳のときの絵だと言ったよね？一九二八年か。ぼくの父は一九四〇年生まれだ。そんなに長いあいだ、大伯母さんは祖父の愛人だったってことになる」彼はゆっくりと言った。「ここで一緒に過ごせるように、このアパートメントをあげたんだ」

キャロラインは、自分の知っている大伯母が誰かの愛人で、愛の巣を持っていたなんてどうしても信じられなかった。「十八歳のときはそうじゃなかったはずよ。短期間の旅行で来ただけだから」

「でも、ふたりは出会って、そして祖父は大伯母さんのことをずっと忘れなかった。たぶん連絡をとり合っていて、大伯母さんも機会を見つけてここを訪れていた」

「レティ大伯母さんは、一九三八年に女学校の生徒を引率してもう一度ここに来ているの」とキャロラインは言った。「そのときのスケッチブックもあるわ」

「生徒の引率で来たと書いてあるけど、実際には祖父に会いにきたんだよ」とルカは言った。「ふたりは愛し合っていたんだから」彼は顔を上げ、キャロラインの目を見つめた。

「じゃあ、なんでお祖父さまは大伯母と結婚しなかったの？　どうしてあなたのお祖母さまと結婚したの？」

ルカは彼女の腕に手を置き、やさしくなでた。キャロラインは不安な気持ちになった。

「うちのような家柄では、家同士のつながりのために結婚するんだ。ぼくの祖母は有力な家の出身なんだ。とても裕福な家だ。だから、結婚相手としては申し分なかったんだろうな。きっと赤ん坊のときから決められていた縁談だったんだと思う」

「だからお祖父さまは愛していない人と結婚したの？　政略結婚だったの？」

「たぶんそうだね」

「まさか、今もそんな風習は残っていないんでしょ？　あなたは政略結婚をしたわけではないんでしょ？」

「いや、それがそうなんだ。そこが問題なんだよ」彼は静かな声で言った。「たぶん、妻のことを本気で愛したことは一度もなかったんだと思う。みんなから、彼女はぼくにぴったりだ、よくできた女性だ、きっと良い奥さんになる、って言われた。でも、そうじゃなかった。まだ二十四歳なのに、お酒を飲みすぎていた。ぼくたちの生活はいつもめちゃくちゃだった。こんなこと言ったら最低な男に聞こえると思うけど、彼女が亡くなったとき、ほっとしたのも事実なんだ」

「つらいことを思い出させてしまってごめんなさい、ルカ」

「ううん、もう大丈夫だよ。時間はかかったけど、もう前に進む準備はできてる」

「またぴったりの相手を探す準備？」キャロラインは、からかうように明るく言った。

彼は首を振った。「父は家の方針に逆らって母と結婚したんだ。まあ、母の家も裕福だし家柄もいいんだけどね。それに、うちの家も戦前のような力はもうないんだ。だから、家柄がどうのとか、もう関係ないと思う」

スコールのような激しい雨が窓を打ちつけていた。ルカは顔を上げた。「どうやらこの雨は、ひと晩じゅう降りつづくことに決めたようだ。それにアクア・アルタも引きそうにない。こんな悪天候のなか、リド島までボートを走らせたくないな」と彼は言った。「第一、危険すぎる」彼の声は柔らかくなった。「まさかこの嵐のなかに追い出すなんてこと、しないよね？」彼の手はキャロラインの腕をすべりおり、彼女の手を指でなぞった。「きみと愛し合いたい。いけないことかな。またいとこだとしても」

「そんなこと、してもいいのかな」とキャロラインは言った。ただ、自分も性的な昂ぶりを感じていた。「レティ大伯母さんがどうなったか、考えてみて」

「きみにはそんな思いはさせない。約束する」彼は挑戦的な目で彼女を見つめていた。

「それにきみだって、アクア・アルタのなかにぼくを追い出すほど非情じゃないでしょ?」彼の指が彼女の手の甲をやさしくなでていた。「きみも同じ気持ちなら、だけど」

キャロラインは微笑みを返した。「同じ気持ち、よ」

第三十四章

ジュリエット　一九三九年十二月二十六日　ヴェネツィア

初めて自宅から離れて過ごすクリスマス。違和感と空虚さしか感じられなかった。でも、いいこともあった。十二月十六日に、わたしは自分のアパートメントに引っ越した。わたしの家――少なくとも、あと九十九年間は。床には真新しいカーペットが敷かれ、バスルームには新品の湯沸かし器（大家さんの湯沸かし器と同じようなものだが、爆発の危険はなさそう）が取りつけられていた。それから、新しいベッドはきれいなシーツとアイダーダウンのふかふかの掛け布団でベッドメイクされていて、窓には裏地付きのビロードのカーテンが掛かっていた。アパートメント全体が暖かく、ストーブの横には石炭も準備されていた。よく晴れて輝くような日だった。わたしは窓の外の景色を眺めながら、この数カ月味わったことのない幸福感に包まれていた。なにもかもが完璧だった。

その日の午後、わたしは家政婦として働いてくれるフランチェスカと初めて顔を合わせた。とてもやさしい人というわけではなかったが、仕事は一所懸命にしてくれそうだった。ヴェネツィア語のアクセントが強く、彼女がなにを言っているのかはほとんど聞きとれなかったが、少なくともわたしの話すイタリア語は理解してくれているようだった。最初の夜、彼女はマッシュルームのリゾットを作ってくれた。濃厚でクリーミーで、とてもおいしかった。その日は自分でも買い物に出かけていたので、ホットチョコレートとビスケットを楽しんでからベッドにはいった。満足感でいっぱいだった。次の数日間は、部屋がもっと快適になるようなものを買いに出かけた——枕や毛布、オレンジとそれを入れるボウル、そして机の上に置くテーブルランプ。わたしは、初めて部屋を訪れたときから、あの書き物机に魅了されていた。はめ込み細工が施されたレモンウッドの美しい机はイタリア南部で作られたもので、長い年月を経た今でもレモンの香りがするような気がした。机には、さまざまな引き出しや小さな仕切りが作りこまれていた。そのなかでもわたしがいちばん惹かれたのは、秘密の引き出しだった。それは仕切りをはずしたときに初めて現われる引き出しで、小さな鍵で開けることができた。でも、わたしには隠しておかなければならないものなどなかったし、フランチェスカは英語はおろかイタリア語もほとんど読めなかった。ただ、そんな秘密の引き出しがあるということがわかっているだけで、わたしは少しうれしかった。

授業はクリスマス休暇で休みになった。イメルダは実家に帰った。彼女の両親は、ドイツがフランスに侵攻した場合のことを考え、スペインとの国境近くに引っ越していた。わたしは市場で母と伯母へのクリスマスプレゼントを買った——トルチェッロ島で作られたレースのハンカチとクリスマスツリー用のガラス製の小さなオーナメント類、そして箱入りのヌガー。クリスマスカードに手紙も同封した。どう書けば母たちを納得させることができるか一所懸命に考えた結果、金銭的な理由がいちばんいいだろう思った。

〝ヴェネツィアに残る決心をしたのは、経済的な理由からです〟とわたしは書いた。〝お母さんも知ってのとおり、今わたしは寛大な奨学金を受けとっています。教師としての一年分のお給料を上まわる額です。もしも今すぐ帰国したら、そのお金はもらえなくなります。そのうえ、女学校はすでにわたしの代理の臨時教員を雇っているでしょうから、学校に戻ることもかなわないでしょう。そうなれば、どのように生活費を稼げばいいかわかりません。だから、わたしは万事を考慮したうえで、ここに残ることにしました。でも、帰国しなければならない状況になったら、そのときには賢明な判断をくだすことを約束します〟。

少しずるい書き方だという自覚はあったが、誰も悲しませたくなかった。クリスマスイブに、母から小包が届いた。母の作ったクリスマスプディングとクリスマスケーキのひと切れ、そして手編みのマフラーがはいっているのを見て、わたしは心を打たれた。

ヘンリーにクリスマスプレゼントを買うべきかどうかさんざん悩んだ挙げ句、ムラーノ・ガラスでできた悲しそうな顔をした犬の置物を買った。気持ちが沈んでいるときに眺めれば、誰でも笑いだしてしまいそうなものだった。問題は、レオになにを贈るかだ。欲しいものはなんでも買えてしまう大金持ちの男性には、いったいなにを贈ればいいのだろう。わたしは、一生分の勇気を出して大胆な行動に出た。市場でシンプルな銀のロケットを見つけて買い、自分の髪の毛を少し切ってピンク色のリボンで結んだものをロケットのなかに入れた。これで、わたしがいなくなったあとも、わたしのことを思い出してもらえるものを彼の手元に残すことができる。

最近ほとんどのパン屋さんで見かけるようになったイタリア伝統のクリスマスケーキ、パネトーネと、付け合わせと一緒に焼く鶏肉も買い、クリスマスの日はヘンリーを招いて一緒に過ごすことにした。フィオリート伯爵夫人からは、コルセッティ教授を介してクリスマス翌日のボクシングデーのパーティーに招待された。毎年恒例のパーティーだそうだが、ユダヤ人の彼女がクリスマスを祝うとは夢にも思わなかったので、正直驚いた。どんなプレゼントを持っていけばいいかあれこれ悩んだ挙げ句、市場で売っている白いマツユキソウの鉢植えを買っていくことにした。花はいつでも人の心を明るくしてくれる。それにマツユキソウは、イギリスの春の訪れを思い出させてくれる花でもあった。

クリスマスは家族で盛大に祝う行事なので、レオに会えるとは思っていなかった。ところが日が暮れかかったクリスマスイブに、ドアを叩く音が聞こえた。フランチェスカはわたしのために伝統的な魚のシチューを作ってくれたあと、数時間前に帰宅していた。クリスマスということもあってお礼のチップをはずむと、初めて笑顔を見せてくれた。玄関を開けるとレオがいたので、わたしはあまりの驚きに息もできなかった。彼は大きな箱を抱えていた。

「ここまで階段を駆けのぼってきたんだ」と彼は言い、部屋のなかにはいるなりわたしの頬にキスをした。「今日は家族でディナーの予定があるんだけど、どうしてもクリスマスのあいだにきみに会わずにはいられなかった。贈り物を持ってきたんだ」そう言うと彼は箱をテーブルの上に置き、わたしが箱を開けるのをわくわくしながら見ていた。

かなり大きな箱だったので、なにがはいっているのかわからなかったが――「まあ!」驚きと喜びがない交ぜになってわたしは言った。「ラジオね! うれしいわ!」

「世界でなにが起きているのか、きみに知ってほしかったんだ」と彼は言った。

「わたしも、小さな贈り物があるの」とわたしは言い、リボンを結んだ革の箱を渡した。問いかけるような眼差しでわたしをちらっと見て、彼は箱を開けた。なかにはいっていたのがロケットだとわかり、彼は満面の笑みを浮かべた。ロケットを箱から取り出し、ふたを開けて手のひらにのせた。

「これは、きみの髪？」と彼は訊いた。「きみの髪の毛なんだね？」

わたしはうなずいた。「この街を去ったあと、わたしのことを思い出してもらえるなにかを、どうしてもあなたにあげたかったの」

「そのことなんだけど」と彼は言った。「実は、提案があるんだ」

彼は少し部屋のなかを歩きまわってから、肘掛け椅子に座った。厚みのあるカーテンが閉まっていたので、ストーブの熱で部屋のなかは暖かかった。

「ワインでも飲む？」とわたしは訊いた。

彼は首を振った。「ごめん、今日は時間がないんだ。それより、きみとぼくたちの赤ちゃんのためになにがいちばんいいのか、ずっと考えてきた。それで、ぼくが考えたことを今から話したいんだ。赤ちゃんを養子に出したい、ってきみは言ったよね。赤ちゃんにとって良い家族を見つけたい、って。その家を見つけたんだよ」

「そうなの？」ついに現実を突きつけられたような気がして、わたしの声は震えた。

彼はうなずいた。「この子はぼくが正式に養子として引き取って、ぼくの息子としてうちで育てる。だから、この子はすべてを相続して、やがては伯爵の称号も受け継ぐ。愛情をたっぷり受けて、大切に育てられる。それなら、きみにも満足してもらえるかな」

わたしは唖然として、ことばが出てこなかった。どう受けとればいいのか、思案していた。「でも、ビアンカはどう思う？」わたしはかん高い声を出していた。あまりにも衝撃が大きすぎた。「彼女がほかの女が産んだ子を受け入れるとは思えない。特に、わたしたちの子供だと知ってしまったら」

彼は肩をすくめた。「どうやら、ビアンカは子供が産めない体みたいなんだ。結婚するまで知らなかった。彼女の主治医は〝産めない〟と言っているけど、もしかしたら〝産まない〟と言ったほうがいいのかもしれない。いずれにしても、この子を法的にぼくの子として認知しないかぎり、ぼくに跡継ぎはいないということだ」

「男の子だと決めつけているのね」

彼はわざと不敵な笑みを浮かべた。「わが家の男は、みんな精力旺盛なんだ。だから必ず息子が生まれる」

「もし女の子だったら？　欲しくはないの？」

「大丈夫。絶対に男の子だから」彼は身を乗り出してわたしの両手を握った。「この提案をどう思う？　良い考えだと思わない？　ぼくたちどちらにとっても」

「ビアンカが赤ちゃんを大切にしてくれるか、わたしは心配なの。嫉妬するかもしれない。

わたしはこの子を危険に晒したくないの」

「ビアンカが赤ん坊に興味を持つことは絶対にないよ。それだけは言える。だから最高の子守を雇う。ぼくたちの息子は愛され、甘やかされて育つ」

「突然赤ちゃんが家に現われたら、世間にはどう説明するつもりなの？　この街で噂があっという間に広がる怖さは、よく知っているわ」

「そのことならぼくもさんざん考えたよ。親戚の子供ということにするつもりだ。田舎のほうの親戚のね。母親は勇敢にも出産したけど、死にかけている、ってね。それで、ぼくが引き取って育てると約束した。ここではよくあることなんだ」

彼が話しているあいだ、わたしは話の内容を理解しようとした。そのとき、ほんの小さな希望の光が見えたような気がした。「ねえ、レオ。もしもビアンカが子供を産めない体だとして、あなたを騙して結婚したのだとしたら、それは婚姻が無効だという理由にならない？」

「もちろん、そうかもしれない」と彼は言った。「それがほかの家ならね。でも、ぼくらの場合は政略結婚なんだ。ふたつの有力な会社の双方に利益をもたらしている。だからぼくらの結婚が無効になったら、うちとビアンカの父親との協力関係はご破算になる。彼は誇り高く執念深い人なんだ。ダ・ロッシ家を滅ぼそうとするよ、きっと。それだけじゃなく、彼はマフィアともつながっているとぼくは思ってる。もしも娘が裏切られたと思いこんだら、たぶんぼくはラグーナに沈められるだろうね」

「そんな」とわたしは言った。「なんて複雑な世界なの」

「そう、複雑なんだ」と彼は言った。「ヴェネツィアでの家同士の義務とかは、きみにはとうてい理解できないだろうね。家のことをいちばんに考えるのは、ここでは神聖な義務なんだ」

彼はちらっと腕時計を見て立ち上がった。「本当にごめん。もう行かないといけない。走っていかないと。まあ少なくとも、真夜中のミサに行くのにアクア・アルタのなか水をかき分けなくてもすむけどね。ぼくの愛しい人に神のご加護がありますように。メリークリスマス《ボンナターレ》」彼は投げキスをして去っていった。わたしは、頭のなかに渦巻く思いと胸のなかに苦しみのしこりを抱えたまま、ひとり取りのこされた。

クリスマスの朝、ヘンリーはプロセッコのボトルと、すてきな革製のポートフォリオ——「絵を入れて持ち歩けるように」というメッセージを添えて——を持ってやってきた。わたしは感激すると同時に、少しどぎまぎした。頬が紅潮するのを感じた。

「ヘンリー、本当にうれしいわ。どうもありがとう」とわたしは言った。「わたしもあなたにプレゼントがあるの」

ガラスの犬を見て、彼は大笑いした。「なんて悲しそうな顔なんだ。ほんとの〝ハングドッグ〟（しょげかえっているの意）だね！」

「ホームシックになったとき、この子を見ればあなたも元気づけられるんじゃないかと思って」とわたしは言った。「でも、今日のクリスマスディナーは、わたしたちふたりとも元気づけてくれるはずよ」

まずは〈カンパリ〉とオリーブから始め、そのあとはジャガイモと芽キャベツとニンジンを添えたローストチキン、そして最後はクリスマスプディングで締めくくった。ヘンリーにとっては初めてのクリスマスプディングだったようで、おいしいと思ったかどうかはわからなかったが、彼はどこまでも礼儀正しく、喜んでくれた。腹ごなしのため、わたしたちはザッテレ河岸を散歩した。人もまばらで、遊歩道沿いの家々からは音楽や笑い声が聞こえてきた。わたしは、あらためて今日が家族のための日だと深く感じた。アパートメントに帰ると、紅茶を淹れ、ケーキを出した。これもヘンリーにとっては初めての経験のようだった。

「今日は本当にありがとう」と彼は言った。「クリスマスをひとりで過ごすと思うと、気が重かったんだ。でも、今日は本当に楽しかった」

わたしも同じだった。翌日は、ふたりでリド島まで船に乗ってフィオリート伯爵夫人のヴィラを訪れた。家のなかは観葉植物とガラス製のオーナメントで飾りつけられ、天井のシャンデリアが輝きを放っていた。コルセッティ教授夫妻やイギリス領事、にこやかな神父やそのほか以前にも会ったことのある人々が来ていた。でも、ヨーゼフの姿は見当たらなかった。心配になり、伯爵夫人に彼のことを訊いた。

「フィレンツェに安全な隠れ家を見つけて、ほかの画家たちと一緒に行かせたの。今は、若い女性画家を救い出そうとしているところよ。残念ながら、救い出せるのはひとりずつだから、助けてあげられない人が多すぎる」

「ユダヤ人の迫害はヴェネツィアまで広がると思いますか？」とわたしは訊いた。「ムッソリーニはヒトラーを崇拝しているみたいだから」

「イタリアにも、ユダヤ人が身柄を拘束されて収容所送りになるのを見たがっている人がいるけど、ここヴェネツィアは大丈夫。少なくとも教養のある人たちはね。ここでは、ユダヤ人コミュニティは街の一部として敬意を持たれているの。だから、ここにいるかぎりわたくしたちは安全よ」

わたしと伯爵夫人は、ほかの人たちから少し離れた場所にいた。妊娠のことを話すべきかどうか、わたしは逡巡《しゅんじゅん》した。彼女に秘密にしておいていいのだろうか。もちろん、噂話として伯爵夫人の耳にはいるのはいやだった。でも、今はそのときではない気がした。いつか別の日に、ひとりで訪問しようと思った。伯爵夫人は、人を偏見の目で見るような人ではない。でも……そのとき、恐ろしいことに気がついた。コルセッティ教授！　美術学校のほかの教授たちも。わたしのような状況の学生に対する規則はあるのだろうか。妊婦でも授業を受けさせてもらえるのだろうか。オードブルのテーブルで、パテののったクラッカーを取っている教授の姿が見えた。そんな規則があるのか知らなければならないと思い、わたしは教授のところに行った。

「個人的な話があるのですが、ちょっといいですか？」とわたしは言った。「できれば人のいないところで」

教授は怪訝《けげん》そうな表情を浮かべたが、わたしと一緒に小さな控えの間に来てくれた。

「どうしましたか？」と教授は言った。

わたしは、自分が妊娠していることと子供の父親とは結婚できないことを打ち明けたうえで、できるかぎり勉強を続けたいと思うがそれは可能かと尋ねた。

「絵筆も持てないくらい体力がなくなりますか？　イーゼルの前に立てなくなるくらい？」と彼は訊いた。「お腹が大きくなりすぎて、絵を描く邪魔になりそうですか？」

「まさか！」とわたしは言った。

「それなら、どんな問題が？」

「妊婦が授業に出るのは歓迎されないのではないかと思って。ほかの学生に悪影響を与えるかもしれないので」

教授はわたしの顔をまじまじ見てから、急に大笑いした。「そんなことを心配していたのですか。私たちが住んでいる美術の世界では、誰にも恋人や愛人がいるし、ホモセクシャルの人もいればバイセクシャルの人もいる。ましてや私生児のいる人なんて当たり前なのです。誰も偏見の目で見たりはしない。それは保証します」彼はそこで少し躊躇しているように間をおいてから続けた。「でも、あなた自身はどうなのですか？　私はあなたのことが心配です。自分の安全と健康より、勉強のほうが大切ですか？　こんな大事な時期に、家にいたくないのですか？　世話を焼いてくれる人がいる環境にいなくて、心配ではないのですか？」

「ええ、本当ならそうしたいです」とわたしは言った。「でも母には、世間に顔向けできないような恥ずかしい思いをさせたくないんです。だからここに残ることにしました。子供が生まれたら、養子に出すつもりです。そのあと帰国します」

「高潔な決断ですね。でも、それを貫き通せるのか私は心配です」

第三十五章

ジュリエット　一九四〇年二月二十一日　ヴェネツィア

わたしの生活にも、無理のない快適なルーティンができあがっていた。朝は授業に出て、昼食はたいていヘンリーと——ときどきレオとも——食べ、そしてアパートメントに帰ると、働き者のフランチェスカのおかげできれいに掃除された部屋は暖かく、夕食も用意されている。天気はどんよりとした曇りと雨の日が続き、何回かアクア・アルタも発生したが、ドルソドゥロ地区のこのあたりではそれほど浸水することもなく、足元も濡れずに歩きまわることができていた。イメルダはクリスマス休暇以来ここには戻ってきていなかったが、それも無理のないことだと思った。フランス国内を移動するのはだんだん危険になっていて、そのうちまったく移動できなくなるおそれもあった。フランツの姿も見かけることはなくなり、残されたのはヘンリーとわたしだけになった。フィオリート伯爵夫人のお宅には、一月のパーティーで一度、その後、自分自身の状況を伝えるためにもう一度ひとりで訪れた。これ以上なにも言わずにいるのはよくないと思ったからだった。

「実は、うすうす感づいてはいたの」と彼女は言った。「だって、見ればわかりますから」彼女独特の鳥のような仕草で顔を傾けて、わたしを見ながら言った。「そしてお相手の若者は――すべきことをしないのね？」

「できないんです。結婚しているので」

「幸せな結婚なの？　あなたのために別れることもできないような？　この国でも、離婚は認められるようになってきているのよ」

「幸せな結婚ではないのですが、離婚はできないんです」

「なるほど」長い沈黙のあと、伯爵夫人は口を開いた。「もしかして、ダ・ロッシ家の息子さん？」

わたしは顔が真っ赤になった。「どうしてわかったんですか？」

「ダ・ロッシ伯爵を紹介したときの、あなたの表情を思い出したの。なんの関係もない初対面の人に紹介されたときの反応ではなかったですからね。でもあのときは、ハンサムな伯爵に会って、圧倒されてしまっただけなのかと思ったわ」

「ショックだったんです」とわたしは言った。

伯爵夫人はティースプーンを弄んでいた。「若きダ・ロッシ。幸せな結婚でないのはよくわかるわ。でも、簡単に離婚できないのね」

「はい」

彼女はわたしの背後のすてきな庭を見つめた。椰子の木が強風にあおられて揺れていた。

「じゃあ、あなたひとりで出産に臨むの？　子供は？　あなたひとりで育てるの？　ご家族は反対しない？」

「養子に出すつもりです。もうすでに手筈がついています。とてもいい家庭に引き取られることになっているんです」とわたしは言った。

「そう。とても現実的な考え方ね」彼女は少し間をおいた。「あなたを尊敬するわ。若いころのわたくしは、そんなに気高くなれなかった。わたくしが妊娠したのは、あなたよりずっと若いときだったの。自分では育てられないとわかっていたから、中絶することを選んだ。けっして勧められることじゃない。そもそも禁止されていたことだった。手術は秘密裏におこなわれて、消毒もされなかったの。そのせいでわたくしは死にかけた。だけど当時は、未婚の母として子供を育てるのは不可能だったの」彼女は腕を伸ばし、鳥のかぎ爪のように細い手で私の手を握りしめた。「ここでわたくしと一緒に住んでもらってもかまわないのよ。わたくしは、行き場のない人も動物も保護するのが好きなの。それになによりあなたと一緒にいるのが楽しいのよ」

涙がこみあげてきた。「本当にありがとうございます。とても心惹かれるお誘いなんですが、わたしは今、ドルソドゥロ地区にアパートメントを持っているんです。美術学校にも近くて、すてきな部屋なんです」

「あら、それは残念だわ。ビエンナーレの準備をあなたにも手伝ってほしかったのに。五月には始まるのよ」

「今年も開催されるんですか？　戦争が起きているのに？」

彼女はクスクス笑った。「ここヴェネツィアでは、戦争みたいなちっぽけなことに芸術の邪魔はさせないの。もちろん、参加する国は制限されるとは思うけど――ドイツもロシアも、それぞれのパビリオンにすでに力を尽くしているわ。アメリカもね。ただ、今年はどの国もプロパガンダを強く押し出してくるでしょうけどね。それでも、イタリアの芸術家に作品を発表する機会が与えられる――亡命中のユダヤ人芸術家たちにもね」

お正月に母から手紙が届き、わたしが送ったクリスマスプレゼントのお礼が書いてあった。そして、ケーキやマフラーをわたしが喜んだようでうれしいとも書かれていた。〝わたしたちのことを心配してくれてありがとう。特に、金銭面で支えようとしてくれていることもうれしいわ。でも今は、戦争関連でこちらでも女性にもいろいろな仕事の機会が増えているのよ――工場や軍隊にも。ホルテンシア伯母さんがこんなことを言っているの。もしもあなたが今年の終わりまで本当に帰ってくるつもりがないのなら、あなたの部屋をロンドンから疎開してきた人たちに使ってもらったらどうか、と。空襲を恐れて、たくさんの人たちがロンドンを離れているの〟。手紙にはそんなことが書かれていた。

どうやら帰国する決心をしたとしても、わたしにはもはや居場所はないようだ。いくら帰りたいと思ったとしても。

戦争にもかかわらず、謝肉祭《カルネヴァーレ》がおこなわれていた。街じゅうが飾りたてられ、四旬節前日の懺悔の火曜日《マルテディ・グラッソ》に向けて、毎日がお祭りのような盛り上がりを見せていた。どの街角でも仮面が売られ、どの店でも仮装用の衣装が売られていた。わたしは参加するつもりはなかったが、ヘンリーにうながされて仮面と長いケープを買い、人混みに加わった。不思議な姿をして仮面で顔を隠した人々――大きなくちばしをつけた人や、イタリア伝統喜劇の主人公、ピエロとコロンバインに扮した人たち――に囲まれると、わくわくすると同時に少し怖かった。

ようやく家に着いたときには、わたしは疲れきっていた。階段をのぼるとき、ヘンリーはやさしく付き添ってくれた。わたしはふたり分のホットチョコレートを作った。彼はどことなく落ち着かない様子だった。

「どう言ったらいいのかわからないんだけど」と彼は突然言いだした。「でも、父親からすぐに帰ってこいと言われたんだ。大規模な戦争が起きるのは、もう時間の問題だって。ドイツ海軍のUボートが、大西洋で船を攻撃しているらしい。だから、ぼくは帰らないといけなくなった」

「寂しくなるわ」とわたしは言った。

長い沈黙が流れた。ヘンリーは立ち上がり、わたしが座っているほうへやってきた。

「ジュリエット、こんなこと言ったら頭がおかしくなったんじゃないかと思われるかもしれないけど、ぼくと結婚して、一緒にアメリカに行ってくれないだろうか」彼の顔は真っ赤で、汗だくだった。

わたしは口をあんぐりと開けていたのではないかと思う。あまりにも予想外のことに、ことばを失っていた。

「ヘンリー、そこまでわたしのことを思ってくれてうれしいわ。でも……」わたしは口ごもった。

「ねえ」と彼は言った。「お腹に赤ちゃんがいるのは知ってるんだ。ずいぶん前にイメルダが教えてくれた。でも、きみから話してくれるのを待ってたんだ。ぼくは、赤ちゃんを正式に名付けて、家庭を提供して、父親になってあげられる。うちの家は、こう見えて結構裕福なんだ。だからその子も、なに不自由なく育てることができる」

彼からの申し出に、かなり気持ちが傾いたことは認めざるをえない。ヘンリーは良い人だ。でも、あまりにも若い。あまりにもナイーブで、まっすぐすぎる。

「あなたは本当にやさしいわ、ヘンリー」とわたしは言った。「お父さまに帰ってこいと言われたら、素直に帰る良い息子よ。でももしそんなあなたが、妊娠している年上の女と一緒に玄関に現われたら、お父さまはなんて思うかしら」わたしは彼のところまで行って肩に手を置いた。「ヘンリー、そんな重荷を背負わせるわけにはいかない。あなたには幸せになる権利があるんだから」

「いいかい、ジュリエット。きみは素晴らしい女性だと思ってる。きみのためなら、どんな重荷も喜んで背負う覚悟だ。自分がそれほど賢くないのはよくわかってる。きらきら輝くような、一緒にいておもしろい男でもないのはよくわかってる。でも、夫としてきみを大切にするって約束する」

「ええ、あなたなら良い夫になると思うわ。でも問題は、あなたを愛していないということなの。あなたのことは大好きよ。一緒にいたら楽しい。でも、あなたの人生を台無しにはしたくない。あなたがいなくなったら、本当に寂しくなるわ。いったい誰と一緒にコーヒーを飲んだり、お祭りに行ったりすればいいの？」

「たぶん、きみがときどき会ってる人だよ」とヘンリーは素っ気なく言った。「高そうなスーツを着たハンサムな人。その人が子供の父親なんでしょ？」

「ええ、そのとおりよ」とわたしは言った。「でも、彼とは結婚できないの」

「じゃあ、もしものときを期待して彼がいるこの街に残るってこと？」

「ううん、それはない。彼は奥さんとは絶対に離婚できない。わたしもそれは受け入れてるの」

彼はわたしに触れようとしたが、思いとどまったようだった。「ジュリエット、ぼくは心配なんだ。きみがひとりぼっちでこの街に残ることが。たしかに今のヴェネツィアには、戦争の兆しがほとんどない。でも、風向きが変わったらどうするの？　帰国したいのに帰れなくなったらどうするつもり？」

わたしはため息をついた。「そうよね、ヘンリー。わたしも心配してる。でも、子供が生まれるまでは家に帰れないの。生まれたあと、フランスを通ってイギリスに戻れることを祈るしかないわ」

「だったら今すぐぼくと一緒にここを出ようよ。ぼくのことが好きになれなかったら、いつでも離婚できるんだから。アメリカではよくあることなんだ」

わたしは彼の手を握った。「これまで生きてきたなかで、あなたほどやさしい人には会ったことがないわ。心から感謝してる。あなたがいなくなった瞬間、きっとものすごく後悔すると思う。あなたと一緒に行かないなんて、なんと馬鹿なことをしたんだろうって。でも、どうしても行けないの」

「わかった。それがきみの本心なら、しかたないよ」と言って彼はため息をついた。「もう行くね。これから荷造りしないといけないから。父が、三日後にジェノヴァから出航する船を予約してくれたんだ」

「無事な船旅になることを祈ってるわ、ヘンリー」わたしは立ち上がり、彼の頬にキスをした。彼は腕をまわしてわたしをきつく抱きしめた。「体に気をつけてね、わかった？」そう言うと、彼はドアから出ていった。階段をおりていく彼の足音が聞こえた。

第三十六章

ジュリエット　一九四〇年四月九日　ヴェネツィア

月日《つきひ》はただぼんやりと流れていった。ラジオでは戦争の話はほとんど聞こえてこなかった。イタリアはアビシニアを併合し、アルバニアにも侵攻していたが、ヒトラーは西ヨーロッパへの動きを特に見せていなかった。個人的には、わたしの絵の技術は向上していた。妊娠したことで創作意欲が湧きあがったようで、わたしは絵が描きたくてしかたがなかった。コルセッティ教授でさえ、サルバドール・ダリ風に描いたヌード画を褒めてくれた。ヘンリーがアメリカに帰ったあと、ヴェネツィアはしばらく素晴らしい春の天気に恵まれた。家々の窓に取りつけられた植木箱やあちこちの花壇では、満開の花が咲きほこっていた。空気は香水の香りを放ち、春らしい薄着をまとった人々は壁の上に座って日光を楽しんでいた。

こんなことを言うのも変だと思うが、わたしは自分が妊娠していることをほとんど忘れて過ごしていた。たしかに長い階段をのぼったりおりたりするのはますます大変になっていたし、夜中にお腹を蹴られて起きてしまうこともしばしばあったが、お腹のなかになにかが存在しているという意識もなく毎日を送っていた。イースターが来て、去っていった。レオは出かけることが多く、各所に散らばっている義父の造船所を視察してまわっているようだった。そんなわけで、わたしの日常は孤独ではあったが、不満はなかった。今では、フランチェスカとも意思疎通できるようになっていた。わたしのイタリア語もかなり流暢になり、基本的なヴェネツィア語なら話せるようになった。なんと、夢までイタリア語で見るほどだった。

ある日フランチェスカが毛糸のはいった大きな袋を抱えてきたことで、出産がすぐそこまで迫っているのをわたしは実感した。

「生まれてきた子には、なにを着せるんですか？」と彼女は訊いた。「この部屋に赤ちゃんの服は見当たらないし、あなたは編み物もしていない。ショールも、毛布もない。それに、揺りかごさえない」

「生まれたら、この子は養子に出すから」とわたしは言った。

「だとしても、赤ちゃんがこの世界に出てきたときには、なにか着るものが必要です。編み物はできますか？」

「ええ」とわたしは言った。

「その袋のなかに、毛糸と編み物のパターンがはいってます。上の娘にも、なにか使えそうなものがないか訊いてみます。でも、少なくとも新しい揺りかごくらいは買ってあげてください」

フランチェスカとのこの一件があって、わたしはもう一度医者に診てもらうことにした。診察を終えた医師は、うなずきながら言った。

「すべて順調です。もう間もなくでしょう。これが私の電話番号です。本格的に陣痛が始まったら電話してください。何時でもかまいません。昼でも真夜中でも」

わたしはひとり暮らしだし家には電話もない。医師の指示どおりにできるのか疑問だった。陣痛が起きているときにひとりで階段をおりていき、電話ボックスを探さないといけないのだろうか。そんな心配をしていると、フランチェスカがわたしに言った。「予定日が近づいてきたら、ずっと一緒にいるように言われてます」と。わたしは胸をなでおろした。なにもかも順調に進んでいるようで安心した。子供が生まれてわたしの体調が戻ったら、すぐに帰国すればいい。おかしなことに、そのときはそれがいとも簡単なことのように思えた。

ところが今日、四月九日に、ラジオから臨時ニュースが流れた。ドイツがデンマークとノルウェーに侵攻し、イギリスがドイツの海軍基地を爆撃したと伝えていた。突然、戦争がまた現実のものになった。それでもわたしは自分に言い聞かせた。ドイツはノルウェーを攻撃するのに忙しい。だからまだ、フランスを縦断して帰ることができる、と。

四月二十五日

今日は、ヴェネツィアの暦のうえでもっとも盛大なお祭り、聖マルコの日。サン・マルコ寺院の外の広場は人でごった返していた。天使の衣装の少女がワイヤーに吊るされ、人々の頭上を教会に向けて飛んでいった。人混みのなかで押しつぶされるのがいやだったわたしは柱廊のなかにいたので、天使が飛んでいくところはよく見えなかった。自分がひとりぼっちだということが、こういう行事のときほど身に沁みて感じられたことはなかった。お祭りは家族で祝う行事だから。わたしは急に思いたち、船でリド島に渡ってフィオリート伯爵夫人を訪ねた。

「まあ、なんてうれしいサプライズなの！」と伯爵夫人は言った。「ちょうどあなたのことを考えていたところだったの。どうしているかしらと思って」

「元気にやっています」とわたしは言った。

「赤ちゃんはどう？　誰があなたの世話を焼いてくれてるの？　ここに来ない？　世話を

してくれる人を雇うから」

「ご親切にありがとうございます。でも、フランチェスカという女性が、炊事や掃除をしてくれているんです。それに、出産が間近になったら夜も一緒にいてくれることになっています」

「子供が生まれたら、あなたはイギリスに戻るの？」

「はい。その予定です」とわたしは言った。

「無事に生まれるようにお祈りしましょう」思いやりのこもった目でわたしを見て、伯爵夫人は言った。

四月三十日

すでに予定日は過ぎていたが、フランチェスカの話では初産《ういざん》は遅れることが多いそうだ。そういうことは彼女に任せておけば安心だった。なにしろ六人も子供を産み、孫が十二人もいるのだから。レオは数日前にヴェネツィアに戻り、わたしに会いにきた。南の地方のオレンジやレモンを、お土産として持ってきてくれた。

「事態は深刻になってきている」と彼は言った。「きみがなるべく早く帰国できることを祈ってるよ。イギリスはフランス国内まで進軍していて、フランスはドイツとの国境で攻防戦を繰り広げてる。戦争が一気に拡大するのは、もう時間の問題だ」

「この子が生まれてくる気になるまで、わたしはどこにも行けないわ」わたしは大きなお腹をなでた。

「きみにはどこにも行ってほしくない」彼はあえて素っ気なく言った。「でも、きみを愛してるんだ。だから安全でいてほしいんだよ」

彼が、〝愛してる〟と言ったのは初めてだった。わたしは天にものぼる思いだった。その夜は身も心も温かく、安心して眠りについた。レオがいれば、すべてがうまくいくような気がしていた。

五月三日

息もできないほどの痛みで、わたしは真夜中に目を覚ました。肘掛け椅子で眠っているフランチェスカに呼びかけた。

「やっと始まりますね」と彼女は言った。わたしのベッドにゴム製のシートを敷き、彼女は医者を呼びに出ていった。耐えきれないほどの痛みに襲われ、わたしは悲鳴をあげた。温かい液体が脚のあいだから流れ出てきた。戻ってきたフランチェスカは、わたしを見て叫んだ。

「なんてこと！　今にも生まれそうじゃないの。あの医者、間に合えばいいんだけど。さもなければ《マドンナ》」彼女はわたしの腕をとんとんとやさしく叩きながら言った。「間に合わなくても大丈夫。わたしはお産の介助をしたことがあるから。大丈夫だから安心して」彼女はお湯を沸かしにいき、濡れたタオルを持って戻ってきてわたしの額に当てた。

何時間にも思えるほど長い時間が経ち、わたしはいきんでいた。どうしてもいきまずにはいられなかった。泣き叫びながら、レオの名前を呼んだ。次の瞬間、大量の液体が流れ出るのを感じた。フランチェスカは身を乗り出し、飛び出てきた赤ん坊をしっかりと両腕で抱きとめた。

「あなたはなんてラッキーなの」と彼女は言った。「初産がこんなに楽にすんだなんて。さあ、どんな子が生まれてきたか見てみましょうか」

彼女が赤いかたまりをタオルでくるんでいるのが見えた。その瞬間、タオルから小さな手が出てくるのが見え、赤ちゃんが産声をあげた。フランチェスカはうなずいた。

「丈夫な肺ね」と彼女は言った。「元気な男の子ですよ」

レオが喜ぶわ、とわたしは思った。未来のダ・ロッシ伯爵。フランチェスカは赤ん坊を流しに運び、洗いはじめた。そのあいだじゅう、赤ちゃんは元気いっぱいに泣いていた。しばらくして、彼女は赤ん坊を連れてわたしのところに戻ってきた。

「さあ、あなたの息子ですよ」と言い、わたしの腕のなかに赤ちゃんを置いた。赤ん坊は泣きやんだ。完全な形をした小さな人間が、真剣な目でわたしを見上げていた。今自分がどこにいるのか、見極めようとしているかのようだった。

「胸に抱いてあげて」フランチェスカはそう言いながら、わたしの寝間着の前を開けひろげた。「これで後産《あとざん》も楽になるし、赤ちゃんもすぐにお乳を飲んでくれるようになるから」

フランチェスカは赤ん坊を胸に押し当てた。小さな息子はわたしの胸にしがみつき、元気にお乳を吸いはじめた。そのあいだもずっと、まばたきもせずにわたしを見つめていた。自分のなかに、こんな感情が湧き起こるとは予想もしていなかった。そして、圧倒的な思いにわたしはのみこまれていった――この子を手放すなんて、絶対にできない。

第三十七章

ジュリエット　一九四〇年五月三日　ヴェネツィア

医者が来たのは、出産が終わってすぐのことだった。彼は診察を終えると、母子ともに問題ないと言い残してすぐに帰っていった。フランチェスカはわたしのためにブランデー入りのホットミルクを作ってくれた。そのあとすぐに眠ってしまったようで、目を開けるとレオがなんともやさしい眼差しでわたしを見おろしていた。

「立派な息子を産んでくれてありがとう」と彼は言った。「ほらね、ぼくの言ったとおりだっただろ？　なんていう名前にしたらいいと思う？　ぼくと同じレオナルド？　それとも、祖父と同じブルーノ？」

「それは絶対にだめ」とわたしは言った。「ブルーノは大家さんの飼い猫の名前だったから」

彼は大笑いした。「じゃあ、きみのお父さんの名前は？」

「父の名前はウィルフレッド。それ以上ひどい名前は思いつかないわ」わたしは顔を横に向け、赤ちゃんを見た。フランチェスカの娘さんがくれた揺りかごのなかで眠っていた。その寝顔は幸せそうで、ぷっくりとしたほっぺたに長い睫毛《まつげ》がかかっていた。「まるで小さな天使みたい」とわたしは言った。「ルネッサンス絵画のなかの智天使《ケルビム》にそっくりだわ」

「じゃあ、天使《アンジェロ》って呼ぶのはどうかな」

わたしは彼と目を合わせてうなずいた。「アンジェロ。わたしの小さな天使。ぴったりの名前だわ」

「じゃあ、養子縁組の書類に書き足そう。すでに準備はできてるから」

わたしは上体を起こし、ベッドの上に座った。「レオ、この子を今すぐに連れていかないで。まだ手放す心の準備ができていないの」

彼はわたしの隣に腰をおろした。「でもカーラ、体調が戻ったらすぐに帰国したほうがいい。そうしないと手遅れになってしまう。この子を連れて帰るわけにはいかないだろ？情が移る前に、ぼくに預けたほうがいいんじゃないか？授乳してくれる乳母の手筈もつけてあるんだ。子供部屋も準備した。この子は大事に育てられるから、安心してくれ」

わたしは激しく首を振った。「ごめんなさい。この子を手放すなんてできない。もうすでに愛しているの。この子はわたしの子よ。お腹を痛めて産んだ子なの。何カ月もお腹のなかにいたの。少なくとも、乳離れするまでは自分で育てたい。フランチェスカが言うには、母乳が赤ちゃんを病気から守ってくれるそうよ。お願い、それだけはさせて」

彼が苦しんでいるのが手に取るようにわかった。なんとかわたしの希望を受けとめようとしてくれていた。「カーラ・ミーア、きみもよくわかっていると思うけど、もしもドイツがフランスを侵略したら、きみはここから逃げ出せなくなってしまう。それもかなり長い期間」

「それはそんなに悪いことなの？　少なくとも、わたしは自分の息子を育てられる」

「これだけははっきり言っておかないといけないけど、もしもぼくが正式にこの子を養子に迎え入れなければ、この子にはなんの証明書も法的な正当性も与えられない。身分証明書ももらえない。そういったものはとても大事なんだ。ぼくたちは、身分証明書を必ず持ち歩くように命令されている。政府は生活必需品の配給について議論を始めているんだ。でも、市民でなければそれも受けとれない。そうなったら、どうする？　この子を二年か三年育てることになる。だけどイギリスに連れて帰れないんでしょ？　どうやって養うつもり？　ぼくならなに不自由ない暮らしをさせてあげられる。それはきみもわかっているよね？」

たしかにわかっていた。「とにかく、今に集中させて」とわたしは言った。「乳離れするまで、母乳をあげさせて。そのあとは、あなたに引き取ってもらうから」

「わかった」長い躊躇のあと、彼はようやく言った。「それがきみの望みなら。ぼくには、きみの望みを叶える責任がある。とりあえず子供部屋から必要なものをここに運ぶことにするよ」

「ビアンカに話したのね？ 自宅の子供部屋について、彼女はなんて言ってた？ それに他人の子について」

彼は皮肉っぽく笑った。「自分が子供の面倒を見なくていいなら、どうぞご勝手に、と言われたよ。『これであなたはかけがえのない跡取りを手にできるわけだし、わたしは今までどおり好きに生きていくから』って」彼は少し間をおいてから続けた。「前にも言ったとおり、彼女は母親になることに興味がないんだ」

翌朝、彼の言ったとおりにベビーベッドと赤ちゃん用の服が届けられた。今アンジェロは、レースで縁取られた豪華な服に包まれている。わたしは思わず笑ってしまった。「まるで女の子みたいね」とひとりごとを言った。笑われたせいか、アンジェロはわたしをにらみつけた。彼の小さな顔は、実に表情豊かだった。息子を観察しながらわたしは思った――今のうちなら、この子を連れて家に帰ることができる。とても健康そうだから、長旅にも耐えられるだろう。もう、誰になにを言われようが、わたしはかまわない。でもそこで、わたしは理性的になって自問しなければならなかった。レオがこの子に与えてあげられる幸せな生活を奪う権利が、わたしにはあるのだろうか。この子には、最高の人生が待っている。将来、莫大な財産を相続することになる。だから、自分勝手に物事を決めるわけにはいかない、と気づいた。この子を愛しているなら、レオの手に委ねられるはずだ。ただ、今はまだそれができないだけ。

五月十二日

妊娠中は特になんの不自由もなく過ごしてこられたにもかかわらず、産後の数日間は体調を崩した。出産時の出血量が多く、感染症にもかかった。医者からは貧血だと診断されて、鉄分入りの飲み薬を処方され、赤ワインとたっぷり肉を食べるように言われた。まだ外に出るほどの元気もなく、もちろん授業に出る気にもなれずにラジオをつけると、ドイツ軍がフランスに侵攻したというニュースが耳に飛びこんできた。ドイツ軍はベルギーの森を抜けることで、マジノ線（フランスがドイツとの国境に築いた要塞線）を突破したのだ。イギリス軍は英仏海峡沿いの港から進軍していた。つまりフランスの国土は戦火のもとにあり、安全にフランス国内を移動するのはもはや不可能になった。ある意味、これでわたしの心も安らいだ。急いで帰国するという選択肢は消えたのだ。わたしはこの街に残り、愛するこの街でわが子を育て、レオの近くにいられる。そのときは、非の打ちどころのないことのように思えた。
でも、その日を境に戦況は悪化の一途をたどっていった。月の終わりには、イギリス軍の部隊が押し戻され、制圧され、壊滅的な打撃を受けながら、海岸まで撤退しつつあった。海岸ではさみ撃ちにあい、ドイツ軍の爆撃や銃撃を受けて全滅の危機に瀕していた。でもそのとき、奇跡が起こった。イギリスから無数の民間の小舟がダンケルクの海岸に押し寄せ、兵士たちを救い出したのだ。わたしはそのニュースを新聞で読み、涙を流した。ドイツがイギリスに攻めこむのはもはや時間の問題だった。やはりここに残ったのは正解だったと思うと同時に、母のことが心配になった。母たちからはもう何カ月も連絡が来ていなかった。ふたりの高齢の女性を苦しめるようなことをする人間がいないことを祈るしかなかった。たとえイギリスがドイツに占領されたとしても、母たちは安全だ。そう自分に言い聞かせた。

六月十日

今日、すべてが変わった。イタリアはドイツと組み、連合軍との戦争に加わることを宣言した。これでわたしは敵国人となった。でも、だからといってなにが変わるのだろう。ヴェネツィアのような街では、なにも変わらないのではないだろうか。それに、わたしには高い地位にいる知人がいる。皮肉なことに、この街の新聞はビエンナーレの開幕一カ月の成功のニュースで持ちきりだった。世界情勢になんの変化もないかのように、国際的な美術展を開催しているヴェネツィア人は賞賛に値する。もう少し体力が回復したら、展覧会を訪れてみようと考えていた。この世界にも、美を愛し、本当に大切なものを愛している場所がまだあるということを、この目でたしかめたかった。

この日の午後、フランチェスカが帰宅したあと昼寝をしようとしていると、ドアをノックする音がした。レオではなさそうだった。彼ならノックせずにはいってくる。ベッドから起き、ローブをはおって玄関まで行った。ドアを開けると、驚いたことにイギリス領事、ミスター・シンクレアがそこに立っていた。

「突然訪問して申し訳ない、ミス・ブラウニング」と彼は言った。「都合の悪いときに来てしまったようだ。具合でも悪いのかな？」

「いいえ、ちょっと横になっていただけなんです」とわたしは言い、部屋のなかに招き入れた。「出産したことはお聞きおよびかと思いますが」

彼は重々しくうなずいた。「ええ、聞きました。イタリアが参戦した今では、むずかしい状況に身を置かれているのでしょうな。あなたは、まだスイスに逃れることはできるでしょう。あるいは、マルセイユから船に乗るとか？」

「いつドイツに攻めこまれるかわからないのに、イギリスに帰りたいとは思いません」とわたしは言った。

彼は眉間にしわを寄せた。「イギリス軍には奮闘してもらって、ヒトラーが攻めこんでこないように食いとめてもらうしかない。ご存知のとおり、今はチャーチルが政権を担っている。臆病者のチェンバレンのような気弱な首相ではない。もしもチャーチルが最初から首相の座に就いていれば、ヒトラーのポーランド侵攻を阻止できたかもしれない。まあ、これればかりはわからないがね」彼は肩をすくめた。「あの哀れな小男は、何年も前から世界征服を夢見ていた。強大な軍隊を築きあげながらね。しかしわれわれイギリス人は、ドイツ人よりも強い根性と根気を持っている。ヒトラーでもそう簡単に征服することはできませんよ。これだけは保証できる」

「あなたのおっしゃるとおりだといいんですけど」とわたしは言った。「紅茶でもいかがですか？」

「では、ご馳走になりますかな」そう言うと、領事は肘掛け椅子に腰をおろした。「紅茶も、これからはなかなか手にはいらなくなる」と彼は言った。「イタリア政府は厳しい配給制を敷こうとしているが、外国人には配給カードが支給されない。まあ、そもそもイタリア人は紅茶を飲みませんからね。ほとんどのイギリス人はすでに帰国してしまったし」

わたしはケトルを火にかけた。「あなたはどうされるんですか？　戦争が始まってしまった今は」とわたしは訊いた。

一瞬、領事の顔に苦悶の表情が浮かんだ。「ああ、それが問題なのだよ。まさに今日、呼び戻しがかかった。まずはスペインを通ってポルトガルに行き、そこからは空路でイギリスに向かう予定だ」彼はやさしい眼差しでわたしを見た。「あなたも一緒に連れて帰りたいところだが、そういうわけにもいかない。それで、今日は別れの挨拶をしにきたんだが、実は別件の用事もありましてね。どうだろう、祖国のために仕事を引き受けてもらえないだろうか」

驚いているわたしにかまわず、彼は続けた。「これから話すことは、すべて最高機密の情報だ。だから話す前に、書類にサインをしてもらわないといけない」そう言うとポケットから一枚の紙を取り出し、テーブルの上に広げた。「サインしてくれますかな？」

「内容をお聞きする前に、ですか？」

「残念ながら。今のような戦時中ではいたしかたのないことだ」

わたしはアンジェロの眠るベビーベッドに目をやった。「わたしには赤ちゃんがいます。

だから今のわたしにとって、子供が第一優先です。スパイ活動をしたり、あなたのために使い走りをしたりするわけにはいかないんです。この子をひとりきりにすることも、危険をおかすこともできません」

「もちろん、そんなことはさせませんよ」と彼は言った。「家から離れる必要はない。かなり安全な仕事だ。それでも、祖国のためには大いに役立つことなのですよ」

わたしは少しためらい、しばらく彼を見つめてからテーブルまで歩いていった。「サインするだけなら問題ないでしょう。あとからお断わりしてもかまわないんでしょ？」

「ああ、もちろん。安心してもらってかまいませんよ」ミスター・シンクレアは、ことさら明るい声で言った。

「そうですか。それなら」書類に目を通すと、信頼を裏切った場合には投獄または死刑に処せられる場合がある、と書かれていた。安心とはほど遠い。それでも、わたしは署名した。彼は書類を受けとると、上着のポケットのなかにしまった。

「ここからの眺めは素晴らしいですな、ミス・ブラウニング」

「ええ。気に入っています」

「このアパートメントはあなたのものだとか」

「わたしのこと、いろいろご存知のようですね」

「ええ、まあ。今回の件を依頼するにあたっては、あなたの身辺調査をする必要があったのでね」

「で、その依頼というのは？」

キッチンのコンロにかけていたケトルのお湯が沸き、かん高い笛の音を鳴らしはじめた。アンジェロが目を覚ます前にわたしはコンロまで走っていき、お湯をティーポットに注いだ。そしてポットはキッチンに置いたまま、居間に戻った。

「ここは、港の船の動きが一望できる絶好の場所だ。イタリアの軍艦が配備されているのはあなたも知っていますね。近いうちにイタリアはこの港を、ドイツ海軍がギリシャやキプロスやマルタを攻撃するための基地として利用させることになる。そこで、毎日の船の動向をあなたに報告してもらいたい。軍艦が港から出るのを報告してくれれば、われわれの空軍が動きを封じることができる」

「でも、どうやって、誰に報告を？　どなたかここに残るんですか？」

「ああ、そうだった」彼は少し顔を赤らめた。「担当者をここに寄こして、無線通信機を誰にもわからないような場所に設置させます。あなたの家政婦の前では、けっして使わないように。彼女には絶対に見られないように注意してください。わかっていただけましたかな？」

「ええ、もちろん。まあ、彼女はそれほど賢いとは思えませんけど。たとえ見てしまったとしても、なんなのかは理解できないでしょう」

「だとしても、です」——彼は警告するように人差し指を立てた——「軍艦に動きがあれば、すぐに通信してほしい」

「誰に通信すればいいんですか？　どんな内容を？」

「まあ、ちょっと落ち着いて。今から説明しますから」

わたしはキッチンに行ってティーポットの紅茶をふたつのカップに注ぎ、お盆にのせてわたしたちが座っているテーブルまで運んだ。ミスター・シンクレアはひとくち飲むと、満足そうにため息をついた。

「ああ、ちゃんと紅茶の味がする紅茶だ。帰国したらこれが味わえると思うとうれしくてね」

わたしもひとくち飲み、黙って待った。

彼はカップを下に置いた。「モールス信号をご存知かな？」

「いいえ。すみません」

「モールス信号の冊子を送ります。できるだけ早く勉強してください。無線通信機のほかに電信暗号帳《コードブック》も届くので、誰にも見つからないような場所に隠しておくように。あなたには、暗号を使って報告してもらいます。たとえば、二隻の護衛艦を見たとしたら、『今日はお祖母《ばあ》さんの具合が悪くて』とか、そんなふうに」

「もしドイツに暗号を解読されたら？」

「暗号は頻繁に変更されるからその心配はいりません。ただ、新しいコードブックがいつ、どのように送られてくるかはわからない。ローマに住む叔母さんから、料理のレシピが書かれた小包が届くかもしれない」そう言って彼は肩をすくめた。「われわれの諜報部は非常に優秀でね。臨機応変に対応できる。あなたにとっての利点は、誰とも直接コンタクトをとらなくていいという点だ。そうすれば、万が一問い詰められたとしても、裏切りを心配する必要がありませんからね」

「それなら心強いわ」あえて素っ気なくわたしが答えると、彼のくちびるにかすかな笑みが浮かんだ。

彼は紅茶をもうひとくち飲むとカップを下に置き、「あ、それからもうひとつだけ」と言った。「今後のやりとりのために、あなたには暗号名《コードネーム》が必要だ。なにか希望は？」

わたしは運河の向こうを眺めた。貨物船がゆっくりと動いていた。こんな依頼を簡単に引き受けてしまうなんて、頭がおかしくなったのかしら？　「わたしの名前はジュリエットです。だから、コードネームはロミオがいいわ」

「ロミオか。いいですね。気に入った」彼は笑った。「では、そろそろ失礼するとしよう。想像がつくと思うが、十年もここにいると、いろいろ荷造りとか処分しなければならないものが多くてね。まだ使っていない食料品をここに送ってもかまいませんか？　ワインも。これからは、食料品を手に入れるのにも相当苦労すると思いますよ」

「ありがとうございます」とわたしは言った。「とても助かります」

「ほかに、私が置いていかなくてはならないもののなかに必要なものはありますかな？　毛布とか、電気ストーブとか」

「ええ、いただけると助かります。いつ石炭が配給制になるかわかりませんから」

「では、できるだけのことはしましょう」そう言って彼は手を差し出した。「幸運を祈っていますよ、ミス・ブラウニング。あなたには幸運が必要だ」

第三十八章

ジュリエット　一九四〇年六月二十日　ヴェネツィア

この日の朝、眠っているアンジェロの世話をフランチェスカに任せ、わたしは買い物に出かけた。本格的な配給制度が始まる前に、できるかぎり食料品を買いこんでくるつもりだった。久しぶりに外に出て、新鮮な空気を吸いながら暖かい日光を浴びるのは気持ちが良かった。わたしは散歩がてら、ゆっくりとザッテレ河岸を歩いていた。波止場のほうから海軍の艦艇が近づいてくるのを眺めているうちに、先日同意してしまったミスター・シンクレアからの依頼のことを思い出した。どうして断わらなかったのだろう。あんな依頼を受けてしまったことで、わたしも息子も危険に晒されることになるかもしれない。でも、わたしは正しいおこないをするように育てられてきた。だから、応じるしかなかった。

わたしは河岸沿いの広い散策路からはずれ、いつも野菜を売る荷船が係留されている狭い運河へと曲がった。そのとき、制服を着たふたりの男がこちらに向かって歩いてきた。

彼らは国家憲兵隊《カラビニエリ》だった。市警察が管轄しているこの街では、めったに見かけることはない。わたしは彼らの脇を通りすぎようとした。しかし、ひとりの憲兵隊員がいきなりわたしの腕をつかんだ。

「おい、おまえ」高圧的な口調で彼は言った。「身分証明書は？」

「ごめんなさい。ついうっかりして、持ってくるのを忘れたみたい」わたしは嘘をついた。なるべくヴェネツィア人のように聞こえるよう、アクセントに気をつけた。

「必ず持ち歩くように、指令が出ているのを知らないのか？」彼はわたしの行く手をふさいだ。

「すみません。これからは気をつけます」とわたしは言った。

「一緒に来てもらおうか」と彼は言った。

「でも、わたしはなにもしてません」

彼よりも年上と思われる大柄で浅黒い肌の憲兵隊員が、顔がくっつきそうなほど近くまで寄ってきて言った。「あんたがイギリス人だという噂を耳にしたことがある。今じゃ敵国人だ。収容所に連行されることになるだろうな」

「ちがいます」わたしは、つかまれた腕を振りほどこうと必死だった。「放してください。なにかのまちがいです」

まるでこの状況を楽しんででもいるかのように、ふたりの男たちはにやにや笑っていた。

「きっと人ちがいです。わたしはここに住んでいるんですから」

そのとき突然、叫び声がした。わたしと憲兵隊員ふたりが顔を上げると、大柄な女性が両手を大きく振りながら、こちらに突進してくるのが見えた。「今すぐ彼女から離れろ、このシチリアのごろつきども！」とその女性は叫んだ。「その手を放せって言ってるんだ、聞こえないのかい？」

「あんたには関係ないんだから、あっちに行ってろ、ばばあ」わたしの腕をつかんでいる男が言った。

「行かないよ。その人をちゃんと家まで送りとどけるまではね。この若いレディは、去年のレデントーレ祭で橋が壊れたとき、わたしの命を救ってくれたんだよ。まあ、もちろん、あんたたちはそんなことも知らないだろうけどね。なにしろ、この街から遠く離れたとこからやってきたよそ者なんだから。この人が沈まないように持ち上げてくれていたから、わたしは溺れずにすんだんだよ。この人は天使なんだ。だから、あんたたちなんかに触れさせるわけにはいかない。そうだよね、みんな？」

わたしのまわりには大勢の人たちが集まってきていた。そのほとんどが女性だった。

「そのとおりだよ！」と別の女性が言った。「その人を放しな。さもなければ、わたしたちみんなが相手だ」

「勝手にヴェネツィアに乗りこんできて、権力を振りかざせると思ったら大まちがいだよ」と三人目の女性が言い、数センチの距離まで憲兵隊員の顔に自分の顔を近づけた。「ここは、パレルモでもメッシーナでもないんだよ。わたしたちヴェネツィア人は、シチリアの田舎町の人間とはちがって文化的なんだ。だから、とっととシチリアに帰っとくれ」

「下がらないと面倒なことになるぞ」と憲兵隊員は言ったが、さっきまでの威勢の良さはなくなっていた。

「あんたたちも運河に投げこまれるけどね」

「そうだ、そうだ。こいつらを運河に投げこめ」道路を埋めつくしている人たちからの声がこだました。

憲兵隊員は周囲を見わたした。かなりの人数が集まってきていて、みんながわめいたり腕を振り上げていた。

「おれたちの街に乗りこんできて、なんの罪もない市民を逮捕するなんて許されないぞ」集団のうしろのほうから男性の声がした。

「早くこっちに来て、わたしの天使。一緒に来て」最初に突進してきた救いの神は、憲兵隊員の手を無理やりわたしから引きはがし、しっかりとわたしの腕に自分の腕を絡ませた。「うちに帰るからね」

そうやって、わたしはその場から引っぱっていかれた。角を曲がったところで、わたしは何度も何度もお礼を言った。

「そんな、気にしないで。こっちは喜んで助けたんだから」と彼女は言った。「わたしはあそこの建物に住んでるから、なにか困ったことがあったら、すぐに来ておくれ。わたしの名前はコンスタンサだよ」

「ありがとうございます。わたしはジュリエッタです」

彼女はわたしの頬にキスをした。なんとか無事にアパートメントに帰ることはできたが、食料品はなにも買えなかった。もし、今日みたいに街じゅうに憲兵隊がいてパトロールをするようになれば、どうやって外出すればいいのだろう。わたしは今起きた一部始終をフランチェスカに話した。

「忌々しいシチリア人め」そう言って彼女は流しのなかに唾を吐いた。「あいつら、なんでこの街にはいりこんでくるんだろうね、まったく。でも、心配いりませんよ。まわりは親しい人たちばかりですから」

レオに手紙を書くつもりでいたが、午後になると彼は階段を駆けのぼってきた。「憲兵隊に逮捕されそうになったんだって?」

「ええ、そうなの。収容所送りにすると言われたわ」

彼はため息をついた。「やっぱり、帰国できるうちに帰ったほうがよかったんだよ、ジュリエッタ。どうすればきみを守れるんだろう。ここの警察にはきみに手を出さないように言えばすむけど、ああいう新しい軍属の部隊は、ヴェネツィア市政府配下ではないから制御できないんだ。だからなにか手立てを考えるまでは、できるだけ外出はしないようにしてほしい」

「なんらかの手立てってって? そんなことができるの?」自分の声が少し震えているのがわかった。「わたしは敵国の人間なのよ。だから、収容所にはいらないといけないんでしょ?」

「だったら、今すぐにでもスイスに逃げ出したほうがいい」と彼は言った。

「アンジェロをおいてはいけないわ。絶対に」

「カーラ」彼はやさしくわたしに触れた。「アンジェロと一緒にいればいるほど、別れるのがますますつらくなるし、戦況もますます悪くなる。きみの安全が心配なんだ。ぼくの息子の安全も」

レオが帰ったあと、わたしは心配と絶望感のなかにひとり取りのこされた。お乳をあげながら、わたしはアンジェロを見つめた。まるまると太った小さな手をわたしの胸に当てながら、息子は一所懸命にお乳を吸っていた。なにがあろうとこの子は大丈夫、と自分に言い聞かせた。でも、万が一わたしが収容所に連れていかれたら？　ここを去らなければいけないことを、わたしはいつになったら理解できるのだろう。できるかぎりここに留まりたいと思うのは、わたしのわがままなのだろうか。

そのあとの二日間、レオには会えなかった。わたしは家のなかにいて、心配しながら窓の外を見るしかなかった。ミスター・シンクレアから貴重な必需品が詰まった箱が届いた――果物の缶詰、瓶入りのトマトペースト、イワシの缶詰、乾燥豆にパスタ、コーヒー、紅茶、ワイン、オリーブオイル、何枚かのふかふかの毛布、そして極めつけは電気ストーブ。わたしは涙が出るほどうれしかった。いくらかはフランチェスカにもお裾分けをし、彼女も感謝していた。そんなとき、満足げな表情を浮かべたレオがやってきた。

「万事うまくいったよ」と彼は言った。「ちょっと父に相談してみたんだ。父のような身内がいると、ときには便利なこともあるんだ。実は市政府のなかに、父に借りのある有力者がいるらしくてね。ってことで、これがきみの身分証明書と、これが配給カード」

彼はそれらをテーブル上に並べた。わたしはふたつを取り上げ、じっくりと見た。「ジユリアナ・アリエッティ？」

「うちで働いてくれていた人なんだけど、残念なことに最近亡くなったんだ。彼女の夫が、ちょうどその二枚を返却したところだったらしい。せっかくのカードを無駄にするのはもったいないだろ？　その写真も、きみに似てないわけでもない。とはいえ、充分に気をつけてほしい。この近所で、きみが外国人だという噂が広まっているのも事実だ。それに、密告して報酬を得ようとする連中がいるのもたしかだ。でもぼくがこの街にいるかぎり、きみは『ダ・ロッシ伯爵に雇われている』と言うだけでいい。それで充分だ」

「だといいけど」

レオはアンジェロのベビーベッドまで行った。アンジェロは起きていて、まばたきもせずに彼を見上げた。

「この子はきみのような赤褐色の髪になりそうだね」わたしのほうを見ながらレオは言った。「目も、きみと同じ青かな。茶色には見えない」

「赤ちゃんはみんな青い目をしてるんですって。フランチェスカが言ってたわ。彼女はなんでも知っているの」とわたしは言った。「何カ月かしたら、本当の目の色になるって」

「そうか。きみに似ているといいな」とレオは言った。「そうすれば、ぼくは一生きみのことを覚えていられるから」

わたしはなんと返事をしたらいいのかわからなかった。心が痛かった。

一九四〇年七月二十一日

約一カ月が過ぎた。外出するのはまだ怖い。このアパートメントは、誰かに監視されているかもしれない。しかたなく、ビエンナーレに行くのは諦めることにした。伯爵夫人の話では、今年はとても興味深い展示がされているとのことだったので、本当に残念だ。それでも、これまでと同じように伯爵夫人には会いにいこうと思う。アパートメントのすぐそばに水上バスの乗り場がある。ただ、多くの船舶は海軍に徴用されてしまったため、リド島に行く船の数はかなり減ってしまった。

ある晩、かなり遅い時間に見知らぬイギリス人男性が訪ねてきて、寝室のベッド脇のサイドテーブルの床下に無線通信機を取りつけていった。無線通信機を使うときは、サイドテーブルを引きずり出し、床板を持ち上げなければならない。感心するくらいうまく隠してある。彼は無線通信機の使い方と電信暗号帳の見方を教えてくれた。わたしはモールス信号も覚えようとしているが、なかなか覚えられない。彼は強力な双眼鏡もおいていった。ドイツ軍がイタリア本土に独自に新しい港を建設した場合、そこから出航する船を見つけるためのものらしい。でも今現在、報告するものはなにもない。なにもかも穏やかで、日々の生活はいつもの夏と変わらずに過ぎていく。

今日はレデントーレ祭の日。今年は、晴れわたって天気がいい。巡礼者たちがろうそくを手に、船をつないだ橋を渡って教会に行き、そして無事に戻ってくるのを窓から眺めていた。一年前、わたしの人生が大きく変わってしまったあの日のことが、なんだか信じられなかった。でも、アンジェロのことはけっして後悔していない。この子を、心から愛している。人間というものが、これほどまでの愛情を感じられるとは想像もしていなかった。

第三十九章

ジュリエット　一九四〇年十月二十三日　ヴェネツィア

今年は、なんて不思議な一年だったのだろう。ヴェネツィアでは、食料品が手にはいりにくくなった以外に特に変化はない。ヴェネト州からの農産物が以前に比べるとあまりはいってこなくなったのは、おそらく軍需工場のあるミラノやトリノのような大都市に流れているからなのだろう。わたしにとって幸運だったのは、ちょくちょく訪れる伯爵夫人のヴィラの庭に野菜畑ができ、新鮮な作物を分けてもらえていることだ。でも、最近は寒く雨がちの天気が続き、季節のうつろいを感じる。だからこの幸運も、そう長続きはしないだろう。

ナチが支配するドイツからユダヤ人を救い出す活動に、伯爵夫人はますます力を注ぎこんでいる。ナチスはユダヤ人を不要な存在だと言いながら、なぜ国外に出ることを禁止しているのか、わたしには不思議でならない。

「この活動も、いつまで続けられるかわからない」先週、夫人はそんなことを言った。「ドイツと同盟を結んでしまった今、イタリア政府はヒトラーと行動を共にしようとしているの。ユダヤ人全員にダビデの星のついた服を着せて、特定の地域に移そうという計画があるらしいわ」

「あなたも、ですか?」恐怖に心臓が高鳴りながらわたしは訊いた。

彼女は笑みを浮かべた。「ジュリエット、わたくしがユダヤ人だということは誰も知らない。たとえ知っている人がいるとしても、わたくしがこの街のためにしていることの価値を理解している人なら、ついうっかり失念してしまうでしょうね。だから心配はしなくて大丈夫。わたくしは安全だから。そんなことより、あなたのことが心配なの」

「わたしも大丈夫だと思います。レオからヴェネツィア語を教えてもらいましたから。『もちろん身分証明書を持っているわよ』とか、それ以外にもいろいろ使えそうな、礼儀正しいとはいえない便利なヴェネツィア語をいっぱい。憲兵隊の人たちのほとんどは南のほうから来ていて、ここのことばは理解できないから、ですって」

伯爵夫人は細くて骨張った手を伸ばしてわたしの膝の上に置いた。「だったら、ひとつお願いしたいことがあるんだけど」

「ええ、もちろんです」とわたしは言った。「これまでお世話になるばかりでしたから、わたしにできることならなんでも」

「駅まで迎えにいってほしい人がいるの。ヨーゼフは、わたくしの友人のところに行かせたから、もうここにはいない。ウンベルトはあちこち行かせるには歳をとりすぎているし、第一、彼はわたくしのしていることをあまり快く思っていないから。あと残っているのは若いメイドだけだけど、彼女には任せられない」

「ヴィットリオは？」とわたしは訊いた。「そういえば、最近見かけませんけど、ここには来ていないんですか？」

「前にあなたにも話したように、あの人は〝パンにバターを塗ってくれるのが誰なのか〟をよくわきまえているの。そう、どちら側につくのが有利か、ってことをね」そう言うと彼女は小さく笑った。「だから彼は今、ムッソリーニの取り巻きに必死に食らいついているわ。どうやらその人たちは、美術品を収集したがっているらしいの。手段を選ばずに、ね」

「なんてこと」とわたしは言ったが、彼がこれからは伯爵夫人にまとわりつかないと知って、内心ほっとしていた。「わかりました。お役に立てるなら、喜んでお手伝いします。どなたを迎えにいけばいいんですか？」

「アントン・ゴットフリートというヴァイオリニストの娘なの。彼はウィーン国立歌劇場オーケストラの第一ヴァイリオン奏者だったのだけれど、今はウィーンの自宅に軟禁されていて、命の危険に晒されている。その彼が娘のハニを国外に脱出させたがっているの。そして今、そのチャンスがめぐってきたのよ。その子はユダヤ人に対する規制が始まる前からフランシスコ修道会の学校に通っていたのだけど、そこの修道女たちは彼女のことを大切に思っているようね。今週、ふたりの修道女が生徒たちを引率してローマに巡礼に来るんだけど、ハニも一緒に連れてきてくれることになったの。ミラノで列車が停車したときに、ハニだけヴェネツィア行きの列車に乗せるそうよ。その列車が金曜日の正午ごろに到着予定なの。わたくしのかわりに迎えにいってくれる？」

「ええ、もちろんです」とわたしは言った。「その子は、どんな姿をしているのですか？」

「わたくしにもさっぱりわからないわ」と言って伯爵夫人は笑った。「わかっているのは、ウィーンから来る十二歳くらいのユダヤ人少女ということだけ。ドイツ語以外のことばが話せるかどうかもわからない。あなたは、ドイツ語は話せる？」

「いいえ、残念ながら。でも、そのお嬢さんは学校で英語かフランス語を習っているかもしれませんね」

「そう願いましょう。さもないと、わたくしたち、数日間は苦労することになりそうね」

伯爵夫人は笑った。「がんばってイディッシュ語を思い出してみるわね。幼いころにしか話したことはないけど」そう言ってから、彼女の笑みが消えた。「ハニが乗る列車では身分証明書の提示が要求されないよう、祈りましょう」

駅のなかで、オーストリア人少女を乗せてミラノからやって来る列車を待っているあいだ、わたしは極度に緊張していた。その子がわたしと一緒に来るのを拒んだら？　彼女とうまく意思疎通ができなかったら？　もしも横暴な憲兵隊が監視していて、彼女がユダヤ人だということに気づいたら？　列車が蒸気を吐きながらプラットフォームにはいってくるあいだ、わたしの心臓は胸が破裂しそうなくらい大きく鼓動していた。蒸気のあいだから乗客の姿が現われはじめた――脇目も振らずに目的地に向かって足早に歩いていくビジネスマンたち、街に住む親戚に届けるために農産物のいっぱい詰まった袋を抱えた田舎のお婆さんたち、そしてついに、髪をきつく三つ編みにして小さなスーツケースを持った、痩せて色白な少女。少女は怯えた目で周囲を見まわしていた。

わたしは少女のそばまで行った。「ハニ？　ハニ・ゴットフリート？」

「はい《ヤア》」彼女は落ち着かない様子で目をきょろきょろと動かした。

「イタリア語は話せる？」とわたしは訊いた。

少女は首を振った。

「英語は？」

また首を振った。

「フランス語なら少し話せます《ジュ・パーレ・アン・プ・フランセ》」と少女は言った。

「よかった。わたしもよ」とわたしもフランス語で返した。伯爵夫人に頼まれてここに来たこと、そしてこれから夫人のヴィラに連れていくことを伝えた。心配と緊張でこわばっていた少女の顔に、ようやく安堵の笑みが広がった。

「今からすぐ伯爵夫人の家に向かうわよ」とわたしは言った。「彼女は島に住んでいるの。とてもきれいなところ。あなたもきっと気に入るわ」

彼女はわたしと手をつなぎ、水上バス乗り場に向かった。水上バスではなんの問題も起きず、無事に島に着くことができたが、威圧感さえ与える大きな鉄製の門を目の前にすると、少女の目に戸惑いと心配の色が浮かんだ。

「伯爵夫人はここに住んでいるの？」と少女はフランス語で訊いた。

わたしはうなずいた。「あなたもここにいれば楽しい時間を過ごせるわ。伯爵夫人はおいしいものがお好きだし、それに、とてもやさしい人なの」

少女はうなずいた。勇気が出たようだった。かわいそうに、とわたしは思った。家族から離れて、どんな運命が待っているかもわからないこんな遠くまでひとりで来なければいけないなんて。少女をこの手で思いきり抱きしめたかった。でもその気持ちを抑えて、玄関まで行った。玄関を開けたのは伯爵夫人本人だった。少女をひと目見るなり、彼女は言った。

「マイン・リブ・メイドル。デュ・ビスト・オイザー・ゲファ・ミット・ミーア」おそらくイディッシュ語なのだろう。伯爵夫人は少女をきつく抱きしめた。

わたしは今まで、彼女がこれほどまでの愛情を表に出すのを見たことはなかった。それほど心を動かされたのだろう。少女から体を離すとき、夫人が涙を拭いているのが見えた。

「ごめんなさいね」と彼女はイタリア語でわたしに言った。「このくらいの年齢だったときのわたくしにそっくりだったものだから。わたくしも、この子と同じような難民の少女だった。ああ、なんてかわいそうな子なんでしょう。両親とまた会えるかどうかは、誰にもわからない」

昼食を一緒にどうかと誘われたが、ヴェネツィアの街に戻る唯一の水上バスに乗るために、急いで帰らないといけなかった。わたしが戻るまで、忠実なフランチェスカはアンジェロの面倒を見ていると約束してくれたが、そろそろ授乳の時間が迫っていた。お腹が空けば、赤ちゃんというのはそれを世界に知らせようとする。建物の一階は、レオの会社が主に倉庫として使っていた。二階から四階は空き部屋だったので、赤ん坊の泣き声もそれほど聞こえずにすんでいた。ラグーナを渡る水上バスはかなり揺れ、本土の上に立ちこめている雲が雨を予感させていた。わたしは、伯爵夫人のもとに送りとどけたばかりの少女に思いを馳せた。夫人が救い出さなければ、少女はどんな運命をたどっていたのだろう。でも、せっかく救い出された少女も、いつまで無事でいられるのだろうかと心配になった。この街でも、ユダヤ人狩りが始まるのだろうか。そうなったら、どうなってしまうのだろう。

一九四〇年　クリスマス

まさか、またこの喜びに満ちたときのことを書くとは、夢にも思っていなかった。でも年末が近づくにつれ、わたしは愛と感謝の気持ちでいっぱいになっている。もちろん、母のことは心配だ。母たちからは、もう何カ月も手紙が届いていない。フランスがドイツに占領され、イタリアも参戦してからずっと。こちらから小包を送るのも危険すぎる。イギリスの住所が書かれているのを郵便局の職員に見られたら、どんなことになってしまうかわからない。イギリスから聞こえてくるニュースは最悪なものばかりだ——ロンドンが空襲されたとか、ドイツが今にも侵攻してこようと構えているとか。

クリスマスイブに、わたしはアパートメントを飾りつけた。クリスマスツリーは手にはいらなかったが、風で折れた松の枝を市立公園《ジャルディーニ》で拾ってきて壺に挿し、それにいろいろなガラスのオーナメントを吊るした。アンジェロはとても喜んでくれた。幸いにもまだハイハイができないので助かった。さもなければ、瞬時に倒されてしまっただろう。アンジェロは座ったり、寝返りをうったり、床の上で元気いっぱいに体をうねらせたりすることができるようになった。それに、笑えるようにもなった——お腹の底から出る笑い声を聞いていると、聞いているほうも幸せな気持ちになる。乳歯も二本生えてきて、お乳を飲んでいるときに歯を使う練習をしようとする。いつまでその痛みに耐えられるかが問題だが、わたしには絶対に耐えなければならない理由がある。授乳をやめた瞬間、わたしはこの子を手放さなければならなくなるのだから。

日も暮れかかったころ、ドアをノックする音がしてレオがはいってきた。彼は車輪のついたぬいぐるみの馬と、プロセッコのボトル、パネトーネ、袋いっぱいのオレンジを抱えていた。アンジェロがカーペットに寝ころんで新しいおもちゃを見上げているのを眺めながら、わたしとレオは座ってスパークリングワインを楽しんでいた。

「あなたにプレゼントがあるの」とわたしは言った。「欲しいものすべてを持っている人に」

「でも、きみはぼくのものじゃない」と彼はやさしい声で言った。彼が巻いた紙を広げると、それはアンジェロの水彩画だった。リボンで結んだ巻き紙を彼に渡した。アンジェロが生まれてからずっと、この子の絵を描こうといろいろ試してきた。そしてこの絵は、おもちゃに手を伸ばしているときの喜びと少しいたずらっぽい表情を、うまくとらえることができていた。

「素晴らしい絵だ」とレオは言った。「額に入れて飾るよ。やっぱり、きみは絵がうまいね。美術学校の授業に戻ったの？　それとも、今ではもう先生？」

わたしは笑った。「奨学金は一年間だけのものだったの」とわたしは言った。「その一年も、アンジェロが生まれたすぐあとに終わったわ」

「もしきみが行きたいと言うなら、喜んで学費を出すよ」

わたしは首を振った。「いいえ。今は行きたくない。一分でも長くアンジェロと一緒にいたいの。わたしが……」それ以上ことばを続けられなかった。

「ぼくもきみにプレゼントがあるんだ」とレオは言い、小さな箱をわたしにくれた。箱のなかには、ダイヤモンドが一列に並んだ古風な指輪がはいっていた。「もともとは祖母のものだったんだ」と彼は言った。「でもビアンカは、うちの家のジュエリーにはまるで関心がない。ぼくはこれをきみに持っていてほしいんだ。できることなら、きみと結婚したかったことを知っていてほしいから。ビアンカではなく、きみと結婚したかった」

「ああ、レオ」彼の前で泣きたくなかったが、とめどなく涙があふれ、わたしは彼の腕のなかに飛びこんだ。レオはわたしをきつく抱きしめ、そしてキスをした。自分のなかに昂ぶりを感じ、わたしは身を引いた。「だめ」とわたしは言った。「前のことを忘れちゃいけない。二度と同じことを繰り返してはいけないわ」

「ただきみを抱きしめてキスしたいだけだ」と彼はささやいた。「それだけだよ、約束する」

彼に抱きしめられたまま座り、ふたりで窓の外から聞こえてくるクリスマス・キャロルを聴いていた。わたしにとって、一生忘れることのできない大切な一瞬だった。

第四十章

ジュリエット　一九四一年 春　ヴェネツィア

戦争に関するニュースは、たまにしか流れてこない。イギリスでの空襲については聞こえてくるが、イタリア軍のニュースはほとんどない。どうやら北アフリカでは敗戦が続いているようで、大勢のイタリア兵が捕虜になっているらしい。地元の女性たちは息子たちのことを心配している。わたしを憲兵隊から救ってくれたコンスタンサもその例外ではない。もう何カ月も息子さんから連絡がなく、生死さえわからないそうだ。彼女からその話を聞かされるたび、母も同じような気持ちでいると思うといたたまれなくなる。わたしは手紙を書きつづけているが、届いているのかさえわからない。たとえ届いていたとしても、返事は来ない。

戦争が起きているにもかかわらず、日常生活は特になんの問題なく過ごせている。ただ、外出するたび、尋問されるのではないかと怖い。もちろん、わたしは運河の監視を毎日続けていて、ドイツとイタリアの軍艦が通るたびに記録をとっている。港に戻ってこない船があると、ほんの少しだけど誇らしく思う。モールス信号もだいぶ上達してきたし、新しく電信暗号帳が届いてもずいぶん早く対応できるようになった。電信暗号帳は、農産物のバスケットのなかに入れられて届くこともあれば、ドアの下から差しこまれることもある。誰が届けているのかはわからない。わかりたくもない。無線通信機が隠されている場所は、フランチェスカには知られていないと思う。彼女は家政婦としてよくやってくれているが、掃除に関しては少しだらしがないところがある。だからベッド脇のサイドテーブルを引き出してまで掃除しようとは思わないはずだ。たとえサイドテーブルをどかしたとしても、床板に四角い切れ目があることに興味は抱かないだろう。彼女は自分の小さな世界の外にあるものには、驚くほど無関心だ。自分の子供たち、孫たち、ご近所さん——それ以外に関心はない。たぶん戦争のことも気にしていないだろう。関心があることといえば、いちばん年上の孫が徴兵の対象年齢に近づいていることと、マーガリンがどうしても好きになれないということだけらしい。

毎日の報告のほかは、アンジェロの育児をして、天気の良い日に散歩に出かける。このところ、気持ちの良い晴天が続いている。ツバメも戻ってきた。空高くに円を描いたり急降下したりするのを見たり、街なかの高い建物にこだまするかん高い鳴き声を聞くのが楽しみだ。散歩に出かける日のほとんどはアンジェロを乳母車に乗せ、近くの公園に行って鳩を見たり、ジュデッカ運河を行き来する船を眺めたりする。息子は元気すぎるほど活発で、鳩を追いかけて走りまわるのが好きだ。週に一回は必ず、息子を連れてリド島に行くことにしている。伯爵夫人はハニを甘やかしすぎではないかと思うくらいにかわいがっているが、それでも両親を恋しがる少女の心を癒やすことはできない。ハニはがんばって勇敢に振る舞い、伯爵夫人に対する感謝の気持ちも示してはいる。でも彼女は繊細な子で、いつも心配ばかりしている。ときどき、少女は自分の家族のことを質問する。

「ママとパパも、いつかはヴェネツィアに来られると思う?」トランプカードで遊んでいるとき、ハニが訊いた。「どうして手紙をくれないの?」

「ご両親も、あなたに手紙を書きたいと思っているはずよ」とわたしは言った。「でも、きっと許可されないんだと思うの。もしかしたら書いているのかもしれないけど、国境を越える前に没収されてしまうのかもしれないわ」

「危ない目にあっているのね。そうなんでしょ?」と少女は訊いた。

「ええ、たぶん」とわたしは認めた。いたずらに希望を持たせても意味がない。「だから、ご両親はあなたをここに送りこんだの。まだチャンスがあるうちに」

「うん」ひとこと言うと、少女はまたトランプで遊びはじめた。ハニのイタリア語はかなり上達していた。わたしは彼女の学校の宿題も見てあげた。とても賢い子だった。彼女が失ったものを思うと心が痛んだ。平和な時代なら、まちがいなく大学を目指せただろう。父親譲りなのか、音楽の才能もあり、ピアノも上手だった。アンジェロはピアノに興味があるらしく、ふたりが一緒にいるところを見るととても幸せな気持ちになった。ハニはアンジェロを膝の上に座らせ、彼のぽっちゃりした小さな指を鍵盤にのせて一緒に童謡を弾く。アンジェロは、不思議そうな顔をしてハニを見上げる。

こういう小さな思い出のひとつひとつは、わたしの心にしまっておく一生の宝物だ。アンジェロはもうすぐ一歳になる。手放さなければならない日が近づきつつある。で、そのあとは？ たぶんわたしはスイスに行き、そこで戦争が終わるまで待つことになるのだろう。今のところこの街は安全だが、いつ状況が急転するかわからない。でもレオがそばにいるかぎり、わたしはそんなに心配していない。彼は頻繁に訪れてくれる。たいていはおもちゃやケーキやバターを持って。どこの商店でも、もうバターは売っていない。売っているのはひどい味のマーガリンばかり。それに、めったに肉も売っていない。でも、偽物の配給カードは期限が切れてしまったので、そんなことはもはや関係ない。今はフランチェスカと伯爵夫人を頼るしかない。幸いなことに、ヴェネツィアでは魚とムール貝とアサリがとれる。わたしはフランチェスカに教えてもらって、アサリのリングイネが作れるようになった。彼女はイカスミのスパゲッティの作り方も教えてくれようとしたが、教授宅での悲惨な出来事が鮮明な記憶としてまだ残っていた。

一九四一年五月三日

この日、わたしたちはアンジェロの一歳の誕生日を祝った。フランチェスカはケーキを焼いてくれた——卵もバターもないのに、奇跡としか言いようがない。わたしは着なくなったセーターの毛糸で、くまのぬいぐるみを作ってあげた。いかにも素人が作った不格好なものだったが、アンジェロは気に入ったようだった。レオは木製の汽車のおもちゃを持って、ケーキと紅茶の時間に訪ねてきた。

「これはぼくのおもちゃだったんだ」と彼は言った。「うちに来れば、もっといっぱいある。もうそろそろ、アンジェロをぼくに任せるときがきたんじゃないか？」

わたしは、息子を見た。カーペットの上に座り、汽車を押しながら幼い男の子なら誰でも出すような音をたてていた。「この子があなたと一緒にいるときに、お宅に訪ねていってもいい？」とわたしは訊いた。

レオは顔をしかめた。「それは、あまり賢明じゃないな。この子はまだ幼いから、すぐに忘れられる。失ってしまったものを、いつまでも思い出させるわけにはいかないから。

きっとすぐに新しい環境にも慣れるよ。ナニーのことも好きになる。そしてなにより、この子を愛するぼくがいる」

「じゃあ、わたしにはなにも残らないのね」わたしの声が震えた。

「きみのことを思うと、こんなにつらいことはないよ。愛するジュリエッタ。本当に心が張り裂けそうだ。でも、ぼくたちがなにより考えないといけないのは、なにがこの子の将来と安全にとっていちばんなのかということだ。もし、きみが真夜中に突然ここから逃げ出さないといけなくなったら？　こんなことは考えたくもないけど、もしも秘密警察がきみを捕まえにきたら？」わたしの顔に恐怖の色が広がるのを彼は見た。「ぼくがこの街にいるかぎり、きみには指一本触れさせないつもりだ。でも、状況は変わりつつある。ぼくの父もようやくムッソリーニに嫌気がさしてきたらしい。最近は距離をおきはじめている。あの男に従っていてもろくなことにならないと気づいたようだ。だから、今のうちに行動を起こさないと危険なんだ」

彼はわたしを見つめた。わたしはうなずいて同意しようとしたが、できなかった。「でも、アンジェロを愛しているのよ、レオ」

「わかってる。だからこそ、手放すことができるはずだ。愛しているからこそ」

アンジェロは汽車を持ったままよちよち歩いてレオのところまで行き、膝の上によじのぼった。「パパ」と言いながら汽車を差し出した。

「きみにサインしてもらわないといけない書類があるから持ってくる」とレオは言った。

「もうすべて準備はできているから」

「さよならを言う時間だけちょうだい。最後にこの子の絵を描かせて」

「もちろんだよ」そう言って彼は立ち上がり、アンジェロを抱きかかえた。「きみを苦しめたくはないんだ、ジュリエッタ。もし、これ以外の方法があったら、ぼくは喜んでそうする。ぼくは、きみとこの子を守りたいだけなんだ」

レオはアンジェロをわたしに渡すと、息子の頭のてっぺんにキスをし、わたしにもキスをしてから帰っていった。

一九四一年七月八日

最近レオには会っていない。わたしには言えない仕事を任されていて忙しいのだろう。ほんの一瞬だけアパートメントに立ち寄ったときも、彼はアンジェロを引き取る話についてはひとことも言わなかった。わたしのほうも、まだ絵を描きあげていない。なぜ彼がなにも言わないのか、わたしにはわからなかった。ところが今夜遅く、レオがやってきた。深刻な顔をしていた。

「ジュリエッタ、今夜すぐ発たないといけなくなった」と彼は言った。「でも、きみに黙っては行けなかった」

「どこに？」とわたしは訊いた。

「それは言えないんだ。それに、いつ帰ってこられるのかもわからない。とにかく気をつけて、元気でいて」彼はわたしを抱きしめ、情熱的にキスをした。そしてわたしから体を離すと一瞬だけ顔を見つめ、逃げるように出ていった。

これで、わたしを守ってくれる人はいなくなってしまった。もっとも賢明なのは、今すぐにアンジェロをロッシ宮に連れていくことだろう。でも正直言って、自分の身が危険に晒されているとは感じていなかった。近所の人たちはみんな、わたしのことを知っている。野菜売りの荷船のそばで、よく立ち話をする。アンジェロを公園に連れていくときも、年配の男性たちと挨拶を交わし、彼らは鳩にやるパンくずをアンジェロに分けてくれる。地元の警察官でさえ、わたしのことを知っていて「ボンディ」と挨拶してくれる。

ベッドに横になりながらさまざまな思いが頭のなかで渦巻いているうちに、素晴らしいことを思いついた。息子を手放す必要なんてないのだ！　アンジェロは、母親を戦争で亡くしたイタリア人の孤児で、わたしが養子として引きとってイギリスに連れて帰ると言えばいいだけだ。今なら逃げ出せる。少なくともスイスまでは――もちろん、スイスが難民を受け入れてくれるなら。ただ、レオに別れを告げずにここを去るわけにはいかない。まずは彼が帰ってくるのを待つほかはない。彼のことが心配だった。なんであんなに慌てて去らなければいけなかったのか。仕事上の立場からしても自分は安全で、ダ・ロッシ家は戦争に協力的だとして重要視されていると言っていたはずなのに。

一九四一年九月二十四日

今日はレガッタ・ストーリカ——毎年この時期に開催されている歴史のある盛大なボートレースのお祭り——の日だった。伝統的な衣装を身につけた人々が、巨大なゴンドラを漕いで大運河を行く。いろいろな大きさの船も参加する。戦時下にもかかわらず、大勢の見物客が繰りだし、お気に入りの船を歓声をあげて応援していた。ただ、今年は風船やジェラートを売る売り子は見当たらず、そのかわり、物陰から兵士や警察官が人々を監視していた。レースが終わり、家に帰ろうとしていたわたしは検問所で呼びとめられた。「身分証明書は？」

わたしは証明書を取り出して彼らに見せた。写真が別人だとは気づかれないように、証明書はわざとしわくちゃにしてあった。警察官は証明書をじっと見てから、わたしの顔に視線を向けた。

「これはあんたか?」と彼は詰問口調で言った。

「ええ、もちろん」わたしもにらみ返した。

「写真の髪の色はもっと濃い」

「一度染めたことがあったの。今のこの髪色は本当の色よ」

「ヴェネツィア生まれか?」

「ええ、そうよ」

彼はまだ顔をしかめていた。「あんたには、なにかあるような気がする。なにかがおかしい。明日の朝、警察署に来い。わかったか?」

「赤ん坊がいるの。おいてはいけない」

「じゃあ、一緒に連れてこい。その子の出生証明書と身分証明書も見せてもらう」

彼はそう言うと手を差し出した。「その身分証明書を渡してもらおうか。なんの問題もなければ、明日の朝返却する」

どうやって家にたどり着いたのかの記憶がない。わたしは激しく震えながら歩きつづけていた。身分証明書を調べれば、わたしが偽物だということはすぐにわかってしまう――街の真ん中にいる敵国人。このアパートメントが家宅捜索されれば、床下に隠してある無線通信機が見つかってしまうかもしれない。スパイは有無を言わさずに射殺するという噂だ。今の今まで、自分の身に危険が迫っているなんて感じたこともなかった。でも今は、とんでもないことが起きるかもしれないということを痛感していた。そんなとき、わたしは橋の上で急に立ち止まった。そのせいですぐうしろを歩いていた男性がわたしにぶつかり、あまり礼儀正しいとは言えないことばを浴びせてきた。

そうよ、彼らはわたしがどこに住んでいるかを知らない！　身分証明書に書かれているのはジュリアナの住所だ。警察はその住所を調べ、彼女がすでに亡くなっていることを突きとめるだろう。でも、わたしの住所も本名も彼らは知らない。明日の朝、警察署に行かなければいいのだ。すぐに身を隠そう。わたしは急いでアパートメントに帰り、適当に自分の服と赤ちゃん用品をスーツケースに詰めこみ、昼寝をしていたアンジェロを起こした。

「フランチェスカ、何日か友人の家に行かなければならなくなったの」頭のなかに最初に浮かんできたことを言った。「彼女は足首を骨折してしまって、面倒を見てあげないといけないの。いつここに戻ってこられるかはわからないから、わたしが連絡するまでは来なくて大丈夫よ」

「わかりました」と彼女は言った。思いがけない休暇に納得したようにうなずいた。「でも、お金はもらえるんですよね？」

「ええ、いつもどおり支払われるわ」毎月の賃金がどのように支払われているのかはわからなかったが、おそらくレオが自動的に支払われるように手配してくれているのだろう。わたしへのお金が自動的に振りこまれているように。そのとき気がついた。今のうちに、お金を引き出しておいたほうがいい。

わたしがここを離れているあいだにレオが戻ってくるかもしれないと思い、彼に手紙を書いた。ふたりの共通の古い友人のところに行くと書いておいた。彼女の話はよくしていたので、それだけで彼もわかってくれるはずだ。わたしはまっすぐリド島に向かい、島にある〈サン・マルコ銀行〉の支店でお金を引き出そうと思った。でも、そうなると身分証明書が必要になる。そこで、しかたなく次の日の朝が来るまで辛抱強く待つことにした。アンジェロを見てくれるようにフランチェスカに頼んでサン・マルコ広場にある銀行まで行き、今では友人とも呼べるようになっていたシニョール・ジラルディに、口座にある全額を引き出したいと伝えた。シニョール・ジラルディは紙幣を数え、笑顔でわたしに手渡した。

「大きな買い物でもされるのですか、シニョリーナ?」

「病気の友人のところに行くんです」とわたしは同じ嘘をついた。「どのくらい行ったきりになるのかわからないので、念のために」

「では、お気をつけて行ってらしてください」

わたしは銀行を出ると、警察官がいそうな道を避けて急いでアンジェロのもとに戻った。アパートメントまでの階段をのぼりきるころには汗だくになっていた。息も絶え絶えに、一気にグラスの水を飲み干した。

「紅茶かコーヒーでも淹れましょうか？」とフランチェスカは言った。「少し座って休んだほうがいいですよ」

「いいえ、すぐに行かないと。一便しかない水上バス《ヴァポレット》が、あと三十分で出発してしまうの」わたしはフランチェスカに別れを告げ、アンジェロを一階まで連れていって乳母車に乗せた。公園に行けると思ったアンジェロは大はしゃぎだった。アンジェロの期待に反し、わたしたちは水上バス乗り場に向かい、リド島行きの船に乗った。ラグーナを渡っていると、船のサイレンが大きく鳴り響き、ドイツ軍の巨大な砲艦がすぐそばを通過していった。この船についての報告ができない、と思った。わたしが報告できないせいで、連合国の兵士が死んでしまうのだろうか。わたしは祖国のことより、自分の安全を優先しているのだろうか。

リド島の船着き場に着くと、わたしはアンジェロの乳母車を押して広い道を進み、高くそびえる錬鉄製の門の前に立った。伯爵夫人が留守でないことを祈りながら。かつて伯爵夫人は、ヨーロッパじゅうにいる友人たちを訪ねてまわっていたが、このご時世ではヴェネッツァアを離れることはないだろうと思いたかった。ウンベルトに出迎えられてヴィラにはいると、裏庭のほうから声が聞こえてきた。裏庭に行くと、微笑ましい光景が広がっていた。新しい庭師――伯爵夫人によってドイツから救い出されたユダヤ人のひとりなのだろう――が大きな木にブランコを造り、ハニがそれに乗って遊んでいた。そして、そんなハニを夫人が眺めていた。ハニはわたしを見つけると、喜びの声をあげてブランコから飛びおりた。

「まあ、なんというういうれしいサプライズなんでしょう」伯爵夫人はそう言いながら手を差し出した。「今日来てくれるとは思っていなかったわ」

「ちょっと緊急事態が起こって」とわたしは言った。そしてハニのほうを見た。「ハニ、アンジェロとあっちで遊んでいてくれる？」

ハニはうなずき、アンジェロの手を取った。彼はうれしそうにハニに笑いかけながら、彼女と一緒によちよちと歩いていった。

「いったいなにがあったの？」と伯爵夫人から訊かれ、わたしはすべてを話した。

彼女は眉を寄せて言った。「それは困ったことになったわね。でも、時間が限られていることは、あなたも充分に理解していたはずよね？」

「ずっと外出もせずに家のなかにいて、充分に気をつけてさえいれば、きっとそんなに心配はいらないと思います」とわたしは言った。「でも、身分証明書がなければヴェネツィアからは出られません」

「たしかに、そのとおりね。あなたは、ここにいたほうがいい。警察は怠慢だからここには来ない。泳ぎたいならべつだけど」

「何週間か、ここにいさせていただけると助かります。ご迷惑でなければ」とわたしは言った。

「ずっといてもらってかまわないわ。部屋はいっぱいあるし、おいしい食べ物もある。それに、ハニはあなたの息子がお気に入りみたいね。あなたにはハニの勉強を見てもらえるし。イタリア語とフランス語はわたくしが教えてあげているのだけど、わたくしの数学の知識はひとむかし前のものですからね」

「そんなことでよければ、喜んで教えます」とわたしは言った。レオが帰ってくるまでここにいられる、とわたしはほっとした。ここなら安全だし、警察もやってこない。でも、港を出ていく船について、無線通信機で報告できなくなってしまう。イギリスの軍艦が撃沈されるようなことがあれば、それはわたしのせいだ。

第四十一章

ジュリエット　一九四一年十二月　ヴェネツィア

時間はいったいどこに行ってしまったのだろう。アメリカが連合国側についたことで、最近では楽観的な空気が漂いはじめている。「連合国が戦争を早く終わらせてくれる」と公園にいる老人たちは口々に言う。わたしも、この一年をなんとか無事に過ごすことができた。身分証明書を取りあげられてからというもの、外出のたびにいつ呼びとめられるかが心配でしかたがないけど。わたしはほとんどの日々を伯爵夫人のヴィラで過ごしている。彼女からはずっと一緒にいてほしいと言われているが、わたしには船の監視という役目がある。その責任を果たすために、週に二日ほどはアパートに戻る。でも息子の安全を考え、アンジェロはリド島に残してくる。幸いなことに、ドイツ軍の戦艦の数は減ってきた。六月にヒトラーがソビエトに侵攻してから、そちらに戦力を集中しているからだろう。それはつまり、彼はもうイギリスに侵攻する気を失い、空爆の回数も減っていくことを意味するとわたしは期待している。いまだに母から連絡はなく、こちらからも連絡するすべもない。それに、レオからも音沙汰がない。心配でしかたがない。なんらかの秘密の任務に就いているのだろうが、無事に帰ってくることを祈るしかない。

アンジェロもずいぶんと大きくなり、今では丈夫で元気いっぱいな男の子だ。レオの言っていたとおり、髪の色はわたしに似て赤褐色で、目はきれいな濃い青色をしている。なんてハンサムなおチビちゃんなのだろう！　家具という家具の上によじのぼり、伯爵夫人の庭を駆けまわる。ハニと遊ぶのが楽しみのようだ。そんなハニも今では流暢にイタリア語を話し、すっかり伯爵夫人の家に馴染んでいる。しかし、彼女の両親からはなにも連絡がない。娘の居場所を知られまいとする、彼らの考慮からなのかもしれない。ハニ自身も今の状況を受け入れているようだ。かわいらしい高い声で、アンジェロのためにドイツの童謡を歌ってあげているのが聞こえる。「ホッパー・ホッパー・ライター、ヴェンネル・ファル・ダン・シュライ・エル……」

最近、何度かヴィットリオが突然やってきた。愛想がよく気配りが行き届いているのは相変わらずのことだ。ローマの有力者たちからそっぽを向かれたのではないかとわたしは疑っている。どういうわけか、彼と一緒にいるとわたしは落ち着かない気分になる。わたしが伯爵夫人のお気に入りだということが、彼には気に障るらしい。それに、ハニの存在も歓迎していないようだ。伯爵夫人は万が一のことを考えて、彼女が所蔵する貴重な絵画の一部の保管を彼に依頼した。彼に一任することで、伯爵夫人は安心しきっているようだった。でも、わたしは不安だった。ヴィットリオという人は、風向き次第でいつでも寝返る人間にしか思えなかった。

わたしがアパートメントにいないとき、フランチェスカは週に一回掃除をしにくるが、わたしがいるときには炊事と買い物のために毎日来てくれる。クリスマスが間近に迫ったある日、今もあちこちの教会の外で開かれているクリスマスマーケットで買い物をしようと、わたしはリド島を離れて街に戻ってきた。伯爵夫人のためのプレゼントを買いたかった。ハニにも、そしてもちろんアンジェロにも。伯爵夫人へのプレゼントとして、彼女の肖像画を描いたらどうだろうかと思ったこともあった。ヴィラの壁には、多くの巨匠の絵画が掛かっている。でも、彼女はビエンナーレの後援者だ。戦争が続いているかどうかに関係なく、ビエンナーレは通常どおり来年も開催される予定だと聞いている。だからわたしも抽象画に挑戦していた。コルセッティ教授は何度か伯爵夫人宅を訪れ、そのたびに絵を描きつづけるようにわたしを励ましてくれる。わたしは描きかけのアンジェロの絵を教授に見せ、とてもためになるアドバイスをもらった。その絵も完成に近づきつつあり、自分でもかなり気に入っている。

伯爵夫人の新しい庭師のピーター——今はもうピエトロと呼ばれている——が、アンジェロが乗れるような木製の汽車を作ってくれている。そんななか、わたしはアンジェロを連れてアパートメントに戻ってきた。祖国のために約束した役目を果たせていないことにうしろめたさを感じていたというのもあるし、クリスマスのプレゼントを買いたかったからでもある。わたしはアンジェロをフランチェスカに預け、オレンジやお菓子を買いに市場に行った。ハニが気に入ってくれそうなものを探していると、ガラスでできた小さなフルートを見つけた。驚いたことに、そのフルートは実際に吹くことができた。そのあとお気に入りの書店に行き、ドイツ語の本を何冊か買った。ハニには、生まれ育った国のことばを忘れてほしくなかった。フランチェスカにはなにを買えばいいのか、まったく思い浮かばなかった。結局、いくらかの現金を包むことにした。とても現実的な彼女なら、気にしないだろうと思ったからだ。それに、ほとんど伯爵夫人の家で過ごしているため、毎月の生活費は手つかずになっていた。食費だけでも受けとってほしいと申し出たが、夫人は頑として受けつけなかった。配給カードのないわたしにとって、それはとてもありがたいことだった。伯爵夫人とフランチェスカなしでは、わたしはやっていけない。それにハニ。彼女もわたしにとってかけがえのない存在になっている。彼女は年齢に見合わないほど賢く、そして愛情深い。わたしは子供を産んだことで、愛情の可能性に心を開いたのかもしれない。ハニがわたしを見つけると走ってきて抱きつくのが、たまらなく好きだ。伯爵夫人もハニのことを溺愛している。

「ジュリエット、もしわたくしの身になにかあったら」ある日、伯爵夫人は言った。「あの子がまともな暮らしをして大学にも行けるだけの遺産を相続できるように、遺言に書いてあるの。ハニには、恵まれた人生をおくる権利があるわ」

「なにかあったら、なんて言わないでください」とわたしは言った。無意識に体が震えていた。「ずっと、ヴェネツィアならユダヤ人も安全だとおっしゃってきたじゃないですか」

彼女はわたしの顔をしばらく見つめてから言った。「明日なにが起きるかは、誰にもわからないわ」

わたしは必要な買い物を終え、帰りがけにシクラメンの鉢植えを買った。アパートメントに帰ってきたときには、とても満ち足りた気持ちになっていた。一緒にお祝いができるほど大きくなったアンジェロと迎えるクリスマスが、楽しみでしかなかった。部屋にはいると、いつになく静かだった。

「フランチェスカ？」とわたしは呼びかけた。「アンジェロは寝ているの？」

彼女はキッチンから出てきた。仮面でもかぶっているような、無表情な顔をしていた。

「彼らが来て、あの子を連れていきました」と彼女は言った。

「え? 誰が連れていったの?」

「なにも言ってませんでした。ただここに来て、あの子を連れていきました。わたしが止めようとしたら、男のひとりに言われました。『おまえはどいていろ』と」

世界が静止した。わたしの心臓の鼓動は、きっと彼女にも聞こえていただろう。

「警察? それとも軍の人?」

彼女は首を振った。「たぶん、ダ・ロッシ家に雇われている男たちだと思います」

「彼らにそんな権利はない!」わたしは思わずことばを吐き出した。「わたしの息子を奪うなんて、許されない。すぐに連れ戻さないと」

「それは無理です。彼らは権力を持っています、シニョリーナ。止めたんです。止めようとしたんです」

「権力があろうが、そんなことは関係ない。とにかく、連れ戻してくる」

わたしは階段を駆けおりながら、頭のなかを整理しようとした。これは、レオが無事に戻ってきたということ? 彼がアンジェロを連れ去ったということ? そうじゃないとしたら、こんなひどいことを命令したのは誰? 跡継ぎとして孫が欲しいレオのお父さま? ビアンカのはずはない。彼女には母親になりたいという気持ちはないのだから。いつもなら、日中に街の中心部を不用意に歩くようなことはしない。身分証明書のないわたしにとっては、命取りになりかねないから。でも、今日だけはそんなことも頭になかった。アカデミアの美術学校の建物を通りすぎ、橋を渡ってダ・ロッシ家の邸宅に向かった。わたしはなんのためらいもなく、ライオンの像が両側に据えられた厳格な階段を駆けのぼり、巨大な玄関扉を叩いた。

男性の使用人が扉を開けた。「シニョール・レオナルド・ダ・ロッシはご在宅ですか？」

「いいえ、シニョーラ」と彼は言った。「いらっしゃいません。もう何カ月もお戻りになっていません」

「それなら、シニョーラ・ダ・ロッシとお話ししたいのですが」

「失礼ですが、どちらさまかお訊きしてもよろしいですか？」

「ええ、もちろん。わたしは、アンジェロの母です。息子のことで伺いました」わたしは息を切らしながら待った。ここまで一気に走ってきたので、心臓が激しく打っていた。

使用人の男性が戻ってきて言った。「シニョーラは、今は手が離せないそうです」

「くだらない！」わたしは制止される前に彼を押しのけてなかにはいった。こんな大きな邸宅のなかで、どこをどう探せばいいのかもわからなかった。わたしはわけもわからないまま、大理石のホールを進んだ。うしろのほうで、使用人の男性が大声で呼びとめていた。メイドが出てきた。「シニョーラ・ダ・ロッシはどこ?」とわたしはまくしたてた。

「ベッドルームにいらっしゃいます。でも奥さまは今……」

わたしはすでに階段を駆けのぼっていた。わたしはドアを開け、次のドアも開け、ようやく大運河が見わたせる明るくきれいな部屋を見つけた。ビアンカは鏡台の前に座り、化粧をしていた。わたしが部屋に飛びこむと、彼女は恐怖におののいて振り返った。

「なんなの、これは?」と彼女は叫んだ。「すぐに出ていきなさい」

「シニョーラ・ダ・ロッシ、こんなふうに押し入ってすみません。でもわたしは――」

「あなたが誰なのか、よく知ってるわ」彼女は冷ややかな嫌悪感を顔に浮かべて言った。

「本当よ。あなたのことなら、なんでも知っているのよ」

「息子を迎えにきました」とわたしは言った。「あの子なしには帰りません。どこにいるの?」

彼女は、勝ち誇ったような目でわたしを見て言った。「あなたの息子は、ここにはいない」

「あなたのところの男たちが息子を連れ去った。フランチェスカから聞いたわ」

「いったいなんのことかしら。わたしにはさっぱりわからないわ」

先ほどの使用人が、ドアロに立っていた。「ジョヴァンニ、この頭のおかしい女をすぐに連れていって。本当に迷惑な話だわ」

「息子を連れて帰れないなら、ここからは一歩も動かない。警察に駆けこんでほしい？　警察ならこの家じゅうを捜索して、あの子を捜しだしてくれるわ」

なんの根拠もない脅しだということを、彼女は知っていた。

「この家のなかにいる子供は、うちの家の息子ただひとりよ」とビアンカは言った。「跡取り息子。アンジェロ・ダ・ロッシ。だから、叩き出される前に帰ってちょうだい」

「ひとつだけ教えて」とわたしは言った。「これはレオの指示でしたことなの？」

「もちろん」と彼女は言った。「出発する前に、彼が言い残していったのよ。彼はずっと、こうしたかったの。今まで、わたしはなんの関心も持っていなかった。赤ん坊になんか興味もないし。でも今は、レオがいなくなって、もしかしたらもう帰ってこないかもしれない。ダ・ロッシのような家にとって、跡取り息子ほど大事なものはないでしょ？　わかるかしら？」

「帰ってこないかもしれない？　なにか連絡はあったの？」

「いいえ、なにもない。そこが問題なのよ。彼は行方不明なの。あなたの大切なレオは、たぶんもうこの世にはいないんじゃないかしら。現実を受けとめなさい。とにかく、今すぐに出ていって。二度と顔を見せないで。もしまた戻ってきたら、そのときは喜んで警察を呼ぶわ。敵国人を捕まえたって言ってね」彼女はせわしなく手を振った。「ジョヴァンニ、この女を家から追い出して」

力強い手で腕をつかまれ、わたしは連れていかれた。わたしは、息子を連れ戻す方法がないか――とにかくどんな方法でも――考えていた。でも、もはやその可能性はないことを思い知った。あの子がわたしの息子だという証拠はなにもない。わたしには、この街にいる権利さえない。敵国人なのだ。たとえ忍びこんでアンジェロを連れ戻せたとしても、警察はわたしを見つけだして逮捕するだろう。行き着く先は、収容所だ。

あの子は大切に育ててもらえる、そう自分に言い聞かせた。わたしは激しく震えていた。嗚咽を抑えるために、両手で顔を覆った。あの子は将来、ダ・ロッシ伯爵になる。男の子にとって、ほかになにを望むことがあるだろうか。

わたしにはその答えがわかっていた。アンジェロが、自分を愛してくれる母親に会うことはない。

わたしは日記を開き、すべてを書き記そうとした。わたしの気持ち以外のすべてのことを。紙切れなんかに、壊れた心を書き記すことなんかできない。今日起きたことの重大さは、まだ実感できていなかった。でも、そのうち身に沁みて理解することになるのだろう。もう二度とアンジェロには会えない。もう二度と息子をこの腕に抱き、あのかわいい笑顔がわたしを見上げて「ママ」と呼ぶ声を聞くことはできない。そんなのは耐えられない。でも、どうすることもできない。

このことを書き留めたあと、わたしは日記を閉じる。苦しみしかないのに、どうしてまたこの日記になにか書けるというのだ。わたしは机のふたを開けて引き出しを完全に抜きとり、奥のパネルをずらした。そして小さな鍵を出して秘密の引き出しを開け、そのなかに日記をしまった。しばらく、日記はそのましまっておこう。そうすれば、幸せだった日々の記録を読もうとしなくてすむ。

第四十二章

キャロライン　二〇〇一年十月二十日　ヴェネツィア

そろそろ帰らないといけない。キャロラインはずっと自分に言いつづけていた。ルカとのあの一夜は、本当にどうかしていた。自分はまだまだ魅力的なのだと、ジョシュを見返してやりたかっただけだ。

べつになんの意味もなかった、とまた自分に言った。でも、ルカに惹かれていることは否定しようのないことだった。彼が同じように自分に惹かれていると思ってはいない。たとえこの一週間はほとんど毎日訪ねてきて、リド島にあるペントハウスに招待されたとしても。「ぼくの家には、きみが飲んできたような〝安物のワイン《プロンク》〟なんかとちがっておいしいワインがいっぱいあるし、それに、この部屋の狭いベッドとはちがって広いベッドもあるしね！」そう言って彼は笑った。

「ルカ」返事がわりに彼女は言った。顔を赤らめている自分に腹がたった。「こんなの馬鹿げてるわ。お互いのこともほとんど知らないし。わたしは、出会った男の人とすぐにそういう関係になるような女じゃないの」

「そんなことはよくわかっているよ、カーラ」と彼は言った。「でも、ぼくたちはもう大人だし、付き合っちゃいけないようなしがらみもない。それに、ぼくはきみが好きだ。きみがぼくのことを好きなのもわかってるよ。だったら、なんの問題もないじゃないか。第一、きみはカトリックでもないんでしょ？　ぼくみたいに懺悔をしなくてもすむ」

「まだ懺悔なんてしてるの？」

「もちろんだよ。カトリックなら、誰でも懺悔しないといけない。でも、ぼくが行ってる教会の司祭はすごく甘くてね、だからすぐ赦してもらえるんだ」彼は笑った。「ヴェネツィア流の暮らし方について、きみはまだまだ勉強しないとだめだね。ぼくが喜んで教えてあげるよ」

あんなことになって、うしろめたさを感じるべきだと思っていた。でも、不思議なことに罪の意識はなかった。そうか、わたしは大人の女なんだ、と思った。二十七歳で独身。同じく独身の男性と恋愛したってなんの問題もない。それに、ヴェネツィア流の生活を教えてくれると言った彼のことば。それはつまり、ずっと一緒にいたいと思ってくれているということ？　わたしとのなんらかの将来を見すえているということ？

天気はずっと悪く、アクア・アルタも数回起きた。だからリド島にある彼の家への招待には、応じることができないでいた。一方彼のほうは、私のアパートメントで夜を過ごすことが何度かあった。このままずっとヴェネツィアにいたいと思うことに、キャロラインはうしろめたさを感じていた。ここに残ってルカとの関係を続けるのは、祖母に対する裏切り行為のように思えた。それに、まるで息子を見捨てているように思えた。でも、今この時点でテディのためにできることはなにもない。近くにWi-Fiが使えるカフェがあるのを見つけ、ジョシュとも連絡をとれるようになっていた。彼からの最後のメールには、精神科医の診断内容が書かれていた――テディは依然として飛行機に乗ることを不安がっており、今の環境にいることで彼の精神的な安定が保たれているようだ、と。結論として、彼を移動させることによって精神的なダメージを与えかねない、と書かれていた。メールを読んで、キャロラインは激しく動揺した。

「どうしたらいいかわからないわ、ルカ」と彼女は言った。「精神的にも肉体的にも、息子にダメージを与えるようなことは絶対にできない。でも心のなかでは、母親がそばにいて抱きしめてあげることが、テディにとってはいちばんいいことなんじゃないかと思っているの。走りまわれるくらい広い庭があるひいお祖母ちゃんの家で、一緒に暮らすのがいちばんいいんじゃないか、って」

「いつも言うようだけど、心のなかで思っているとおりにすべきだよ、カーラ」と彼は言った。彼女をじっと見る彼の眼差しは、それがテディのことだけを言っているのではないのを物語っていた。

今すぐにニューヨークに行って、自分が正しいと思っていることをしろと言っているのだろうか。でも、まだレティ大伯母さんの遺灰を撒いていない。それがすむまで、ここを離れるわけにはいかない。明日、と彼女は思った。明日は必ず行こう。翌日、帰国する前にアパートメントをきれいにしておこうと思って掃除していると、思いがけない訪問者がやってきた。階段をのぼってくる足音は、ルカのものとはちがってもっと軽かった。ドアを開けると、息を切らしたルカの母親が立っていた。

「ああ疲れた」と彼女は言った。「ずいぶんと長い階段だわね。お邪魔してもいいかしら」

「どうぞおはいりください、伯爵夫人。びっくりしました」キャロラインは慌てて招き入れた。「どうぞおかけになってください。お水をお持ちしましょうか？　それとも紅茶がいいですか？」

「じゃあ、お水をお願いするわ」とルカの母親は言った。「こんなふうに急に押しかけてしまってごめんなさいね。でも、あなたが陥っている窮状について、ずっと考えていたの。つまり、息子さんのことよ。本当にお気の毒だと思うわ。もしも誰かにルカを奪われたとしたら、どんなに苦しかったか。あらゆる手段を尽くして取り戻そうとしたでしょうね。そこで思ったの……わたしの兄は弁護士なの。それも、ニューヨークではかなり力のある弁護士なのよ。あなたさえよければ、その兄に頼んでみるのはどうかしらと思って。兄が相手側に手紙を書いてくれれば、すぐに解決するんじゃないかと思ったの」

「でも、そんなに有名な弁護士さんの報酬を払えるかどうか……」キャロラインは不安そうに笑った。

伯爵夫人は彼女の膝をやさしく叩いた。「そんな心配はいらないわ。妹の頼みを聞くだけなんだから。そんなに脅しはしないわ。ただ、あなたの元夫に正しいことをするようにやんわりと警告するだけ」

「なんとお礼を言ったらいいか……」

「ありがとう、のひとことで充分よ」伯爵夫人は微笑んだ。「ルカはあなたのことが好きみたいね。気づいていると思うけど。ルカがあんなに生き生きとしているのを見るのは、本当に久しぶりよ。あれ以来……」彼女は顔を上げて言った。「実は、良い方向に進むのを期待しているの。文法を気にしながら話さなくてもいい義理の娘ができたら、うれしいんだけど」

伯爵夫人が帰ったあと、キャロラインは窓辺にたたずみながら伯爵夫人の言ったことを考えていた。〝ルカはあなたのことが好き〟。彼女の手が無意識のうちの美しい書き物机をなでていた。本当に美しい机——イギリスに持って帰ろうか、それとも、休暇でここに戻ってくるときのために残しておこうか。でも、そんなに頻繁にヴェネツィアに来られる？　ルカの気持ちが一時的なものではないと考えるのは、愚かなこと？　いずれにしても、このアパートメントはこのまま持っていよう。ここはわたしだけの隠れ家。いつでも逃げこめる場所。そして、万が一のための蓄え。

彼女はあらためて机をじっくり観察した。とても大きい。祖母の家にある自分の部屋に収まりきるだろうか。かなり奥行きがある。でも、そこでふと考えて眉を寄せた。なんかおかしい。引き出しは、スケッチブックがぎりぎりはいる大きさだったはずだ。彼女は引き出しを引いて大きさを測ってみた。引き出しの奥行きは約四十五センチ。でも、机の奥行きはどう見ても六十センチはある。

「もしかして……」机の裏面を叩いてみると、空洞になっているような音がした。なんだかわくわくした気分になり、彼女はいちばん上の引き出しを完全に引き抜いて取り出し、ほかの引き出しもすべて取り出してみた。すると、ひとつの引き出しの奥の板が少しうしろにずれ、小さな鍵穴が見えた。キャロラインは急いであの小さな鍵を持ってきて、挿した。そして鍵をまわすと、隠された秘密の空間が現われた。興奮で震える手をなかに入れ、分厚いノートブックとフォルダーを取り出した。ノートブックは日記のようだった。フォルダーのなかには、レティ大伯母さんの絵がはいっていた。ほかの絵はすぐに見つかる場所に入れてあったのに、なぜこのフォルダーのなかの絵だけは隠してあったのだろう。キャロラインは日記とフォルダーを持って椅子に座り、日記を開いて読みはじめた。

何時間か経ってから、彼女はルカに電話をかけた。「大伯母さんの日記を見つけた」感情が昂ぶって声が震えていた。「こっちに来られる？　あなたにも読んでほしいの。とても重要なことが書かれてる。あなたにも関係あることなの」

一時間後、彼はやってきた。

「泣いてたの？」彼はそう言うと、彼女の頬の涙を指で拭った。

キャロラインはうなずいた。「あまりにも悲しすぎる。でも最悪なのは、なにが起きたのかわからないことなの」

「どういう意味？」

「日記は、アンジェロが連れ去られたところで終わってるの」

「連れ去られた？」

「ええ、あなたの家族に。たぶん、養子縁組みをしたんだと思う。大伯母がスイスに行ったことまではわかっているの。でもこの日記には、いつ行ったのかとか、あなたのお祖父さまと再会できたのか、それともそのときにはもう亡くなっていたのかも書かれてない。たしか、戦死したとあなたは言っていたわよね？」彼女はルカにワインを注いだ。「そんな顔しないでよ。これはあなたが持ってきたワイン。〝プロンク〟なんかじゃないわ」

彼は肘掛け椅子に座り、日記を読みはじめた。彼女は彼が座っている椅子の肘掛け部分に腰かけた。体が触れあうほど近くにいても意識することはなくなっていた。彼が読めなかったり意味がわからなかったりする単語があれば、キャロラインは説明した。ときどき彼女を見上げては、彼はうなずいた。「アカデミアの美術学校に通ってたんだ。やっぱりね」

フィオリート伯爵夫人について書かれている箇所に来ると彼は言った。「この人のヴィラを知ってるよ。今は現代美術の博物館になってる。市に寄贈すると遺言書に書かれていたらしい」

彼は読みすすめた。キャロラインは隣に座ったまま黙っていた。重要な箇所に来たとき、彼は彼女を見上げて言った。「大伯母さんは、祖父の愛人というわけじゃなかったんだな。いや、つまり、たった一度だけの関係だった。でも祖父は、彼女を愛してたんだよね？」

キャロラインはうなずいた。「ええ。それはたしかみたい」

彼はさらに読みすすめた。「ぼくの父は……」あるページを指差して彼は言った。感極まったのか、声が震えていた。「ここに全部書かれてる」

「ええ」

すべて読みおえると、ルカは日記を閉じ、彼女の膝に手をおいた。「これが全部なんだね。これ以上のことは、もう知ることができない。ほかに日記はないんだよね？」

「わたしの知るかぎりでは。わかっているのは、大伯母がスイスに行ったということと、あなたのお祖父さまが亡くなったということだけ」

「たしか、捕虜収容所から脱走しようとして射殺されたと聞いた気がする」

キャロラインは恐怖におののいた顔を上げた。「連合軍の捕虜収容所で？」

「いいや、ドイツ軍の。そのときには、イタリアは連合国側に寝返っていたから。祖父は、連合国の支援をしていたみたいだ」

「そうなのね。なんて悲しいんでしょう。もしかして……」彼女は顔をそむけた。「うん、なんでもない」

「大伯母さんは、こういう話を一切しなかったの？」とルカは訊いた。

「ええ。誰にも、ひとことも。だから、生涯独身を通した典型的なイギリス人女性だと誰もが思っていたわ。人を寄せつけない上品な人。家族の枠を越えた私生活なんか、まったくないと思われてた」彼女は手を伸ばしてルカの手の上に重ねた。「散骨するとき、一緒に来てくれる？」

彼はキャロラインと指を絡めた。「どこに散骨するつもり？」

「日記に書かれていた、ふたりにとって特別だった木を探したい。その木のまわりに散骨しようと思っているの」

「そうだね。そうしよう」彼は少したためらってから続けた。「実は、ちょっと違法なことをしたんだ」

「え？　なにをしたの？」心配そうに彼女は訊いた。

彼はにやりと笑った。「ある人に賄賂を握らせて、お祖母ちゃんの診療記録を手に入れたんだ」

「どうやったの？」

「きみは知らないほうがいい。とにかく、これだけは話せる。一九四〇年に祖母が子供を産んだという記録はどこにもなかった。一度も出産したことがないんだ」

「そうなのね」キャロラインはしばらく黙っていた。やがて彼女は言った。「これで証明されたわね。やっぱり本当だった。わたしの大伯母が、あなたの本当のお祖母さんなのね」

「どうやらそうらしいね」

彼女はぎこちなく笑った。「わたしたち、本当に親戚だったのね」

「驚いちゃうよね」と言ってルカは笑った。「でも幸いなことに、問題になるほど近い親族ではない」急に真顔になって彼は続けた。「でも、父には知られないようにしたほうがいいよね？」

「ええ、それは絶対に。わたしの祖母にも言わない。わたしたちふたりだけの秘密よ」一瞬だけ間をおいてから彼女は続けた。「大伯母の、というか、あなたのお祖母さんの遺灰はいつ撒きにいく？」

天気の良い午後が来るまでふたりは待った。ルカはキャロラインをボートに乗せ、市立公園《ジャルディーニ》まで行った。落ち葉が舞う公園のなかをしばらく歩いていたが、あるところまで来てふたりとも同時に立ち止まって「あ！」と言った。目の前に、悲しげな彫像が立っていた。指の数はさらに減り、潮風に晒された脚は浸食され、周囲の茂みと巨大な木にほぼ埋もれていた。キャロラインは小さな骨壺のふたを開けた。骨壺を少し傾けながら、遺灰をゆっくりと、恭《うやうや》しく、木の根元に撒いた。「さよなら、大好きなレティ大伯母さん」とささやくように言った。そして、骨壺をルカに渡した。彼は木のまわりを歩きながら、やさしく遺灰を撒いていった。

「さようなら、愛しいお祖母ちゃん」彼は最後につけ加えた。「あなたに会ってみたかった」

まるでそれに応えるかのように風が吹き、落ち葉と一緒に遺灰が舞い上がった。彼らの頭上で渦巻きながら、やがてラグーナのほうへと流れていった。

帰りのボートのなか、ふたりは無言のまま操舵輪のそばに立っていた。やがてルカが沈黙を破った。「母に聞いたよ。きみに会いにいったんだってね。そのとき……」と言いかけてやめた。「いや、今はいいや。それより、ぼくも母も、きみはすぐにニューヨークに飛んで息子さんを連れて帰るべきだと思ってる」そして続けた。「実は、ぼくも近々ニューヨークに仕事で行かなくちゃいけないんだ。きみが行くとき、ぼくも一緒に行こうか？」

キャロラインはあえて彼のほうを見ずに、まっすぐ先のほうを見つめて言った。「あなたさえよければ」

「じゃあ、決まりだ」

第四十三章

ジュリエット　一九四二年七月　ヴェネツィア

もうずいぶんと長いこと、日記を書いていない。あまりにもつらくて書けなかった。でも、この数カ月のあいだに起きたことを書き留めておかなければ、心の重荷となって永遠に自分のなかに残ってしまう。

アンジェロが連れ去られてから、生きている意味がなくなった。正直に言うと、自分が生きようが死のうが、そんなことはもうどうでもよくなってしまった。アカデミア橋の上に立ち、このまま身を投げたらどんなに楽だろうかと考えることもあった。でも、わたしはこうして生きつづけている。生活の拠点は、伯爵夫人の家と自分のアパートメントのふたつになった。自分がこんなに苦しく悲しい思いをしていると、スパイ活動は気乗りのしない雑用としか思えなくなっていた。自分の命より大切なものを奪われたというのに、なんで他人の命を救わないといけないの？　でも、イギリス人としての義務感が、いつまでもわたしにまとわりついて離れない。だから少なくとも週に二日か三日は、アパートメントの窓辺に座っている。フランチェスカがときどき食べ物を持ってきてくれるが、食べることへの興味も失ってしまった。双眼鏡を持って大運河まで行き、ちらっとでもアンジェロを姿が見えないかダ・ロッシ家を偵察したことがあった。でも、それを見知らぬ男に見咎められてしまった。

「なにをしてるんだ？」と彼は詰問した。

「バードウォッチングです」とわたしは口早に言い訳した。「あそこの屋根の上に、カモメの巣があるんですけど、ちょうどひなが生まれたばかりで」

彼はわたしの言い訳をそのまま受け入れてくれたが、自分がどんなに危ない橋を渡っているのか痛感した。安全なスイスに逃げ出したいという気持ちはまだあったが、身分証明書もないのにそれは不可能だ。たとえ列車には乗らずに路線バスで北に向かったとしても、疑惑の目を向けられてしまうだろう。途中で誰かに通報されてしまうかもしれない。それに、検問所もあるだろう。第一、旅の途中でもなにか食べなければならない。そのためには食料を買う必要がある。だけど、わたしには配給カードがない。つまり、望むと望まざるとにかかわらず、わたしはここに留まるしかない。それに、レオが帰ってくる。わたしは、ずっと自分に言い聞かせている。彼はわたしのもとに必ず戻ってきてくれる、と。そうすれば、すべてがうまくいく。ただ、もう息子をこの手に抱くことができないのは覚悟していた。今でも、アンジェロの連れ去りを指揮したのがレオではなかったのかという疑いが、頭の隅に残っている。自分がある時期までに戻ってこなかったら、息子をダ・ロッシの家に連れていくように、と部下に命じていたのではないかという疑問。

だけど、息子と最後のお別れをする時間もくれずに、無理やりアンジェロを連れ去るような冷酷なことが彼にできるだろうか。どうしても信じられなかった。仮に本当に彼がそんなことをしたのだとしたら、きっとそれが最善な方法だと思ったのだろう。わたしにとって、息子と別れるのがどんなにむずかしいことかを知っていたから。

伯爵夫人とハニと過ごしているときは、できるだけ慰めを見いだそうとしている。そのひとつとして、ビエンナーレのカタログ作りを手伝った。まるで戦争なんて関係なく当たり前のように開催されることに、正直驚かされる。ヴィットリオは、各国のパビリオンでの展示についてあれこれ指示を出しながら偉そうに歩きまわり、以前にも増してその存在感をアピールしている。そして、彼が目をつけたいくつかの作品の購入を、しきりに伯爵夫人に促したりもしていた。夫人の書斎の壁に掛かっていたわたしの描いた絵が彼の目に留まったときは、少しうれしかった。

「この絵はどこから入手したんです?」と彼は伯爵夫人に尋ねた。「あまり高い金を出していなければいいんだけど」

「どう、気に入った？」

彼は眉をひそめた。「たしかに、ある種の魅力はありますね」と彼は認めた。「色の使い方がいい。またひとり、ユダヤ難民を保護したんですか？」

「いいえ、わたくしの家に住んでくれている大切な友人の作品よ」と言って夫人はわたしの手を取った。「彼女には才能があるでしょ？」

ずっと暗い気持ちでいたわたしにとって、それは満ち足りた気持ちになれた一瞬だった。

まだレオは戻ってきていない。ビアンカの言ったことを受け入れるべきなのかもしれない――彼は行方が知れず、死んでいるのか、それとも捕虜になっているのかもわからない、と。後者であればいいとわたしは願った。もしもイギリスの捕虜になっているのであれば、ひどい扱われ方はしないはずだ。でもそれなら、どうして家に手紙を書いてよこせないのだろう。

一九四二年九月

ビエンナーレは開催され、そして閉幕した。会場を闊歩《かっぽ》していたのは、ムッソリーニの取り巻きやドイツの軍人たちがほとんどだった。もちろん今年はロシアからの参加はなかった。ヒトラーがかつて盟友だったスターリンを裏切ったからだ。いいニュースも断片的に聞こえてきた。アメリカが参戦してから、連合軍は戦果をあげているらしい。アフリカ北部での戦いでは勝利が続いており、イギリスも今までのように毎日空襲にあっているわけではなさそうだ。わたしは母のことが心配でならなかった。自分自身が母親になって初めて、子供と遠く離れていることがどんなに苦しくつらいことなのかを知った。きっと毎日わたしのことを心配していることだろう。でも、わたしには母を安心させてあげられる手段がなにもない。

伯爵夫人が続けてきたユダヤ人の救出も、今は途切れてしまっている。ドイツからは恐ろしいニュースが聞こえてくる。ユダヤ人は集団で捕らえられ、ヨーロッパ東部にある強制労働収容所に送りこまれているらしい。ドイツにもオーストリアにも、もはやユダヤ人は残っていない。ハニの両親がどうなってしまったのかが心配だが、その心配はわたしたちの心のなかに留めている。ハニ自身も、両親のことを尋ねなくなった。今ハニには、幸せなひととき、楽しい子供時代を過ごさせてあげたい。まだそれができるうちに。わたしは、彼女が勉強で遅れをとらないように気をつけている。ハニはピアノの練習をし、暑い日はわたしと一緒にビーチに行くのを楽しんでいる。水温の高いアドリア海で泳いだり、波のゆるやかなときにはいつまでもぷかぷかと浮かんだりする。そのわずかなひとときだけでも、世界でなにが起きているかを忘れて。ハニが突然わたしに水をかけると、わたしは彼女を追いかけ、ごく普通の少女のように彼女はうれしそうに悲鳴をあげる。どうやら、わたしはハニのことをかけがえのない存在として愛しはじめているようだ。だから、彼女をおいて出かけなければならないときは、心が痛む。

イタリア国内でも、ユダヤ人は厳しい現実に直面している。彼らは黄色いダビデの星を身につけるよう強制され、カンナレージョ地区の外に出ることを禁止されている。伯爵夫人とハニもダビデの星を身につけなければならないのかとわたしが訊くと、彼女は笑った。「ジュリエット、そんなに心配しなくても大丈夫。みんな、わたくしが誰なのかは知っているのだから。わたくしは、イタリアの伯爵の妻なのよ」と彼女は言った。「だから、安全なの」

それでも、わたしの心配は増していった。もしかしたら夫人も同じだったのかもしれない。ある日、彼女の書斎に呼ばれた。「万が一わたくしの身になにかがあったら、この引き出しのなかにあるフォルダーをあなたに保管しておいてほしいの」と彼女は言った。「ヴィットリオも、このフォルダーのことは知らない」伯爵夫人は引き出しを開け、なんの変哲もないボール紙のフォルダーのひもを解いた。「ほとんどのスケッチは一見の価値もないようなものばかりよ。でも、ちょうど真ん中あたりに、とても重要な作品を隠してあるの——ピカソの初期のころの作品や、ミロとかほかの画家の作品も。これだけは、悪い人たちの手には渡したくない。だから、あなたが守ってくれる? お願いしてもいい?」

「もちろんです。お任せください」とわたしは言った。「でも、ご自分の身は安全だとおっしゃっていたではないですか」

「そうね。だけど、人生なにが起きるかは誰にもわからない。でも、わたくしの大切な宝物が悪い人たちの手に渡らないと知っていれば、それだけでも安心して眠れるわ」彼女は少し間をおいてから、わたしを見つめて言った。「もしもわたくしになにかあって、ここに戻ってこられなかった場合、あなたにこのフォルダーのなかのものを遺すことを遺言書にも書いてあるの」

一九四二年十一月

わたしは、運河の監視と無線通信機での連絡を続けている。でも、新しい電信暗号帳をかなり前から受けとっていないことに、最近になってようやく気づいた。もはや暗号を更新する必要はないという判断が下されたのだろうか。それとも無線通信が傍受され、わたしが送信している日報を、敵は笑いながら読んでいるのだろうか。後者のほうではないかとわたしは恐れている。送信者がわたしであると特定されるまで、そんなに時間はかからないかもしれない。今にも見つかるかもしれないと怯えながら、役目を果たすべきかやめるべきか、わたしは逡巡している。でも、どっちにしても変わらない。わたしにはもうレオもいない。アンジェロもいない。わたしの人生は終わったも同然なのだから。フランチェスカはたまにやってきて、掃除をしたり市場で手に入れた食べ物を持ってきたりしてくれる。でも、伯爵夫人の家で充分な食事がとれているので、それほど食べ物は必要ない。

一九四三年九月

靄《もや》がかかった夢のなかで、一年が過ぎた。ヴェネツィアでは、ようやく楽観的な空気が流れはじめた。今年になってまもなく、連合軍がシチリア島を占拠した。そのあと、イタリア南部にも進軍した。反対に、ヴェネツィアに入港してくるドイツの戦艦が増えてきた。わたしは報告を送信しつづけている。ちゃんと受信されていることを願いながら。九月八日、待ちに待ったニュースが飛びこんできた。イタリアが連合国側に降伏したのだ。イギリスとイタリアは、もう敵同士ではない！　街じゅうがお祝いの色でいっぱいだ。どこの街角でも、「息子たちが帰ってくる」というのが合言葉のようになっている。でも、その幸せも一瞬のものになった。ドイツが即座に報復に出たからだ。

ドイツ軍が侵略してきた。ヴェネツィアの街を、ドイツの兵隊たちが行進している。彼らはいくつもの宮殿を占拠し、ロッシ宮も例外ではなかった。アンジェロのことが心配だったが、ダ・ロッシ家がヴェネト州の別荘に避難したことを聞いて安心した。「どうかアンジェロをお守りください」毎晩わたしは神に祈る。

昨日、ふたりの女性たちが立ち話をしているのが聞こえた。ドイツがユダヤ人の収容所をリド島に作っているとのことだった。「これでせいせいするわ」とひとりが言った。「そもそも、汚らしい外国人なんか、この街にいてほしくはなかったのよ」

わたしは大急ぎでリド島に向かった。サンルームのなかで、ハニが伯爵夫人のためになにかをイタリア語で読んでいた。わたしは恐ろしいニュースを伝えた。

「ええ、わたくしも耳にしたわ。憤りしかないけれど、わたくしにはどうすることもできない。あの人たちには道理が通じないの。今はただ身を潜めて、あなたの国の軍隊がイタリアまで来てくれるのを待つかしかない。あともう少しの辛抱よ。そう信じるしかないわ。ドイツ軍はトスカーナの北に防衛線を築いたけど、東部の海岸線の防衛にはそれほど注力していない。だから、連合国軍はすぐにここまで来てくれるわ。そうすれば、なんの心配もなくなる」

「でもこの家は、建設中の収容所に近すぎます。しばらくのあいだ、ドルソドゥロ地区にあるわたしのアパートメントにいらっしゃいませんか?」とわたしは提案した。

「ありがとう。でも、わたくしはこの家が好きなの」そう言って、夫人は優雅な手ぶりで部屋のなかを示した。「それに、大切なウンベルトとかわいいハニもいるし」

「ハニに危険が迫っているとは思わないですか?」

彼女は肩をすくめた。「ハニはユダヤ人のリストには載っていないから大丈夫。彼らはこの子の存在にすら気づいていないの。だからこの家にいるかぎり、ハニは安全よ」

伯爵夫人が正しいことを祈るしかなかった。船いっぱいに詰めこまれたユダヤ人が、リド島に運ばれていくのを見た。ドイツ軍がほとんどの水上バスを徴用してしまったので、一般市民の移動手段はほぼ失われたも同然だった。数日後、リド島まで伯爵夫人たちの無事を確認しにいく決心をした。漁船がザッテレ河岸に係留されているのを見つけ、わたしは勇気を振りしぼって尋ねてみた——釣った魚をすべて売りつくしたら島に帰るのか、と。漁船や漁師をときどきスケッチしていたので、漁師のほとんどが沿岸の島々に住んでいることをわたしは知っていた。話しかけてみたその漁師も島に帰ると言うので、リド島まで連れていってもらえないか頼んでみた。

「あんなに大勢ドイツ軍がいるのに、海水浴がしたいのか?」と漁師は言った。

「いいえ。年配の友人が住んでいるので、彼女が無事かどうか見にいきたいんです」

「ああ、いいよ」と彼は言った。「さあ、乗って」

約一時間後、わたしを乗せてくれた船はリド島に向かっていた。そこへ、ドイツの巡視船が近づいてきた。

「おい、おまえ！　どこに行くんだ」ドイツ兵が叫んだ。

「家に帰るんだよ。おれは漁師だ。魚を売って帰るところだ」

「許可証はあるのか？」

「ああ、もちろんあるよ。おれを誰だと思ってるんだ」

「で、その女は？　誰なんだ？」

わたしの心臓がどくんと鳴った。身分証明書を持っていない。

「おれの女房だよ。ほかに誰がいるってんだ？　魚を売った金を受けとってくれてるんだよ。っていうか、おれが売り上げをくすねてワインを買わないよう見張ってる、って言ったほうが当たってるかもしれないけどね」

「わかった。さっさと行け」ドイツ兵は手を振ってわたしたちを追い払った。

わたしは深く安堵のため息をついた。「ありがとうございます。おかげさまで助かりました」

「きれいなヴェネツィアの娘さんに、ドイツ人なんかが手をつけるのは許せないからね」

と彼は言った。

わたしはとても誇らしかった。どうやらわたしのアクセントは、ヴェネツィア人として充分に通用するほど完璧のようだ。

漁師は、わたしを少し離れたところにある小さな船着き場で降ろしてくれた。「ここなら、やつらのおぞましい収容所からは離れてるから安心しな」と彼は言った。「気をつけるんだよ」

わたしは伯爵夫人のヴィラへと急いだ。玄関ドアを叩いたが、誰も出てこなかった。わたしは裏庭までまわり、サンルームのガラス戸を叩いた。不安が心臓を鷲づかみした。この家はドイツ軍に接収されたの？　伯爵夫人はどこ？　ハニは？

「ウンベルト！」わたしはドアに向かって叫んだ。「わたしよ！　ジュリエッタよ！　なかに入れて！」

しばらく待ったが、誰も出てこなかった。すべてのドアを試してみたが、すべて鍵がかかっていた。ようやく、ひとつの窓が半分開いているのを見つけ、わたしはそこからはいりこんだ。

「伯爵夫人？」とわたしは呼んだ。「ウンベルト？」

部屋から部屋へとわたしは探しまわった。すべてがいつもどおりだった——テーブルの上に置かれた新聞、半分飲みかけのレモネード。キッチンも、使用人用の部屋も控え室も探した。人の気配は一切なかった。わたしは、ゆっくりと二階に上がる階段をのぼっていった。

大丈夫、と自分に言い聞かせた。きっと急いで出かけなければならなかっただけ。伯爵夫人はどこかに出かけただけ。どこか安全な場所に。ハニも一緒に連れていった。わたしに連絡する時間がなかっただけ。

寝室のドアをひとつずつ開けていった。服を持ち出した形跡はなかった。シルクのベッドカバーの上に、ガウンが無造作に置かれていた。小さいほうの寝室のドアを開けたが、なにも変わった様子はなかった。次の部屋に行こうとしたそのとき、なにかが動いた。わたしは驚いて飛び上がりそうになった。

「誰かいるの？」とわたしは訊いた。

「ジュリエッタ？」小さな声がした。

「ハニ？」

少女はベッドの下から這いずり出た。恐怖で目が大きく見開かれていた。「ああ、ジュリエッタ。来てくれたのね」

少女はわたしの腕のなかに飛びこんだ。

「かわいそうなハニ。なにがあったの？　伯爵夫人はどこ？」

「あの人たちがやってきたの」とハニは言った。「ナチの兵隊。伯爵夫人を連れていってしまったの。外にナチがいるのを見て、すぐに隠れなさいって言った。わたし、どうすればいいのかわからなかった。どこに行けばいいのかわからなかった」

「ウンベルトは？」

「わからない。どこかに行ってしまった。下におりたら、もう誰もいなかった」ハニは泣いていた。「あの人たちが伯爵夫人を連れていってしまったの。どこに連れていかれたの？」

「きっとリド島に造っていたユダヤ人の収容所だわ」わたしはハニを抱きしめた。「心配しなくても大丈夫よ。伯爵夫人は有力者なの。この街では尊敬されている人なの。だからすぐに解放されるわ。でも、それまではわたしがあなたの面倒を見るわね、ハニ。あなたには指一本触れさせない。わたしのアパートメントに行きましょう。連合国の軍隊がやってきて、恐ろしいナチスを追い出すまで、わたしのアパートメントに隠れているといいわ」

少女がわたしの手を握り、感謝の目で見上げてきたので、わたしは涙があふれ、心のなかにやさしさが満ちてくるのを感じた。

「来てくれてありがとう、ジュリエッタ」わたしはハニをきつく抱きしめた。「もう心配しなくて大丈夫よ。あなたの安全はわたしが守るから。約束する」

ちょうど階段をおりようとしているところで、玄関のドアが開く音が聞こえてきた。わたしはハニに身ぶりで逃げるように伝えた。「また隠れていて。わたしがいいと言うまで下にはおりてこないで」と小声で言った。

わたしは深呼吸すると、なにごともなかったかのように堂々と階段をおりていった。ヴィットリオが玄関からはいってくるところだった。

彼は一瞬立ち止まった。わたしを見て驚いたようだった。「ジュリエッタ、こんなところでなにをしてるんです？」

「こんにちは、ヴィットリオ」できるかぎり平静を装ってわたしは言った。「伯爵夫人に会いにきたんだけど、お留守みたいなの。誰もいないの。田舎のほうに避難してしまったのね、きっと」

「ああ」と彼は言った。「そのようですね。私は、少女がどうしているか気になって――オーストリアから来たユダヤ人の少女のことですよ。一緒に連れていったのか、知りませんか？」

「それはそうでしょう」とわたしは言った。「小さな女の子をおいていくはずがないもの。伯爵夫人は、あの子をかわいがっているから」

「少女がここにいないのはたしかですか？」彼は周囲を見まわした。

「ええ、たしかよ」とわたしは言った。「家じゅうを探したもの。それに今も言ったとおり、伯爵夫人が少女をおいていくはずはないから」

わたしは彼が自分で二階をたしかめにいかないように、階段のいちばん下に立った。彼がどうしてそこまでハニにこだわるのか、はかりかねていた。わたしはつとめて冷静な声で言った。「伯爵夫人が以前話していらした、田舎にいるお友だちの住所をご存知ですか？　たしか、サルヴィスというお名前だったかしら。トスカーナ州のコルトーナに住んでいるとおっしゃっていなかった？」

「ああ」と彼は言った。「たしか、そんな名前だった気がします」そう言いながら、彼の目は家のなかを見まわしていた。

「住所はわかりませんか？」

「伯爵夫人の机のなかにあるかもしれない。持っていってなければね」と彼は言った。

「探してあげましょうか？」

「いいえ、自分で探せますから大丈夫です」とわたしは言った。「あなたの手を煩わせたくないから。わたしはこのまま街に帰って、夫人がお戻りになるまで待つしかないようね。でも、会えないのは寂しいわ。毎週のようにここに来ていたから」

彼はうなずいた。わたしは帰る素振りを見せず、彼も帰ろうとはしなかった。

「なにかお探しでしたか？」とわたしは訊いた。「探すお手伝いをしましょうか？」

彼は顔をしかめた。「伯爵夫人から、彼女が所蔵している価値のある絵画を、私の画廊に保管しておいてほしいと頼まれたんですよ。今日はちょうどいいタイミングだと思ってね」

「たしかに、それは必要なことかもしれませんね」とわたしは言った。「よく耳にしますから。ナチスが行く先々でお宝を略奪していくという噂を」

彼はまだ顔をしかめていた。「すぐに街に戻るんですか？」

「実は、ウンベルトのことが心配で。かなりの高齢でしょ？」とわたしは言った。「彼がどこに行ったかご存知ありませんか？　伯爵夫人は彼も一緒に連れていったのかしら」

「それはないんじゃないかな」とヴィットリオは言った。「きっと自分の家族のところに帰ったんですよ。この近くに娘さんが住んでいるから。ヴィニョーレ島だったかな」

わたしたちは互いを見ながら向き合った。

「これから、保管する絵画を選ばないといけないんですよね？」とわたしは言った。「少しここに残ってお手伝いしましょうか？」

「どうぞご心配なく」と彼は言った。「寸法を測りたかっただけなんです。保管用の木箱を作らないといけないので」

「それなら、時間を無駄にできませんね。今、この島はドイツ軍でいっぱいです。わたしがあなたなら、一刻も早く貴重な絵をここから持ち出して、簡単には見つからないような場所に隠します。たとえば、庭師の作業場とか？　あるいは、ウンベルトの部屋とか？」

「あなたの言うとおりだ」と彼は言った。「部屋の鍵は開いているだろうか。鍵のある場所がわかればいいのだけど」

「たしか、スペアキーはキッチンのドアのところに掛かっていたはずです」とわたしは言った。それが事実なのかはわからなかったが、彼はうなずくとキッチンと使用人部屋に向かって廊下を歩いていった。わたしはなるべく音をたてずに階段をのぼった。

「ハニ、今すぐわたしと一緒に来て」わたしは人差し指をくちびるに当て、つま先立ちで彼女と一緒に階段をおりた。「庭まで行って、門の近くにある大きな茂みのなかに隠れていて。すぐに戻ってくるから、そこで待っていて」

「わたしの荷物は？」

「残念だけど、全部ここにおいていかないとだめなの。あとでわたしが取りに来られるかもしれないけど、今は危険すぎる。さあ、早く行って」

少女が玄関から駆けだし、茂みに隠れるまでわたしは見守った。そのあと急いで書斎まで行った。引き出しからボール紙のフォルダーを取り出し、なかの絵だけを抜き出してコートのなかに隠した。キッチンに向かっていると、ヴィットリオがこちらに歩いてきた。

「あなたの言ったとおりでした。鍵の束が見つかりました。庭の倉庫が開けられるか見てみます」

「残念ながら、住所録は見つかりませんでした」とわたしは言った。「このまま帰ることにします。最近ではほとんど水上バス《ヴァポレット》が出ていないので」

「会えてうれしかったですよ、ミス・ブラウニング」と言って彼は軽く会釈した。

「こちらこそ、シニョール・スカルパ」

わたしは玄関のドアを出て、門までの小道を歩いていった。背中に彼の視線を感じていた。玄関ドアが閉まる音を聞き、ようやく安堵のため息をついた。錬鉄製の門の近くまで行き、立ち止まって周囲を見まわした。視界のなかに人がいないことを確認してから、ハニに小声で呼びかけた。少女が出てきた。わたしはハニの手を握り、足早に道路を歩いていった。

「よく聞いて」とわたしは言った。「もしも誰かに訊かれたら、あなたはわたしの妹のエレーナ・アリオートよ。わかった?」

ハニはうなずいた。その目はまだ恐怖で見開かれていた。

「わたしも連れていかれるの? ユダヤ人だとわかったら?」

「心配しないで。わたしが守ってあげるから」とわたしは言った。「こんなことは、すぐに終わるわ。約束する。それまでは、勇気を持たなくちゃだめ」

水上バス乗り場には大勢の人たちが待っていた。これはいい兆候だ。間もなく船が来ることを示している。思ったとおり、水上バスはすぐに到着した。とても混んでいたが、なんとか全員乗ることができた。隅のほうに場所を見つけ、そこにハニを押しこんだ。サン・マルコの船着き場まで、ハニはわたしの陰に隠れていた。わたしたちふたりは、なんのトラブルにも巻きこまれることなくアパートメントまで帰り着くことができた。

第四十四章

ジュリエット　一九四三年九月　ヴェネツィア

その晩、わたしはハニを自分のベッドに寝かせた。少女のかたわらに腰をおろし、彼女が目を閉じるまでその髪をなでつづけた。この子があの恐ろしい収容所に連れていかれずにすんだのは、紙一重のところだったが、なるべくそのことは考えないようにした。でも、わたしの大切な伯爵夫人は？　有力者とつながりのある彼女なら、もちろんすぐに解放されるだろう。なんといっても、彼女自身も有力者だし、お金持ちなのだから。それに、この街にとっては大切な後援者なのだから。

ハニはわたしの考えを読みとったのか、目を開けてわたしを見上げた。「伯爵夫人は大丈夫よね？　すぐに解放してもらえるわよね？」

「ええ、きっとすぐに帰ってこられるわ。心配しなくても大丈夫。今はもう寝なさい」

ハニが眠りにつくと、わたしは立ち上がって窓辺まで行き、ジュデッカ運河の上にかかった月を見つめた。とても美しく、平和そのものの光景だった。でもそのとき、ドイツの砲艦が姿を現わした。今、無線通信機は使えない。ハニに見られてしまったら、少女も尋問されてしまう。そんな危険はおかせない。しかたなく、砲艦が暗闇に消えるまでわたしは見ているしかなかった。伯爵夫人がいなくなったなんて、信じられなかった。あんなに自分は安全だと言っていたのに、それでも連れていかれてしまった。ほかのユダヤ人と同じように。イタリアの伯爵の妻だろうが、お金持ちだろうが、そんなことは関係なかった。彼女はユダヤ人だ。重要なのはそれだけだった。

そのとき突然、誰かが裏切ったにちがいない、と思った。そして、それが誰なのかも確信した。わたしは、彼の目のなかに欲深い狡猾さをたしかに見た。ヴィットリオは伯爵夫人を裏切り、彼女が大切にしている美術品を自分のものにしようとしたのだ。初めて会ったときから彼のことは好きになれなかったし、信用できなかった。ようやくその理由がはっきりした。それに、いかにハニが間一髪で危機から逃れたのかも、このとき痛感した。彼は、すべてのユダヤ人を排除したかった。だから、ハニを探しに戻ってきたのだ！

ここに帰ってきたとき、わたしはハニに道の反対側の物陰に隠れるように言い、周囲を注意深く見わたして誰にも見られていないことを確認した。それから彼女を呼び、急いで階段をのぼった。ハニが窓の外に広がる景色に見とれているあいだに、わたしは伯爵夫人の家から持ち出した絵をコートの下から取り出した。そのうちの何枚かが値のつけられないほど価値のある絵だというのは、素人のわたしの目から見ても明らかだった。それらを自分のスケッチのあいだに紛れこませ、書き物机の秘密の引き出しのなかに隠した。念のために。

わたしは、ハニをアパートメントのなかにかくまった。わたし自身もほとんど外には出なかった。フランチェスカには、ハニは知り合いの漁師の孫で、ナチスから守るために街なかで預かってほしいと頼まれたのだと嘘をついた。何事にもあまり興味を示さないフランチェスカは、なんの疑いもなくわたしの言うことを信じたようだった。フランチェスカにアクセントのちがいを悟られないために、なるべく話さないようにとハニには言っておいた。気がつくとは思えなかったが、用心するに越したことはない。

十月十八日

日々の暮らしは、ますます困難になってきている。ドイツ兵が街じゅうを巡回している。もはや石炭は手にはいらない。電気ストーブのおかげで寝室を暖かく保てていることを、わたしは神とシンクレア元領事に感謝している。それに、毎日何時間かは電気が通じていることにも感謝しなければならない。電気が使えるときにお湯を沸かして湯たんぽに入れ、夜に備えてベッドのなかに入れておく。食料品も底をついてきている。伯爵夫人の畑で獲れる作物がもらえなくなった今は、備蓄していたパスタや豆に頼るしかない。でもそれは、この街のほかの人たちも同じ状況だ。

ハニをアパートメントに連れてきてから二週間経ったころ、わたしは意を決して伯爵夫人のヴィラを訪ねた。彼女はまだ帰ってきていなかった。収容所に入れられたのは、もはや否定できないことだと思った。壁に掛かっていた絵はすべてなくなっていたが、食料貯蔵庫は手つかずのままだった。わたしは庭に作られた畑から、育ちすぎてしまった緑の野菜とまだ熟していないレモンを収穫した。食料貯蔵庫にあったものも含め、待てるかぎりの食料品を持ち帰った。その晩、わたしとハニは久しぶりに豪華な食事を楽しんだ——メインディッシュはハムとほうれん草、そしてデザートにはチョコレートビスケット。最後のワインも開けた。その一瞬一瞬を、今でもはっきりと覚えている。たぶんあの晩が、わたしが最後に味わった幸せな瞬間だったのだと思う。

十月十九日

翌日、ドアの下から手紙がすべりこませてあるのに気づいた。誰からの手紙なのかはわからなかった。なかに書かれていたのは、〝待ってる。ぼくの木。午後八時。火曜〟だけだった。

ただそれだけ。活字体で書かれ、署名もない。でも、きっとレオだ。それ以外には考えられない。あるいは、罠か。ずっと行方がわからなかった彼が、どうしてここにいるの？でも、わたしたちの秘密の場所、お気に入りの木のことは、ほかの人が知るはずもない。

だからわたしは夜の七時半に家を出ると、アカデミア橋を渡ってサン・マルコ地区を通り、市立公園《ジャルディーニ》に向かった。途中、ほとんど人とはすれちがわなかった。最近はどこもかしこもドイツ兵が巡回しているため、道を歩いているところを見つかるのは賢明ではない。でも、今ではこの街を知り尽くしているわたしは、ドイツ軍兵士がいそうな大きな道を避けることができた。かなり長い道のりで、暗い公園に着いたときには息を切らしていた。覆いかぶさるように生えている木々や茂みが公園のなかに点在する屋外灯に照らされ、威嚇しているように見えた。足元には、濡れた落ち葉が積もっていた。雨が降っていないのが、せめてもの救いだった。

わたしはすぐに目的の木を見つけた。大木を囲む茂みはここ何年も刈られていないらしく、彫像はほとんど隠れていた。これまで何度もこのギリシャ神の彫像の前を通った。そのたびにしばし立ち止まり、潮風に浸食されつづけている体とその寂しそうな顔を眺めた。

そして、十八歳だったわたしがレオと過ごしたあの夢のような夜のことを、どんな些細なこともらすことなく思い出した。あのとき、世界は果てしない可能性とロマンスにあふれていた。今、わたしはその彫像の前を通りすぎた。半分はレオがいることを期待し、半分は罠だと覚悟して。もしもわたしが捕まったら、いったいハニはどうなってしまうのだろう。フランチェスカはあの子の面倒を見てくれるだろうか。

そのとき、ラグーナから吹いてくる夜風にまぎれて、かすかに声が聞こえたような気がした。

「ジュリエッタ?」

わたしは、大木と彫像とのあいだに密生している茂みのなかに分け入った。そこに、彼がいた。彼がいるのが見えたというよりも、いるのが感じられた。「レオ!」

わたしたちは抱き合い、欲望に任せて激しくキスをした。

「どこにいたの? もう生きてはいないんじゃないかと心配だった」

「聞いて」と彼は言った。「時間がないんだ。ぼくは追われている。あと数分したら、船が迎えにくる手筈になってる。でも、その前にどうしてもきみに渡さないといけないものがあるんだ。安全への道だ。これだよ」そう言って彼は封筒をわたしに握らせた。「スイスに逃げるんだ。今すぐ。あと一秒も無駄にできない。ドイツは、追い詰められれば追い詰められるほど、非情になってきている。ひとりでも仲間が殺されれば、町をまるごと取り囲んで、マシンガンで皆殺しにする。きみも敵国のスパイとして容赦なく射殺されるだろう。だからすぐに逃げてくれ。わかるよね？」

「ええ。でも、あなたは？　どうして追われているの？」

「ぼくはずっと連合国軍に協力してきたんだ」と彼は言った。「ぼくがムッソリーニをどんなふうに思っているかは、きみも知っているよね？　こんな馬鹿げた戦争に加担なんかしちゃいけなかったんだ。だから、なんとかしなくちゃいけないと思った。でも、ぼくは仲間だと思っていた人に裏切られた。そいつらに見つかるのも、もう時間の問題だ」

「それなら、わたしと一緒にスイスに逃げましょうよ。今すぐに」

「そうしたいけど、それはできないんだ。ウンブリア州にいる連合国軍に合流しないといけない。でもきみは——この封筒のなかに、ストレーザにいるきみの家族からの手紙がはいっている。危篤状態のお祖母さんのところに行くための旅行許可証もある。ぼくがストレーザの話をしたのを覚えてる？　マッジョーレ湖に面した町だ。湖の反対側にロカルノがあって、そこはもうスイスだ。スイスに行けば、もう安全だ。だから、まずはストレーザまで行って、そこで船を雇ってスイスまで連れていってもらえばいい。まだお金は残ってる？」

「ええ。緊急に備えて口座からお金を引き出しておいたの」

「その封筒のなかにもいくらか入れておいた。それを持って、すぐに出発して――今すぐ」

「アンジェロは？」とわたしは言った。「あの子に会った？」

「いや。でも、別荘にいて無事だというのは聞いている。じゃあ、きみはあの子を手放してくれたんだね。うちの家族に任せてくれたんだね。きみは、正しいことをしたんだ。ぼくはきみのことを誇りに思ってるよ。少なくとも、ぼくたちの息子は安全だ。ぼくらになにかがあったとしても」

あなたの家族がわたしからアンジェロを奪ったの、などと今の彼に言えるわけがない。ただ、少なくとも、あれがレオの指示でおこなわれたことではないことは、これではっきりした。それはわたしにとっては救いだった。

「レオ」――わたしは彼の顔を両手で包んだ――「愛してる。どうか無事でいて。わたしに会いにくると約束して」

「必ず行く。約束する。なるべく早く行けるように努力する。だからきみは先にロカルノに行って、ぼくのことを待っていてくれ。必ずきみを見つけるから」

「わかった」こんな状況ではおかしなことかもしれないが、わたしは喜びで満たされた。

「もう行って。きみが無事に遠くまでいったのを確認するまで、ぼくはここに残る。とにかく、家に着くまで本当に気をつけて」

「ええ、そうするわ。わたしの愛しい人《アモーレ・ミーオ》」

彼はもう一度だけわたしにキスをした。枝のせいで引っ掻き傷だらけになるのも気にせず、わたしは茂みのなかへ分け入って歩いていった。頬から血が流れているのを感じた。それとも、それは涙だったのだろうか。

　わたしは、無我夢中でアパートメントまでの道を急いだ。その途中、バーのなかから酔っ払ったドイツ兵たちの下品な歌声と大きな笑い声が聞こえてきた。何度も、民家のドアの陰や教会のなかに身をひそめ、巡回中のドイツ兵から隠れなければならなかった。隠れる物陰などなにもないアカデミア橋が、いちばんの難所だった。でも、まるでそこにいるのが当たり前のように、わたしは平然と歩いて渡った。それが功を奏したのか、誰にも呼びとめられなかった。なんとか無事にアパートメントに帰りついたとき、わたしは息を切らし、心臓も爆発しそうなほど激しく打っていた。すやすやと眠っているハニを見ながら、環境にすぐに馴染んでしまえる若さをうらやましく思った。わたしは大急ぎで最低限必要な荷物をリュックサックに詰めこんだ。スーツケースを持っていくのは危険すぎた。あまりにも目立つ。それに、どうしても持っていきたいと思うほど大切なものはほとんどなかった。レオからもらった指輪は指にはめてある。あとは、イギリスのパスポート、お金、銀行の貸金庫の鍵とアパートメントの鍵、そして書き物机の秘密の引き出しの鍵。わたしが描いた絵や伯爵夫人から預かった絵、そしてずっと書き綴ってきた日記は、いつかこの馬鹿げた戦争が終わってここに戻ってこられるまで、隠しておくべきだろう。ただ一枚、描きあげることができたアンジェロの絵だけは持っていくことにした。それは、アンジェロを智天使としてルネサンス風に描きあげた油絵だった。キャンバスを枠からはがし、歯ブラシ入れに巻きつけてリボンで結んだ。

そのあとしっかりと食事をとり、旅に備えてパンとチーズと果物をリュックに詰めこんだ。ハニが眠っているベッドのとなりにもぐりこんだが、眠ることはできなかった。どうしてもレオのことを考えてしまう。彼は無事に逃げられるだろうか。連合軍に無事に合流できるだろうか。わたしは、また彼に会えるだろうか。

十月二十日

夜が明けるとすぐにハニを起こし、これからの計画を話した。フランチェスカには、わずかばかりのお金とともに、この部屋に残っている食料品を使ってほしいということと、いつの日にか必ず戻ってくるつもりであることを書いた手紙を残した。わたしたちは朝食として最後の卵を食べ、アパートメントをあとにした。歩きながら、ハニに約束事を反復した――ハニはわたしの妹であること、これからストレーザに住んでいる祖母に会いにいくこと、マジョーレ湖のこと、山のこと。

「あなたは湖とか山のことはよく知っているのよね？」とわたしは言った。

ハニはうなずいた。明るい笑みを浮かべていた。「毎年、冬になるとキッツビューエルでスキーをしたの。夏は、ウィーンの森にある別荘に行ってた。本当にきれいなところなの」

「これから行くところもきれいよ」とわたしは言った。「きっとあなたも気に入るわ。山の空気はおいしいでしょうね」

駅に着いた。ミラノ行きの列車はあと一時間で出発する。ミラノからは、普通列車に乗りかえてストレーザまでそんなにかからない。列車が到着し、わたしたちは乗りこんだ。検問はなかった。同じ客車のなかに年配の夫婦と司祭がいて、少しおしゃべりをした。わたしは祖母の話をした。

「妹さんは恥ずかしがり屋さんなんだね」ハニが「はい」とか「いいえ」でしか返事をしないので、老紳士は言った。

「ドイツの侵攻のせいで、すっかり怖じ気づいてしまって」とわたしは言った。

「それは、妹さんだけじゃないわ。わたしも早くここを抜け出したくてたまらないもの」と老婦人が言った。「わたしたちのいとこがロンバルディアの農場にいるの。一刻も早くこの街を出たくて」

司祭は無言だった。

何事もなく、列車はミラノに到着した。鏡のように磨きあげられた大理石の床と真新しい壁画の駅舎は、目の保養になるほど美しかった。隅のほうでドイツ兵がたむろし出口で検問している以外、ほとんど人の姿はなくがらんとしている。掲示板を見ると、ストレーザまで行く普通列車はあと二十分で出発するらしい。なんて運がいいのだろうと思った。プラットフォームのほうに歩いていくと、すでに列車は到着していて、何人かの乗客が乗りこもうとしていた。

「ちょっと待ってください、お嬢さん《フロイライン》」背後から声がした。振り返ると、ふたりのドイツ兵が立っていた。「切符を見せてください」そのうちのひとりがイタリア語で言った。

「手紙を持っています」とわたしは言った。「警察の検印が押してあります。これがあれば充分だと言われたんですけど。故郷に住む祖母に会いにいくところなんです。危篤状態だそうで」

彼は手紙を確認した。「で、この子は？」

「わたしの妹です」

「手紙にはなにも書かれてませんが」

「妹は、もともとは伯母のもとに残るはずだったんです。でも、どうしても一緒に行くと言いだして。わたしのそばを離れたくないそうです」

「ちょっと一緒に来てください」とドイツ兵は言った。

「でも、列車があと何分かで出てしまいます。それに乗れないと、同じ行き先の列車がいつ出るかわかりませんから」

「一緒に来てください」

従うしかなかった。プラットフォームの裏手にある事務所に連れていかれた。ひとりの男が机の向こうに座っていた。兵士ではなく、黒い制服を着ていた。

「さて、これはどういう状況ですかな?」と男は言った。

わたしは彼に手紙を渡し、祖母と妹のことを話した。

「子供を連れ出せ」と彼はぶっきらぼうに言った。ドイツ語は理解できなかったが、たぶんそう言ったのだろうということは、ハニが恐怖におののいて息をのんだのでわかった。

複数の手が、ハニを無理やりわたしから奪った。

「やめて、お願いです」とわたしは懇願した。「わたしがいないと、この子は怖がってだめなんです」

「やだ！　放して！　ジュリエッタ！」部屋から引きずり出されながらハニは叫んだ。

「われわれのことを、相当見くびっているようですな、お嬢さん《フロイライン》」と彼は言った。「何キロ離れていようが、私はユダヤ人を嗅ぎつけられるのですよ。で、あなたは、もちろんユダヤ人ではない。幸運でしたな。イタリア語はそれほど得意ではないから、もっと馴染みのあることばで話しましょうか。私の英語も、なかなかなものなんですよ」

わたしの顔がショックで歪んだのか、彼は笑った。「ええ、そうです。あなたのことはよく知っていますよ、イギリスのお嬢さん。お宅の家政婦から、あなたが家を出たという報告がありましてね。アパートメントを捜索したところ、無線通信機を発見した。もはや使いものにならないような古い機械でしたが、きわめて勇敢な行為です。どうぞお掛けください。いくつか質問したいことがありますので」

椅子を勧められて、正直ほっとした。もうこれ以上立っていられないほど、脚に力がはいらなかった。

「楽な道を選ぶのか、それとも苦しみを選ぶのかはあなた次第です。あの無線通信機は、誰から渡されたのですか？」

答えるのは簡単だった。もうとっくにいなくなった人なのだから。「イギリス人がヴェネツィアから出ていかないといけなくなったとき、前のイギリス領事が訪ねてきました。そのとき、船の出入りを監視するように頼まれたんです。当時はイタリアの船ばかりでした。わたしはその依頼を受け、知らない人が来て無線通信機を設置していきました。その人から、電信の送り方や暗号の読み方を教わりました。その人の名前は知りません。そのあとは、誰とも会っていません。電信暗号帳は、いつも部屋の玄関に置かれていました。でも、置かれなくなってからずいぶんと経ちます。小さな前哨基地の利用価値がなくなったのだと思っていました」

「あるいは、その連絡係がわれわれに捕まり、連絡系統が途切れていたか」

わたしは、彼と人間的に接してみようと思った。「あなたの英語は、とても流暢ですね」とわたしは言った。

「ええ。一年間ケンブリッジ大学に留学したのでね。戦争前ですが」と彼は言った。

「なにを専攻されたのですか？」

「哲学です」彼は笑った。「愚かにも大学は、私がドイツ政府から送りこまれた者だとは気づかなかった。あなたがたイギリス人は、あまりにも無防備だ」

「だとしても、ようやくこちら側が優勢な戦況になってきているようですね」言わずにはいられなかった。

男の表情が一変した。「あなたをスパイとしてその場で射殺できたことは理解していますか？」ことばを味わうかのように、彼は少し間をおいた。「まあ、そのスパイ活動もあなた自身の積極的な意思ではなく、祖国への忠誠心のなせる技だったようだ。ただし、今回はユダヤ人の逃亡を手伝っていた。それは否定できませんね？　お宅の家政婦から、あなたがユダヤ人をかくまっているとの報告を受けていました。敬虔なキリスト教徒なら誰しもそうでしょうが、彼女のユダヤ人に対する嫌悪感は根深いようだ」

「あの子はどうなってしまうの？」とわたしは大きな声で言った。「まだ子供なんです。なんの罪もない、幼い子供なんです」

男は、純然たる軽蔑の目をわたしに向けた。「ユダヤ人の子供。同じ空気を吸っていると思うだけで虫唾《むしず》が走る。ほかのユダヤ人同様、収容所に送られることになる」少し間があいた。「あなたもだ。ここであなたに対応している時間も人も足りない。ユダヤ人以外の政治犯の収容所がミラノの北部にある。あなたが送られるのはそこです」

「ハニは？」

「少女はほかのユダヤ人たちと一緒に、ヨーロッパ東部のどこかの収容所に行く。おそらくはポーランドだろう」

「別れの挨拶もさせてもらえないのですか？」

人を射すくめるような笑みをまた浮かべて言った。「たかがユダヤ人に対する、あなたのその深い愛情には感心しますよ、フロイライン。まさか遠い祖先にユダヤの血が混じっているということは？」

「この赤い髪からもわかるとおり、わたしは純粋なケルト人です」とわたしは言った。「でも、どんな人種であれ、ひどい扱いを受ける人は守ります」

男はなにかを早口のドイツ語で言った。わたしは腕をつかまれ、部屋から引きずり出された。駅舎のなかを突っきって連れていかれるあいだ、ハニの姿がないか必死に探したが、見つけられないまま大型トラックの荷台に押しこまれた。荷台の扉が勢いよく閉まり、真っ暗闇のなか、わたしはどこかへと運ばれていった。

第四十五章

ジュリエット　一九四三年十一月　イタリア北部の収容所

あのあとの数週間については、かいつまんだことしか書かない。わたしは三十人前後の女性たちと一緒に粗末な収容施設に入れられた。女性たちのなかには、捕まるまでパルチザンと行動をともにしていた人もいた。ムッソリーニに対する批判を書いたり発言したりして捕まった人もいた。あとの残りは、ユダヤ人を手助けした人ばかりだった。ほとんどが若い女性だった。この収容所に連れてこられる前に、ドイツ兵からレイプされたという人も少なくなかった。おそらく全員が、なんらかのかたちで――肉体的か精神的かにかかわらず――傷を負っていた。わたしたちのあいだに会話はほとんどなかった。まるで友だちになるリスクを恐れているかのようでもあった。特に、わたしには疑念の目が注がれた。ひとりだけイギリス人で、彼女たちの仲間ではなかったからだろう。でも、それでかまわなかった。話すことなどなにもなかった。涙も、すっかり涸《か》れていた。

わたしたちは木製の三段ベッドに寝かされた。マットレスの中身は藁で、ノミだらけだった。何日もしないうちに、全身が刺されて赤い斑点だらけになった。それに、寒さがひどかった。もちろん小屋に暖房はなかった。服や持ち物は奪われたままだった。そのかわりに着せられたごわごわの綿でできた囚人服は、毎朝、人数確認の点呼で小屋の外に立たされるときにも、風よけにさえならなかった。夜は、一枚の毛布に何人かでくるまって寒さをしのいだ。食事は日に一度、硬くなったパンひとかけらとスープが提供された。スープのなかにパスタがはいっているときもあれば、豆がはいっているときもあったが、緑色の野菜のつぶが混じったただのお湯のときもあった。わたしがその収容施設にいるあいだに、ひとりの女性がひどく体調を崩してどこかに連れていかれたことがあった。彼女に会うことは二度となかったので、そのまま死んだのか、それとも病院に運ばれて回復したのかはわからない。

唯一の救いは、その収容施設を運営しているのがドイツ人ではなくイタリア人だったということだ。その分、通常の収容所より規則の厳格さや残忍さという点では、いくらか救われていた。やさしい衛兵に当たると、点呼のために寒さに震えながら外に立たされずにすんだ。いったん外には出されるが、すぐに小屋のなかに戻され、彼は煙草をふかしながら人数確認をした。特に機嫌の良い日には、吸いかけの煙草を収容者のひとりに渡し、それをみんなでまわして吸った——ひとりにつきひと吹かし、という具合に。幸いなことに、わたしは煙草を吸わない。だから自分の分のひと吹かしをほかの人にあげて、そのかわりにパンをもらったりすることもあった。

時おり、ドイツ軍の装甲車がやってきた。そのたびに誰かが尋問で呼び出され、暴行のあとも生々しく戻ってくることもあれば、二度と戻ってこないこともあった。門が開いて自動車がはいってくるたび、わたしたちは息をひそめ、互いにしがみついた。いつか自分の番が来ると覚悟はしていた。でも、わたしには白状することがなにもない。それを信じてくれるだろうか。はたして、拷問に耐えられるのだろうか。

悪い日ばかりではなく良い日もあった。天気の穏やかな日には、外を歩くことが許された。男性の収容施設とは、背の高い有刺鉄線のフェンスで仕切られていた。天気のいい日には、男性収容者たちがサッカーをするのを観ることができた。彼らは手を振りながらわたしたちに声をかけてきた。ただし、その日の当番が厳しい衛兵の場合は別だ。ライフルの銃床で殴りつけられおとなしくさせられる。永遠と呼べるほど長いあいだここにいるのではないかと思いはじめていた、ある日のことだった。掃除当番の収容者たちがマットレスの藁を交換するあいだ、わたしたちは小屋の外に追い出された。男性収容者たちの一部がサッカーをし、それ以外の人たちが応援の歓声をあげていた。わたしたちはフェンスの近くまで行った。そのとき、レオと目と目が合った。

彼は有刺鉄線のところまで駆け寄ってきた。覚えていたよりかなり痩せて、顔もやつれて骨張っていた。「ジュリエッタ、こんなところでなにしてるんだ？」

「裏切りにあったの」とわたしは言った。「誰かが、ドイツ軍にわたしの素性を密告したの。ユダヤ人の子供が一緒だということも」

その裏切り者がフランチェスカだということを、レオには言いたくなかった。彼女に対してはやさしく接してきたと思っていたし、彼女もわたしのことを好きでいてくれたと思っていた。たぶん、情報と引きかえに報酬を得たのだろう。たぶん、ユダヤ人に対する憎悪が彼女に一線を越えさせてしまったのだろう。あとは、わたしが出ていったことも一因なのかもしれない。もう賃金が得られなくなるから。戦争というものが、どのようなかたちで人を悪事に駆りたてるのか、わたしにはわからない。

「ひどい思いをしたんだね。とにかく、なんとかきみをここから出さないと」とレオは言った。

ついつい笑ってしまった。「今のあなたの状況で、まだそんなこと言うなんて。まったくレオったら。それより、連合国と合流する前に捕まってしまったの？」

「ぼくも裏切られたんだ」と彼は言った。「でも、ぼくが苦境に陥ってることを家族が知ったら、ここから出してもらえるんじゃないかと期待している。残念ながら、ぼくの父にはもうそんな伝手《つて》はないけど、義父のほうはまだ羽振りがよくてドイツともつながりがある。あとは、義理の息子のことをどれほど心配してくれているかにかかってる」

「おい、そこ！」衛兵が威嚇するように銃を振りまわしながら、こちらに大股で歩いてきた。「おまえたち、どっちもフェンスから離れろ」彼はレオをつかんだ。「若い女にちょっかいを出してる場合じゃないだろ」

「ちがいます。そうじゃないんです」とレオは言った。「この人は、ぼくが生涯で愛したたったひとりの女性で、ぼくの子供の母親です。べつに悪いことをしているわけじゃありません。ほんの数分だけ、一緒にいさせてもらえませんか？」

イタリア人が大事にしていることがひとつだけある。それは家族だ。衛兵の表情が和らいだのがわかった。

「子供がいるのか？」と衛兵はわたしに訊いた。

わたしはうなずいた。「ええ。息子の名前はアンジェロです。もうすぐ四歳になります」

「よろしい」と衛兵は言った。「おれが当番のときには、隅のほうにあるあの監視塔の裏で会ってもいい。ただし、おれが当番のときだけだ。わかったか？」

「ありがとうございます」とわたしは言った。

「あなたは良い人だ」とレオがつけ加えた。「こんな役回りをするような人じゃない」

「おれも家族を食わしていかないといけないからな。みんな飢えているんだ」と衛兵は言った。「おれは農場を持っている。でも、ドイツ兵が家畜もオリーブオイルも奪っていった。忌々しいドイツ人め」と言って唾を吐いた。彼はあたりを見まわしながら言った。「おれがそんなことを言ったなんて、誰にも言うなよ」

ここにも仲間がいるのだ。そのあともわたしとレオは何回か会うことができた。ある日、期待に満ちた笑顔のレオがフェンスまでやってきた。「これ、受けとって」と彼は言い、封筒をわたしに渡した。

「これは？　ラブレター？」

「ちがうよ。自由への切符だ。義父が届けてくれた。ぼくの釈放を命令する許可証がはいっている。それをきみに渡したい」

「馬鹿なことを言わないで。あなたの許可証をわたしがもらうわけにはいかないわ。たとえあなたがそうしろって言ったとしても。あなたの名前が書かれているはずだし」

「いや、その心配はない。名前ではなく〝所持者〟としか書いてない。もう、きみがその所持者だ。これを収容所長に見せるだけで、ここを出られる」

「でも、あなたはどうなるの？　あなたを残しては行けない」

「それは心配いらない。義父にすでに手紙を書いた。意地の悪い衛兵に一枚目の許可証を破かれたから、至急もう一枚送ってほしいと。ぼくも今週末には出られるはずだ」

わたしは、自分の手に握らされた封筒を見つめた。

「さあ、行って」と彼は言った。「今すぐに行くんだ。夜になる前にストレーザまで行って、船の手配をしないといけない。きみの持ち物も返してもらえるはずだ。そうするのが決まりだから。万が一のために教えておくと、ぼくの義父の名前はアントンジョヴァーニだ。イタリアにいるドイツ最高司令部の良き友だ」

「レオ」わたしはまだ躊躇していた。「あなたを残してはいけないわ」

「きみがまだここにいるあいだ、ぼくは許可証を使わない」と彼は言った。「きみのその頑固さのせいで、ぼくたちふたりとも寒さと病気で死んでもいいの？」彼はやさしい声になって言った。「お願いだから行って。ぼくはこれまで、きみにさんざんつらい思いをさせてきた。だから、せめてこれくらいはさせてほしい」

「あなたにつらい思いをさせられたなんて、わたしはこれっぽっちも思ってない。あなたには想像もできないくらい、わたしはあなたから幸せをもらった。アンジェロはわたしにとって、なににも代えられない幸せそのものよ。それに――あなたに会えたことが、わたしの人生にとってどんなに大切なことだったか。どんなにことばを尽くしても足りないくらいよ」

彼は有刺鉄線のすきまから手を伸ばした。「きみは、ぼくの人生にとって最愛の人だ。必ずきみを見つけだす。どこにいようが、必ず。戦争が終わったら、ふたりでどこかに行こう――オーストラリアとかアメリカとか――そして、ふたりだけで新しい幸せな人生をおくろう」

わたしもすきまに手を伸ばし、ふたりの指先だけが触れ合った。

「アンジェロは?」とわたしは訊いた。

「残念だけど、今のままにしておくしかない。なんといっても、あの子は跡継ぎだから。跡継ぎはなくてはならない存在なんだ。ぼくがその役目を果たすことができない以上、あとは息子に委ねるしかない。でもぼくときみは、また子供を作れるよね?」

「ええ」とわたしは言った。

「さよならは言わないよ、愛するジュリエッタ。そのかわりに、アリーヴェデルチ、オルヴォワール、アウフ・ヴィーダーゼーエン……また会う日まで。気を強く持って。ぼくの愛は、いつもきみとともにある」

レオは、キスをするようにくちびるをすぼめた。わたしも同じように、くちびるでキスを返した。最後にもう一度だけ、彼の指先がわたしの指先に触れた。そして、レオはきびすを返して歩き去った。

十一月二十一日　スイス

ストレーザまでは、なんの問題もなく到着できた。それなのに、自分の命を危険に晒してまで、わたしを湖の向こう岸まで運んでくれる船頭さんは見つからなかった。しかたなく、スイスまで歩いて山を越えていく覚悟をした。気が遠くなるような道のりだ。ところが天の恵みか、雨をともなう嵐になった。人々は雨戸を閉め、家のなかに引きこもった。わたしは手漕ぎのボートを盗み、降りしきる雨のなか湖に漕ぎだした。ひと晩じゅう、わたしはボートを漕ぎつづけた。手のひらに水ぶくれができた。夜が明けると、柳の木の下に隠れた。運が味方してくれた。雨がずっと降りつづいていたため、湖にほかの船の姿はほとんどなかった。わたしはボートのなかに溜まった雨水をくみ出しながら漕ぎつづけた。そして三日め、雪化粧した山頂に朝日がきらめいているのが見えた。ようやくマジョーレ湖の向こう岸にたどり着くことができた。わたしは、スイスに入国した。

第四十六章

ジュリエット　一九四五年十二月

今、わたしはフランス北岸へと向かう列車のなかでこれを書いている。そこからは船でイギリスに渡る。わたしはスイスでレオを待ちつづけた。でも、彼が来ることはなかった。まだ投獄されているのか、それとも結局は家族のもとに戻ったのか。わたしには知るよしもなかった。スイスの病院に二週間ほど入院して体調が戻ったわたしは、ローザンヌの修道院附属女学校に仕事を見つけた。修道女たちのなかで過ごす毎日は静かで安らかだったが、心の痛みが癒やされることはなかった。毎日のように、レオの夢を見た。ハニの夢も見た。そしてもちろん、アンジェロの夢も。連合国軍によってようやくイタリアが解放されると、わたしはレオの父親に手紙を書いた。短い返事が届いた――〝レオナルド・ダ・ロッシは、一九四三年十一月、捕虜収容所から脱走を試みて射殺されました〟。

戦争が終わるとすぐ、わたしはハニを探しはじめた。難民の子供たちを支援する組織に参加したが、そのなかにユダヤ人はほとんどいなかった。まるですべてのユダヤ人が、この地球上から消えてしまったかのようだった。しばらくたってから、アウシュヴィッツやトレブリンカやベルゲン・ベルゼンといった強制収容所の名前を耳にするようになった。そのとき、わたしたちはすべてを知った。もはや流す涙は残っていなかった。

戦争が終わってからも、すぐにイギリスには戻らなかった。最初はハニを探したいと思っていたが、恐ろしい真実を知ってしまってからは、なにかしらで役に立ちたかった——ハニを守ると約束しておきながら、その約束を守れなかったという事実を、なんとか埋め合わせしたかった。帰らないかわりに、母には手紙を書いた。わたしが無事だということ、そしてスイスで難民の子供たちを支援していることを知って、母はたいそう喜んだ。どうやら、戦争のあいだずっとスイスで難民支援をしていたと母は勘違いしているようだった。自分たちがイギリスでは苦しい生活を強いられていたのに、わたしがスイスのおいしい牛乳とクリームを享受できていた、と。わたしは、あえてその勘違いを訂正しないことにした。それから、二度と教師の職には戻らないことを決めた。少女たちを見るたび、どうしてもハニを思い出してしまう。彼女を守れなかったということも。せめてアンジェロは元気にいてくれるよう祈っている。わたしが、あの子の姿をこの目で見ることはない。二度とヴェネツィアには戻らない。あまりにもつらい思い出で満ちている。わたしは、自分の人生の新しい章を始める。まったく別の新しい人間になる――心に鍵をかけた自動人形《オートマトン》になる。気がつくと、絵を描きたいという気持ちもなくなっていた。

これまでのことを回顧録として書き留めてきたが、今になってみると、誰にも知られたくないような気がしてきた。少なくとも、わたし自身は二度と読みかえしたくない。読む価値のある物語は、ハッピーエンドでなければならない。だから海峡を渡るとき、この日記はびりびりに破いて海に捨てよう。わたしの人生のこの章が、最初から存在していなかったかのように。

第四十七章

後記　キャロライン　二〇〇一年十月二十八日

飛行機は滑走路上で加速してから浮かび上がり、やがて右に旋回した。キャロラインの眼下には、ヴェネツィア全体がまるで地図のように広がっていた。サン・マルコ寺院のドーム屋根より高くそびえ立つ鐘楼、ひとつの島をもっと小さな島々に分割するように流れている運河が太陽の光を反射して輝いているのが見えた。ザッテレ河岸に、彼女の帰りを待っているアパートメントの建物も見えた。キャロラインは、ほのかな幸せにひたっていた。ルカの言っていたことは正しい。今は、新しく一歩を踏み出すときなのだ。その未来のなかに、もしかしたら彼も含まれているのかもしれないと思った。今は彼女ひとりでイギリスに向かっているが、彼も合流することになっていた。ルカはふたり分のニューヨーク行きの航空券を購入し、〈プラザホテル〉のスイートルームも予約した。キャロラインが自分の分を払うと言うと、彼は笑った。「これは必要経費だから」

キャロラインの気持ちが晴れていたのは、この数日のあいだにジョシュから数通のメールが届いていたからでもあった。

〝カーラ、ずっと連絡しようとしてたんだ〟とひとつ目のメールに書いてあった。〝きみのお祖母さんから、きみの携帯電話がイタリアでは通じないと聞いた。それは本当なのか？　それとも、おれのことを避けているのか？　すぐに返事がほしい〟

そして次のメールは、こう続いていた。〝カーラ、話したいことがある。今、自分がどんな状況にあるのか、よくわからないんだ。どうやら、もうデザインの委託料はもらえないらしい。これから永遠にデジレに頼るわけにはいかない。はっきり言って、いつまでもこのままここにいたいかどうか、自分でもわからなくなってきた。ここでの生活は、なんか、とんでもなくインチキ臭いんだ。なにからなにまで、見ばえのことばかりだ。帰国したら、すぐに電話して。もうすぐイギリスに戻るんだろ？〟

飛行機は水平飛行に移り、シートベルト・サインが消えた。キャロラインは窓の外を眺めていた。綿菓子のような雲が主翼の下をゆっくりと流れていく。そのとき、これ以上ないほどはっきりと彼女は悟った——もうジョシュに未練はない。彼は、責任を果たすために結婚したと言った。たぶん、彼女も同じだったのだろう。あのときは愛していると思いこんでいたが、まだ二十歳だった。その年齢で、愛のなにがわかるだろう。人生のなにがわかるだろう。女子だけの寄宿学校から美術学校に進み、ずっと守られた環境のなかにいた。彼女はまだ結婚にも、長期間にわたる関係に向き合う準備ができていなかった。ふたりをつなぎとめていたのは、テディという存在だけだった。でも今はふたりとも大人になり、別々の道を歩きはじめている。キャロラインも先に進まなければいけない。

進む先にルカがいるとしたら？　これからの人生の半分を、イタリアで過ごすことになるとしたら？　そんな重大な決断を今するのは早すぎる。それは理解していた。でも、将来のことがまた考えられるようになったのはいいことだ。もう一度、ファッションデザインの仕事に戻るかもしれない。それとも、まったく別の美術の仕事をするか。あるいは、ヴェネツィアのアパートメントを人に貸して、その家賃で人生を楽しむか。もしかして、レティ大伯母さんがわたしにあの段ボールの箱を遺したのは、このためだったの？　そんなことをふと考えた。

あのときはよく聞きとれなかったが、息をひきとる直前に、大伯母は「……アンジェロ」と言った。あれは〝ミケランジェロ〟はなく、〝わたし《マイ》のアンジェロ〟だったのだ。大伯母がキャロラインに望んでいたのは、自分には許されなかった人生をかわりに生きてほしいということだったのだろうか。アンジェロを捜しだしてほしかったのだろうか。自分の分まで、キャロラインに幸せになってほしかったのだろうか。まさかとは思うが、ひょっとしてルカのことを知っていて、それでひそかに……キャロラインはひとり笑みを浮かべた。

「わたしは幸せを見つけたわ、レティ大伯母さん。大伯母さんが望んだとおりになったのよ」と自分自身につぶやいた。

彼女は座席の下に手を伸ばしてバックパックを取り、レティ大伯母さんの絵がはいっているフォルダーを引っぱり出した。キャロラインはまだ不思議に思っていた。なぜこのフォルダーのなかのスケッチだけが、秘密の引き出しのなかに隠されていたのか。同じようによく描けていたほかのスケッチは、誰の目にもつく引き出しのなかに入れられていたのに。彼女は一枚ずつ、表も裏もじっくりとスケッチを見ていった。やがて、ある絵で手が止まった。彼女は眉根を寄せ、その絵を見つめた。これはレティ大伯母さんの絵ではない。下絵のようなスケッチだが、大伯母さんよりずっと上手な人の絵だ。模写かなにか？　それとも印刷されたもの？

いいや、ちがう。古い紙に染みこんだインクのあとがはっきりと見えた。スケッチの下の隅に、サインが書かれていた。〝ピカソ〟。

「大伯母さんが言っていた、スケッチ……それが、これ？」と彼女は自分にささやいた。大伯母は、このスケッチを見つけさせるために、キャロラインをヴェネツィアに行かせたのだ。どうして大伯母がこんなものを持っていたのかはわからないが、これが意味することに気づいて、はっとした。もしも本当にこれらのスケッチが大伯母のものなら、とんでもなく価値のあるものをキャロラインは相続したことになる。そのとき、日記に書かれていたことを思い出した――フィオリート伯爵夫人は若いころ、偉大な画家たちのモデルをしたことがあり、そのお礼にと彼らからスケッチをもらった、と。それがこのスケッチ？　伯爵夫人はそれをレティ大伯母さんにあげたの？　そういえば、自分にもしものことがあれば、スケッチをジュリエットに遺すと遺言に書いた、とも書かれていなかった？　もっとちゃんと調べなければならないが、そのときはルカが力になってくれるだろう。

一刻も早く、ルカにこれらのスケッチを見せたかった。彼に会いたくてしかたがなかった。わたしがルカと一緒にニューヨークに降り立ったとき、ジョシュはどんな顔をするだろう、とキャロラインは思った。もうすぐ、ふたりでテディを迎えにいくのだから。

謝辞

いつもながら、ダニエルとレイク・ユニオン・パブリッシングの素晴らしいチーム、そしてメグとクリスティーナとジェーン・ロトロゼン・エージェンシーの素晴らしいチームに感謝します。また、いつも思慮深い洞察と提案をしてくれるクレアとジェーンとジョンには、心からお礼を言います。

サン・マルコ広場にあるコッレール博物館の図書館の司書の皆さんには、わたしひとりではとうてい探しきれなかった調査資料を熱心に提供していただき、感謝しています。

わたしが十代だったころ、両親はヴェネツィアから三十分ほど離れたトレヴィーゾに小さなヴィラを借りていました。それ以来、ヴェネツィアはわたしの心のなかで特別な場所です。両親は土手道を運転して自動車を停め、兄とわたしにお小遣いをくれました。「五時に戻ってくるように」と言われ、わたしと兄はあちこち歩き、冒険し、ジェラートを満喫しました。それからも、わたしは何度もヴェネツィアに戻ってきました。そして昨年の夏は、コッレール博物館の図書館で何冊もの歴史書を読みあさりました。ここに来るたび、わたしは感動で息をのみます。ヴェネツィアは、まさに〝もっとも高貴な場所《ラ・セレニッシマ》〟です。

訳者あとがき

リース・ボウエン著『恋のスケッチはヴェネツィアで』（原題 *The Venice Sketchbook*）の邦訳をお届けする。リース・ボウエンと聞けば、〈貧乏お嬢さま〉シリーズや〈エヴァンス巡査〉シリーズなどのコージーミステリを思い浮かべる読者が多いと思うが、本書はそれらとはひと味違う趣があり、二〇二二年のアメリカ探偵作家クラブ賞（エドガー賞）長編小説部門にノミネートされた。

一九二八年の五月。十八歳になった記念に、伯母に水の都ヴェネツィアに連れてきてもらったジュリエット。女子だけの寄宿学校を卒業し、九月からはロンドンの美術学校に通うことになっていた。画家志望の彼女は、父からもらった新しいスケッチブックに、ヴェネツィアの風景や建物や人々をスケッチしていく。このあとフィレンツェやローマにも行く予定なのに、ヴェネツィアだけでスケッチブックが埋まってしまいそうなほど、水の都は魅力に満ちていた。ドーム型の屋根のサン・マルコ寺院やまっすぐ空に伸びる鐘楼や有名な時計塔のある、柱廊《コロネード》に囲まれたサン・マルコ広場。大運河《カナル・グランデ》の両岸に立ち並ぶ大理石の宮殿や教会。運河にかかる数々の橋。堅苦しいイギリスの田舎の村で育った彼女にとって、なにもかもが輝いて見えた。その美しい水の都で、ジュリエットは初めて恋をする。相手はヴェネツィア生まれの青年、レオ。でもその恋は、厳しい伯母にはばまれて一瞬のうちに終わってしまう。

それから十年、今度は女学校の美術教師として生徒たちを引率してふたたびヴェネツィアを訪れたジュリエットは、偶然レオと再会する。引率の教師という立場上、ひと晩だけ夢のような夕食をともにするが、彼との恋が成就できない運命だと知らされる。

さらにときは流れてその一年後の一九三九年、女学校の支援者からの奨学金を得て、ジュリエットは美術の勉強をするためヴェネツィアに戻ってくる。一年間だけの海外短期留学生として、五人の留学生仲間とともに、アカデミアの美術学校で学びはじめる。若い留学生仲間のなかでは、三十歳となったジュリエットはいちばんの年長者だが、良い友人や教授にも恵まれ、青春を謳歌する。ただ、妻帯者になっているであろうレオには会わないと心に決めていた。しかし運命のいたずらか、ふたりは再会してしまう。

そのころ、ヨーロッパには戦争の暗雲が立ちこめていた。ドイツは東欧を侵略し、イタリアもアフリカに侵攻していた。いつイギリスが巻きこまれるかもわからない。物騒なニュースが流れているなかでも、ヴェネツィアの人たちはどこまでも明るく、戦争など自分たちには関係ないと言わんばかりにお祭りを楽しみ、美食を楽しみ、国際的な美術展覧会を開催する。しかし、戦争は着実に近づいてきており、ついに第二次世界大戦が勃発する。ジュリエットの運命は？　レオとの関係は？

それから約六十年後の二〇〇一年九月、ニューヨークで同時多発テロが起きる。ロンドンに住むジュリエットの大姪キャロラインには一見無関係に思われるが、実は七歳の息子が別れた夫と一緒にニューヨークにいるのだった。息子をなかなか取り戻せずに苦悶するキャロラインのもとに、祖母から連絡がはいる。祖母とふたりで住んでいる大伯母のジュリエット――レティ大伯母さん――が危篤だという。急いで祖母の家に駆けつけたキャロラインは、レティ大伯母さんの最期を看取る。大伯母から遺されたのは、二冊のスケッチブックと大小三つの鍵、そして最期のことば〝ヴェネツィア〟。キャロラインにとって大伯母は、いつもきちんとしていて感情を表に出さない、生涯独身を貫いた典型的なイギリス人女性だった。そんな大伯母から託されたスケッチブックと鍵。なにをどうしてほしいのかのヒントもなかった。祖母からヴェネツィア行きを勧められたキャロラインは、職場に休暇を申請し、大伯母の遺灰を撒くため、そして三つの鍵の謎を解くために単身ヴェネツィアに向かった。

一九三九年の生き生きとした美しいジュリエットと、二〇〇一年に息を引き取ったレティ大伯母さんは、とても同じ女性とは思えないほどの変貌を遂げていた。六十年のあいだになにがあったのか。第二次世界大戦をどう乗り越えたのか。また、不幸のどん底にいる大姪のキャロラインは、息子を、そして幸せな人生を取り戻せるのか。三つの鍵が、ひとつずつ謎を解き明かしていく。

六十年前とほとんど変わらないヴェネツィアの街を、彼女たちと一緒にその美しさを堪能しながら、旅行をしている気分で本書を楽しんでいただきたい。

作者のリース・ボウエンは、一九四一年にイギリスのバースで生まれ、現在はカリフォルニアとアリゾナを拠点にアメリカで暮らしている。シリーズ物を含む数々のミステリ小説を手がけ、アガサ賞最優秀長篇賞、アンソニー賞最優秀短編賞、アンソニー賞最優秀歴史ミステリ賞など、多数の賞を受賞している人気作家である。

リース・ボウエンはコージーミステリ等のシリーズ物が有名だが、第二次世界大戦を舞台とした単発《Stand-alone》の長篇小説も人気を博しており、本書もそのひとつである。彼女自身、第二次世界大戦の真っただなかに生まれている。*The Tuscan Child*（未訳）の紹介ビデオのなかで、このように語っている――大戦中の食糧難や苦しさは、幼い頃から耳にしていた。

今とは違う時代を小説にするにあたっては、事実を正しく知ることが大切であり、真実を正しく伝えなければならない。背景を把握するために、まずは数多くの本を読む、と。本書を執筆するにあたっても、サン・マルコ広場にあるコッレール博物館の図書館で念入りに調べ物をしたことが謝辞に書かれている。

本書を執筆するきっかけについて、あるインタビューでこう語っている――以前ヴェネツィアを訪れた際に、現在も隔年で開催されている国際的な美術展覧会ビエンナーレが、一九四〇年と一九四二年に開催されたことを知って驚いた。世の中が第二次世界大戦で日常生活もままならないなか、どうやって国際的な展覧会が開催できたのかという点に興味をそそられた。また、ヴェネツィアには古くからユダヤ人を隔離するためのゲットーが存在していたが、ユダヤ人は社会にとけこんだ存在であり、イタリアが連合国側に寝返るまでは、ユダヤ人に対する政策も厳しくなかった。そこで、ユダヤ人でありながらイタリアの伯爵と結婚した伯爵夫人がビエンナーレの後援者だったとしたら……というように構想が広がっていった、と。

リース・ボウエンは旅行する際には必ず小さなスケッチブックと水彩絵の具を持っていくそうだ。ジュリエットに、自分自身を投影しているのかもしれない。

ふたつの異なる時代を生きるふたりの女性の姿を通して描かれる愛と悲しみ、そして自分探しの旅。いつの日か、本書を手に、〝もっとも高貴な場所〟ヴェネツィアを訪れてみたい。

二〇二四年九月

皮膚の下の頭蓋骨

The Skull Beneath the Skin

P・D・ジェイムズ
小泉喜美子訳

コーデリアは、脅迫に怯える主演女優の身辺警護のため、伝説の孤島の壮麗な舞台で上演される古典劇に招かれた。島には、それぞれ思惑を胸に秘めた七人の男女が集まっていたが、やがて、開演を目前に、主演女優の惨殺体が発見された！ミステリの新女王が、現代ミステリに新たな地平を拓いた大作。解説／山口雅也

ハヤカワ文庫